U0919956

砚清
作品

作家出版社

第一章

春三月的街头，杨柳已绽出新枝。胡子固决定步行去见老同学，以便多些思考的时间。

迎面走来两个民工模样的人，一个对另一个说："真是无'独'不丈夫啊！我要是'独'一点啊，哪会混成现在这个样子？"另一个说："人哪能那么毒呢？人毒无人缠。"那一个说："我说的是独立的独……"

这话随着春风吹进胡子固耳中，他心中不禁一动，驻足看了他们片刻。两人都穿着破了洞的迷彩服，身上还落满白色的泥浆，显然是附近建筑工地上的工人。他的嘴角抽动了一下，在心里说：现在是知识经济时代，你就是既"毒"又"独"也成不了大丈夫。他又想到自己，自己是个医学博士，知识武装到了脖子，可自己是个大丈夫吗？

中国的大丈夫，是要治国齐家平天下的，他现在苦恼的是怎么治家。

胡子固是江东省生殖医学研究中心的研究员，妻子蓝红玉是省城运河市的副市长。按说，这是一个幸福得令人不敢羡慕的家庭，

因为羡慕也白搭，有几个男人能拥有博士学位，有几个女人能当上副市长，而且，男人一米八的个头，相貌周正、知性儒雅；女人柔情绰态、美不胜收，拥有名牌大学硕士学位，在文化程度普遍偏低和假文凭泛滥的领导干部中，可谓知性美女官员。然而，就是这样一个美好家庭，胡子固却感到越来越不和谐，整个家都快成垃圾音符回收站了。

蓝红玉今年三十六岁，她能在三十六岁当上省城运河市的副市长，这得益于她的知性。她从北京大学毕业后，到英国剑桥大学攻读了哲学硕士学位，回国后赶上公务员招考，她的哲学知识和留学见识帮了她，在面试时口若悬河，学贯中西，给主考的市委书记米刚留下了深刻印象，破格录取为运河市政府政策研究室正处级研究员；没过几年，市委市政府响应省委号召，拿出几个副市级领导岗位公开招考，不拘一格使用人才，她大胆应试，幸运之球又一次击中了她，她被录取为分管文化、教育、卫生、妇联和计划生育的副市长，连副厅都没有经历，就破格提升为正厅。前后两次破格，在运河市引起不小的轰动。

然而，这一次的破格却给她带来无穷无尽的烦恼。与她一同竞争这个职位的有陈县县委书记鲁边防、市国资委主任董常胜、市计生委主任梅晨、市公安局局长詹发权等十几个委办厅局的一把手，结果她一个名不见经传的小小研究员胜出，使他们大跌眼镜。随之而来的是各种猜测和议论，这其中，有两种说法特别有鼻子有眼：一种说法是她对市委书记米刚行了性贿赂，所以米刚才在常委会上提了她的名；另一种说法是副省长姜生予与她关系暧昧，朝中有人，所以她才能升官如同坐直升机。总之，漂亮女人当官，总会被人看成是权色交易的结果。

对于这种风言风语，她真是有苦说不出。米书记是个开拓型的领导干部。他认为，要想改变运河市的政治状态，就得大胆引进人才，不拘一格使用人才，才能给死水一潭的运河官场带来活力。这次破格提升的不仅仅是她，市委、市政府的其他几个海归派在干部调整中也都得到重用。她不但没有行过性贿赂，以前与米书记打交道都不多，他是读了她的几篇具有开拓性的论文后才决定起用她的。说她与姜生予关系暧昧更是无稽之谈，姜生予从政之前在大学里教书，曾经是她的导师，因为有这层师生关系，她可能在导师面前显得随和一些，言语间透露出的亲昵感多一些，与暧昧相提并论，那可真是哪跟哪呀。

可对于这些抹黄言论，你纵有满腔愤怒，却也是打不能打，骂不能骂。重拳出击，砸着的却是棉絮，不但没把棉絮怎么着，反被棉絮包着了拳头，引起新一轮的围攻；骂就更不行，哪怕纪检委给你登报澄清，这种事也只会是越澄越澄不清。中国的老百姓，对于官员的黄色新闻，向来都是“宁可信其有，不可信其无”，就像相信“无官不贪”一样，何况她是那样美丽那样知性的一个女人，谁能相信在以男人为主导的官场，她能洁身自好呢？

她只有把希望寄托在丈夫身上，只要谣言不引起丈夫的胡乱猜测就行。她是学哲学的，认为蒋介石当年的“攘外必先安内”是方针错误、路线错误，可指引她现在的生活却是至理名言。为了“安内”，她首先要做到对丈夫信息公开，一旦听到什么关于她的谣言，她就主动向丈夫澄清，以免他胡思乱想；其次，是用柔情绰态安抚丈夫失衡的心，当丈夫有什么解不开的疙瘩时，她就尽展柔媚，用床上功夫攻克丈夫心中的堡垒。她相信，以自己的知性和美丽，应该是可以无坚不摧攻无不克的。她给自己还确立了一条信念：那就是只在工作中显露女强人的一面，在家庭生活中则只做个小女人。

但是，家庭不是用武之地，家庭也不是讲理之地。哲学家苏格拉底还常常受到老婆的河东狮吼与倾盆大雨呢，何况她一个哲学硕士。她的治夫方针、政策、路线对胡子固全都无效。胡子固还是胡思乱想了，并且想得厉害。他认为妻子的主动坦白是“此地无银三百两”，妻子在床上的尽展柔媚是因为在外做了亏心事，妻子在家的小鸟依人是在演戏。总之，妻子的一言一行，一举一动，都是矫揉造作，都是对他男人的藐视，都是对他男人的侮辱……

种种胡思乱想归根结底，都是因为妻子太漂亮，妻子地位太显赫，妻子有太多的绯闻，他不得不胡思乱想。然而，学者毕竟是学

者，尽管心里已经翻江倒海，脸上却纹丝不动，蓝红玉还以为自己的安内之策十分奏效呢！

这不，胡子固今晚就准备做一个试验，验证一下他心中的猜测。他的大学同学邬采宁回国了。邬采宁是研究精神医学的，现供职于美国克努克精神医学研究会，正下榻在运河市最有名的五星级宾馆湖滨大酒店，等着他这个老同学去会晤哩。据说他有一项研究成果，让人吃一粒他研究的药丸，对方就会像酒后吐真言一样，在睡梦中向你透露真心话，问什么答什么，而自己却毫无知觉。他想“出卖”妻子给他当试药人，“检验”他的研究成果……

出卖妻子的决心是很难下的。向别人述说自己老婆向上司行性贿赂，对任何一个男人来说都是难以启齿的，何况是他这样一个显赫的家庭，是他这样一个好面子的男人。他一路走一路做选择题：说还是不说？说有说的痛苦，不说又怕错失良机，老同学明天就要去另一个城市了……

他供职的生殖医学研究中心离湖滨大酒店不远，他决心还没下定，就不知不觉走到了酒店的大门口。一群年轻的男服务生站成一排，用俏皮的声音齐声说“欢迎光临”，把他吓了一跳，他才明白：到了，该到下决心的时候了。他捏一捏拳头，咬一咬牙齿，自言自语地说：“豁出去了，豁出去了……”

一个领班似的服务生见他形容古怪，以为他是来闹事的，连忙把手一伸，拦住他的去路说：“这儿是五星级酒店，请出示证件。”

这个酒店他来过多次，进酒店大门时从未被人查过证件，他知道今天失态了，二话不说就拿出证件。服务生见他是个博士，连忙把证件还给他，满脸堆笑地请他进门。

邬采宁站在大堂的酒吧区冲他微笑，他赶忙奔过去，两个老同学热烈地拥抱在一起，都感到特别地激动。毕竟，他们已经分别五年啦！

此刻，听涛宾馆，蓝红玉正在接待副省长姜生予。姜生予从政之前是江东大学的教授、博士生导师、著名社会学家。蓝红玉还只能算是他间接的学生，因为姜生予的学生是她在北大念本科时的老师，他可谓是她的祖师爷。尽管如此，她还是很喜欢这个间接的导师，不仅因为他是自己的上级，掌管着自己头上的乌纱帽，还因为他的哲学观念大胆前卫，为人风姿潇洒，很有女人缘。

姜生予的酒量很大，今晚的饭局除蓝红玉酒量小一些外，市委书记米刚和市长林光璧都是海量，用他们的话说，经受不住酒精的考验，就难以成为和平时期共产党的好干部。他俩还常劝蓝红玉把酒量撑出来，成为酒桌上的交际花，因为市级干部中只有她一个女同志。来陪酒的还有市政府办公厅副主任黎佳和市计生委主任梅晨，大家私下称她俩为官场尤物，因为她俩既漂亮又能喝，是官场上难得的女强人，一般男人都喝不过她们。

三男三女，这个饭局显然是精心安排的。蓝红玉明白，自己若不是沾了市级干部中惟一的女同志这个身份的光，陪副省长吃饭这样的美差恐怕还轮不上她这个资历最浅的副市长哩。

被三大美女轮番轰炸，姜生予喝得有点高了。他站起来，端着满满一大杯啤酒说："蓝红玉，你不要跟着她们——鬼混，我要与你单挑，我是姜派哲学的祖师爷，你是我祖师爷的门徒，我们喝、喝一次交杯酒，我就把精髓都交给你。"

梅晨和黎佳大声附和："好，好，我们就是要精髓。"

也许姜生予说的精髓是指哲学思想，但是，经她俩这样别有用心地一附和，意思就变得暧昧了，好像"精髓"指的是"精液"，由此让人联想到暧昧、性贿赂等见不得人的事。蓝红玉很忌讳这种玩笑，但在这么多领导面前又不便发作，她直起身，强颜欢笑："祖师爷敬酒，我当然要喝，只是学生与老师交杯，恐怕有违师道，还是让黎美女与您交杯吧，我先干为敬。"说完，她端起酒杯就要喝。

"哎，哎，"林光璧敲着桌子说，"姜省长与你交杯，你还敢不从，以后的工作还想不想要省长支持啊?!"

梅晨和黎佳再一次跟着起哄，局面显得有些尴尬了。姜生予笑眯眯地看着她，眉飞色舞地说："我们都是学哲学的人，哲学就是指引我们不断开拓新的世界观，我们何必拘泥什么师道、长幼呢，来

来来，这酒我还非要与蓝市长交杯。”

蓝红玉感到刀架在脖子上了，缩头伸头都是死，那还不如死得壮怀激烈些。她端起酒杯，豪迈地说：“好，我就打破世界观，与导师喝一次交杯酒。”她与姜生予的座席中间隔着市长林光壁，她离席边走边说，“古人喝酒讲究酒、色、才、气，姜省长可谓占全了。”

“慢，慢，慢，”姜生予连连摆手，“在酒桌上，酒、才、气三字我敢占有，这色字我可不敢，我只能叫色厉内荏，外表强硬而内心怯懦啊！”

大家都心照不宣地笑起来：共产党的干部怕两个字，“贪”和“色”，要是被人说成是“贪官”或“色官”，前途就不乐观了。蓝红玉意识到自己说错了话，连忙接过话碴儿道：“那我们就为色厉内荏干杯，望梅止渴也不失为一种胸襟嘛！”

望梅止渴在生活中常常被曲解成望“美”止渴，她说这话的本意是想亡羊补牢拍姜生予的马屁，没想到又拍到马腿上了。同样一句拍马屁的话，会因接受对象的社会地位、文化修养不同而产生不同的联想，初入官场的她哪谙此道。姜生予脸上明显流露出不快的情绪，感叹道：“看来，想与蓝市长喝一次交杯酒比我娶媳妇还难哪！”

局面一下子僵持起来，蓝红玉进也不是退也不是。市委书记米刚站起来打圆场：“我与姜省长一起望‘美’止渴吧，我可谓是蓝红玉的伯乐，我们今天伯乐、导师和千里马一起交杯，来一次彻底的思想解放，你们说好不好？”

大家连声附和。米刚与姜生予的座位紧挨着，蓝红玉走到他俩中间，在一片做作的起哄声中，三个人绕臂交杯，一饮而尽。但是，三人的酒都洒出了好多，因为他们仨的个头相差实在太大，姜生予一米八六，米刚一米六二，蓝红玉一米七零，如此差异的三个人相互牵掣，怎么好交杯呢？每个人胸前的衣襟都被洒出的酒水濡湿了一大片。

蓝红玉讪笑着回到座位，拿起纸巾擦身上的酒，心中沮丧极了，感觉像被人强奸了一般。

谁也没有想到，三人交杯的滑稽一幕，被包房外一个别有用心者用手机偷偷拍摄下来，成了日后攻击蓝红玉淫荡的投枪和匕首……

蓝红玉勉为其难应酬时，胡子固与邬采宁却喝得惬意而随和。不用说，不用劝，两人一杯接一杯，恨不得把这五年来欠下的酒债都一次性了结。

在班德瑞的《蓝色天际》乐曲中，邬采宁缓缓告诉他自己这几年在美国的生活。他娶了一个瑞典女人做老婆。瑞典、挪威、丹麦等北欧国家性开放程度很高，比美国还性自由。在他们那儿，夫妻任何一方都可以拥有除配偶以外的性伴侣，妻子或者丈夫也不会为此吃醋，一方约会性伴侣时，另一方还会主动离开家，给对方提供方便。在他们看来，婚姻要稳定，但一个人想长期满足另一个人的性需求是不可能的，所以婚姻还需要配偶以外的性伴侣来滋润，来维护，双方都不认为这是出轨，没有性伴侣反而会被人瞧不起，说明你的性魅力不够。他的妻子生长在这样的国度里，从小耳濡目染，想用中国的性道德来约束她太难了。开始，他接受不了，总是找妻子的碴儿，后来，他随妻子到瑞典生活了半年多，看到周围的夫妻都是如此，他才慢慢接受这种性文化，妻子的性伙伴来家造访，他也能毫无怨言地挪窝了。

他把这些事当笑话讲给老同学，如同在说邻家的事。胡子固觉得太不可思议了，摇着头说："你真的变了，如果是我，恐怕一辈子也接受不了。"

邬采宁诧异地说："先进的性文化为什么不接受？我认为他们的性文化就比咱中国的好，中国古代的性文明也不是现在这样子的，在朱程理学之前，中国的古人们性生活可开放哪。人类的两性关系经历了群婚制、伙婚制、对偶婚制和个体婚制四个时期，直到现在才实行严格的一夫一妻制。很多性学家都说过，夫妻之外的性不但不是破坏婚姻的元凶，还是使婚姻关系得以延续和稳定的法宝呢！"

胡子固瞪大眼睛，摇摇头："我还是接受不了。"

邬采宁拍拍他的肩："你可是博士哟，思想观念可不能僵化。他

们只是为了让身体得到满足而已，与情无关，有什么接受不了的，你难道愿意让身体饥饿啊?”

“这是在中国，如果我和红玉都有了性伴侣，我这博士恐怕当不成了，红玉的市长也干不成了，我们这个家庭恐怕也要解体了，无聊者的唾沫星子也会把你淹死。”

邬采宁诡谲一笑：“这么说你不是不想，而是害怕中国的婚姻制度和不开明的性道德?”

胡子固迟疑片刻，端起酒杯说：“老同学，我们不诡辩了，我不能与你比，我只能按照中国的国情生活，我正为这事苦恼哩，想请你帮个忙，又难以启齿，没想到你的思想观念如此前卫，看来我的担心是多余了。”

邬采宁与他碰碰杯：“有什么事你尽管说，我绝不会嘲笑你的。”

他向周围望了望，他们处在酒吧的西北角，客人很少。他压低声音说：“听说你研究的那个药丸很神奇，想让你在我妻子身上试验一下，看看她有没有性贿赂……”

邬采宁点点头。他知道中国人对这种事都是讳莫如深的，胡子固请他帮这个忙该要下多大的决心啊！为了替对方饰窘，他故意把嘴附在他耳边说：“告诉你一个秘密，我老婆有三个性伴侣，我有五个……”

听了这话，胡子固揪成一团的心才有所放松，微笑着端起酒杯，与他狠劲一碰：“来，尽在不言中。”

邬采宁告诉他，他的这个研究成果叫“梦幻一号”。人吃下后，辅以催眠术，受术人就会像中了魔法似的，在半睡眠状态下与你有问必答，流露的全都是真心话；这类药丸特别适合于刑侦，让犯罪嫌疑人吃一粒，就会把犯罪经过都交待出来，这世上就会少很多疑案、悬案了；他这个研究成果目前还处于调试阶段，用不了多久就会运用于临床。

他们提前结束酒会，回房间做准备工作。胡子固早就与蓝红玉约定：让她饭局一结束就来湖滨大酒店慰问他的老同学。

催眠需要借助一定的外在条件，好在邬采宁随身带有相关用品。

他们把房间里的灯换成了紫色，把酒店里的白色床套换成特制的红、黄、蓝三原色被套，燃上安息香，随着袅袅的烟雾升起，宾馆就成了实验室。邬采宁查看了一番，感觉还不错。

他们张好网，只待蓝红玉这只小鸟飞来，然而，她却迟迟未来。酒桌上说的都是些无聊的废话，她几次看时间，若不是怕领导不高兴，她真想提前退席。

对她来说，邬采宁这个名字可谓如雷贯耳，胡子固常在她面前提起，只是从未见过。她主管文教卫生，很想与他聊聊，了解国外这方面的信息，增长见识。

好不容易盼到散席，米书记的手机响了，他接听电话，脸色渐渐凝重起来。电话是市公安局局长詹发权打来的，他说河东区民政局副局长肖观湖一家四口全都死在了家里，从现场搜查到的遗书来看，是肖观湖杀死了母亲、妻子和儿子后自杀，原因是妻子红杏出墙且屡教不改，他对人生很失望，于是制造了这起灭门惨案。

干部杀人且自杀，这就不是一般的刑事案件了，米刚立即向姜生予汇报情况。姜生予指示：这种事情很敏感，容易被人做文章，一定要控制好报道口径。说完，钻进小车，一溜烟走了。

这时，蓝红玉的手机响了，是卫生局局长陈东打来的，向她汇报了一个新情况：肖观湖的妻子李丽珍还有生命体征，但失血量太大，必须尽快输血，可她是稀有血型，血站库存很少，几个有联系方式的捐血者都联系不上，档案中发现她也是这种稀有血型，问她能不能给李丽珍献血。陈东怕她有想法，说完事后连忙解释："蓝市长，我实在是没办法了，才……"

蓝红玉急忙打断他："你不用解释，我马上赶到。"

她向米书记和林市长简单汇报了一下情况，不等他们发话，就向自己停在一旁的轿车走去。米刚连忙把她叫住，要与她一起去，回头对其他人说："你们都回吧，有我陪红玉去就行了。"

市委书记都去了，谁还敢不去，他们谁也不肯回去，都随米刚去了医院。市第一人民医院早做好了准备，蓝红玉一到，就把她送

进重症监护室，准备给李丽珍输血。

心脏监测器不时发出“吱吱”的响声，她躺在病床上，眼睛望着洁白的墙壁，心里紧张极了。她是第一次进重症监护室，里面各种抢救生命的设施都令她敬畏。

医生和护士都在忙碌，她知道她旁边躺着的那个人就是李丽珍，只是床与床之间用蓝色布帘隔着，她看不见她的脸。这时，一个老护士走过来，对她说：“蓝市长，检验工作已做完，您可以给她输血，您看?”蓝红玉明白她的意思，是想再次征求她的意见，她毫不犹豫地说：“输吧!”

针扎进她的血管，血迅速充盈整个导管，流进李丽珍的身体。为了方便输血，一个护士把床边的布帘缓缓拉开，她可以看到李丽珍的脸了。她的脸白得像一张纸，她从来没见过这么白的脸，只有监视器上跳动的光标证明她还是一个活物。

李丽珍双眼紧闭，但那张鹅蛋形的脸依然俊俏。蓝红玉凝视了她一会儿，心想，这个女人健康时该是多么光鲜，难怪肖观湖局长会为了她而家破人亡。她由此联想到自己，自己有那么多绯闻，哪一天胡子固会不会也做出这种糊涂事呢……

她想胡子固的同时，胡子固也在想她。重症监护室不能使用手机，她进来之前就关了机。已是深夜十一时，蓝红玉还没来，胡子固就一遍一遍地给她打手机，但提示音总是“机主已关机，请给秘书台留言或挂机”。他好生奇怪，答应他的事，蓝红玉从未失约过，更不可能连个电话都不打来。他又不便向她的秘书和司机打听她的行踪，她告诫过他，作为领导干部的家属，要学会忍，否则，一点小事就有可能授人以柄，所以他只得隐忍着，在房间里踱来踱去，干着急。

邬采宁见他心急火燎的样子，取笑道：“其实，你让她做我的试药人没有多大意义，不管结果如何，我想你都会爱她的，那么，何必做这个试验呢?”

他没好气地说：“你是不是担心你的试验不成功，在老同学面前丢面子。”

“去你的。”邬采宁推他一掌，“由此看来，我们的世界观大不相同了，在我看来什么都没有的事情，你却要搅起漫天风云。只要你爱她，她也爱你，你们就是一对好夫妻，何必在意她是否红杏出墙，是否有第三者……”

“别说了，老同学……”他谈兴正浓，胡子固却生硬地打断他，痛苦地说，“我接受不了，即使我到美国生活十年，我也改变不了作为中国人的性观念——我要我的妻子绝对忠诚于我。”

邬采宁沉默了，他真的不知道该怎样去评价这个智商高情商低的家伙。

大约到了午夜，他俩在房间里都睡着了，胡子固的手机突然响起来。他迷迷糊糊接机，一听是蓝红玉的声音，立即来了精神。蓝红玉在手机里一迭声地说抱歉，说她不是故意冷落他的老同学。怕他心疼，她没有告诉他输血的事，只是说陪客陪得太晚了。他让她快过来，她迟疑道：“这么晚了，过去合适吗？”他毫不犹豫地说：“合适，我们都还没睡哩，他明天就要去天津拜望别的老同学了。”

“好吧，我就来。”蓝红玉勉强答道。

他赶忙推醒邬采宁。两人穿好衣裳，正襟危坐，摆出不达目的不罢休的架势。

蓝红玉吩咐司机去湖滨大酒店。司机顾家平说：“蓝市长，您今天太累了，是不是明天再去？”以往这些话都是秘书葛玲说，今晚她不在，顾家平只得表现出男人的关怀。可是，她仍然坚持要去。

她今天的确是太累了。上午去市妇联女子救护中心，与一群受家庭虐待的妇女座谈，讲得口干舌燥；中午正在吃饭时，洞府豪庭大酒店发生严重的食物中毒，一百多名食客进餐后上吐下泻，她只得放下手中的碗筷，赶到现场去做善后工作；这个工作还没处理完，傍晚又接到市委书记米刚的电话，让她放下手头上的一切工作，来陪姜省长喝酒；喝完酒后以为可以轻松了，却又出了个肖观湖灭门案，血库告急，她又赶到医院给奄奄一息的李丽珍献血；再次以为可以松口气了，又被老公叫来陪客，而且老公的事不能不应酬，在她心里，老公的事也是大事，不安好内，怎能攘好外，肖观湖的例

子就摆在眼前。

想到肖观湖，她的眼角不禁渗出泪水。那是多好的一个同志啊！民政部门虽然不是她分管，但他这个副局长，她早有耳闻，工作认真负责，吃、喝、嫖、赌都不沾边，对人还有一股春天般的温暖。就是这么好的一个同志，却过不了感情关，把夫妻情看得大于一切，甚至大过了自己的生命，真是让人扼腕叹息。

粉红色的街灯使午夜的街头显得很温馨，春三月的躁动又使这夜显得有些暧昧，但是，蓝红玉真的累了，她既感受不到温馨，也感受不到暧昧，她想着想着，就靠在椅背上睡着了。

车开到湖滨大酒店的门厅停下，发动机一熄火，她就立即醒了。当上副市长后，事情太多，她已经养成这种习惯：发动机一发动，她就昏昏睡去；发动机一停下，瞌睡就跑了。秘书葛玲曾经幽默地称她这是“蓄精养锐，伺机而发”，还别说，这种小憩真的使她工作起来格外有神，但今晚例外。

夜已很深了，她不忍心让顾家平一个人在车里等她，就让他回去了。她拖着沉重的步子，昏昏沉沉地上电梯。电梯里只有她一个人，她感到一阵晕眩，赶忙扶住轿厢，电梯很快到了十六楼，她按住电梯开门键，过了好一会儿，头不晕了才走出电梯，心想，自己这身体真是大不如前了，才献了600CC血就这样，一般人一次都可以献400CC血，自己也只不过多献了200CC嘛！

胡子固在门口张望多时，一见她走出电梯，连忙迎上来说：“要不是他想见你，要不是他明天就要离开这里，我真不会这么晚还要你来。”

蓝红玉勉强挤出一丝笑容：“别说了，是我不好，我也想见见你这个老同学哩。”

到这个五星级大酒店来会客对蓝红玉来说是常有的事，她对这里的设施很熟悉，但是，当她走进1603房间时，明显地感到不对劲，这是一个套间，一进门，就闻到一股沁人心脾的幽香。她是个爱洒香水的女人，但还是分不出这是什么香味。

邬采宁坐在紫色灯下等她，见她来了，站起来说：“谢谢蓝市长深夜光临。”

朦胧的紫色灯使整个房间都显得有几分神秘。蓝红玉主动到圆桌旁坐下，笑对邬采宁说：“我们此前虽然没见过面，但你的名声对我来说可是如雷贯耳，子固常在我耳边吹枕头风。”

胡子固取笑道：“用错词了吧，谁对你吹枕头风哪，好像我是个小女人似的。”

“好，好，好，是经常在家向市长老婆隆重推出邬采宁科学家，可以了吧！”她含情脉脉地瞥他一眼。

“还是脱不了枕头风的嫌疑，这就是女强男弱的坏处。”胡子固笑着咕噜一句，把他俩都搞笑了。

邬采宁说：“羡慕你们这对夫妻，真的是天造地设的一对，胡子固能娶到你，连我也会在梦中笑醒。”

在寒暄的同时，蓝红玉就已哈欠连天，不用邬采宁催眠就想睡觉了。胡子固示意他动手，他怕出现胡子固预料的结果，拆散这对夫妻，装作没看见，迟迟不肯施术。两人各怀鬼胎，蓝红玉蒙在鼓里，谈话的场面时冷时热，像在熬时间一样。

怕妻子要回家，胡子固就用脚在桌子下踢他，大有不帮忙就翻脸的意思。迫于无奈，趁蓝红玉上卫生间之机，邬采宁拿出一粒“梦幻一号”，放进她喝的茶水里。

这种药无色无味，很快就溶入茶水中。蓝红玉毫无察觉，重新落座后，为了提神，她大喝了几口茶水，没想到喝下茶水后更困了，就对邬采宁说：“我今天太累了，想到床上休息一会儿，你们聊吧，聊通宵，我过一会儿起来陪你们。”

“好，好，好。”胡子固连忙起身，安排妻子到装有催眠设施的床上躺下。

她很快就睡着了，朦朦胧胧中，感到有人问她的话，她想回答，可又回答不出来——她睡得实在是太沉了。

邬采宁试验了一会儿，感到很奇怪，问他：“你老婆的身体特别虚弱，今天是不是出现过什么重大事故？”

胡子固摇摇头：“没听说。”

邬采宁又试验了一会儿，还是不行，只得对胡子固说：“非常抱歉，我的这种试验只能在试药人半睡眠状态下施术，你妻子太困，所有脑细胞都处于深度休眠状态，若不是她进了我这个临时实验室，提前休眠，很有可能猝死。我们现在所能做的是停止试验，让她美美地睡一觉。你快打电话询问一下，看在她身上发生过什么事情?”

胡子固连忙打电话给她的司机顾家平。顾家平告诉他，蓝市长忙碌了一整天，晚上还给一个病人输了超量的血……

什么都明白了，两个男人面面相觑。过了许久，胡子固才哭丧着脸说：“这么好的老婆，这么好的市长，我还整天算计她，我真不是个男人啊!”

邬采宁抓住他的手，语重心长地说：“你是个男人，但不要做小肚鸡肠的男人。我明天就要走了，这样的试验，我希望你再也不要做了。”

胡子固点点头，泪流满面……

第二章

谁也没有料到，风姿潇洒的姜生予副省长当晚会被“双规”。

就在他们饭局结束后，姜生予的专车没开出多远，就被省纪委的车逼停在路上，省纪委常务副书记龙威和中纪委的一位司长下车来，请他上另一辆车，他的脸一下子白了。傻子都知道这意味着什么。

这事本来做得十分隐秘，但是，第二天上午，江东官场的很多官员还是知道了。一时间，传言纷纷，各种版本都有。

蓝红玉却还蒙在鼓里。她一觉睡到中午十二时，要不是手机铃声把她闹醒，她估计还在睡。她实在是太累了。

手机是狐闹闹打来的。狐闹闹是胡子固的妹妹，蓝红玉的小姑，狐闹闹显然是个绰号。她的本名叫胡妍，因为爱捉弄人，爱笑，哪里有了她，哪里就会热闹起来，嬉笑不绝，就像聊斋里的那个爱哭爱闹爱搞笑的小翠，于是大家给她取了个绰号——狐闹闹，她的本名倒少有人叫了。她又把这个绰号用作网名，不管哪个聊天室里，只要有她现身，就会热闹非凡、话锋不断、妙趣横生，把那些长期潜水的家伙也会钓出水面，因此哪个群都欢迎她，在网友中成了红人。

蓝红玉懒洋洋地接听，狐闹闹张口就说："蓝红玉，公安局长詹发权说你不是个东西，还把我关起来，你快收拾他吧！"

蓝红玉瞌睡一下子没了，大声说："狐闹闹，你怎么闹到公安局长那儿去了？"

"唉，一句话两句话说不清，你来了再说吧，我在看守所里，总之，他们既欺负了我又欺负了你。"手机里传来一个男人的呵斥声，接着就被挂断了。

小姑进了看守所，这可是大事。她连忙穿衣起床，口中喊胡子固，没人应答，到外间，发现整个套间里只有她一个人，桌上留有条，胡子固送邬采宁去机场了。她给胡子固发个短信，就打的去了看守所。

她与狐闹闹的关系很好。胡子固就这一个妹妹，全家人都宠着她。蓝红玉喜欢她的前卫、直率，她喜欢蓝红玉的睿智、大气；两人经常一起逛街，一起买衣裳，一起吃饭，好得像亲姐妹。她也搞不清为什么与一个比自己小近十岁的姑娘那么谈得来，她想，可能是她身上的某种气质与自己的潜意识相近吧。

到了看守所，执勤警官见是蓝市长，连忙给她放行。狐闹闹一见到她，就眼泪汪汪地说："詹发权欺负到你头上来了，你一定不能输这口气。"

蓝红玉让在场的警官给她一杯茶，让她慢慢说。事情的经过是这样的：她养的一条黄金蟒没关好，跑到楼下一户人家，那家人赶忙报警，来了两个巡警，正在抓这条蟒蛇时，她发现了，下楼来向那家人赔礼道歉，要把黄金蟒带走，那家人同意了，那两个巡警也同意了。本来，这事也就可以到此结束了，可正在这时，又来了两个警察，其中一个据说是河街派出所的所长，要毙了这条蟒。她这条黄金蟒是巴西品种，花了一万五千元才从一个"爬友"那儿转手弄到的，她怎么舍得让他毙了呢？她反复向他求情，并亮出自己与蓝红玉的关系，哪知他不知犹可，知道了她是蓝市长的小姑态度反而更加恶劣，说他最恨"衙内"为非作歹，并戏称她为"衙姑"，非要毙了这条蟒不可。她何曾受过这种委屈，她是女子跆拳道教练，连续两届蝉联江东省女子跆拳道冠军，三五个男人联合攻击都不一定是她的对手。她一个大劈腿，就把正在掏枪的所长劈倒在地，其他三个警察赶忙围攻她，双方成对峙之势，这时，公安局长詹发权赶来，大骂蓝红玉不是个东西，身为副市长，竟怂恿小姑养蛇扰民。她心中更加气愤，她养蛇关蓝红玉什么事，于是向他进攻，不小心被他们用网枪网住，带到了这里……

听她拉拉杂杂说完事情的经过，蓝红玉沉默了。她是一个没有什么官本位思想的人，有时甚至觉得这个副市长的职位是白捡的，当与不当都无所谓，没必要沽名钓誉、费尽心机，但是，被人这样欺负到头上，她还是觉得尊严受到了挑战，官位受到了挑战……

“我帮你请律师吧，论证黄金蟒该不该死。”沉默片刻后，蓝红玉这样说。

狐闹闹连忙上前抱住她，笑吟吟地说：“我就知道你不会服输的。”

“但是，你袭警的做法显然不对，拘留肯定是少不了的，你就老老实实待在这儿吧，也可借此机会灭灭你的闹劲。”她转头问看守的警察，“那个挨打的所长是谁？”

“是河街派出所所长侯节。”看守连忙告诉她。

“侯节？”她想起来了，那是一个身材矮胖、满脸横肉、眼睛长得眯成一条线的胖警察。前不久她到河街检查工作，是这个所长侯节在现场维持秩序，陪同的杨区长指着他说，你看你，胖得连喉结都看不到了，还叫侯节。在场的人都笑起来，所以她对这个侯节的印象特别深。她继续对看守说：“能把侯所长的手机告诉我吗？”

“能。”看守拿出电话本，找出侯节的电话号码。

她拿出手机，立马拨打侯节的电话。她外表看似平静，内心却恨不得啐他一口唾沫，质问他为什么要与自己过不去。还是狐闹闹看出了端倪，连忙制止说：“你还是回办公室打吧，在这儿打恐怕不方便。”她怕那个侯节像对待她那样不管不顾，使蓝红玉在看守面前有失身份。

她这才意识到自己被愤怒冲昏了头脑，在心里感叹自己不是个当官的料，像她这样不按出牌规则横冲直撞，恐怕用不了多久就会

被别有用心的人缚杀。

她见这个看守一直对自己毕恭毕敬，市长的虚荣心使她决定对他有所表示，就笑对他说："你叫什么名字？"

"我叫李成武，去年从省公安学校毕业后进的公安局。"李成武说。

她装模作样道："嗯，李成武，我记住了，好好干，你会大有前途的。"

"是，谢谢蓝市长的鼓励。"

李成武立即站起来立正、敬礼。狐闹闹没想到他会来这一着，爱笑的毛病又犯了，蹦豆儿似的笑出声来，把小伙子笑得面红耳赤，却又不便发作。蓝红玉在背后推了她一下，她才止住笑。

她指着狐闹闹说："她就是爱笑爱闹，外号叫狐闹闹，其实没犯什么大错误，她在这儿的日子，你对她宽容一些。"

李成武又是一个敬礼："请蓝市长放心，我一定尽心尽力，看守好狐闹闹。"

回到办公室，蓝红玉拿起电话，拨了一半的号码，又把电话挂了。她想，自己不能总是这么书生意气，读书人讲求"穷则独善其身，达则兼济天下"，现在自己不是独善其身的时候，为人处世得讲究政治艺术，否则，不但不能兼济天下，恐怕连独善其身也很难，那就从这件事开始吧，该要的政治手腕还是得要。

她把秘书葛玲叫进办公室，吩咐她给侯节打电话。葛玲会其意，狐假虎威把侯节训斥了一顿，然后要他来蓝市长办公室。哪知侯节不是个省油的灯，口中答应立即赶到，可他的立即却让蓝红玉不明就里地等了三个多小时，从傍晚一直等到深夜，这使她十分光火。

侯节到了后，她做了个请的手势，让侯节坐在她办公桌对面的沙发上，要葛玲出去时把门关上，做出一副要深谈的样子。待葛玲出去后，她若无其事地拿起桌上的电话拨起号来，却把他晾在一边。

她共拨打了三个电话。第一个电话是打给本市有名的律师赵阳光的。她向赵阳光讲述了狐闹闹袭警的经过，问他警察在这种情况下该不该击毙市民的宠物。赵阳光说，宠物扰民，在无法控制的情况下，警方可以击毙，但当时的情况是宠物的主人在场，局面已经控制，受扰邻居也同意对方将宠物领走，不追究责任，警方就不应该强行击毙；宠物主人在愤怒之下虽然有袭警行为，但是，警察也有错，行政乱作为，警察受伤不严重，这事可以作为一般纠纷来处理，大事化小，小事化了。

蓝红玉显然与赵阳光很熟悉，咨询连同聊天，这个电话足足打了三十分钟。侯节在沙发上坐不住了，蓝红玉刚一结束通话，他就说："蓝市长……"

她笑眯眯地做了个暂停的手势，又拿起电话，慢吞吞地拨打第二个电话。这次，她是打给公安局长詹发权的。"詹局长，晚上好，本来早就要给你打这个电话了，因为你们那个所长侯节来晚了，所以电话也就给你打晚了，……好，好，理解理解，你的秉公执法我非常理解，……是，是，是，我一定对小姑严加管教。"

这个电话打的时间不长，听得出来，詹发权是一副公事公办的口吻，并不想买她什么面子。

通话一结束，侯节又插话："蓝市长，我还有紧急公务要处理，您找我有什么事？"

蓝红玉冲他莞尔一笑，用手向下拍了拍，示意他少安毋躁，就不管不顾地拨起第三个电话。

这次，她是与市委书记米刚通话。她问米书记睡了没有。米刚热情地说："没有，蓝市长的电话随时欢迎。"她巧笑嫣然，娇滴滴地说："谢谢！"

与她通话的是市委书记，侯节烦躁的心一下子静下来，外界早就传言她与米刚的关系不一般，他想听听他们会说些什么。

市级领导的办公室隔音效果都很好，听筒里传出的声音很清晰。侯节明显感到他们通话的"热"度——如果语言有热度的话。

蓝红玉说："我听卫生局的陈局长说，您家后面的龟山上栽有一种特别能净化空气的树，您肺不好，建议您每天早上去爬爬山。"

"我老头子，不像你们年轻人，能吃能睡，我是晚上不想睡，早上起不来，再说我一个人，老伴又不在身边，一个人爬山多没意思。"

“我可以陪您啊！我与我的秘书，您和您的秘书，两男两女，一起爬山，又愉悦了心情，又锻炼了身体，多好的事。”她说着说着咯咯笑起来，补充道，“还不怕别人说闲话呢！”

米刚也笑起来：“你这份心意我接受了。我们俩住的地方相隔那么远，每天让你跑来跑去，我可过意不去，以后若住到一块儿了，再让你陪我锻炼身体吧，到时你可别嫌我老头子麻烦哟！”

蓝红玉连说几个不会不会。

米刚是从国家发改委下派来运河市当市委书记的，此前，他一直在北京工作，家属和子女都在北京，加之快到退休年龄了，就没有住进机关楼，只身住进了市委接待处设在龟山脚下的山鹰宾馆。这里前有水，后有山，风景宜人，很适合他这种中老年人居住，因此，机关工委几次动员他搬进市委分给他的独体别墅他都不肯，说那儿空气好，适合他这种有哮喘的病人。

他以病人自居，可别人不把他当病人，反认为他是别有用心。臭名昭著的色情书记张二江到湖北省天门市上任后，就是长期住在宾馆里，不安家也不带家属，以便接受色情服务和性贿赂。有些人就私下里把他与张二江相提并论，其中，编排他与蓝红玉的故事多发生在山鹰宾馆，他避之惟恐不及，哪还敢接受她的陪“爬”。

蓝红玉正是摸准了他的这一心理，才敢说要陪他爬山的，她是故意要演一出戏给侯节看——敲山震虎。侯节果然中计：正襟危坐，洗耳恭听……

她见火候已到，转移话题说：“米书记，我也要向您汇报一个不好的情况。我老公的妹妹，……对，就是我那个淘气的小姑，养了一条宠物蛇，跑到邻居家，惊扰了邻居，小姑发现后，向邻居赔礼道歉，邻居同意她把宠物蛇带走，可河街派出所的所长侯节赶来后，非要把蛇枪毙了，小姑很气愤，她会跆拳道，就劈了侯节一腿。我咨询过律师，侯节这是行政乱作为，宠物扰民，罪不当死。更气人的是，侯节是冲着我来的，说就是要惩治她这样的‘衙姑’，……衙姑是什么意思？”她看一眼侯节，继续说，“衙姑是从‘衙内’这个词套出来的，是侯节的发明创造，而且，他们局长詹发权很支持他，他们敢这样有恃无恐欺负我，可能是看我不管政法口；另外，我与詹发权竞争副市长时，我胜出，挡了他的道，他可能对我有怨气，您可得为我主持公道啊！”

电话里传来米刚发怒的声音：“简直是无法无天，敢这样对待一个副市长，我让詹发权立即放人。”

蓝红玉连忙说：“别，别，他们会说您以权代法的，又不知会给我们造出多少绯闻，再说，我那小姑也劈了人家一腿嘛，就让她在里面待几天。侯节的行政乱作为，我可以通过法律途径讨说法。”

“告什么告，你不嫌丢人我还嫌丢人呢！我让詹发权端正态度，你们俩就别再明争暗斗了，好吗？”

“没有，”蓝红玉连忙分辩，“我从没与他斗什么，我只是觉得心里憋屈，才向您书记诉苦，您是我的伯乐，我怎敢辜负您。”

“好，好，只要你记得为我脸上争光就行。你们这批年轻干部，恐怕是我从政生涯中最后提拔的一批了，改革力度大了些，打破了很多陈规陋习，引来很多人的非议，我真怕你们不争气，那可就是打我的脸啊！”

“您放心，血可流，头可断，可不能给老书记的面子抹黑。”蓝红玉边说边笑，笑声像银铃一样清脆悦耳。

悦耳的笑声对侯节来说却无异于一根银针，扎得他疼痛难忍。通话一结束，他就站起身，诚惶诚恐地说：“蓝市长，我，我，我知道错了，我立马让他们放人。”

蓝红玉正色道：“恐怕不行吧，她袭警了，能放吗？”

“能，”侯节毫不犹豫地说，“我没受什么伤，我现在就去看守所。”

“詹局长能同意吗？”

“是我闯的祸，我去说服他。”

她见目的已达到，挥挥手，让他去了。

……

詹发权真的不同意放人。

侯节连夜找到他，向他汇报了蓝红玉打电话的情况，请他放人。詹发权拍着桌子说：“她这是玩弄权术，我就是不放人。王子犯法，

也要与庶民同罪，何况她还只是一个副市长的小姑，就敢袭击派出所所长，甚至要袭击我这个公安局长，简直是无法无天；就是米书记亲自给我打电话，我也不放人，我一定要秉公执法。”

“如果那样，恐怕对您的评价会不好。”侯节讷讷地说。

“有什么不好，我秉公执法还会不好？”

“您和蓝红玉竞争副市长的事才过去半年，大多数人对此还有印象，他们会认为您公报私仇，伺机报复……”

“扯淡，”詹发权打断他的话，“如果都像你这样执法，前怕狼后怕虎，运河市哪来安定团结的政治局面？哪来法制社会？我就要以此做法，当一回包青天，告诉那些‘衙内’、‘衙姑’、‘衙二奶’、‘衙二爷’，谁不遵纪守法，谁就要受到惩罚。你回去睡觉吧，天塌下来由我顶着。”

侯节激动得连话都说不出来，过了半晌才说：“詹局长真是好样的，跟着您干兄弟我心服口服，解气……”

见他是真诚的，詹发权拍拍他的肩，语重心长地说：“我们这些执法者，立场一定要坚定，就是米书记，他也不敢代替你这个所长我这个局长行使职权嘛，更别说蓝红玉哪，所以没有什么好怕的，该怎么办就怎么办。”

“是，舍得一身剐，敢把皇帝老儿拉下马，我豁出去了。”

侯节是他一手提拔起来的干部，两人私交不错。半年前，詹发权竞争副市长失败，他似乎比詹发权还着急，两天都吃不下饭，心里对蓝红玉充满了怨恨。他不明白，市委是怎么选拔干部的，这么好的公安局长上不去，却让一个走出校门没几年的女人上去了，不就是毕业于名牌大学嘛，不就是会写写论文嘛，能代替实践经验吗？所以，这次，当他得知闯祸的黄金蟒是蓝红玉的小姑所养时，就把气全都撒在这条黄金蟒身上，非要枪毙它不可，哪知狐闹闹无法无天，竟敢袭击他，把一件原本很小的事情闹大了。现在，这件事惊动了市委书记，詹发权又是这么个态度，他怕因此影响了詹发权的前途。

 他这次真的是豁出去了。离开詹发权家，他就以派出所所长的名义，给看守所发函，解除对狐闹闹的拘留。因为人是他送去的，他有权以派出所的名义作出变更。他是个实心人，他想：聪明的下属是要善于给领导来事，而不是给领导添乱，就是詹发权发现了，把他骂个狗血淋头，他也乐意，领导升职了，好处还会跑得了他这个小鬼的。

办完手续后，他主动给蓝红玉打电话，让她去接人，还替詹发权说了几句好话，要她不要记恨詹局长。蓝红玉在官场上的道行本来就不深，以为是詹发权主动与她修好，高兴得合不拢嘴，笑眯眯地说："不会的，狐闹闹受处罚也是应该的，你侯所长挨了她一腿，我这厢向你赔罪了。"

这件剑拔弩张的事就这样被他两头瞒化解了。

蓝红玉走出办公室那一刻，姜生予已被"双规"二十七个小时了。省委、省政府与市委、市政府隔河相望，中间有运河大桥连接，省里有个什么风吹草动，市里很快就会知道，市级干部几乎都知道姜生予出事了，只有蓝红玉还不知道，可见她的"官基"之浅，眼线之少。

当然，没人告诉她还有另一层原因：她过去是姜生予的绯闻情妇，现在更是漩涡中人，熟悉的人难以启齿，不熟悉的人等着看笑话。就像丈夫偷情，妻子总是最后一个知道一样，在她同级别的官员中，她是最后一个知道的。

她知道这件事还是源于一则错发的短信。刚坐上车，让顾家平去看守所，她的手机就来短信了。她拿起一看，大吃一惊，短信内容是这样的：

潇湘：

姜生予被"双规"了，问题严重，你是他分管的干部，不会与他同流合污吧，若有什么不清白之处，赶快到纪委自首，争取宽大处理。

鲁峥

她知道，这是一条错发的短信，潇湘指的是市文化局局长蓝潇湘，很有几分姿色，与她和梅晨、黎佳一起被运河官场戏称为“四大花旦”，也是个绯闻不断的女人。鲁峥是省委副秘书长，可能是他手机里同时存有她俩的号，她俩又都姓蓝的缘故，他错发给了她。

她来不及细想这些问题，立马给米刚打电话，要印证这个消息的真伪。

米刚正在睡梦中，迷迷糊糊接听电话后毫不奇怪，说他早就知道了，反问她怕什么。

她自言自语似的说：“我怕什么，我没什么可怕的，我是想告诉您一声，让您有个心理准备。”

米刚从床上爬起来说：“我没什么好准备的，站好最后一班岗，把你们这些年轻干部扶上去，我就该下岗了。你虽然吵醒了我的瞌睡，但我还是很高兴的，市级干部中只有你给我打了电话。”

两人聊了几句后就收线了。蓝红玉的心越来越不踏实，她隐隐约约感到，姜生予的“双规”对她来说不是好事，对很多女人来说都不是好事。姜生予为人处世讲究酒、色、才、气，在省级干部中是出了名的，他的好色绝不是“色厉内荏”和“望梅止渴”那么简单。据她所知，就有好几个女干部向他行过性贿赂，有的是屈服于他的淫威，不得不就范，有的却是主动投怀送抱，以获取稀缺资源。她被破格提升为副市长，的确与他无关，但谣言还是满天飞，这与他或明或暗的一些暗示有关，他多次暗示她，要她投怀送抱，她都没有理睬。他还有一个毛病，也就是他讲究的“气”害了他，他暗示不分场合，随性而为，胸怀宽广的人可能一笑置之，别有用心的人却因此抓他的把柄，比如，昨晚饭局上，他要与她喝交杯酒，不就是授人以口实吗？

车不知不觉到了看守所，她还沉浸在忧郁中没有清醒。狐闹闹向她走来，背后沉重的铁门“砰”的一声关上，把她吓了一跳。

狐闹闹还是那么活泼，未语笑先闻：“怎么样，本小姐又多了一道体验——坐牢的体验，哪天你也进去试试！”

“啐啐啐，真是狗嘴里吐不出象牙来，我一辈子也不愿进这种地方。”

“这有什么呀！”昏暗的灯光下，她看不清蓝红玉的脸色已铁青，“北京、上海这些时尚前沿城市还有人开监狱餐厅哩，一切都仿照监狱里的设施，吃牢饭的人络绎不绝！我今天就美美地吃了一顿牢饭，真香。”

“变态！”

“好，好，好，我变态，亏你还是学哲学的，世界观那么狭窄，固步自封，你不知道这世界是无限可能的吗？”

蓝红玉估计得没错，姜生予的“双规”的确是江东官场女干部们的一场灾难。接下来，各种传言满天飞，连普通干部和老百姓都知道了。其中，关于她与姜生予的传言最多，因为她是运河官场“四大花旦”之首，容貌最靓丽，职位最高。这种事，涉及到的人越漂亮，地位越高，新闻的轰动性就越强，传播率就越高，使她这个与姜生予没有事的人反比那些有事的女人知名度还要高，她真是有口难辩，跳进黄河也洗不清。

她估计胡子固也听说了，但是，这种事，他不问，她主动解释，反显得心里有鬼，所以她也不提这事，假装不知道。她惟一能安抚他的办法就是做爱。

她曾听一位性学专家说：性是维持夫妻关系的最重要工具，所谓结婚其实就是两性的结合。夫妻之间，若性生活和谐，哪怕感情不和谐，婚姻也能持久；反之，性生活不和谐，即使感情和谐，婚姻也难以持久。说到底，人是追求快乐的动物，而性生活是人最大的快乐。特别是现在，婚姻所受外界束缚越来越少，维持婚姻稳定的筹码很大程度上决定于性生活。

因此，她现在惟一的筹码就是性。好在她对自己的性能力还很自信。世上美女很多，可拥有名牌大学硕士学位的知性美女不多，三十六岁的美女更不多，大多数美女因为嫁得不好或工作不好，一上三十岁就成了残花败柳。其实，女人的美恰恰是在三十以后，三

十以后的女人具有成熟美，若此时脸蛋依然俊俏，身材依然好，那就是真正的风月俏佳人了，而她，嫁得好、工作好、保养得也好，正是这样的俏佳人，何况，她头上还有一顶副市长的帽子，不是一般的俏佳人喔！

她的“性号弹”确实见了效果。胡子固每天晚上都表现得兴致勃勃，一上床就要与她做那事。她也做得很卖力，什么策马奔腾式、移船就岸式、扶摇直上式，都一一尝试。怕那几招时间长了引起他的厌倦，她还特意到音像书店买回《性爱36式》，与胡子固边看边尝试，使他感受到前所未有的性快乐，有时一晚上要做两次，他才能感到满足。然而，该来的还是来了。

胡子固之所以前所未有地亢奋，是因为听说了妻子的丑闻，心中愤恨不已，一时半刻又抹不开面子向妻子发泄，只有用做爱的形式来表现心中的愤懑。听到她的呻吟，看到她的抽搐，他就不由自主地兴奋，觉得他征服了她，征服了一个人人仰慕的副市长，他不是龟公，他很伟大……他知道在这个事件中，他的心态已经不正常了，如果是在国外，他应该去看心理医生。

这天晚上，两人做完一个高难度的“倒拔河式”后，胡子固喘着粗气说：“这个动作难度真大，姜生予和米刚都是快六十岁的人了，应该做不了吧！”

蓝红玉呆住了：原来他也是装的，他对她的性爱其实是性掠夺、性报复，他每时每刻想的都是妻子是个荡妇，妻子的这些招式是不是与她的上司、她上司的上司做过……

她极大地悲哀。她感到自己是个小丑，是个性奴，自己其实行得正坐得端，完全没必要曲意逢迎丈夫。她感到自己太失败了。

胡子固对自己情不自禁流露出的想法也是大吃一惊，既然伪装已经撕开，那就没必要继续装聋作哑了。他叹息一声说：“我其实早就听说了你与姜生予的那些丑闻，我作为你的丈夫，一个体面的高级知识分子，不可能无动于衷，我真不知道该如何来面对你，面对我们这个家，我每天都生活在痛苦之中……”

他潸然泪下。世上最揪心的事莫过于男人落泪，何况是在深爱他的妻子面前。蓝红玉本想与他大吵一架，把心中的愤懑都发泄出来，见此情景，她只得打落门牙往肚里吞。

她拿来毛巾，帮他擦了擦潮湿的脸，温婉地说："子固，我们结婚八年了，我的为人怎么样，你还不知道吗？我不是官迷，我不可能背叛你、背叛家庭去行什么性贿赂；我更不是一个荡妇，我之所以变那么多花样讨你欢心，是怕你多心，我若有私心杂念，我们能配合得这样好吗？"

"你还是明确告诉我吧，你与他到底有没有那种事？"

蓝红玉霍地站起，毫不犹豫地说："没有！"

她是个有泪不轻弹的女人，她不想让他看到自己流泪，一扭头，进了卫生间，借着淋浴的水声，低声抽泣起来，任泪水和着流水一起哗哗流淌……

这一夜，他家的就寝格局第一次发生了变化，蓝红玉睡到了客房。

只要在家睡，她从来没有离开过她的婚床。她虽然已是六岁孩子的妈了，但孩子一出世就由爷爷、奶奶带着，他们还是像新婚夫妻一样，过着二人世界。每天不管工作多辛苦，在外受了多少委屈，晚上只要一躺上婚床，只要丈夫的臂弯一伸过来，她就可以安然入睡。在她的潜意识里，丈夫是个伟丈夫，出了天大的事，他都会帮她顶着，帮她罩着。可今晚，她觉得这个"顶"、这个"罩"不存在了，她再也睡不安稳了。

在辗转反侧中，她想起了恋爱时的一段小插曲：

那是在念大四时，追她追得最厉害的除了胡子固，还有霍达。霍达与她是同班同学，父亲是江淮市的市委书记，母亲是上海音乐学院的教授。胡子固正在读博士，除了学历比他高之外，家庭条件与他没法比。

这两个男生都令她心动，她举棋不定，最后，决定下一着险棋，把他俩的感情都置于死地，看看谁能后生。

那夜月色融融，很适合言情。她把霍达约到未名湖边，一脸沮丧地对他说："你与胡子固都追我追得很紧，我不能

长时间这样拖着用情不专，对你对我对我们的学业都不利，我考虑了很久，还是决定选择胡子固……”

接下来是难堪的沉默。远处的高楼上飘出一首歌，她侧耳聆听，竟然是蔡琴的《萍聚》，非常适合此刻的情景。

他显然也听到了，静静地听完这首歌后，他叹息一声，幽幽地说：“也许是天意吧，我俩的缘分竟然是一场萍聚，那就像歌里唱的——只要我们曾经拥有，对你我来讲已经足够。”

他说完，毅然转身，头也不回地走了。

她知道，他高傲的尊严受到了前所未有的打击，他是市委书记的儿子，他是班长，他是学生会主席，他所到之处受到的全都是礼遇……

她没想到他如此不堪一击，哲学女生的理智也被情感占了上风，她蹲在湖边，让大滴大滴的眼泪落进湖里，随着水波消散了，消失了。

眼泪流干后，她毅然拿出手机，拨通了胡子固的电话，要他来湖边约会，她要把这场游戏继续下去。

胡子固兴冲冲地来了，她这样主动约他还是第一次。她向他说了同样的话，只是选中的对象换成了霍达。胡子固愣然了，蹲在湖边好半天都不说话，任泪水滴落到水中，一串一串地，把小鱼儿也给吓跑了。

她的心一阵刺痛，恨不得告诉他，这只是一次考验。但是，她还是忍住了，哲学系的女生可不像中文系的那么没理智。

“好吧，我接受你的选择，但我有一个要求，在你结婚的时候，让我来做你们的伴郎，好吗？”他沉默良久后这样说。

“为什么？”她狠心问。

“因为我无数次地梦到与你一起进入结婚的礼堂，”他的泪水再一次流出，哽咽得快说不下去了，“现在梦碎了，我成不了新郎，但我希望能成为你们的伴郎，伴你……进入……结婚的……礼堂。”

他泣不成声，一米八的个头委琐得像个虾米，踉踉跄跄向湖岸走去。

轮到她惊愕了，她不能放过他，颤声叫道：“子固……”

胡子固痛苦地回过头，她奔跑着一头扑进他的怀里，娇羞地说：“你通过考验了，我决定选择你，再也不脚踏两只船了。”

他又一次愕然，随即泪流满面。他高她一个头，他的泪滴到她脸上，与她的泪和在一起。

泪是涩的，但他们觉得倍儿甜。

……

那时的胡子固对她多好啊，哪像现在这样小肚鸡肠。

她辗转反侧的时候，胡子固在另一张床上也在辗转反侧，而且多了长吁短叹。没有妻子睡在怀里压得胳膊生痛的感觉，他觉得心里空落落的。他希望自己相信妻子说的话，可真要说服自己相信，又觉得底气不足，他在相信与不相信中做着二元选择，举棋不定。

半夜，他实在睡不着，就蹑手蹑脚地进了客房，偷偷地往床上挤。蓝红玉一翻身，一下子把他压在身下，泪水滴滴答答地落在他的胸膛上。他感动了，讷讷地说：“我再也不让你流泪了。”她把泪脸在他胸膛上蹭来蹭去，反而让泪水流了个痛快，最后，俯在他耳边说：“我要。”

这一次，他们没有做什么高难度动作，像新婚之夜一样，涩涩地，做了一次简单的咸湿男女，但是，感觉特别好。

第三章

在市政府大门口，蓝红玉遇见了詹发权，她想冤家宜解不宜结，就主动上前，与他打招呼："詹局长，上次谢谢你放了我家小姑一马。"

詹发权一愣，正色道："我没有放你家小姑，是侯节背着我干的，简直是无法无天，我还没找他算账呢！"

蓝红玉的笑容随即僵在了脸上，她没想到詹发权会是这样一个人。常言道，伸手不打笑脸人，何况是她一个级别比他还高的副市长。稍稍调整情绪后，她也板起面孔，一脸严肃地说："那你就秉公执法吧！"说完，拂袖而去。

站在一旁的副局长佟大伟说："詹局，你不应该让蓝市长下不了台，那才多大点事嘛，小心她给你穿小鞋。"

"她敢！"詹发权望着她的背影恶狠狠地说，"我最瞧不起这种靠身体往上爬的女人了。"

佟大伟嬉皮笑脸地说："詹局，是不是她把你的副市长挤掉了，你怀恨在心哪？"

詹发权不喜欢别人开这种玩笑，瞪他一眼说："扯淡！"

佟大伟是米刚点名提起来的人，他才不怕他哩，还想幽他一默。这时，詹发权的手机响了，是林市长的电话，口气严厉地要他上来。他刚从林市长办公室下来，现在又要他上去，会有什么事呢？他感到林市长的口气不对，就让佟大伟在下面等着，自己噔噔噔地去了。

他的预感很准，林光璧一见他进来，劈头就训："怎么搞的，一点组织观念都没有，蓝红玉现在是副市长，你要学会尊重她，有情绪也不能挂在脸上啊！"

"我，我……"詹发权欲言又止。

"我什么，我在窗户里都看见了，看你那副小样。"他扔给他一支烟，脸上浮现出些许笑容，接着兄长般地说，"我也很希望你能当这个副市长，可米书记认为蓝红玉思想活跃，更有利于给我们这个班子带来活力，你要把位置摆正，等待下一次机会。这个道理我已经给你讲过多次了。官场有官场的规则，不能像小媳妇骂街，即使恨一个人，也要口蜜腹剑，你做了多年的公安局长，这个道理还需要我教吗？"

"是，我一定改正，谢谢老领导的教诲。"

詹发权与林光璧的关系可谓源远流长。林光璧当公安局长时，詹发权是他手下的刑侦局长；林光璧当政法委书记时，詹发权是他手下的公安局长；林光璧当上市长后，为他竞选副市长据理力争，几乎闹到与米刚翻脸的地步。然而，米刚毕竟是一把手，书记管干部，最终还是他支持的蓝红玉胜出，詹发权和其他几位候选人败北。

这场竞选名义上是公开选拔，其实谁都知道，就是詹发权与蓝红玉的竞争，因为一个有市长支持，一个有市委书记支持，其他人只不过是陪衬，所以，詹发权的败北，就不仅仅是他个人的败北，也关系到林光璧。林光璧这些年来仕途上可谓一帆风顺，所向无敌，这次却败给了一个即将靠边站的老头，他心中也是愤愤的，但他善于掩饰，人称"笑面虎"，见了米刚和蓝红玉依然是笑眯眯的，看不出有什么情绪。

他与米刚搭班子已有四个年头了，离换届还有大半年，合作基本是愉快的，就是在用人方面，米刚卡得很紧，不让他调动自己人

到重要岗位上。他今年四十九岁，在市级干部中可谓年富力强，米刚今年五十八岁，这一届到头，米书记就要变成米退休或者米政协、米人大了，运河市委书记一职很可能就是他林光璧林书记了。他只有等待，耐着性子等待。他不希望这个时候，与米刚、与蓝红玉打内战。

见詹发权一副虔诚的样子，他拍拍他的肩，意味深长地说："机会是要等待的，下一届你的副市长应该跑不了，我还会争取让你排名在蓝红玉之前，你就再等等吧，我们都需要静心等待。"

詹发权何尝不懂得等待的意义，但这些年来仕途的顺利使他与林光璧一样，一遇到挫折就火冒三丈，好像那个位子本来就是他的，如今却被蓝红玉掠夺去了，而且是用令人不耻的性贿赂掠夺去的。因此，他看蓝红玉，看米刚，看姜生予，都像看待犯人一样，一见到他们就没了好心情。姜生予的"双规"，使他喜出望外，逢人就说，早就看出姜生予不是个好东西，他甚至希望中纪委把米刚和蓝红玉也一起"规"起来，把他的副市长位子还给他。

他口里答应林光璧等待，心里却侥幸地想：也许明天，姜生予就供出蓝红玉的副市长是用非法手段掠取的，我就有机会拿回属于我自己的乌纱帽了。

重新下楼，佟大伟问他林市长有何吩咐，他笑眯眯地说："等着升官吧！"

升官的话题对官场中人来说可谓敏感话题之一，佟大伟连忙凑到他耳边讨好说："詹局，你又要升官了！"

他要的就是这种感觉，戏弄一下米刚面前的红人，他觉得很开心，随即笑道："看把你认真的，逗你玩的，我升上去了，你就有机会了，是不是？"

佟大伟嘿嘿笑了两声，心里骂道：你狗儿的没当上副市长，怄得像个吹鼓手，还戏弄我是官迷，口中却说："詹局肯定中了什么彩头，与我正话反说哩！"

受佟大伟吉言，詹发权傍晚真的中了彩头。

他家在沿河西路。运河市是个沿河而筑的城市，沿河两岸自然是城市之根，繁华之区。吃完晚饭，他从家里出来，信步到河滩散步。

运河的河滩早已今非昔比，城市管理局把河滩修成了河滩公园，成为这个城市最具风情的地带。河滩上人文景观、自然景观一应俱全，是市民们休闲、娱乐的最好去处。

詹发权沿着河滩踽踽独行，突然，一个女孩迎面走来，他的眼睛睥睨着河水，猝不及防，“啪”的一声，两人撞在了一起，女孩鲜红的嘴唇印印在了他的脸上。女孩一见，狂笑不止，詹发权从未遇到过这种事情，愤然道：“你笑什么啊?”

女孩好不容易止住笑，指着他的脸说：“我把口红印在你脸上了。”

他用手一摸，手上果然有口红颜料。那个“嘴唇”被他摸变了形，女孩又笑起来，笑得满脸通红。她长得本来就很漂亮，绰约多姿，对男人极富吸引力，现在又笑红了脸，如同擦了胭脂一样，让人怜不是，爱不是。他本想熊她几句，见她这样，心头的火也被她笑没了，讷讷地说：“这可怎么办?”

女孩掏出镜子，要他照照，并要他别急，到河边去给他洗洗。他像中了魔一样乖乖听她安排。他想，有这么漂亮的女孩为自己“服务”，为什么不听她的呢?

两人像情侣一样站在河埠上，女孩撩起水，帮他轻轻地擦洗。风轻微，柳轻扬，一切都恰到好处。他这一生经历的事情很多，可年近五十了，还没有过这种经历。——在发廊里由小姐洗头洗脸的经历他有过，但完全不能与此刻相比。运河里的水缓缓流淌，清澈能照得出他俩的影子。在水中看美女的影子，那更是一种享受，难怪西施浣纱，鱼会看呆了落下去……

女孩帮他洗完脸，这个浪漫的艳遇似乎就该结束了，可他枯木逢春的春心才刚刚开始萌芽哩，怎么能让她就这样走了。于是，他说：“你吻了我，我们也算是有缘，你就给我当一次陪聊吧，也算是给我赔不是了，怎么样?”

“行，”女孩连连承诺，“只要你不把我抓起来就行。”

詹发权一怔：“你知道我的身份？”

“嘿嘿……”女孩尴尬一笑，“你是公安局长，我在电视里见过。”

“嗯，那很好。”詹发权打起官腔说，“那我就把你这小鬼拘留两小时，陪我到那边爱情角去聊天。”

女孩吐了吐舌头，做了个怪样，嬉皮笑脸地说：“你有没有手铐，最好把我们两人铐在一起。”

“为什么？”他还是第一次遇见主动要求戴铐的。

“嘿嘿，我在电视里看见的，戴上铐就是情侣了，表示一见钟情，谁也跑不掉。”

他用手指指她，又指指自己：“我们年龄相差这么大，也可以一见钟情?!”

“嘿，嘿，我们也算吧，我是故意撞你的。”

詹发权警觉起来，板着脸说：“那你得说清楚，是谁派你来捉弄我的？”

“你过敏了吧！”她甩出一个媚笑，“我们还是到爱情角去聊吧，这儿人来人往的，对你影响不好。”

河滩上辟有两处特别的休闲区，一个是爱情角，一个是性爱长廊。顾名思义，爱情角是适合谈情说爱的地方。这里用绿色藤蔓植物隔出一个个空间，情侣们坐在石凳上，可以喁喁私语，也可以做些小动作；在藤葛牵衣中，在花香袭人中，让爱情回归原始，回归自然。据说，在这里约会的男女，成功率特别高。爱情成熟后，瓜熟蒂落的地方就应该是性爱长廊了。不过，要想在性爱长廊享受天为被、地为床的特别性爱需要有轿车。性爱长廊其实就是一个露天停车场，如今流行车床性爱，偌大的停车场就用藤蔓植物夹成一个个小间，有这些植物做屏障，就可以在车里行鱼水之欢了。可能是在水边的缘故吧，这种鱼水之欢据说特别爽，引得那些没车的人借车也要来体验一把。

进了爱情角，他们一人要了一瓶可乐，就到最靠近水边的一个小间坐下来。女孩告诉他，她的网名叫口红，因为她的爱情观是爱情像唇边的口红，日日都要更新，所以，她就给自己取网名口红，真名反而很少有人记得了。她今天之所以要用嘴来撞他，是因为她要甩掉现在的男友。这个男友非常黏糊，早就提出分手了，可他还是缠着不放。刚才，男友与她打赌，要是她能搞掂公安局长成为她的下一道口红，就退出，于是，她就张着嘴迎向了他。

原来还有如此离奇的故事，詹发权哑然失笑：“那你准备怎么办?”

口红媚眼如丝：“你就可怜可怜我，当我的下一道口红吧，我给你一个月的时间，还不行吗?”

詹发权把她从上到下打量一番，笑道：“我没有包二奶的经历，你可别害我丢官哪!”

她把身体挪近他，拉着他的胳膊撒娇道：“詹局，我不会的，我就怕那种黏糊人，你不黏糊，我还求之不得哩！我们以一个月为期限，我收获爱情，你收获美人，到期我们两讫，好不好?”

“好是好，”他的春心真的动了，他能感受到自己的心在怦怦直跳，“但我得查一查你的真实身份，别中了你的圈套。”

“搞公安的就是多疑。”口红噘着嘴，拿出身份证，不满地说，“你查吧!”

他用随身携带的笔和纸记下身份证上的信息，然后还给她说：“这是我的职业习惯。其实，你在擦每一道口红之前，也要查一查对方的身份才行，否则，很有可能擦上的是一道变态口红，不把你折腾个半死才怪!”

他说完哈哈大笑起来。他自己都觉得奇怪，他平常是个不苟言笑的人，可在这个女孩面前，他竟然变得夸夸其谈起来。这可能就是爱情的力量吧，难怪她追求日日更新的爱情。

他结婚快二十年了，老婆陆春枝早就不是春枝，而是冬枝了。在他这个年龄，婚姻其实只是一种维持，做给亲友看，做给儿女看，做给社会看，他一个月难得与她来上一次。他也渴望那种激情澎湃的性爱，可限于公安局长的身份，他只得忍着，他不想让自己的仕途毁在男女之事上。可是，对于今晚这个主动送上门来的女孩儿，

他真的有些把持不住了，他发觉那种拨动心弦的感觉是世上最美的感觉，比当官的感觉还要好。从中，他又得到一种感悟：难怪那么多贪官前“腐”后继包二奶，养情妇，原来人到中年，爱情的力量比年轻时还要来得凶猛，来得势不可挡。他浮想联翩，似乎一下子明白了许多过去所不理解的东西。

“你想什么呢?”她推他一把，“让我挽着你的手走出爱情角吧，我那上一道口红还在外面窥视我呢?”

他从云里雾里又回到了现实中，摇摇头说：“别忘了我的身份，那样对我影响不好，我去吓唬吓唬他，要他与你分手不就得了。”

“你怎么吓唬他?”口红的调皮劲又上来了。

他虎起脸，用手指着石桌上的玫瑰花说：“不许再纠缠我外甥女，再不滚我就抓你进牢房。”说完，笑对口红说：“像不像。”

口红拊掌大笑：“像，像，你这道口红的确与众不同，可以出场啦!”

詹发权整整衣衫，真的按口红指的方向过去了。那边花丛中，有一个男生正在眼巴巴地朝这边张望呢。他干咳两声，走上前去，厉声说：“认识我吗?”

男生吓了一跳，低着头说：“认识。”

“认识我还待在这儿干什么？口红是我外甥女，再敢纠缠她，小心我……”他从随身的口袋里掏出一副锃亮的手铐，在男生面前一晃。

男生吓得面无人色，连忙说：“我走，我走。”像鹞子摆尾一样，一晃就不见了。

看到这一幕，口红绝倒。她冲进花丛，抢过手铐，一端铐上自己，一端铐上詹发权，握住他的手说：“我们终于一见钟情了!”

詹发权再也控制不住自己了，蹲在花丛中，借着夜色，老牛吃嫩草似的，用自己的嘴盖住了她的嘴……

蓝红玉今天可谓倒霉透顶。上午热脸挨冷脸，被詹发权羞辱了一顿，下午又被米刚叫去，狠狠地批评了一顿。

事情是这样的，那晚她冒着生命危险超量献血救活的李丽珍，脱离生命危险后，于昨晚在医院割腕自杀，因为她住的是单人病房，护士发现得晚，她又差点失去生命。蓝红玉献血救她的事全国媒体都进行了报道，现在她闹自杀，全国的媒体又都进行了报道。媒体虽然没有批评蓝红玉，但她的工作显然没有做仔细，没有从心灵上去挽救一个人，何况她还是分管妇联工作的副市长。

米书记把报纸往她面前一扔，疾言厉色道："你这个副市长怎么当的，眼皮子底下的事情都做不好，还能指望你能做好那些我看不见的事？我不顾流言蜚语起用你，你就这样给我干活，你知不知道，林光璧、詹发权一直对你虎视眈眈，等着看我的笑话哩，这下，他们有理由质问我了：你选拔的人才为何如此无能？"

蓝红玉的脸霎时绯红，她捡起地上的报纸说："米书记，这事都怪我疏忽大意，没经验，以为死过一次的人就不会再寻死了，我现在就去做她的思想工作，直到她能直面人生为止。"

"你叫我怎么说你，你……"米刚还余怒未消。

这段时间，她遇到的净是一些倒霉事，不禁眼泪潸潸，无语凝咽。见此情景，米刚只好缓和口气："好了好了，哭什么哭，我刚当领导的时候也犯过这种不该犯的错误。我们反对搞政绩工程，但有些政绩还是要搞的，你给她输了血，挽救了一条人命，这本来是件功德无量的事，可你不好好经营她，结果好事变坏事，成了烫手的山芋，以后要吸取教训。你现在放下手头上的一切工作，把这件事当做一个政绩工程来做，二十四小时黏着她也好，请专家学者疏导她也好，总之，只要让她好好活着，你的政绩就出来了，我让晚报给你做专访，堵堵那些别有用心者的嘴。"

"是，谢谢书记指点。"她哽咽道。

离开米刚办公室，她让顾家平开车去医院。她要与李丽珍斗智斗勇。

其实，李丽珍根本就没有力气与她斗。前后两次失血，她的脸白得像一张纸，十分瘆人，躺在病床上，连眼皮都不想动一下。见此情景，蓝红玉只得把准备批评她的话咽到肚里。同是女人，她同

情她。如果换了是她，面对这么大的灾难，她同样会不想活的。

护士说她没有生命危险了，可以与她说话。秘书葛玲见她明明醒着，却不肯睁开眼睛，就大声说："李丽珍，你的大恩人蓝市长来看你啦！"

蓝红玉横了她一眼："你怎么能这样跟她说话，她不想见我，肯定有不想见我的理由，我就待在这儿陪护她，直到她想见我为止，你们就都回去吧。"

"这，"葛玲沉吟道，"您日理万机，要不我留在这儿陪她吧！"

"还是由我在这儿吧，我要把市委、市政府的关怀传递给她，工作上的事情，你能为我挡一下的就挡一下，挡不住的，就拣重要的带到医院里来，我们现场办公。"

"好吧！"顾家平和葛玲很不以为然地走了。

这一夜，蓝红玉就待在医院里，与李丽珍打起了持久战。她不想面对蓝市长，侧转身，面朝墙壁，把背对着她。蓝红玉也不生气，反而帮她掖被子。院长来了两次，要把蓝红玉替下来，都被她婉言谢绝了。护士给她拿来了临时床，她也没睡，她想，也许坐一晚能够打动她的心，挽救一个生命。她就硬撑着，一夜没睡。

长夜难眠，李丽珍这一夜也没有睡。又一次从死亡线上活过来，看来阎王爷真的是不想要她的命。丈夫制造灭门惨案，毒死了婆婆和儿子，自己也一刀毙命，杀她时却刀下留情，这刀下留情该含着多少爱恨情仇啊！她接受不了这刀下留情，她恨丈夫为什么不对她也一刀毙命，让她跟他们一起离开这个又爱又恨的人间。如果时光能够倒流，她宁可这一生当尼姑也不染指这个情字。她恨丈夫太痴太傻，恨自己用情不专，恨丈夫太残忍，恨自己不该认识朱岳峰……她在这情天恨海中不能自拔。

迷迷糊糊之中，她看见肖观湖走了进来。她哭着说："你为什么把我一个人丢在这里受苦呀？"肖观湖说："你就好好活着吧，我杀你一刀已解了恨，我把母亲和儿子带走了，就是要给你减轻包袱，你要觉得朱岳峰好，就跟他去吧，我们来生再续姻缘。"

"不，不……"李丽珍尖叫着。

蓝红玉连忙推醒她："丽珍，丽珍，是不是做噩梦了？"李丽珍睁开蒙眬的泪眼颔首示意。

蓝红玉一脸真诚地说："我刚才也做了一个梦，梦见肖观湖来了，对我说：'蓝市长，谢谢你救了我老婆，请你劝她一定要坚强地活下去，不要辜负了我在冥冥中的希望。'"

李丽珍惊恐地坐起，拉着她的手说："难道肖观湖真的来过，难道人死了真的有灵魂，肖观湖，你给我出来。"她哭起来，"肖观湖，你为什么这样做，你真傻呀……"

她的哭声凄切，在这个宁静的夜晚，在这个太平间里停满了死尸的医院里，格外凄切。

蓝红玉没有劝慰她，任她的哭声如泣如诉。她知道，哭是痛苦的表现，一个绝望的人只要还有痛苦的感觉，那就还有生的希望。这是远在美国的邬采宁刚教给她的。

胡子固见妻子没回来，打听到她是要用持久战来挽救一个闹自杀的女人，他想到邬采宁，邬采宁是研究精神医学的，他一定有办法，于是请他给妻子出主意。邬采宁认为，人都有好生恶死的本能，在这种情况下，李丽珍不做梦则已，做梦一定是梦见那个与她充满爱恨情仇的人劝她活下去，这就是精神医学上的精神胜利法，劝慰她的人若顺着她这个思路强化她的这种信念，她的生命立即就会焕发生机，僵局迎刃而解。蓝红玉按此原理编了个谎言，果然见效。

第四章

侯节来到詹发权办公室，他让他查的那个女孩子的身份情况，他终于查清了。口红真名汪雅若，家住本市汇春花园，父母早年离异，母亲嫁给了一个意大利商人，父亲在美国也重新安了家，她跟着爷爷、奶奶长大，前年从江东美术学院平面设计专业毕业，现为SOHO族，为一些创意公司提供图案，主要经济来源来自父亲的供给。父亲在美国比较有钱，她每年都要到美国去待上一两个月，生活方式很西方化，换男朋友就像换衣裳一样随便，她有一句口头禅是：爱情就像唇边的口红，是要日日更新的。他汇报完这些，随口问道："这个女孩子没有犯罪记录，您查她……"

詹发权笑了笑说："哦，我一个亲戚的孩子与她处对象，现在骗子太多，亲戚让我查一查，知根知底嘛，啊！"

侯节感觉到他在装腔作势，他是个会来事的下属，没多问就走了。

那晚，他与口红在花丛中偷嘴后还不尽兴，就把自己的车开到性爱长廊，与她过了一把车床性爱的瘾。那种感觉是前所未有的，他觉得前几十年简直是白活了，他甚至弄不明白，同样是女人，口红为什么可以点燃一个男人，而妻子陆春枝只会让他消沉下去。他要长期占有这个女人，成为她唇边永久的口红……

他发现她抽的女士烟是黑魔鬼，他为她准备了几盒黑魔鬼，准备今晚车床性爱后给她。这是真正的黑魔鬼，吸了它就会被魔鬼缠身——他在每支烟里加了冰毒。他在昨晚的缉毒行动中偷偷藏了一包毒品。他想，若不这样，他这个半老头子口红，恐怕很快就会被她抹掉。

夜色迷离，充满美好也充满邪恶。口红如时赴约。一走近詹发权的轿车，他就把她拉进车里，一张大嘴就盖住了她的小嘴。中年人一般对这种性前戏已没有了热情，往往是直达目的地，因为他们对女人的那点小秘密太熟悉了，可他不，他对接吻、抚摸、说情话等这种小年轻热衷的性游戏情有独钟，他要弥补年轻时的遗憾。那时，他是一个正直的刑警，工作的忙碌使他无暇眷顾儿女私情，加之陆春枝缺少风情，两人在一起做爱总是像吃快餐似的，一会儿就解决了战斗。枯木逢春，就会加倍地吸取春的精华，他的确是豁出去了，要玩命了。

一阵亢奋之后，他把黑魔鬼递给她。她媚笑道："这算是嫖资？"

"你说算就算吧！"他笑嘻嘻地说。

她随意抽出一支，点上火，深吸一口，坏女孩似的朝他脸上吐出一口烟圈。她抽烟的样子更令他亢奋，何况还是坏女孩似的。他不等疲软期过去，强令自己在她身上动起来。她一只手夹烟，一只手抚摸着他汗津津的脸，觉得这个与父亲同龄的男人真有意思。

詹发权心里更觉得有意思。他此前在大会小会上一谈到腐败，一谈到政府官员包二奶、养情妇，就痛心疾首，就疾言厉色，不从思想根源上说出一番深刻的理论决不罢休。天门市委书记张二江腐败案发后，对他与一百零七名女性有染的丑闻他是逢会必讲，告诫手下的干部一定要引以为戒。他当时还不明白，自己怎么会对这件事津津乐道，如同对待一块臭豆腐，闻起来臭，吃起来香，此刻他才明白，那是一种嫉妒心理，一种吃不着葡萄说葡萄酸的心理。他不得不在心里感叹，男人一旦有了权，不贪不色真是有些难哪！

"你笑什么?"口红吐一口烟圈，用挑衅的目光看着他，她想试试这个公安局长到底有多大的性能量。

詹发权最逃不过的就是那双桃花眼，一个女人，一个风情万种的女人，挑衅男人，意味着什么?意味着野性、意味着淫荡、意味着无耻。此刻，他要的不就是无耻?他感觉那黑魔鬼不是她在抽，而是自己在抽，他的身体被另一种冰毒兴奋着，下身又坚挺起来，春心又荡漾起来，再次像饿狼一样进入她的身体。

性爱长廊的好处是隐蔽、浪漫和见怪不怪，藤蔓隔成的车库散发着春的气息，可以进一步促发车中人的春情。藤蔓里的车左右摇晃，还不时地发出呓语和呻吟，但工作人员都不去管他，他们知道，那是人类在进行最美妙的活动。

两人在车内吸烟、说情话，待了三个小时，做了三次，平均一个小时一次。詹发权感觉再也做不了了，整个人像被掏空一样。他想起一句笑话：好女废汉。当时在餐桌上，别人讲时还没觉得什么，现在才知道，好女真的可以废汉，此刻，自己不就被她废了吗?

蓝红玉确定李丽珍真的不会再闹自杀了才回家，她一连在医院里陪了李丽珍三天三夜，真正把市委、市政府的关怀和温暖传递到了她的心窝窝里。同时参与传递的还有报社、电台、电视台，不过，他们是把这种关怀和温暖传递给全国的读者、听众、观众。

蓝红玉明显地感到，这种原本是个人行为的关怀逐渐演变成了一种炒作。她不喜欢炒作，多次劝记者们不要采访了，可他们不听，侧面打听一下才知道，他们的幕后总策划是米刚米书记。她想不通，给米刚打电话："米书记，我想不通，我是在亡羊补牢，尽一个公民应尽的责任，没什么可表扬的，您就……"

米刚笑吟吟地说："首先，我要感谢你，你把一个绝望的女人从死神手里夺回来，做了一件功德无量的事，为市委、市政府脸上贴了金；其次，我要纠正你一个错误观念，记者们采访是作报道，满足读者的知情权，出发点不是表扬你，报道是中性词，表扬是褒义词，你可不要混淆概念，所以你要积极主动地配合，把你灵魂深处的话说出来，让李丽珍也把灵魂深处的话说出来……”

米书记如此安排，她还能有什么话可说呢？她知道，米书记这也是为她好，为她这个空降兵干部在老百姓心目中树形象，在市级干部中争政绩。詹发权敢当面羞辱他，有些区县领导敢对她不理不睬，不就是因为她根基浅、政绩少吗？

尽管有炒作之嫌，但她还是配合了。连续三天的跟踪报道，使她成了江东省乃至全国家喻户晓的副市长。有些干部私下里讥笑她：肖观湖杀妻，为蓝红玉树了个形象工程。

胡子固把那些报道妻子的报纸都收集起来，她一回来就拿给她看。她读了这些报道后，自己都感到脸红，她觉得她没那么伟大、没那么崇高。她现在才深切地感受到：为什么共产党的有些干部，案发前像清官一样光明磊落，案发后才知道净是鬼蜮伎俩，原来全仗报道之功啊！但是，表扬总比批评好，她暗下决心，只要不被表扬冲昏头脑就行。

喜悦需要有人分享。有了喜悦时，她喜欢与女儿说。女儿圆圆今年六岁，上幼儿园大班，对什么事都喜欢乱问一通，常逗得她哈哈大笑，她现在就是需要一个大笑的过程。她和丈夫工作忙，女儿随爷爷、奶奶生活，她准备去接女儿时，胡父、胡母却带着圆圆过来了。他们从报纸上早就知道了儿媳妇的光荣事迹，特来为她庆功的。不一会儿，狐闹闹下班也赶来了，家里一下子热闹起来。

蓝红玉提议到酒店去吃，被胡子固否决了。他说：“你为人民做了件好事，今晚我们全家人一人做一道菜犒劳你，怎么样？”

胡父、胡母连忙响应，连圆圆都应和：“我也要给妈妈做道菜！”

她童稚的声音立即引起全家人的兴趣，围着她问：你要给妈妈做什么菜？她也不回答，独自跑到房里去翻箱倒柜，过了一会儿，端出一个塑料盘说：“我给妈妈炒了盘土豆。”他们一看，一个个笑得前仰后合，原来塑料盘里装着十来个五颜六色的乒乓球。蓝红玉搂过女儿，疼爱地用自己的下颌在她头上蹭来蹭去。

很快，一人一道菜就做好了，一家人举杯相庆。蓝红玉把李丽珍的悲剧讲述了一遍，大家唏嘘感叹一番。胡母信奉佛教，双手合

十还念起了“阿弥陀佛”。圆圆看着大家怪异的表情，小脑袋一歪说：“爸爸会不会杀了我们?”大家都哈哈大笑起来，点着她的小脑袋瓜说：“你爸爸是博士，怎会杀人呢?”

蓝红玉脸上虽挂着笑，心里却咯噔一下：但愿童言无忌。自从肖观湖事件发生后，她一直都在想，自己绯闻那么多，胡子固爱自己又那么深，会不会有一天也做出那种傻事来?

胡子固心里也在想，但愿妻子的那些绯闻都是无中生有，若真有其事，自己会不会也像肖观湖那样发疯?那可真说不准啊!

夫妻俩的情绪在这一瞬间发生了微妙的变化，胡父、胡母和狐闹闹也都觉察到了，对于那些绯闻他们也有所耳闻，原本热烈的庆功宴被小孩子的一句话破坏了，只得草草收场。

是夜，两人睡在一起，小别胜新婚，按说胡子固会猴急猴跳的要与她大爱一场，可是，他睡在床上，迟迟没有行动。蓝红玉伸出手，拉了拉他，发出“性号弹”，但他还是无动于衷。这样的情况是很少见的，她坐起来，面对他说：“怎么了?哪儿不舒服?”

“还好吧!就是累了，不想那个。”他缓缓地说。

“说实话，别把我当傻瓜。”

“你别那么盛气凌人好不好，就是心里有点隔阂嘛!”胡子固侧了身，用背对着她。

“我知道你心里隔阂什么，就是怀疑老婆在外行为不轨，但又拿不准，是不是?你们这些男人，真不是大丈夫。”她说完兀自躺下。

过了许久，胡子固才说：“其实，我应该相信你才对。前不久，我在大街上听两个民工吹牛，一个对另一个说，无‘独’不丈夫，独是独立的独，对我启发很大，如果总是被谣言牵着鼻子走，那我就真不是个大丈夫了。”

蓝红玉一翻身，压在他身上，动情地说：“这就对了，谣言止于智者，连民工都知道做人要有独立精神，何况你这个博士呢!我相信你不会是肖观湖那样的傻瓜。”

她用嘴去吻他，发现他已是泪流满面。

詹发权回家后，妻子陆春枝大发感慨："现在这些小报小刊真是太没有道德感了，为了追求发行量，为了吸引眼球，就无中生有、添油加醋，真是无所不用其极啊！"

陆春枝在市法院工作，碰到稀奇古怪的案子，就在家发惊人之语，他早已见怪不怪了，随口问道："你发什么感慨？"

"不是亲眼所见，还真不敢相信啊！我们今天判了个案子，一个自由撰稿人为了赚取高额稿费，就对一个女贪官肆意抹黄，说她生活糜烂，包养八个面首，政府办公室成了她的'鸭子店'，其实这个女贪官在当县长期间，除了有贪污行为外，根本就没有生活糜烂的事，夫妻感情很好。唉，就这样一篇文章，这个女人一生的名节就毁了，出狱后怎么做人啊！就是这次官司打赢了，也洗不去淫荡的恶名啊！"讲到此，陆春枝唏嘘不已，她喜欢把自己讲的事弄得神神秘秘，引起别人的同感。

"这有什么奇怪的，前几年枣阳市的市长尹冬桂，这几年安徽省卫生厅的副厅长尚军，不都是这回事吗？抹黄与反抹黄，总是在进行着，这就是中国的国情，老百姓就喜欢这些抹黄的东西，抹黄和反抹黄都可以吸引人的眼球，媒体当然会做逐臭之夫了，有钱可赚嘛！如果我是报社老总，我也会这么做的。"詹发权不想让她再唏嘘感叹了，于是这样说。

"喊，你怎么能这么说话，还公安局长哩，有没有正义感哪？一个女人，被这样一抹，那还不天都塌了。"

"也没你说得那么严重吧，女贪官不都活得好好的。人要有点娱乐精神嘛，你没看那美国国务卿希拉里，从她丈夫克林顿当上美国总统起，她就不断被人抹黄，当上国务卿后，前不久报纸上报道得更邪乎，说她的手机号码是淫媒热线，人家还是在位的官员哩，也没见人家怎么着，你们中国女人，就是太传统。"

"唉，没法与你沟通，男人啊，巴不得天下的女人都是潘金莲，任由你们骚。"

被口红滋润后，他的心情好极了，搂住陆春枝的肩说："你说得很对，我就巴不得你成为潘金莲。"

陆春枝一摆身，丢下一句“老没正经”，就不再理他了。他的心情好得出奇，还准备与老婆打情骂俏呢。正在这时，手机响了，市长林光璧叫他来星星大酒店喝酒，他才极不情愿地走了。

星星大酒店是一个叫俞晶星的单身女人开的，这个女人长得十分漂亮、妩媚，与林光璧挺熟。林光璧还让他照顾过俞晶星的生意，有一年公安局的年饭就是在她那儿吃的。所以，他知道这个女人不一般。

他急忙赶到星星大酒店，在301包房里，看到了被烟熏红了眼的林光璧。屋里乌烟瘴气，俞晶星陪在房间里，显得很无奈。见他来了，俞晶星赶忙迎上前，嗲声嗲气地说：“詹局，你就劝劝林市长吧！”他点点头，俞晶星知趣地出去了。

林光璧抬起头，醉眼惺忪地看着他说：“你倒是挺自在的，心中一点恨都没有？”

詹发权如坠五里云雾，不知他指的什么，但又不便问，假装沉默，等他继续说。

“我这心里的难受都是因为你啊！我抬你，想让你进市级领导班子，可你的竞争败给了蓝红玉，多少干部背后看我的笑话，笑我输给了米刚。现在，他又拿肖观湖事件大做文章，拿肖观湖的血染红蓝红玉的翎子，真做得出来啊！我又输给了他。他的人红哪，我的人哩，暗哪。你可真沉得住气啊，还笑……”

詹发权明白了，他是在为米刚炒作蓝红玉的事生气。林光璧端起酒杯又要喝，詹发权连忙拦住他说：“林市长，您醉了。”

“我没醉，我是酒醉心明，这里，”他指指胸口，“——难受。”

詹发权满脸堆笑：“您想出气还不容易，我派个人把蓝红玉或者她丈夫胡子固打一顿，让您消消气。”

“又糊涂了不是，那种事哪能是我们做的。我捧你抬你，难怪抬不上去，原来你是一坨扶不上墙的烂泥啊！”

林光璧又要喝酒，这次，他没有拦他，拿起桌上的酒瓶说：“我陪您一起喝。”头一仰，一阵“咕咚咕咚”后，大半瓶酒竟然都倒进了他的肚里。

林光璧斜他一眼，把杯中酒往嘴里一倒，酒杯往桌上一蹾，说："好，喝酒还不算狗熊，没丢咱老公安的脸。"

"老领导，您要我咋办？我也看不惯蓝红玉，手无寸功，就凭着脸蛋漂亮，讨米刚这个老不死的喜欢，就可以骑到老子的头上，可这是市委的决定啊，我能与市委较劲吗？您前几天不是还教训我，要我与蓝红玉搞好关系吗？就连您也较不过她嘛！"他顿了顿，"——只怪肖观湖不是个东西，死了都不让人安生，给我们留下个后遗症。"

林光璧不禁笑起来："你怎么像个怨妇似的，你可以暗中较劲嘛。"

詹发权心里也好笑，自己一向是个铁汉，破过多少大案要案，抓捕过多少穷凶极恶的歹徒，流血流汗从不吝惜，怎么被一次晋升受挫就搞得像个怨妇似的？可能是因为蓝红玉太得意的缘故吧！他不能让她太得意，他要给她找点事，让她难受。他突然想起陆春枝今晚发的感慨——女人哪，要是被那么抹一下，那个污点恐怕一辈子也洗不干净。他有了主意，抹黄不是与她暗中较劲的最好办法吗？他试探着问："林市长，他们善于做表面文章，我们是不是也给他们做做表面文章，加快您当一把手的速度？"

"怎么做？"林光璧睁大猩红的眼睛。

"蓝红玉与姜生予的绯闻就不用说了，不是屎也是屎；米刚对蓝红玉那么好，是不是受了她的性贿赂？或者向她索取过性贿赂？这种事说不清道不明，性贿赂不入罪，法律也不管，我们正好可以做做他们的文章，说不定就会让他们内部乱起来，不攻自破，或者引起纪检监察部门的注意，查他们的问题。现在哪个贪官没有生活作风问题，反之，一旦有了生活作风问题，就会让人与贪官联系起来。"

"这不是抹黄吗？我还以为有什么新花招。"林光璧不以为然。

"抹黄与抹黄还有不同，就看你怎么抹。我当然有新招。"詹发权神秘地说。

"好吧，那你就试试，但不要做得太过分，我能不能提前当上市

委书记无所谓，只要不让他们过得太得意就行。”

“明白，请老领导放心。”詹发权俯首帖耳。

狐闹闹是第一时间告诉蓝红玉噩耗的人。

如果说过去对她与姜生予、她与米刚之间的绯闻都只是看不见摸不着的谣传的话，那么这次网上的这组照片，则是使传闻变得具体化了。

蓝红玉按照狐闹闹的指点，一步步登录那个网站。尽管有心理准备，但是，投入她眼帘的画面还是吓了她一跳。共有五张照片，全都不堪入目。

第一张是她与姜生予、米刚三人一起喝交杯酒的情景，她与他俩只喝过一次交杯酒，就是姜生予被抓的那晚，从内容看，应该是现场抓拍的。

第二张是她裸体睡在床上的画面，从背景看，应该拍自她办公室的休息间。每个市级干部办公室里都有休息间，供他们临时休息用。她有裸睡的习惯，即使在办公室里休息也是如此，这说明她办公室被人装了摄像头或者是被人偷拍了。

第三张是她笑吟吟脱衣裳的画面，身体的大部分已经裸露出来。从背景看，也应该是在办公室里。她想起来了，有一次她加班没回家，胡子固深夜来看她，两人在办公室里做过一次。应该就是那一次，不然，她不会边脱衣裳边笑。

第四张是她在下男在上苟合的情景，男人是姜生予。她的整个脸面都暴露出来，显得很兴奋。

第五张是她在上男在下苟合的情景，她的脸面和乳房都暴露在画面中，如同一个大特写，使她显得分外淫荡。男的平躺着，看不清脸面，从轮廓上可以约略估计出是米刚。设计者怕网民看不出是米刚，还特意在这张照片边沿贴上了米刚的工作照，形成一个组合，让人明白她身下的男人是米书记。

看完照片，她的脸都气白了。“我根本就没有与这两个男人苟合过，怎么会有这样的照片呢？”她在手机里向狐闹闹哭诉道。

“嫂子，我也相信你，你再仔细看看，会不会是电脑合成的PS图片?”

这句话提醒了蓝红玉，她仔细看第四、第五张照片，果然看出一些端倪，画面中的男人显得与环境不融洽，特别是米刚那张，男人的身体显得没配合，似乎睡着了似的。她赶忙说：“嗯，你说得对，有两张照片是电脑合成的，估计是偷拍了我与你哥行房的画面，然后移花接木。”

“那你快报警吧！点击这组照片的人越来越多，转帖的网站肯定也会越来越多，晚了就控制不住了。我哥那里，我去做工作。”狐闹闹很少这样慌张过。

“嗯……”她哼了一声，眼泪止不住地流下来。

与此同时，在江东省生殖医学研究中心，有人也在议论这件事。新招聘进来的护士小王不知道蓝红玉是胡子固的老婆，她刚从手机视频上浏览到那组图片，就对其他几位女同事发感慨：“爆炸新闻啊！你们知道副市长蓝红玉为什么升官如同坐直升机吗，原来是用身体换来的，如果谁提拔我当市长，我也愿意那么做，哈哈哈……”

一位老护士连忙制止：“不要胡说，蓝红玉是胡博士的老婆。”

胡子固刚巧路过，听见了她们的谈话，他还不知道发生了什么事。中国网民的文化结构是个纺锤形，文化程度太高和文化程度太低的都很少上网。胡子固也不例外，很少上网。他匆匆忙忙回到办公室，就给蓝红玉打电话，想问问她到底发生了什么事，可手机一直占线，接着，他又给狐闹闹打电话，也打不通。此刻，狐闹闹正在与蓝红玉通话呢。

他正在焦急等待时，手机来短信了，他点开一看，头顿时大了：“蓝红玉，骚娘们，傍省长，傍书记，直升机，当市长，知详情，请上网。”

胡子固连忙打开电脑，在搜索引擎里输入“蓝红玉”三个字，回车。啊，不得了，一下子出现了上千个网页，网民们似乎找到了一个“仇官”的突破口，铺天盖地的谩骂声简直可以淹死人；还有那组淫秽照片，贴得到处都是；有人还在网上恶搞，把他们三人的

淫乱关系制成动漫或讽刺短剧，要多恶心有多恶心。他头冒冷汗，咬紧牙关看了一会儿，然后奋力一推，桌上的手提电脑像离弦的箭一样射了出去，撞到对面的墙上，碎了。那里面有他苦心研究的水下分娩资料，要不是痛苦到极处，他是绝不会砸电脑的……

这时，手机响了，是狐闹闹打过来的。他气急败坏地拿起手机，奋力扔在地上，“咣”的一声，手机碎了，芯片在地板上打着旋。

他痛苦地闭上眼睛，恶狠狠地对自己说：“没想到那些传闻都是真的，没想到那些传闻都是真的……”

……

在他砸手机的那一刻，蓝红玉走进了林光璧的办公室。她与他在同一层楼办公，中间只隔着常务副市长任继捷的办公室。为什么找林光璧而不找米刚，她想，米书记也被人抹黄了，现在说任何话做任何事都会授人以柄，她是政府这边的干部，找市长解决问题理所当然。

“林市长，我被人抹黄了，你可得给我做主啊！”蓝红玉一进门就哭着说。

林光璧做出吃惊状说：“蓝市长，别着急，慢慢说，天塌下来有我给你顶着。”

蓝红玉就红着脸说了网上的事情，并向他保证，自己绝对没有以色谋权，绝对与姜生予、米书记没有那回事。

“我知道，这绝对是别有用心者的抹黄，我们一定要一查到底，还你清白。”他边说边给秘书打电话，“杨春，通知詹发权速来我办公室，还有宣传口的人。”

蓝红玉激动得泪流满面，连声说：“谢谢林市长，谢谢林市长。”

林光璧做出一副语重心长的样子安慰她：“你要相信组织，你看，我还没看网上那些东西，就相信你与米书记是清白的，这说明我对你的充分信任。咱们共产党人，血可以洒，泪可以流，连身家性命都可以压上，何况是这小小的抹黄。”顿了顿，他递给她一方纸巾，接着说，“来，擦干眼泪，别让我们的花魁娘子变成了丑女，一会儿参加我的市长临时办公会。”

詹发权兴冲冲赶来，一进门就说："林市长、蓝市长，你看这事搞的，我把网监组的全体干警都狠狠地训了一顿，让他们立即采取行动，肃清网上的流毒。"

林光璧也想见好就收，指示道："这事也不能全怪你们公安局，网络是个藏龙卧虎之地，坏人想造什么谣，防不胜防，就连公安部也没办法。"他转向蓝红玉，"你说是不是?"蓝红玉点点头，他接着说，"你公安局长能有这么个姿态我很高兴，你俩之间过去的一些小恩小怨，我希望能在这次战斗中消除。你快去组织网警肃清吧，该拦截的拦截，该查封的查封，要在二十四小时内消除这个谣言的传播，起码要在网上没有传播。"

"是，保证完成任务。"詹发权向林光璧和蓝红玉行了个礼，大踏步地走了。

接着，市新闻出版局的翁局长和市委宣传部的易部长带着市属的广播、电视、报纸等新闻媒体的负责人来了，林光璧要在小会议室召开临时办公会。蓝红玉要求回避，林光璧把手一挥说："没事，你还是参加吧，这本来就是抹黄，让媒体辟谣那还不是应该的事，有什么嫌疑可避的。"

她从没觉得林光璧有这么可爱，这么大度，这么有男人气，眼泪又要掉下来。林光璧连忙摆手说："别这样，别这样，照顾女市长还不是我这个男市长分内的事！"

他们一起到小会议室。林光璧看看这些宣传战线上的老总们，语气凝重地说："同志们，你们可能都已经知道了，米书记和蓝市长都被人抹黄了，这种事本来应该由米书记来处理的，但他现在是当事人，不便出面，就由我这个副书记来处理这件事吧。毫无疑问，这件事是别有用心者的抹黄，你们要发新闻、发社论来辟谣，在舆论上还他俩以清白。公安部门正在抓紧办案，一定要让诽谤我们领导的歹徒受到法律的严惩。"

各个老总们逐一表了决心，就散会了。行动最快的是电台，不到一个小时就播送了这条消息，要听众们自觉地不看不传播那组图片，自觉维护领导的尊严。其次是电视台，当晚的运河新闻里播发

了新闻，还发表了本台评论："这是别有用心者的抹黄，借大家的'仇官'心理达到打击领导干部的目的，请大家自觉地不看、不传，让谣言自动烟消云散。"同时还报道了米刚和蓝红玉的一组政绩新闻，以示他们是好干部。第二天，市属报纸和省属报纸也对此事作了辟谣报道。

然而，谣言却是越辟越谣。这个丑闻原来只是部分网民知道，经此报道，可谓家喻户晓。在短短半个月内，蓝红玉这个名字两度家喻户晓，老百姓都不知道她到底是个好人还是坏人了。

近年来，被查处的贪官中，不少贪官都是一边招权纳贿，一边大搞权色交易，贪官与绯闻如影随形，老百姓对贪官的绯闻普遍持"宁可信其有，不可信其无"的心理，这就使抹黄很容易取信于人。读着辟谣的报道，运河市民的嘴上却是进一步地抹黄他们，最后演变成的民间舆论是：无官不嫖，无官不娼，一个女人想在男性主导的官场混下去，还能不娼的……

事情的结果发展到这一步，蓝红玉的肠子都悔青了，她没想到运河人民这样没有是非观念。米刚却训斥她，说她不该动用新闻媒体辟谣，这不明摆着越辟越谣嘛；说她太不懂官场文化，太不懂中国的国情了。他甚至怀疑林光璧是别有用心……

第五章

胡子固不接电话，狐闹闹坐不住了，赶忙开车去他单位。在生殖医学研究中心门口，她遇上了开车出门的胡子固。两车相会，她喊了一声“哥”。胡子固视而不见，猛打方向盘，从左侧“挤”了出去，向前直冲。她连忙开车追赶他。

上了翠湖路，他的车向市政府方向开去，狐闹闹赶忙给蓝红玉打手机，说她哥气色不好，让她回避一下，以免在公众场所发生冲突。蓝红玉那时刚刚开完市长临时办公会，含泪答应了。

他的车嘎的一声停在市政府门口，弃了车就朝里面闯，几个保安拦住他，不让他进，双方拉扯起来。狐闹闹赶到，拉开他说：“哥，别在这里出丑了，有什么事，我们平心静气找嫂子说，好不好？”

“说什么说，她做都做了还说什么说！”他没头没脑地吼道。

“那是抹黄，假的，你怎么不分是非啊你？”狐闹闹解释道。

“我不信，她有传言不是一天两天了，我都没好意思跟你们说。我、我……”

他说不下去了，两眼直流泪。进出市政府的人过来围观，狐闹闹赶忙把他扯进车里，生气地说：“我与嫂子谈过了，那都是谣传，

你过去不好意思闹，现在就好意思闹了。我们把车停好，进嫂子办公室与她好好谈谈，你们都是有身份的人，就是要离婚，也不能这样啊！”

被妹妹一阵数落，他心中的火气小多了，乖乖地与她一起把车停到后院停车场，掏出证件登记，再规规矩矩地进政府大楼。

进到十一楼蓝红玉的办公室，她却不在，秘书葛玲告诉他们，蓝市长和顾家平接李丽珍出院去了，并转交给胡子固一封信。胡子固打开信笺，只见上面写着：“你若还爱我，就不要相信任何谣传，就把这次事件当成是对我们婚姻的一次考验，你当年经受住了考验，希望你现在也能经受住考验。”

他想起在未名湖畔的那次考验，正是经受住了那次考验，他才挫败情敌霍达，得到了蓝红玉的爱。他心中不禁微微一颤，那时他对她爱得是多么笃实啊，不管发生什么事情，他都能接受她、爱她，哪怕是单恋。狐闹闹看出他的情绪变化，拉着他走了。

……

蓝红玉的确是去接李丽珍出院了，她俩现在俨然成了好朋友，李丽珍还托她把自己的那套凶宅卖掉，开始规划新的人生。

这一夜，蓝红玉没有回家，与李丽珍一起住在事先为她租好的一套房子里，两人促膝谈心到深夜。蓝红玉问了她一个一直想问而没有问的问题：“你认为你们悲剧的根源是什么？”

李丽珍毫不犹豫地说：“是抹黄。”

蓝红玉一愣，随即笑道：“请恕我直言，你本来就涉黄了，怎么会是抹黄呢？”

李丽珍摇摇头：“我的家庭与其说是被肖观湖所毁，还不如说是被市井文化摧毁。我与朱岳峰的事曝光后，很多长舌妇到处传播，加之我是个漂亮的女演员，传播率就更高了，在我们那片街区成为人们茶余饭后的谈资。肖观湖不管走到哪里都会受到人们的白眼，他感到自己头上戴了一顶大大的绿帽子，做人没了尊严，所以他只有以惨烈的形式来向市井表达自己无声的抗议。这茶余饭后的谈资，这白眼，不就是大大的抹黄吗？如果没有这些抹黄，也许肖观湖不会那么痛苦，也许我们还能和好如初，可是，现在，一切都被抹黄给毁了。”

蓝红玉陷入了沉思。人类性具有自然性和社会性两重属性，自然性要求自由和开放，社会性要求管理和控制，市井文化对不正当性的批驳，无疑是社会性的表现，是民间对性秩序的管理和控制，可是，在当事人看来，这种管理和控制却是抹黄，是对他们生活的破坏。这真是一个无解的方程式。

她由此联想到自己，自己不正在被抹黄着吗？那些网民的板砖，市民的众口铄金，除了“仇官”的成分外，很大程度上也是在管理和控制性秩序，谁要破坏了这个秩序，或者是被别有用心者制造的假象看似破坏了这个秩序，都会被抹黄。由此看来，抹黄不但是某些人达到不可告人的目的的手段，还是人性的一个特征，人性的一个弱点，抹黄者正是利用民众的这个弱点来达到自己的目的。

李丽珍继续说：“所谓厮守终生，其实是‘私’守终生，自私的私，我这一辈子再也不会进入婚姻这座围城了，城堡里只有自私，只有斧痕和杀戮。所谓捍卫婚姻，其实是世上最愚蠢的行为。两个人爱都没了，还捍卫什么呢？”

蓝红玉一时嘴拙，她不能说她的话没有道理，也不能说有道理。再开口时，她这样说：“一个人过多孤单啊，我还打算帮你再成一个家呢！”

她的话又引起李丽珍新一轮的感叹：“这就是人类的错，人总想找个伴，结果找到的不是伴，是冤家。人本来就是以个体而存在，生老病死谁也不能替代，为什么总想把自己与另一个人绑在一起呢？我绝不会再做这种傻事了，就让身体流浪下去吧，一直到老。”

蓝红玉感到，她的哲学知识很难指引李丽珍的人生了，她在鬼门关前走了一遭，对人生有了不同的理解，这是正常人所无法理解的。

两人睡下，李丽珍很快就入眠了，蓝红玉却怎么也睡不着。在这个陌生的出租屋里，她为什么能睡得这么酣畅呢？她不害怕吗？她梦里没有恶魔吗？她支起头，从落地窗倾泻而入的月光正好洒在

李丽珍脸上，使她原本俊俏的脸更加显得妩媚动人。

李丽珍在市歌舞团工作，蓝红玉看过她的舞蹈，热情奔放，令人不自觉地跟着舞动。她明天就要上班了，就要回到那个摧毁过她幸福的市井生活中去了，不知道她的舞姿还能那样热情奔放吗？她的笑还能那样灿烂吗？

蓝红玉想了一会儿，突然明白了：人在大难之后，还有什么可怕的呢？人在大苦之后，还有什么是苦的呢？若她也遭此大难，她不知道自己是否也有这份从容……

胡子固一夜未眠。蓝红玉夜不归宿，他更加恼火，给她打了无数次手机，但始终关机，不知她身在何处，否则，就是在天边，他也会找去的。他心中的怒气越积越多，简直快要爆炸了。他坐不是，站不是，在客厅里来回打着转，困兽一般，口中还不停地念叨："我顾全大局，可她连解释都不解释。""她豁出去了，我也豁出去了。"

天一亮，他就开始行动，要是再不能堵住蓝红玉问个明白，他简直要发疯。好在终于让他堵住了。蓝红玉刚进办公室，胡子固就进来了，他一直躲在政府大楼前的花圃中窥伺着她。

原本有一肚子话要说，可面对她时，胡子固又语塞了，怔怔地望着她不知所措。蓝红玉给他倒杯水，递给他说："能不能什么话都不说，让我们都冷静几天？"

"不，"胡子固终于找到了突破口，"你再沉默下去，我就要爆炸了。你说，你怎么会与别人做出那种事？"

蓝红玉的眼睛红了，吞一口眼泪说："你三番五次地怀疑我，抹黄我，打心眼里认定我是个荡妇，我说我没有那种事，你能信吗？"

"我怎么会抹黄你，我可是你的丈夫。狐闹闹说是别有用心者抹黄你，你又说是我抹黄你，我看你纯粹是找借口。"胡子固怒不可遏。

"你怀疑我就是抹黄我。"蓝红玉也不客气，把自己想了一宿的问题连珠炮似的射出来，"你不知道谣言止于智者的说法吗？别人抹黄我犹可，你为什么不能冷静分析，客观对待？这说明了什么？说明你对我的基本信任都没有了。你还口口声声说爱我，爱我什么？

你的爱其实就是你的自私，你把我当做你的私有产品，担心我这个私有产品有自己的人格、自己的主见，你就用所谓的纲常、所谓的义正辞严来控制我、抹黄我，如果你不能好好地反省自己，调整心态，我宁可不要这份爱，不要这个婚姻。”

胡子固呆了，没想到错的是妻子，妻子却还有理了。一夜的等待，一夜的焦虑使他无法冷静下来，他冲上前，狠狠地掴了蓝红玉一耳光。

血从她的嘴角流出来，但她没有哭，反而更加坚定地说：“打老婆算什么能耐，胡子固，你太让我失望了！木秀于林风必摧之，你为什么也要跟风呢？对自己最亲近的人还苦苦相逼?!”

“我不甘心啊，我不甘心。”胡子固叫嚷道。

“不甘心什么？不甘心自己的老婆是清白的？你这种想法是多么糊涂，作为领导干部的家属，本来就要比平常人胸怀宽广，你这个样子，哪像个副市长的丈夫？听到风就是雨，整天疑神疑鬼，哪像个男子汉大丈夫?”

怕门外有人听见，蓝红玉尽力压低声音。声音沙沙的，嘴角挂着血，其情其景显得格外凄切。胡子固终于撑不下去了，说到底她还是他妻子，自己那么爱她，在乎她，怎么忍心伤害她呢？他抹一把眼泪，走了。

蓝红玉擦干脸上的血迹，去运河市第一人民医院检查工作。她刚下车，不知从哪儿蹿出两个男人，自称是网友，代表全国千万网民来采访她，问她与姜生予、米刚到底有没有那回事，还用掌中宝对她录像。蓝红玉的脸气得红一阵白一阵，指着他们说：“你们这都是无聊的抹黄，我早就说过没有，可你们就是不相信，还要跟踪采访，你们为什么要把女人都想象成祸水呢？女人当官就不能独善其身?!”

然而，不管她怎么斥责，对方总是不温不火，只管问，只管拍。顾家平看不下去了，用高大的身板挡住他们，蓝红玉这才得以脱身。

检查完工作，准备上车时，住院部楼上突然扔下两个臭鸡蛋。蓝红玉听到风声，头一歪，躲过先到达的一个臭鸡蛋，然而，后一

个臭鸡蛋还是砸中了她。她狼狈极了，顾不得擦就钻进车里，楼上传来一阵哄笑声。

蓝红玉一边流泪，一边让葛玲帮她擦头发上的污秽，还没擦干净，女儿幼儿园的老师就打来电话，说有人来幼儿园缠着圆圆问这问那，把她问哭了，怎么也哄不好，问她能不能来一下。她只得吩咐顾家平去幼儿园。

原来，幼儿园来了两个自称是网友的女人，一来就对圆圆录像，还问她爸爸和妈妈是不是每天都睡在一起？有没有看见妈妈与别的男人睡觉？圆圆开始还回答他们，慢慢地感觉他们不怀好意，就哭了。

蓝红玉把圆圆搂进怀里，久久不肯放开，对圆圆说："以后有人来问你，你就说，妈妈只和爸爸睡觉，不和其他人睡觉。"

圆圆小大人似的说："我知道，我们是一家人，妈妈只和爸爸睡，怎么会和别人睡呢?"

安慰好女儿，胡父胡母那边又出了问题。三个网友找到他们家，一进门就乱拍，还说要向全国网民报道真实的蓝红玉。胡父发怒了他们也不走，直到胡父拿刀，胡母拿凳，追杀他们，他们才跑。然而，他们是被赶走了，胡父胡母却病倒了。他们心脏都不好，要不是邻居及时发现，送到医院抢救，恐怕会闹出人命。

蓝红玉得知消息赶到医院时，两位老人刚刚从死亡线上挣扎过来，嘴里还吸着氧。她心里愧疚极了，对他们说："我真的是被抹黄的，你们不要听信谣言啊!"

胡父慈祥地望着她，颔首示意，胡母却鄙夷地盯视着她，摇头表示抗议。她的眼泪不自觉地往下流，她能说什么呢？她想，只有与丈夫携起手来，才能共同应对这次抹黄。她决定去找胡子固。

到了生殖医学研究中心，她才深切地体会到胡子固的痛苦。认识她的人都用异样的眼光看待她，有几个与她打招呼的，也都是假惺惺的。这些人曾经与胡子固的关系都是挺要好的，怎么会这样？难怪肖观湖要杀妻，市井抹黄的力量真是强大啊!

她由此深发开去，绯闻的最大受害者可能不是当事者本人，而是他们的家属，特别是丈夫，头上将永远戴着一顶绿帽子，尽管这绿帽子是子虚乌有的，但会如影随形终生，不会因为绯闻的一飞而过而消失。这就是人类性的社会性管理的残酷性。

她硬着头皮，迎着各种怪异的目光上到六楼，然而，胡子固却不在办公室，助手孙薇告诉她："胡博士上午来了一会儿后，就不知上哪儿去了，手机也打不通，我正有事找他呢。"

一阵沮丧袭上心头，要她再迎着那些怪异的目光走下楼去，她真的没有这个信心。她让孙薇打开胡子固的办公室，就在办公室等他，然而，一直等到傍晚，也没有等到他。

一坐上他的大班椅，蓝红玉就感到浑身一松，一阵倦意袭来，她恍惚入梦。

那是一个月光如水的夜晚，胡子固与她一人抱一个自己的公仔向南山走去。他们是去埋葬单身的。

在法国萨瓦地区，每一对即将成婚的情侣都会在结婚前一天举行一个仪式——埋葬单身，就是在客厅里摆放两具工艺品棺材，象征是他俩行将结束的单身，亲友们在棺材前狂欢，到了凌晨，则把这两具棺材抬到山林，埋葬起来，表示他俩结为夫妻。埋葬的土丘命名为单身冢，还要立墓碑，写上两人的名字，表示他俩誓死不渝。新人则在墓碑前，当着亲友的面宣誓结婚，举行婚礼。

蓝红玉在英国留学时，参加过一个法国同学的埋葬单身仪式，她觉得这种形式很有意思，在自己结婚时也要举行一个这样的仪式，胡子固拗不过她，只得由着她。不过，他还是稍稍作了改动，因为中国人很忌讳棺材这种东西，特别是结婚的时候，认为提这个字都是不吉利的，他把棺材换成了公仔。公仔是近年来都市流行的时尚工艺品，就是比照自己的相貌制成的卡通陶瓷。把两人的公仔埋葬在一起，他认为比两具空棺材更有意义。

"埋葬你的单身，也就是埋葬我的单身。"在挖好的坑

前，胡子固握着她的手，深情地说，“我们永远也不再单身，我们永远在一起，不求同日生，只求同日死。”

“洋仪式一到中国就变俗气了，还是个博士哩，说那些废话干什么，我们没有同日生，也不可能同日死。”蓝红玉笑道。

“好好好，不求同日死，若要死一个，就让我先死。”

蓝红玉不由得哈哈大笑，笑过后推他一掌：“别瞎说，严肃点。”

狐闹闹是他们埋葬单身仪式的惟一见证者，那时她就已显露出闹劲。她上前抢过胡子固的公仔，做出尼姑状说：“阿弥陀佛，施主请不要错过吉时，快快埋葬单身，去及时行乐吧！”

两人绝倒。

狐闹闹把两个公仔放入坑中，神圣的时刻就要来临，他俩都不笑了。一捧一捧的细土缓缓撒下，彩色的公仔不见了，土坑渐渐填平、隆起……

他俩跪下。狐闹闹喊道：“一拜天地，……二拜高堂，……三拜单身家。”

他俩向土丘虔诚叩首……

一阵手机铃声把她吵醒。是狐闹闹打来的，问她见到过胡子固没有。她说没有。狐闹闹焦急地说：“我爸妈病倒了，我找他一下午了，都没找到他，这可怎么办啊？”

蓝红玉叫她别急，她与她一起去找。她看看窗外，天色已晚，估计没几个人会看见她了，就下楼来，让一直等在外面的顾家平开车先回去，她等狐闹闹的车。

其实，她刚才做的不是梦，是她结婚前夕的真实一幕。她听一个哲学大师说过，当你怀念往事时，说明你的身体在衰老。她叹口气，在心里说：八年时间过去了，谁还能不老呢？

不一会儿，狐闹闹就开车来了。蓝红玉告诉她，自己刚才梦见了单身冢，他会不会是去了那儿？狐闹闹一拍脑门说：“对，很有可能，我怎么就没想到呢，他可能去的地方我都找过了，就是没去单身冢，他是个重感情的人，这个时候，很有可能去了那里。”

南山就是陶渊明笔下“采菊东篱下，悠然见南山”的南山，在运河市西郊，运河从它脚下流过，风景宜人，是当地有名的观光景点。

她们到达南山时已是深夜。白天在此可以看到一眼望不到头的菊花，黄的、白的，煞是好看。可是，晚上，在这个下弦月还没有升起的晚上，什么也看不清，黑咕隆咚的山林甚是吓人。狐闹闹有跆拳道护身，这时又显露出女中豪杰的本色，向前一纵，跳到蓝红玉前面说：“让我打前，纵有豺狼虎豹，也抵不过我的三拳两脚。”

“吹吧！”若在平时，她们一定会打上一阵嘴仗，可此刻，蓝红玉心乱如麻，她轻轻地讽刺道。

一阵藤葛牵衣，花香袭人，两人像聊斋里的两个女鬼走近了“单身冢”。

“谁？”尽管意识到胡子固可能在这里，但是，隐约看见草丛中躺着一个黑黢黢的东西，两人还是不约而同地叫起来。

黑黢黢的东西哼了一声，她俩明白了，那是个人，正是她们要找的人。她们嗅到了酒香，还嗅到了肉香。继续嗅，还有呕吐物的酸腐气息。原来，他喝醉了。

“喝，喝，来喝……”沉寂了一会儿，他口中这样说。

狐闹闹奔向胡子固。蓝红玉站在单身冢前，落泪。

这时，下弦月已经在天边露出了脸，借着微弱的月光，她看到，单身冢已被挖开，里面只剩下一个公仔，应该是她的公仔。她蹲下身，拿起那个公仔，呜呜呜地哭起来……

她感到自己像在时空中穿梭，八年前的埋葬单身就像在眼前，如果单身可以复活，逝去的时光可以复活，她还会选择他吗？

胡子固爬到她身边：“你哭什么，复活……复活单身……不好吗？”

“哥，红玉是被抹黄的，木秀于林风必摧之，如今这社会，人只要优秀就会被抹黄，这道理你还不懂吗？”

胡子固摆摆手说："你胡说，我是博士，我该优秀吧，怎么就没被人抹黄?"

"怎么没有?"狐闹闹气呼呼地说，"很多人背后说你吃软饭，不就是对你的抹黄。吃软饭是什么意思，不用我解释吧!"

"不用，哇……"他干呕一阵，接着说，"那是别人恭维我，说我找了个有出息的老婆呢!"

"就这，恐怕还有别的意思吧！说你无能，靠女人吃饭；说你是小白脸，傍上了有权有势的副市长；说你是小男人，气管炎。那讽刺你的意思多着呢！这是不是抹黄?"

"别给我偷换概念，我们说的是女人。"他从草丛中昂起头说，"怎么说到我哪?"

"好，我们就说女人。"狐闹闹像个仗义的侠客，"女人有出息，就说人家是女强人；女人有姿色，就说人家是女妖精；女人有亲和力，就说人家是狐媚；女人有几分娇憨，就说人家是胸大无脑；女人有几分伶俐，就说人家是有脑无胸；女人要是个交际花，那就更不得了，说人家是荡妇。这不都是对女人的抹黄?"

"这怎么能算是抹黄呢?"胡子固嘟囔道。

"这些还不算?！就拿女强人来说吧，女人一旦被套上了这个称谓，温柔的就显得不温柔了，漂亮的就显得不漂亮了，蛮横、霸气、无理、母夜叉，这些坏形象却都有份了。"

听着他们兄妹俩争论，蓝红玉渐渐止住了哭声。她觉得这个淘气的小姑说得太对了，女人，不，还包括男人，只要优秀，就会被抹黄，这是一个社会病症，集体无意识病症。自己既被人抹黄着，也抹黄着别人。当自己还是一个小处长时，对比自己职位高的计生委主任梅晨、文化局长蓝潇湘等有几分姿色的女干部就心怀歹念，认为她们是用身体换来的职位，认为她们有性贿赂嫌疑。这其实就是嫉妒，人人心中都有的嫉妒。既然如此，让别人嫉妒好了，何必忧伤？何必自乱阵脚呢?

她抱着公仔走到胡子固身边，真诚地说："子固，狐闹闹说得对，人，只要优秀，就会被抹黄，我对你的感情依旧，从没做过对不起你的事，那些谣言是别有用心的人编造出来的，那些色情图片是移花接木的，你难道还看不出来吗？我们不要再为这些谣言苦恼了，好吗？趁狐闹闹在这儿，我们再把单身埋葬起来？”

“不！”胡子固突然站起说，“我受不了，抹黄也好，真黄也好，总之，我都受不了。”

他说完向树林深处走去。走了几步又返回来，原来他把公仔落下了。他在刚才卧过的草丛中摸索着，口中念叨着：“我的公仔，我的公仔。”

蓝红玉的眼泪又掉下来，这哪里是当年经受过考验的胡子固啊！

“哈，我的公仔找到了，我又可以单身啦！”他疯了一样地向树林深处钻去，很快消失在黑洞洞的山林里。

狐闹闹呆住了。她没想到她哥会这么倔强，在她看来，这是件很小的事，很明显的抹黄，没什么了不起的。她转向蓝红玉，讪笑道：“嘿嘿，我哥可能被疯狗咬了，天亮后就会好的，我们回去吧！”

蓝红玉的脸已经被泪水洗过，她说：“他不珍惜我们的过去，但我要珍惜。”

她走到单身冢前，把自己的公仔放进冢里，然后捧起泥土，让泥土从指缝间细细地流过，沙沙地响，沙沙地响……

狐闹闹鼻子一酸，忍不住哭起来：“红玉，我心里好难受。呜呜呜……”

胡子固一直走向密林深处，哪儿林密就往哪儿钻，但是，再密的森林也有尽头啊！当他一脚跨出密林时，扑入眼帘的是一片粉红色的灯光。原来他穿越了整个南山，由东边爬到了西边。看见这灯光，他感觉像到家一般，特别想睡觉。

他走近那灯光，原来是一排休闲屋。他知道，这种地方多半有色情服务，但此刻，他实在走不动了，确实需要休息一下，就管不了那么多了。他走向第一家——莺莺休闲屋。一阵歌声从门里传出来：“……原来我把幸福，当成了赌注，输了你，我输了全部……”

他知道，这是那英的歌《愿赌服输》，在这样的地方，在这样

的夜晚，听到这样的歌，他的心突然一动，站在门外静静地听着：“……你冷冷地笑，让我说个清楚，这次到底谁赢谁输，……谁叫我把幸福当成了赌注，输了你我愿赌服输……”

他不也是输了蓝红玉，就输了全部，他的眼角悄然浮出泪水。

门“吱”的一声开了，一个婷婷玉立的女孩儿站在他面前，冲他温婉一笑，做出个请进的姿势。有人说晚上的女人最美丽，此言不虚，胡子固几乎看呆了。这个女孩儿穿着一套白色薄纱样的裙装，浑身上下，凹凸有致，相貌与蓝红玉不相上下，甚至更美，因为她更温柔，更狐媚。

“刚才是你在唱歌？”他愣头愣脑地问道。

女孩儿点点头。

“这店里就你一个人？”

女孩儿还是点点头。

“你哑了？”

女孩儿莞尔一笑：“午夜以无言为美，在静静的山林边，大声说笑会破坏这夜的美丽。”

胡子固一怔，一个卖春的女子竟能说出这种话来，他深感意外。

女孩儿又一笑：“您需要什么样的服务？”

“给我一张床，我就想睡觉。”

“好吧，看你很累的样子，还给你按摩一下。”

“随便。”

女孩儿低头一笑，把他引进里间。里间有张软床，很整洁，他倒头就睡，任她为他宽衣解带。

在她轻柔的按摩下，他很快进入梦乡。他做了一个梦。梦见他家里漆黑一片，突然，一道闪电划破夜空，他借着闪电的亮光发现，妻子吊死在天花板上，披头散发，舌头伸得好长。“啊……”，他吓得大声尖叫，从梦中惊醒。

女孩儿已经脱得赤条条的，被他的尖叫声吓得滚到床的一角，瑟瑟发抖。他睁开眼，第一眼看到的竟是吓得如羔羊一般的美女，喘着粗气说：“你，你要干什么？”

女孩儿缓过神来，娇嗔道："你刚才要吓死人哪！怎么，做噩梦了？"

他点点头："你脱光衣裳干什么？"

女孩儿狐媚一笑："当然是为你服务了，你要付的可是包夜的钱，不做可就太亏了。"她边说边向他身边爬。

"别别，"胡子固连忙摆手，把头扭向一边说，"你会错意了，我只想睡睡觉，你快把衣裳穿上吧！"

"真小气，"她噘起嘴说，"不管睡不睡觉，我可都得按包夜收费哟！"

"行行行，多少钱？"

"我这样的嘛，一晚一千八。"

"啊！这么贵。"胡子固大吃一惊，"我身上可没带这么多钱。"

女孩儿一哂："骗鬼，你这号人，专做夜生意的，会没钱？"

"夜生意？"

"是的，你以为我不知道，你是个盗墓贼。"女孩儿脸上露出得意的笑容。

"盗墓贼？"胡子固不由得哈哈大笑，"我是盗墓贼！"

女孩儿被他笑呆了，从他衣兜里掏出公仔说："这不是盗墓所得吗？你一进门我就看见了。"

胡子固明白了。他接过公仔，笑道："这不是盗墓所得，这是我，我的单身。"

女孩儿越发糊涂了。他向她讲述了埋葬单身仪式，讲述了今晚发生的故事。女孩儿感动了，喃喃地说："还有这么凄美的爱情，还有这么动人的故事，你就是复活单身，也没有什么可遗憾的，不像我，故事还没开始就已经结束了。"

胡子固的睡意经这一折腾，早就没有了，他隐约感到这个女孩儿不简单，就问她："你长得如此漂亮，也显得挺有文化的，怎么做上了这一行？"

她摇摇头："嫖客与妓女之间没有真情，我向你讲述的哪怕是真的你也会认为我是在编故事，那还不如不讲。"她摆出一个淫邪的

POSE，睥睨着他说，“你看，我们还要不要继续？”

“不要，不要。”胡子固又摆起了手，“我看我该走了，你打个折吧，一千元？我身上只有一千元，都给你。”

他拿过衣裳，掏钱，一张张地数给她。

“都给我，你怎么办？”她不接。

“我走回去，这儿应该离市区不远吧？”

“很远，”她从中抽了一张，说，“今晚就算我倒贴吧！”

胡子固穿好衣裳，女孩儿送他出门。天空已经露出了鱼肚白。女孩儿衣衫单薄，在晨风中显得有些冷。胡子固回头对她说：“进去吧，进去吧，我会记住你的。”虽然只在一起待了三个小时，但他对她似乎有了某种依恋。

女孩儿的眸子里也有了某种特别的东西，她混迹风月场所已经一年多了，但胡子固这样的客人她还是第一次碰到。嫖客与妓女言的是性，而他，言的是情，尽管这情与她无关，但她还是觉得很美很美，甚至对他有几分爱了。同时，她也知道，以自己现在这样的身份，他是不会爱上她的，尽管她很漂亮……

胡子固准备迈开大步离开时，女孩儿却在背后叫住了他：“你就这么走吗？”

他一怔，回过头说：“我，我刚才给你看过，我没有那么多钱。”

女孩儿凄惨一笑：“我为你倒贴，你总得送我点东西吧，你就送我一首词吧，古人的词。”

他明白了，他们此刻就像柳永的词《雨霖铃》中描写的情景，便念道：“……杨柳岸，晓风残月，此去经年，应是良辰美景虚设。便纵有千种风情，更与何人说。”

女孩静静地听着，眼泪大滴大滴地落下来，落在草叶上，与清洁的露珠融合在一起。

胡子固念完，幽幽地说：“能告诉我你的名字吗？”

“没有必要。”女孩叹口气，进了屋，关了门，熄了灯。

胡子固感觉像在梦中……

第六章

林光璧知道了那些照片出笼的大致经过。蓝红玉当上副市长后，詹发权心中气愤难平，就利用检查市政府办公楼安全的机会，在蓝红玉办公室的休息间里安上了针孔式摄像头。蓝红玉裸睡和做爱的镜头都截取于这个摄像头，只是做爱的镜头做了技术处理。原图上是蓝红玉与胡子固，他让一个会平面设计的人通过电脑软件把胡子固分别替换成姜生予和米刚的图像。说来简直让人难以相信，就这样在电脑上操作两个小时，一个人的声誉就被他糟蹋了。

听了他的讲述，林光璧开玩笑说，你没在我办公室做手脚吧！詹发权拍着胸脯说，我哪能给老领导来这手，那不是太不仗义了吗？但是，他心里还是不踏实，詹发权一走，他就在办公室里查找起来。跳上蹿下，累了个半死。这种活还不能让人代替，还不能说。他真是有苦难言。

查找了半天，一无所获。他只得侥幸地想：也许他真的没在我办公室装那玩意儿！以后再也不能在办公室做那种事了。

他在折腾时，米刚也在折腾。他很奇怪，自己睡在床上的情景，怎么会被人合成到蓝红玉床上。他也怀疑自己房间里被人装了摄像

头，但是查找的结果与林光璧一样，一无所获。他想，这事已曝光，做手脚的人肯定已把设备撤走。他就不找了，心里反而坦然起来。

蓝红玉正是在这时来的。他觑了她一眼，见她两颊绯红，比平日更显得妩媚动人了。他似乎是第一次发现她竟然这么美，想到画面上自己在她的胯下，他的脸不禁微微一红，耷拉着脑袋说：“我有个裸睡的习惯，那个照片是我裸睡的情景，竟然被人移花接木了，我怀疑我的休息间里被人装了摄像头，刚才找又找不到，建议你回去也找一找，别再给人可乘之机。”

蓝红玉的脸更红了，幽幽地说：“我昨天就找过了，没有，他们不会把把柄留在那儿等我们抓的。”

米刚点点头：“我让公安局的佟大伟在暗中查这件事，他是我一手提拔起来的，应该可以信赖，他若找你了解情况，你要主动配合。抹黄抹到我头上来了，我一定要把这个幕后黑手揪出来。”

“嗯！……”她欲言又止。

“你好像有心事？我们共产党人，不要怕抹黄。”

蓝红玉突然想哭。自从自己超常规提升为副市长后，这个老班长就跟着她一起经受各种考验，可他仍然是那样乐观，那样坚强，不像胡子固，听着风就是雨，别人说一他就想象成十……

“别哭，别哭，天塌下来还有我帮你顶着呢！人正不怕影子斜。”

她终于忍不住了，哽咽说：“胡子固能有您一半的大度就好了。”

“嘿嘿，原来是为他啊！我也有不及他的地方啊！他是博士，研究的是自然科学，我们从政，研究的是社会科学，你要用社会科学的方法多做做他的思想工作。他的老婆，相信他心里是有数的，只是暂时心里过不了这个坎罢了，出了这么大的事，你要人家心里没想法，也不符合社会科学的原理嘛！”

蓝红玉心中一怔，老班长的话说得是入情入理，让人辩驳不得，而且心里舒坦，对胡子固的万千不满一下子变成她自己的错，哪还有什么可生气的呢？她犹豫了一会儿，还是把自己的想法说了：“听说中央党校要组织一个青干班，我想去学习学习，调节一下心情，让距离使我们都冷静下来。”

米刚和蔼地说：“这个想法很好，暂时离开这个是非之地，让绯闻一飞而过，你把手上的工作与其他同志交接一下，就去报到吧！”

人到中年，再到北京读书，她的心里有一瞬的轻快感，脸上露出了难得的笑容。从前天到今天，她的脸已经绷了六十个小时了。

蓝红玉立即把这个消息告诉狐闹闹，希望她能从中斡旋，在她上北京之前，与胡子固消除隔阂。

狐闹闹正在做这件事情，蓝红玉即使不说，她也会这么做的，她才不愿意失去这么好的嫂子呢。在她的游说下，胡父胡母都相信蓝红玉是被抹黄的，他们也不愿意失去这么好的儿媳妇，一出院就找到胡子固，逼他与蓝红玉和好。

胡子固把房子让给了蓝红玉和圆圆，自己睡在办公室不回来。胡父胡母让他搬到他们那儿住，他也不肯，发话道：“每天都有网友上门来纠缠，让她做个视频，挂到网上，向全国网友澄清，我就原谅她。”

胡父胡母把他的话转告给了蓝红玉。蓝红玉知道网友大多都是宁可信其有，不可信其无的，在网上澄清，很有可能会引起新一轮的抹黄，但她还是答应了。

她让狐闹闹用掌中宝帮她录了一段视频，挂到网上。在视频中，她说：“我是清白的，我与所有领导都是同志关系，没有什么见不得人的事，请网友们不要胡乱猜测，成了抹黄者的帮凶……”

果然不出她所料，一石激起千层浪，网友的板砖雪花般飞来，简直要把她砸死。不到一刻钟，跟帖就达到了上万条。她开始极力分辩，可是，她发的帖子很快就被网友的口水帖淹没了，她真的是有口难辩，最后只得盯着电脑叹气——网络抹黄，简直是杀人不见血啊！

狐闹闹给他们安排好了，让他们在市青少年宫的舞蹈部见面，理由是一起接圆圆回家，因为圆圆今天下午在那儿学跳拉丁舞。

有孩子做引线，两人会少许多尴尬。但是，两人见面后，还是有过一瞬的尴尬。蓝红玉说：“我把视频挂出去了，但网上引起了新一轮的抹黄。你应该相信我，相信你自己的感觉，怎么能被那些捕风捉影的网友所左右呢？”

经过这几天的反省，胡子固已不像当初那么暴怒。他意味深长地说："那就由他们说去吧，只要你行得正坐得端。"

蓝红玉最忌讳这种意味深长，愤愤地说："我一直都行得正坐得端，你不用怀疑。"

再说下去，他们又得吵起来。胡子固走开了，他不想让父母和妹妹煞费苦心的安排付诸东流。

少儿拉丁舞班今天学的是一个高难度舞蹈，孩子们的舞步常常出错，教练让他们重新做分解动作，可孩子们只有五六岁，对"左脚上前常打开"、"右脚上前常打开"这样抽象的概念分不清，常常出错。教练就想了个办法，让孩子们把左脚当爸爸，右脚当妈妈，把原来的口令喊成是"爸爸上前常打开"、"妈妈上前常打开"，这下，孩子们就不出错了，一个个做得有模有样。

这个练功房很大，胡子固、蓝红玉和其他家长都站在练功房的后面观看，这两句话在孩子们听来可能就是出左脚和出右脚的区别，但在成人听来，却是别有味道，让人联想到暧昧，联想到偷情。特别是"妈妈上前常打开"一句，在胡子固心里产生了很大的波澜，如同揭了他的痛处一般。

舞蹈课结束，圆圆一手拉着爸爸，一手拉着妈妈，欢快地下楼。这是爸爸、妈妈第一次来接她，以往都是爷爷、奶奶接，她有说不完的话。她觉得今天最有趣的事情是教练改的口令，就学给大人听，她望一眼爸爸，喊一句"爸爸上前常打开"，望一眼妈妈，喊一句"妈妈上前常打开"。蓝红玉摸着她的小脸说："圆圆真乖，都快懂事了。"

胡子固心中的气正没机会出呢，这下逮着了，接过话碴儿说："是啊，孩子都要懂事了，你可不要'妈妈上前常打开'啊!"

蓝红玉嘴巴都要气歪了，又不方便当着孩子的面吵架，就说："你和我最好把腿都并拢。"

圆圆不明就里，一会儿望望爸爸，一会儿望望妈妈。

刚刚走出舞蹈部的大门，五六个跟踪蓝红玉的网友见他们一家三口在一起，连忙围上来，又是拍照，又是录像。有一个还拿着话筒，伸到蓝红玉面前说："蓝市长，网友们对你的网上澄清非常疑惑，希望你能与我们面对面地答疑解惑。"

圆圆哪见过这阵势，吓得哭起来。蓝红玉也流泪了，哽咽说："你们不要再推波助澜了，好不好？网络是把杀人不见血的刀，你们不要再当刽子手了。"

"刽子手？"其他几个网友跟着起哄，非要她说个明白。

蓝红玉只得一遍遍地哀求他们：我真的是清白的，我真的是被抹黄的……

胡子固早就厌烦了这帮像苍蝇一样的网友，一股要保护妻女的豪气在他心中升起，他一把拽过话筒，重重地扔在地上，恶狠狠地说："你们再要缠着我老婆，别怪我不客气。"

他们笑着说："你老婆，哈哈哈，还不知道当过多少人的老婆呢！"

"你……"胡子固大喊一声，一拳打在离他最近的一张脸上。

他们人多，有人大喊一声"打"，胡子固就被他们的乱拳打倒在地。蓝红玉用身体去为胡子固抵挡，也被挨了几拳。这帮人还不罢休，一边摄像，一边逼问蓝红玉，要她说细节，说与贪官、色官上床的细节。

正在不可开交之际，突听一声娇吼："你们简直是无法无天！"话声未落，就听有人在叫"哎哟"。原来是狐闹闹来了。她抬腿就把那个拿话筒的劈倒在地，上前再补上一脚，那个七尺男儿就躺在地上哭爹叫娘了。其他几个见状，丢下胡子固，围上来，准备一齐上。狐闹闹冷笑一声，大声说："我今天要让你们知道什么是抹黄的后果。"

他们狞笑着围攻她，然而，他们哪里是一个职业跆拳道教练的对手，不到三分钟工夫，全躺在地上呻吟了。狐闹闹打得正起劲，还要上前打，被蓝红玉拦住了，对她说："别闹出人命来，问问他们是受谁指使的。"

狐闹闹踩住一个男人的胳膊，问他为什么老揪住这件事不放。他说他们是一家网站的工作人员，老板觉得炒作一个女市长的绯闻可以吸引网民的眼球，提高广告收费额，就派他们冒充网友来跟踪

报道，把这件事继续炒热。

蓝红玉用他们掉在地上的摄像机和话筒把他说的话全都摄制下来，又给公安局的副局长佟大伟打电话，让他来处理这件事。

很快，佟大伟就赶到了，把这帮人全都收了监，查封了这家网站，并且以公安局的名义，把他们恶意炒作的视频在网上进行了公布。网友们头脑这才清醒一些，不再随意跟风了。

蓝红玉以为这事可以过去了，但是，她错了，这事还远远没有过去。胡子固把她们母女送到家后，就要走，狐闹闹拉都拉不住。他说："你们就让我在外面住段时间吧，也许我的心情会好起来，我想回来时自然会回来。"

他心中的结是蓝红玉与姜生予、米刚两个男人同时喝交杯酒，他也知道蓝红玉与他俩淫乱的图片是电脑合成的，但这一张，绝对是真的，要多淫荡有多淫荡。他想，她能做得出与两个男人同时喝交杯酒的事来，别的事怎么就做不出来呢，只是别人没拍到真实的照片而已。这就如同指证一个贪官，并不因为拿出的证据是虚假的，贪官就不是贪官，他在心里早就怀疑蓝红玉有过性贿赂，不然，在官场竞争十分激烈的情况下，这个副市长的帽子怎么会无缘无故落到她头上。所以，不管外界情况怎么变化，他内心深处始终怀疑妻子不洁，可他又不甘心妻子对他的不洁，不甘心就此放弃……

看着他离去的背影，蓝红玉忍不住嘤嘤哭起来。正在这时，家里的电话响了，是她母亲打来的。父母住在苏州，退休前都是中学教师。他们也听说了女儿的绯闻，吞吞吐吐地说："红玉，你没什么事吧！"

父母怎么好问女儿有没有那种事呢？女儿又怎么好向父母解释那种事呢？她咽泪装欢："妈，我没事，你们不用担心，你们身体可好？"

话题于是转到了谈父母的健康。蓝红玉是他们的独生女，父母的身体不大好，她一向很牵挂。闲聊一会儿后，母亲还是忍不住说："网上谣传很多，你可一定要坚强啊！"

她再也忍不住了，哭着说："妈，我会的，你们多保重……"

尽管已经很晚了，佟大伟还是赶到米刚办公室，向他汇报侦查情况：初步查明，这些色情图片首先贴在台湾的一家色情网站上，接着被人疯传，才贴到大陆的网站上。首帖者的IP地址是本市一家网吧，查看网吧的监控录像发现，发帖者是一个女人，但她戴着硕大的宽边墨镜，看不清具体是谁；追踪蓝红玉的网友现已查明，确实是网站所为，没有幕后主使，侦破工作暂时陷入僵局。

米刚沉吟片刻，抬头说："对一个市级干部肆意抹黄，简直是无法无天，你是刑警出生，一定要发扬老刑警的办案作风，给我把这个案子盯紧盯牢，给我把抹黄黑手揪出来。"

"是！保证完成任务。"佟大伟连忙起立，给他敬了一个礼。

佟大伟原来是刑侦局一支队的支队长，米刚从北京调来当市委书记后，见詹发权太听林光璧的话，他认为这不是好事，公安局长是维护社会正义和良知的人，与哪个领导都不能走得太近，否则，极容易成为对方玩弄权力的帮凶，于是，他要在公安系统扶持自己的人。恰在这时，佟大伟侦破了一起惊动公安部的连环杀人案，荣立一等功，而且佟大伟不是林光璧青睐的干部，他就趁此机会提升他为刑侦局长兼公安局副局长。对此，佟大伟心中是充满感激的，在市局，大家也都知道佟大伟是米书记的人。

与此同时，在星星大酒店，林光璧与詹发权也在密谋。詹发权告诉他，佟大伟在暗中侦查这件事。林光璧不以为然地说："你一个公安局长，还罩不住一个副局长，那算什么呀？"

"不是罩不住，是他背后有人呀！"

"你背后不也有人。担心我斗不过他？"林光璧白他一眼，"一个就要下台的老头，还把你吓着了。改天我与佟大伟谈谈，让他认清方向，与我作对绝没有好果子吃。"

"那是，那是。"詹发权连声附和。

"那些追踪蓝红玉的网友是不是你派的？"

"不是，跟我一点关系都没有，我还在奇怪呢！他们无意之中帮了我们，起到了推波助澜的作用，看来民众抹黄的力量是强大的，

我们只需做好引导、发动工作就行了。”

“那就好，不要把把柄落在蓝红玉手上。你还做了一件功德无量的事哩！”

詹发权不明其意，怔怔地望着他。

林光璧奸笑道：“抹黄蓝红玉，使很多人有了茶余饭后的谈资，使很多人有了恶搞的对象，使很多网站有了赚钱的机会，使很多广告商发布的信息得到了大众传播，你说，你抹黄蓝红玉是不是一件功德无量的事。”

两人哈哈大笑起来。林光璧进一步感叹道：“民众抹黄的力量我们一定要好好利用，要像革命前辈一样，善于发动群众，组织群众，引导群众，这股力量使用好了，别说是蓝红玉、米刚，就是省委书记、中央委员，也能推倒，克林顿不就因为一个‘拉链门’，被美国人送上被告席了嘛！”

“您阐发得深刻，阐发得高明。”詹发权点头哈腰。

林光璧摆摆手说：“自己人，就不要说肉麻的话了吧。你下一步还有什么招？”

“有，蓝红玉不是马上要去北京学习吗，等她走了后再施招，您就等着看好戏吧！”

胡子固回到办公室，睡在临时床上，怎么也睡不着。想着想着，恍惚入梦，梦见自己回了家，而且还与妻子颠鸾倒凤，他得到了前所未有的快乐，亢奋得直呻吟。在呻吟声中，他醒了。

午夜梦回，又是在这样一种尴尬境地，他痛苦得几乎要落泪。想让自己不想她，他办不到。他打了自己一耳光，可还是抑制不住地想。他又拿出自己象征单身的公仔，往枕头上重重一蹾，意思是他现在是单身了，想也白搭。

可这一切都没有用，他就干脆起床，下楼，到大街上，漫无目的地走。走着走着，他发现走的是朝家的方向，拐过这条街，就可以到家了。他想停下来，可腿还是不自觉地向家的方向迈。说了不回家的，现在又回家，他感到脸上火辣辣的，就自我安慰：那是我的家，我为什么不能回……

悄悄地开门，悄悄地进门。客厅里还亮着灯，他知道那是因为她怕黑怕一个人睡的缘故。有一次，他到美国出差，回来后发现家里的用电量比平常多出了两百度。他很奇怪，问她是什么原因。她羞涩一笑，说她怕黑，怕小偷，怕一个人睡，就把家里所有的灯都开着。他心疼极了，把她拥入怀中，说再也不出差了。此后，他的确很少出差，能推的尽量推。他就是要守着妻子，守着他的全部宝藏。可如今，她还是他的宝藏吗？他说不清。

卧室里传出清晰的鼾声，一轻一重，他听出那是妻子和女儿的，她们刚刚哭得睡过去，若还早来半小时，都能与她们碰上。他真想走进卧室，在妻子额头上重重一吻，但是，他还是忍住了，只是扶住门框，借着客厅里的灯光向里面望了望。

现代医学表明，光已成为对环境的污染物，人在愈黑暗的环境里睡眠，睡眠效果愈好。他从客厅的茶几下拿出纸和笔，给她们写了一个留言条："安心睡吧，我在门外给你们当守护神。"然后，轻轻关上灯，蹑手蹑脚出门，蹑手蹑脚关上门……

他就在门外站着，瞪着双眼看着黑魆魆的夜色发呆。这夜，有些恐怖，也有些暧昧。他这样给她站岗放哨已不是第一次了，他想起了未名湖，想起了清华园。

那时，他们的三角恋还没结束。当然，学生的三角恋爱与社会上的三角恋爱还不一样，是两个男生都对一个女生表现出朦胧暧昧的情愫，而这个女生还没有作出选择时的权益之计。

那年暑假，他们都没有回家，学生宿舍里没有空调，暑热难忍，很多没回家的学生就到未名湖畔去露营。蓝红玉也想去露营，霍达和他争先恐后跟随。

在一片岸芷汀兰处，他们扎下了营。所谓营，也就是一人一个露营帐篷，一字排开，与其他人的隔着点距离，显得他们是一伙的。霍达与蓝红玉两人都是第一次露营，

感到很新鲜，很兴奋，可是，兴奋过后就是大不兴奋，就是沉沉睡去。

他不是第一次露营，对他来说露营一点新鲜感也没有，他纯粹是为了追求她才来露营的。他前不久参加一个到秦岭山区巡诊的志愿者组织，为山民治病。秦岭山大人稀，他和其他志愿者们经常露宿山野，一人一个睡袋，钻进去就睡，比这更刺激。有时一觉醒来，发现自己竟然是与蛇同眠——蛇不知何时爬进了睡袋。

刚才，他把这段经历讲给蓝红玉听时，她觉得有意思极了，但他知道，以她的胆量，若真有蛇爬进了她的帐篷，她还不得吓出毛病来。这片湖岸草木茂盛，蛙鸣阵阵，应该会有蛇出没，他可不敢冒这个险，让她吓个半死。他决定不睡，为心爱的人站岗放哨。

待他们睡下后，他去找来一个竹竿，每隔二十分钟就围着蓝红玉帐篷周围的草丛用竹竿拍打一次，这叫打草惊蛇，他们野外生存医学课上讲过。

饶是如此，还是有一条蛇来袭营，他一阵紧打密打，才把蛇赶走。蓝红玉被外面的动静惊醒，起来一看，见他扶着竹竿正在喘粗气。她什么都明白了，冲上前去，在他脸上狠狠地啄了一口。

……

他想，也许正是因为那次站岗放哨，他在她心中的分量才超过了霍达吧。

就这样想着想着，于不知不觉中，第一缕晨光射进了楼道，黑暗渐渐退去。他想，她应该不怕了。

他拖着疲惫的步伐踱回单位，沿路上有早起的鸟儿在鸣叫……

临上飞机，蓝红玉给胡子固发了则短信，然后关上手机。信的内容是引用宋朝词人刘克庄的一句词：曾识姮娥真体态，素面原无粉黛。她想用这句词来向他说明：她依然纯洁，她依然爱他。

早上起来时，发现客厅的灯被人关上了，她很奇怪，回头一看，发现茶几上有胡子固的留言。她捧着纸条，眼泪刷刷流下来，心里不断地感叹：你这个守护神啊，你为什么那么傻！

她拿起电话，想再次请他回家，拨了一半的号，又放下了，他想独处就让他多独处一段时间吧，总是这样疑神疑鬼也不是办法。于是，她决定不打这个电话，临走时给他发短信，留个念想。

飞机起飞了，靠着飞机的舷窗，她在心里默默地说：等着我子固，让这次小别胜新婚吧！

下了飞机，她立即打开手机，手机提示音告诉她来短信了。她心里一直期待着他的回复，果然是他，她赶忙阅读。上面只有几个硬邦邦的字和一串省略号："男人，男人总是要出发的……"

她的眼泪夺眶而出，她明白他的意思，他已经不在乎她是纯洁还是肮脏了，他要开始新的生活。她感到自己太失败了，太贱了。巴心巴肝地期待着他，期待来的却是这样的结局。她毫不犹豫地把这条短信删除。感觉还不解恨，又从坤包里拿出手机，把他的名字也删除了。

北京的夜色分外迷人，但她无心欣赏这夜色。今夜，她也不想去住中央党校，面对那些陌生的学员，她会憋死。她急需要找一个人，找一个熟悉他们感情经历的人倾诉。她留在北京的同学很多，她拿出电话本随意翻找着，突然，霍达的名字跳入她的眼帘。最了解他们感情历程的人莫过于霍达，可他是被自己淘汰掉的前男友，找他合适吗？想到胡子固的短信——男人，男人总是要出发，她的气就不打一处来。

"有什么不合适的，他都准备出发了。"她自言自语，终于拿起手机，拨打了这个号码。但是，她没有信心能接通，即使接通了，也难保接电话的人就是霍达，因为这个手机号码还是八年前他们分手时他留给她的。

电话终于通了，她的心怦怦直跳。那端传来一个清脆而富有磁性的男中音，优美得像中央电视台某著名主持人："喂，哪一位？"

她的心跳得更快了。尽管分手已八年，他的声音还是那样动听。她迟疑片刻，低声说："是我，蓝红玉。"

对方立即兴奋起来："啊，是你啊！你在哪里？"

"我在北大校门口。没想到你这么多年还没换号。"蓝红玉幽幽地说。

"怎么会呢？当年我就给你说过，这个号码永远为你在线。你一个人吗？我来接你吧！"对方豪爽地说。

"嗯！"她泪流满面。

不一会儿，一辆白色宝马开到她的身边，一位气度非凡的男人快速下车，迎着她喊："红玉！"

蓝红玉没想到开宝马的会是他，仔细一看，果然是霍达。她伸出手："你都开上宝马了?!"

"典型的暴发户形象，是不是？"他紧握着她的手，盈盈的笑容展示着他的热情。她的到来真的令他很兴奋。

"不，很绅士风度，如果你也算暴发户，我们这些人就都是泼皮无赖了。"蓝红玉由衷地夸到。

她在想，如果当年选择的是霍达，落选的胡子固今晚来与她相会，会不会这样热情呢？这可真应了一句俗得不能再俗的话——得不到的永远是最好的。

她上了车，他带着她在北大溜了一圈，算是故地重游，然后把车停在未名湖畔。那儿有几家快餐店，外观显得很气派，食客很多。他带头走进去，她跟着进去，左看看，右瞧瞧，发现这儿就是他们当年约会经常吃的小排档改装成的，看来他带她来这儿是煞费苦心的。

他们要了一个雅间。霍达说："八年后再到这个地方来吃饭，一定别有风味吧！"

"是啊！你看，湖边的树长高了长壮了，真应了'树犹如此，人何以堪'啊！无论是树还是人，都逃不过时间的洗礼！"她感叹道。

"你与子固过得好吗？"他轻轻地问。刚才在车上，他已经知道她是来北京学习的，并且得知她已经当上了副市长，事业有成，但她没有告诉他她的家庭生活，可这恰恰是他最关心的。

她迟疑了，能说好吗？能说不好吗？她尴尬一笑，耍滑头说：“家家都有一本难念的经，我们也一样，你呢？”

他看着她的眼睛：“你不想说，那就是表示不好哪！其实在故人面前，没有什么好隐讳的。我见你神情落寞，是不是遇到不顺心的事了，只要我能帮的，我仍然会像当年一样地帮你。”

蓝红玉点点头，还是从手机号说起：“你的整个形象都变了，可这么多年，你怎么用的还是当年的号码，我记得这个号码是不用付月租费的，但接机要收费，信号也不好，很不方便的。”

霍达举起手机给她看：“我是双卡双带的，工作用的是另外一个号码，这个号码是专为你留的，怕你哪天想联系我而联系不上，没想到沉寂了八年，这个号码终于等到了你的来电。”

“别耍贫嘴了，谁知道是给谁留的？”她取笑着低下头，避开他火热的目光。

“真的！我至今还单身着，你没想到吧！”

这一点蓝红玉真的没有想到。他的父亲是高官，母亲是高知，他本人是高学历，追求他的女生不少，他怎么会……她不解地问：“为什么？”

“不知道为什么。”他苦涩一笑，“与你分手后，有过无数场恋爱，可就是不想结婚。我想，可能是因为我想结婚的那个女人已经嫁给别人的缘故吧，所以也就不想结婚了。”

“霍达，你别这么折磨自己了。”蓝红玉抬起头，脸上已经多了几道泪痕，“这世上比我优秀的女人有很多，你要调整心态，别再蹉跎岁月了。”

他举起酒杯，微笑着说：“其实，冥冥之中有一个没有结果的期待也是一种幸福，你就别劝我了，来，喝酒，为我们重逢干杯。”

两人碰了杯，都一饮而尽。

霍达告诉她，他父亲已经调到北京工作，他从北大毕业后在政府部门工作了几年，不想像父辈那样从政，就下海创办了一家网络公司。因为做得早，又迎合了市场，公司迅速壮大起来，目前资产

已过亿……

蓝红玉在生胡子固的气，想一醉方休，霍达讲他的创业故事时，她一杯接一杯地喝，喝得有点高了。她举起酒杯，醉醺醺地说：“来，为你的富有干杯。”

“别，你别喝了，你快醉了。”

“醉了才好呢，醉了就不用管他出不出发了。”

霍达怔住了。蓝红玉实在需要一吐为快，她喝干杯中酒，把有人别有用心地抹黄，把胡子固的不通人情向他倾诉了个遍，直到上了车，她还在说：“子固，你为什么这样狠心。”

霍达把她带回别墅，安排她睡下。他就坐在她身边，在粉红色的床头灯下，守护了她一夜。

早晨醒来，蓝红玉一睁开眼，就发现霍达深情脉脉地凝视着她，双眼充满血丝，但那眼神仍然神采奕奕。她问这是在哪里，他说是在他的卧室里，她立即警觉起来，抱臂坐起，紧张地说：“你，你没对我做什么吧！”

霍达爽朗一笑：“当年没有，现在更加不会。”

第七章

包房的门开了，进来的是星星大酒店的老板俞晶星。她手里端着一罐汤，娇滴滴地说："林市长，詹局长，这是我亲自熬的汤，取名阿二靓汤，你们尝尝鲜。"

詹发权心想，你又不是我们的二奶，搞什么阿二靓汤啊！随即，他明白了，她是林光璧的阿二——她把汤放在桌子上，林光璧拉着她的手说："看看，烫着没有。"还用嘴去吹那只玉手。他想，若不是自己在场，看林光璧的那副馋相，恐怕要把她拉入怀中了。

俞晶星一甩手，娇嗔道："你多长时间不来我这儿了？这会儿急哪？你看，都让詹局长见笑了。"

"他？"林光璧看他一眼，"自己人，来，陪我们喝酒吧！"

知道他们的关系就好说话了，詹发权冲她一笑，拿起勺子，一边给林光璧舀汤，一边说："来，让我们的林市长尝尝你的阿二靓汤！"

这话要多暧昧有多暧昧。捅破了那层窗户纸，俞晶星也就没什么顾忌了。也许她原本就没有什么要顾忌的，还巴不得公安局长知道他们的关系呢！——开酒店的，谁不巴望着有公安局长罩着。她

给自己斟了一杯酒，走到詹发权身边说：“詹局长是客，我就先敬您一杯。”

詹发权受宠若惊，连忙站起来说：“你还是先敬林市长吧！”

“就先敬你吧，她还需要你罩着呢。”林光璧一脸坏笑，“女人哪，都是势利鬼！”

俞晶星回眸一笑：“今天不把你灌醉绝不放你走，看你还说不说我势利。”

林光璧龇牙咧嘴，做出一个投降的姿势。趁此，詹发权与她碰杯，一饮而尽。

俞晶星又斟满酒，走到林光璧身边，一屁股坐到他怀里说：“这样陪你喝酒还不行吗？”

詹发权连忙阿谀道：“行行行。”

林光璧端起酒杯，俞晶星立即用自己的秀臂绕着他的臂膊，要与他喝交杯酒。林光璧一笑，两人的脸几乎贴在一起，喝下了这杯酒。

放下酒杯，林光璧感叹道：“真是英雄难过美人关啊！詹局长，你呢？”

詹发权愈发谄媚：“我是有贼心没贼胆哪，只能与陆春枝老老实实过日子。”

林光璧一哂：“别在我面前装廉洁哪！我都把底牌亮给你了，你还装什么装！”

詹发权心中一惊，难道自己与口红的事被他发现了，但是，他接着说的话使他放下了心：“——姜生予、米刚和蓝红玉三人一起喝交杯酒的照片是怎么来的，你以为我不知道？是听涛宾馆的女领班偷拍的，因为那会儿我的座位正对着包房的门，她依着门框用手机偷拍时就我一个人看见了，原以为没啥，后来没想到被你利用了，她是不是你的情妇？”

“老领导真是火眼金睛啊，什么也瞒不过您。那张照片的确是她给我的，不过，她不是我的情人。她是我的远房侄女，大学毕业后找不到工作，是我把她安排到听涛宾馆的。她对于腐败很痛恨，见两男一女喝交杯酒，就偷偷拍摄下来交给了我。”詹发权赔着小心解释道。

林光璧显然对他的回答不满意，挥着手说："好了好了，你廉洁，就我有情妇。"

林光璧所需要的是沆瀣一气、同流合污的气氛，詹发权何尝不知道他的心思，但他就是不想把底牌亮出来。他认为，林光璧在下属面前展示自己的私生活是做领导者的失策，他若有一天当上了市长，绝不会这么做。

俞晶星连忙帮他化解尴尬，端起酒杯说："詹局没有就没有，爱情这东西，有人看重有人不看重，谁像你啊，处处留情。来，我们一起干了这一杯。"詹发权感激地看她一眼，一起干了杯中酒。

林光璧却意犹未尽，放下杯子感叹道："难怪柳下惠和柳永都姓柳，原来他们是兄弟。"他推一把怀里的俞晶星，"去，看看我这兄弟是不是柳下惠。"

"你哪够格当柳永啊！"俞晶星在他怀中用肘拐他一下，把手一伸，"拿来……"

林光璧一愣："拿什么？"

"拿词来抵饭钱啊！你不知道柳永去青楼酒肆消费，都是写一首词走人吗？"

两个男人都哈哈大笑起来。詹发权不得不在心里感叹，这个小女人真会插科打诨，化尴尬于无形，其灵巧不亚于他的口红。

林光璧对她喜爱得简直不能自已："我今晚就把你当成李师师，我填词，你唱曲，我们去K歌。"

三人喝完杯中酒，俞晶星开车带他们去三十九度半娱乐城。詹发权第一次来此，感觉店名怪怪的。俞晶星就向他解释："人若处在三十九度半的状态，将意味着什么？"

"意味着发高烧，意味着癫狂？"詹发权答。

"这就对了。"她娇笑道，"这个店名的意思就是要消费者K歌K到癫狂。"

"哦，原来如此，亏他们想得出来。K歌K到癫狂的店子估计也少不了黄和毒，改天我让人查一查。"

俞晶星莞尔一笑："您猜得没错，里面的确有摇头丸供应和色情服务，今晚要不要给詹局叫个小姐。"

"扯淡！"詹发权毫不犹豫地说。

坐在前排副驾驶位子的林光璧原本在闭目养神，这时，他回过头来说："詹局啊，这扯淡也是很有味道的啊，一个公安局长，去唱歌的地方竟然涉黄涉毒，这可是对你的极大讽刺啊！"

林光璧的几个"啊"一下子把他给弄糊涂了。谁不知道开这种娱乐场所都有公安局的人罩着，名气越大，罩着的人的职位也就越高，他自己是老公安出身，能不知道这一点？另外，林光璧是否吸毒他不知道，但他涉黄，就在眼前，俞晶星不就是他纵情声色的玩偶！自己本身就不干净，为何还要将他的军，他不明白他的意图，但直觉告诉他，林光璧想要他去收拾三十九度半。于是，他说："是是，我马上派人去查这个三十九度半。"

"别忘了通知新闻部门，把这次行动做得大些。"林光璧说完，闭上眼，继续闭目养神。

詹发权拿出手机，拨了一通。他把这次行动命名为零点行动，安排好任务后，他不明白他们一行还去不去三十九度半，就低声问林光璧："林市长，我们还去不去？"

"去，怎么不去？我就在车里监督你们的这次行动吧！"他的态度和缓了些。

车到三十九度半时，公安局的稽查小分队刚好到达，一群荷枪实弹的民警迅速下车，冲入娱乐城，不一会儿，就押出了一批人，有男有女，显然是嫖客、小姐和吸毒者。报社、电台和电视台的记者紧随其后，不停地采访和拍摄。

他们三人在车内看得真切，俞晶星指着最后一个被押出的人说："这个就是老板童威，这下真可成了儿童之威，没戏了。"

林光璧点点头，笑眯眯地对詹发权说："是不是该你上场表现一番哪？"

詹发权立即下车，执行此次任务的副局长佟大伟见他来了，连忙用手势制止正准备押解人犯上车的干警，大声喊道："全体队友，詹局长亲临现场，指挥我们的这次行动，现在请詹局长讲话。”

干警们押着人犯迅速一字排开，记者们的长枪短炮也对准了詹发权。他走到“一”字中间，咳了一声，大声说：“同志们，看到你们抓获这么多人犯，说明我们公安局前期工作很失败，我这个公安局长深感汗颜，在此，我给全体队员鞠一躬。”

他深深弯下腰，获得一阵雷鸣般的掌声，待掌声停息后，他接着说：“有这么多人犯，同时也说明我们的扫黄打非任务还很重很重，我们要常抓不懈，全体队友要齐心协力，才能给运河六百万市民扫出一片青天，打出一片安宁。在此，我再给大家鞠一躬。”

至此，他又鞠下一躬，掌声再次响起。站直身子后，他接着说：“参加这次零点行动的还有全市的各个新闻媒体，扫黄打非工作要想取得彻底胜利，要想深入人心，离不开新闻媒体的报道，在此，我向深夜还不能休息的新闻工作者们鞠一躬。”

他又弯下腰，掌声第三次响起。

闪光灯频频亮起，把他的脸照得像死人一样苍白。他挥一下手，站在一旁的佟大伟高喊一声：“上车。”干警们立即押着人犯鱼贯上车。记者们蜂拥而上，围着詹发权采访起来。

打发完记者后，詹发权又回到俞晶星的车里。林光璧看着他汗津津的脸，递给他一方纸巾说：“表现得不错，这种抛头露脸的事以后要经常做。明天全市的新闻媒体上不都有了你的图像和声音，我们的公安局长为了保护人民的安全，不惜拉下脸面，三次鞠躬，多好的新闻题材呀！米刚和蓝红玉会宣传，我们也要学会宣传嘛！”

詹发权心里像吃了蜜一样甜，连连称是。

俞晶星扭头说：“詹局，今晚这歌恐怕是唱不成了，全城都是你的人在行动，别让他们把咱们给抓了。”

“怎么会呢？”詹发权笑道，“有我在，谁敢抓我们的俞大小姐。”

“你们的人是不会抓我，但林市长出现在那种场合，被人看见总不大好吧，我刚才想啊，要是我也开一个娱乐城，你们以后吃饭、娱乐一条龙，就不用出来唱歌了。”

他一愣，随即明白了，今晚所有的注解都在这儿：原来她想开

娱乐城，利用自己来扫清生意场上的障碍，这一招可真是高明啊……

他想看看林光璧有何反应。车内反光镜可以照见林光璧的脸，他借着微弱的灯光看了看。林光璧又是一副闭目养神的样子，没有任何表情。他明白了，这是默许的意思，只是由她提出来，以免落把柄在自己手上。他对领导的原则是——明白了就好说话。

“嘿嘿，好事啊！只要你开，我和林市长一定来光临。”迟疑片刻后，他这样说道。

俞晶星妩媚一笑：“詹局，那就一言为定了，你要不来，我可要派一群小姐上门去请你哟，搞得你家宅不宁。”

“才不会呢，陆春枝相信我是正人君子。”

林光璧睁开了眼，似笑非笑地说：“是柳下惠还是柳永，反正也没人验证，你就吹吧！”

他心里又是一乐，这话算是领导对他的表现满意了。于是，沿着这个话题眉飞色舞地说：“我没吹，我真的不是气管炎，但我也不是柳永。”

俞晶星知道，这种和谐的氛围需要一个拈酸吃醋的女人插科打诨才有味道，于是，她捏着林光璧的耳朵说：“我开了娱乐城，你要是敢当柳三变，我就当河东狮，听见没有。”

林光璧连忙说：“听见了，听见了。”

车驶向茫茫夜色，夜正深……

口红的烟瘾本来不大，每天抽两三支黑魔鬼就可以了，可是，自从抽了詹发权给她的黑魔鬼后，烟瘾突然大起来，一天要抽半盒，詹发权给她的几盒烟很快就抽完了，她到市场上去买，可买回来的黑魔鬼怎么也找不到那种感觉，她感到很奇怪。接着，她身上就出现戒断症状，浑身酸软无力，心里像猫抓一样难受。她这才怀疑烟里有鬼，约詹发权晚上到老地方相会。

他们的老地方不用说是性爱长廊。是夜，月明星稀，他们做完车床性爱后，口红说：“詹局，你知道我的爱情是要时常更新的，我给了你这道口红一个月的时间，也该更新了，我们分手吧！”

詹发权似笑非笑地说："我们分得开吗？"

"为什么？难道你想不信守诺言？"

"不是我不信守诺言，是你已经离不开我了。难道你这几天身上不感到难受？"他边说边在衣兜里掏烟，掏出一盒黑魔鬼，在她面前晃一晃，"要不要？"

口红像饿鬼见着了食物一般，抢过来说："要！"她迫不及待地撕开包装，抽出一支，点上火，大口大口地吸起来。吸了几口后，连声感叹："好舒服啊！"

詹发权摸摸她的头："你是不是离不开我了？"

她不答话，把烟抽完后，大声说："告诉我，为什么会这样？"

"因为我给你的烟里下了点味精，比平常的黑魔鬼更有味道。你只要把我当做你永久的口红，我就长期给你供应这种味精，不要一分钱，别的口红，谁能供应得起。"

"你，你这种人也配当公安局长？"她知道所谓的味精就是毒品，她虽然游戏人生，但还不想吸毒。

"配不配你说了不算。"

"我要去告你，我要去告你。"她哭着用拳捶打他赤裸的胸膛。

他一把捉住她的小拳："我也是为了得到你，才出此下策，我怕你像抹去别人一样，抹去我这道口红。我爱你，我已经离不开你，有了你，我才感到人生还有另一种活法，还能这样精彩。我现在已经是公安局长了，用不了几年就可以当市长，当市委书记，你就跟着我吧，我一定让你享尽荣华富贵。"

"可我已经染上了毒瘾，这可怎么办啊？"她哭着说。

"不用怕，很多明星和成功人士都吸毒，你没看到报纸上的报道吗？前不久，一个明星过生日，招待客人吸毒，还被公安给抓了。在上流社会，招待客人吸毒是最高级别的招待。我利用工作之便，给你搞点高级享受，有什么不好。"

"既然是高级享受，你为什么不吸？"口红反唇相讥。

"我也很想吸啊，可共产党不让我吸，我要是吸毒，这局长就当不成了。"他在她额头上亲一下，"乖，你就死心塌地地跟着我吧！"

口红把他一推："让我想想吧！"

她穿上衣裳，拉开车门想走。詹发权拉住她说："你走可以，把烟给我。"

她从坤包里拿出烟，想给他，又舍不得。迟疑片刻说："我抽一支再走吧！"

她又坐下来，点上烟，大口大口地抽起来。詹发权坐在一旁，看着她吞云吐雾的样子，心中一点都不着急，跷着腿怡然自得。

一支烟很快抽完了，口红把烟扔给她，拉开车门，头也不回地下了车。他心中失落极了，对着车外说："有种的就别来找我。"

沿着河堤向前走，晚风吹拂着她的秀发，粉红色的路灯把她的身影拉得修长修长，使原本靓丽的她更加成为河堤上的一道风景。几个追风少年回头看她，嘴里发出"嘘"声。她视而不见，眼泪不自觉地掉下来：她怎么会成为一个白粉妹？她美好的人生就这样委身于这道老口红？她不甘心啊……

她就这样走走停停，徜徉到午夜还不想回家。她知道身后有辆车一直跟着她，不用看就知道，一定是詹发权。可能他怕了吧，怕自己告发他。自己真的去告发他吗？不能，告人需要有证据，自己手上一点证据也没有，告他，很有可能不但告不倒他，还会把自己告到戒毒所去，甚至会把自己告到监狱里去。他完全可以诬陷她以毒养毒，甚至有可能杀了她。一个弱女子怎么可能斗得过一个公安局长呢？自己当初真是傻啊，怎么可以选择一个公安局长做自己的口红呢？这真是"请佛容易送佛难"啊！

他这次在每支烟里下的冰毒很少，她只抽了两支，很快，毒瘾就又发作了，如同万爪抓心，她感到难受极了。听人说用水洗脸可以减轻痛苦，她找一处河埠蹲下，用手往脸上浇水。果然，猫抓的感觉要轻一些。

稍稍抬身，她看见河埠上写着"20"字样，也就是说，从东到西，这是第二十个埠头。她记起来了，她用嘴去撞詹发权那次，就是在这个河埠上给他洗的脸，这可真是讽刺啊！她用手拍着自己的脸，一下，两下，三下……拍得啪啪响，整个脸都被她拍红了。

突然，一双有力的手抓住了她的手："你不要折磨自己了，你不愿意，我就带你去戒毒。"

她再也控制不住自己了，一头扑到他怀里说："快，快，给我烟。"

詹发权递给她一支烟，帮她点上。她大口大口地吸着，贪婪得像个孩子，不一会儿，她难受的症状就缓解了，而且欲仙欲死。一切都变得云淡风清，夜又是那么迷人……

口红喃喃地说："我是自作孽啊！我第一次勾引你就是在这儿。"

他把她搂在怀中，动情地说："别这么说，都是我不好。你给我的生命注入了活力，我不应该这样对你。只要你不抹去我这道口红，你要我怎样我都答应你。"

"真的?"

"真的。"

"那你送我去戒毒吧!"

"行，明天我就送你去戒毒所。"

胡子固一进入专家诊室，第一个候诊的女病人就跟进来，说："胡博士，我站了好几个晚上，今天才好不容易挂上你的号，你可一定得给我好好看看啊!"

他"嗯"了一声，连头都没抬。他正在整理桌上的病历。找他看病的人几乎都这样说，他不觉得有什么稀奇。如今哪个知名医院不是如此，挂著名专家号要等上好几天，他们生殖医学研究中心作为江东省最有名的生殖疾病专科诊疗机构，更是一号难求。

他忽然觉得哪儿不对劲了，是这声音，像夜莺一样动听。那晚，这个声音在寂静的夜晚，在暧昧的休闲屋里唱响《愿赌服输》，给他的印象太深了。他猛然抬头，眼前的这个女人果然是她。他一下子愣住了。

女人显然也认出了他，惊喜地说："是你啊！原来你是生殖专家?"

他既点头，又摇头，本能的反应是她会不会是来敲诈自己的。她还想说什么，助手孙薇进来了，他连忙用手制止，问她看什么病。她脸一红，低声说："看不孕症。"

他看了看她的病历：姓名：楼卉；年龄：二十四岁；籍贯：江东省江淮市；婚否：未婚。

"你叫楼卉？"

她点点头。

"你未婚，怎么知道自己怀不上？"

她的脸又一次羞得绯红，嗫嚅地说："我，我上大学的时候打过两次胎，都是在小诊所，以后就怀不上了。"

他没想到她还上过大学，就问："在哪儿上的大学？"

"浙大。"

"浙江大学？那可是全国的著名学府！"他怀疑自己听错了，怎么也无法把眼前这个人与一个妓女联系起来。

"嗯，我是学中文的。"可能意识到名牌大学与卖淫之间极不协调的原因，她脸上又爬满红霞。

"难怪那晚你要我吟诗，你怎么会……"他情不自禁地提起那晚的事。

"以后告诉你吧！"她幽幽地说。

他把楼卉领到里间的检查室。按照规定，男医生给女病人检查身体，必须有女医护人员在场，孙薇赶忙跟了进来。胡子固想与楼卉单独说说话，就对她说："这个病人是我的朋友，你就不用进来了吧！"

孙薇心里直犯嘀咕，从他们刚才的谈话看来，他们应该不熟悉，她用目光征询楼卉的意见。楼卉莞尔一笑："是的，我们是朋友，你可以不用在场。"孙薇知趣地出去了。

胡子固让她躺在诊台上，用内窥镜对她的整个生殖系统进行了一番认真的检查。由于对她有好感，胡子固的动作很轻，没有给她造成什么痛苦。她也感受到他的小心谨慎。上次另一个医生给她做这个检查时，痛得她牙齿都快咬碎了。她对他心中充满感激。

检查完毕，她想幽他一默，同时也想变相地夸奖他，于是冲他嫣然一笑，说："难怪你会坐怀不乱，原来你是做这一行的，女人对你来说早就没有神秘感了。"

他笑笑："现在可以告诉我你为什么做那一行了吧？"

"你真有兴趣？"她定定地看着他。

"真有……"怕她不相信，他又补充道，"在常人眼里，你应该有美好的前程。"

她沉默了，眼睛转向内窥镜连接着的电脑，电脑屏幕上正定格着她子宫里的图形。

"哦，你不想说就算了。"他连忙指着电脑说，"你的不孕症情况还好，主要是因为炎症引起输卵管堵塞和子宫着床困难，相信我能为你治好。"

她点点头，却说："我不轻易贩卖我的隐私，你若真有兴趣，今晚就到星巴克来，请我吃哈根达斯，我告诉你。"

胡子固做出大度的样子："好啊！请一支哈根达斯能听到一个特别的故事，这买卖不错。"

于是，他们约定晚上八时在星巴克会面，并且互相交换了手机号码。

晚上，胡子固如约来到星巴克，楼卉却还没有在指定的地点出现。蓝红玉是他的初恋，他这是第一次与妻子以外的女人约会，心里竟然生出几分忐忑。

楼卉姗姗来迟。精心打扮的她漂亮得像个公主，他左顾右盼一阵，见没有熟人，才快速迎上去，像做贼一样。好半天，心都在怦怦直跳。

偷情的人常说——忐忑是一种享受，他今天才感受到，那种忐忑不安既折磨人，又让人在折磨中感受到无穷的乐趣。他其实是赌气来赴这个约会的，赌谁的气？当然是与蓝红玉赌气。虽然她不知道，但他内心里当做她知道一般，他要与她较劲，让她吃醋，让她心里难受。这也许是一种精神胜利法吧！在婚姻问题上，不管是博士还是平民，其实都一样的俗。

他们找一个角落坐下。胡子固要了两份哈根达斯套餐。这里的哈根达斯是全城最好的，但价格不菲，每份套餐最低也要三百元。楼卉妩媚一笑："你真请我吃哈根达斯啊？"

"当然，我本来就欠你的钱嘛！"

她把指头放在嘴边，调皮地做了个嘘的动作："你就不能说好听一点的，哈根达斯的口号是——爱她，就带她去哈根达斯。我又不要你承诺什么，就是逢场作戏，你也可以说爱我嘛！"

"不，我不会与你逢场作戏的，我把你看得很清纯。"他一本正经地说。长期的科研工作使他养成了严谨的作风，他不善于与女孩子调笑。

"噗哧"一声，楼卉忍俊不禁笑起来，说道："你说我清纯，你没昏头吧?!"

他还没搭腔，背后突然传来一个女声："他的确是昏头了，不然怎么会与你这种女人在一起调情?"

他大吃一惊，回头一看，真是怕鬼有鬼，来人竟然是狐闹闹。他连忙起身，对她笑脸相迎："来，来，来，我请你吃哈根达斯。"

狐闹闹可不买他的账，举举手中的杯子说："我有。"又睥视楼卉说，"她是谁啊?"

胡子固开始有点紧张，有一种做贼被人抓住的感觉，随后又坦然起来。他想，被她抓住不是好事吗？她是蓝红玉的忠诚卫士，由她的口传到蓝红玉耳中，气气她，由精神胜利法变成实际胜利法，妙哉！妙哉！于是，他故作风流地说："这位是我的红颜知己楼卉小姐。"接着又对楼卉说，"这是我妹，外号狐闹闹。"

楼卉冲她莞尔一笑："有个性。"

狐闹闹却对她没有好感，说一声"失陪了"，转身走了。胡子固知道，她肯定是躲到某个角落里给蓝红玉打电话去了。

蓝红玉此时正在参加一个同学聚会。她在中央党校安定下来后，霍达就为她安排了这场活动，由他出钱，请在京的同学与她聚一聚。自她来京后，他对她的照顾可谓是无微不至。

接到狐闹闹的电话后，蓝红玉大吃一惊，以她对胡子固的了解，他不可能有什么红颜知己，他一心做学问，对男女之事不上心，怎么会突然冒出个楼卉呢？莫非是想故意气自己……同学们催她快来行酒令，不便多说，就说道："你哥应该不是那种人，也许他是故意气我的，我们别中了他的圈套。"

“不是啊，他们显得很亲密，那女的，很漂亮。”狐闹闹急得叫起来。

“那你就给我盯着他们，一有情况就向我汇报。”

“你不打个电话警告警告他？”

“不打，免得他上脸。”

“好吧！”狐闹闹极不情愿地挂了机，闪到暗处窥视他们。

楼卉一边吃哈根达斯，一边讲述她的故事。她在念大二那年，爱上一个有妇之夫，爱得很疯狂，他让她等他两年，离了婚就娶她，然而，她给他做了三年“二奶”，也没等到他离婚，反而为他堕胎两次，得了不孕症。这使她对生活十分失望，不再相信男人，不再相信世间还有爱情，只有堕落才能给她带来快乐。于是，大学毕业后，她成了一名坐台小姐，成了那片休闲区的花魁……

胡子固不时地看手机，他期待着蓝红玉有电话打来，期待着她把他大骂一通，然而，手机一直静静地，没有任何信号。

楼卉吃一口冰淇淋，忧伤地说：“人在浑浑噩噩时是没有痛苦的，一旦清醒，痛苦就来了。你撞进我店的那晚，恰巧是我对人生有新思考之时，我突然厌倦了这种灯红酒绿的生活，恨死了打情骂俏的自己，正像那歌里唱的，我把幸福，当成了赌注，结果输了全部。你的到来，你的坐怀不乱，进一步促发了我的新思考，使我觉得，不是世界错了，是我错了，我得改……”

胡子固的心分成了两半，一半在期待着蓝红玉的电话，一半在听她讲话。她得改，她怎么改，他全没听进去。手机突然响了，他连忙接机。楼卉住了嘴，他却对她说：“接着讲，大声讲。”

电话却是狐闹闹打来的：“哥，你看你那眼，都快成色狼了……”

他大失所望，估计是她看不惯他们喁喁私语，打电话来破坏气氛，他没好气地说：“你玩你的，没事别打岔。”

不由分说，他挂了机，示意楼卉继续讲。楼卉意识到哪儿不对劲，扭头左看看，右看看，没发现什么异常，这才接着说：“如今，我已经金盆洗手，重新做人，你猜，我现在在做什么工作？”

他装作猜的样子想了一会儿，心不在焉地说：“我猜不到。”

“好吧，还是让我来告诉你。”她笑吟吟地说，“我现在在写书，把我在欢场的经历写成一本书，给那些处于迷茫状态的人们以警世。”

“啊，你要把你的经历昭示世人？”他简直怀疑自己听错了。

“是的，我是学中文的，我应该有能力写好自己的经历。”

胡子固突然觉得自己很卑鄙。他原以为她只是个“小姐”，没有人格尊严的“小姐”，可以没心没肺地听她的故事，甚至可以利用她，可现在，她回头了，浪子回头金不换，他这样没心没肺是对她人格的侮辱。他凑近楼卉，真诚地说：“对不起，我刚才没有认真听你说话。”

“没什么，”她举起手中的冰淇淋说，“你能这样对待一个刚刚脱离风尘的女孩儿已经很让我感动了。”

狐闹闹见他们眉目传情，急得直跺脚，再次拨通蓝红玉的手机，气急败坏地说：“你看，你看，我哥那眼神，唉……”

蓝红玉这边，霍达正在讲一个笑话，大家都笑得前仰后合。狐闹闹的电话就是这时候打来的。她赶忙握住手机走到一旁，说：“我在千里之外，哪能看得见，别急，慢慢说。”

“我能不急吗？他们都头挨头了……”

蓝红玉心里这才有了几分紧张：胡子固这次的确与以往不一样，明明知道她是被抹黄的，可就是不肯原谅他，难道他在外面真的有了新欢……

狐闹闹在电话里连连催促：“怎么办？怎么办？”她未婚，处理这种事情缺少经验，另外，这不是她自己的事，若是她自己的事倒好办了，以她的个性，立马与丈夫离婚，谈都不用谈。可现在，出轨的是她哥，她能要蓝红玉立马把她哥扫地出门吗？

“我给他打电话谈谈吧……”蓝红玉沉吟道。

很快，胡子固的手机响了。是蓝红玉，语言里没有任何表情。她问：“你有红颜知己了？”

“是的。”他答，语言里同样没有任何表情。

“什么时候认识的，我熟悉吗？”

“刚认识的，你不熟悉。”

“有什么打算？想进一步发展吗？”

“不知道，佛说，明天事明天了，我只关注当下。”

“你们当下在干什么？”她的问话里渐渐有了些凌厉之气。

“我们当下在星巴克坐着，大眼瞪小眼，谈天。”

“嘁，谈天？大眼瞪小眼？”她终于忍不住了，语带讥讽地说，“恐怕是色迷迷吧！”

“这提示很好！”他冷笑着说，“那我就色一次吧！”

他按下了拒听键，心里比吃了蜜还要甜。他期待的就是这种效果。

楼卉看出端倪，赔着小心说：“是不是我与你在一起引起了什么人的误会。”

他把手一挥：“没有，与你在一起，我很快乐。”

“那就好！”她低下了眉眼。

蓝红玉不便再给他打电话，就给狐闹闹发去短信：“他好像要反了，你继续监视他。”

狐闹闹回复两个字“明白”，心里像被麻辣烫烫过一般难受。

第八章

詹发权正在办公室里与佟大伟讨论下一步的扫黄打非工作，办公桌上的电话突然响了。他刚刚接起，对方就说："詹局，我的娱乐城要开业了，请你来剪彩吧！"声音娇滴滴的，可以捏得出水。

他知道那声音是俞晶星的。他瞟一眼坐在对面的佟大伟，若无其事地说："春枝，给你说过多少遍，上班时间不要打电话到我办公室来，你总是不听，我正在开会，有事晚上说吧！"说完，挂了电话。

佟大伟笑道："嫂夫人又来查岗哪！"

"唉，没法子，"詹发权做出无可奈何状，"女人都这德行。"

上一阶段的扫黄打非工作，他们取得了重大成绩，关闭了十几个娱乐场所，解救了八十多名无辜少女，抓获了四百多名嫖客和妓女，几乎把这个城市的所有阴暗角落都扫到了，仅罚款一项，就为财政增加了五千万元的收入。那段时间，报纸上每天都有扫黄打非的新闻，为公安干警树立了好的形象，詹发权也出尽了风头。不管是大报道、小报道，他都要去会会记者，发表一番讲话，很多老百姓过去还不知道公安局长是谁，经此报道，大家都知道了公安局长叫詹发权，他的光辉形象深入人心，有时走在大街上也会被人围住，向他投诉这投诉那，他也不恼，认真解答，认真记录，报纸、电台、电视台又少不了一番报道。一时间，他俨然成了运河市的政治明星。米刚看不惯了，有一天把宣传部长叫过来，指着报纸上的新闻说："这都是怎么回事啊？整天都是詹发权的新闻，扫黄打非工作有什么成绩，那也是大家的成绩，是在市委、市政府正确领导下取得的成绩，怎么都归到他一个人头上了？"关于他的报道这才开始减少，但林光璧和詹发权的目的已经达到了。

他们接着谈下一阶段的扫黄打非工作。詹发权对佟大伟说："林市长前天找我谈了谈，肯定了我们前期扫黄打非工作所取得的成绩，同时也批评了我们工作的不得法，你知道是怎么不得法吗？"

佟大伟摇摇头。

"有几个外商向市政府投诉，说我们查得太紧，管得太严，使他们的生活质量无法得到保证，要撤资。食、色性也，林市长要我们灵活对待，别把那些财神爷真的赶跑了。扫黄工作主要是你在负责，你可得多琢磨琢磨，扫黄工作既要常抓不懈，又要让上上下下都高兴。"

"那不就是睁只眼闭只眼嘛，与以前一样。"佟大伟咕哝道。

詹发权正色道："怎么能是睁只眼闭只眼呢？是要你两眼都睁着，用脑子去工作。既不能搞得遍地都是红灯区，让老百姓有意见，也不能搞得让外商没地方消费了。适当的娱乐还是需要的嘛！明白我的意思吗？"

"明白，杀些小萝卜头，放过些大老板，主要抓逼良为娼，是不是？"

詹发权点点头，笑道："话糙理不糙，下一阶段你就这么操作吧！"

离开詹发权办公室，佟大伟直接去了市电信局。直觉告诉他，刚才给詹发权打电话的那个女人绝不会是陆春枝，陆春枝的声音浑浊苍老，而那个声音清脆甜腻。他为什么要撒谎呢？而且，前段时间他是扫黄打非的英雄，信誓旦旦，掷地有声，全局上下都以为他要挥起铁扫，对这些社会丑恶现象狠扫一把，哪知今天又变成了狗

熊，让他睁只眼闭只眼，甚至暗示他保护一些人，仅仅相隔一个月，前后变化为什么如此之大？他怀疑那个女人是詹发权的情妇还是什么人，难道那女人需要他保护？他想搞清楚这其中的秘密。

他向工作人员出示了证件，很快查清那个电话是用手机打的，机主名叫俞晶星。“俞晶星，俞晶星。”他在口里反复念叨着，感觉这名字不陌生，但又想不起具体是谁。

佟大伟走后，詹发权赶忙给俞晶星打电话，告诫她说：“俞小姐，我是公安局长，怎么可能去参加你们娱乐城的剪彩呢？我想，林市长也不会参加的。在这个城市，有多少双眼睛盯着我，我可得注意形象。”

“詹局长，你也太小看我俞晶星了吧，这道理我还不懂？”俞晶星娇滴滴地说，“我不是要你到大庭广众之下剪彩。对于我们生意人来说，红黑两道都要通，你那边当然是没话说，但黑道我一个女人怎么能搞得定。我是要你来剪一下私下的彩，与这片街区的几个街痞吃顿饭，让他们知道我是你的人，不吃我的黑。”

“这怎么行，我一个公安局长与几个街痞在一起吃饭，这不成了猫和老鼠坐一桌吗？”他毫不犹豫地说道。

“詹局长，话也没必要说得那么难听嘛！你也可以不与他们坐一桌，只需要在他们的饭桌前露露脸，让他们知道厉害关系就行了。这是林市长的意思，你可看着办哟！”那种拿腔拿调的甜腻味渐渐少了，她的话有些硬了。

“你少拿林市长来吓唬我，林市长会让我做这种事？”他有点生气了。

“林市长为什么不呢？林市长让你扫黄打非，不就是为了给我扫清障碍。我知道我人微言轻，要不要让林市长亲自给你打电话？”

詹发权想想也是，那晚的扫黄，林光璧不单单是为他出政绩，还是为了让她出道，甚至这后一点更重要。他有些明白老领导的苦衷了，于是笑道：“好吧，我就去帮你镇镇那些乌龟王八蛋。”

俞晶星还他一串银铃般的笑声。

下班后，他换上便装，开车去了河西路的怡红娱乐城。俞晶星在旋转门后等着他，他一来，就把他领到六楼的一间包房。他以为包房里就是那群他称为的乌龟王八蛋，推门一看，里面竟然是林光璧。他连忙毕恭毕敬地喊了声“林市长”。

林光璧让他坐下，然后说：“晶星与我的关系你已经知道了，她硬是要开这个娱乐城，我拦也拦不住，以后你就罩着她点吧！如今升官，不光要政绩，还要有，”他做了个手势，“——钞票，这个娱乐城就给你百分之二十的干股。我不可能罩你一辈子，你以后也好拿钱去买官。”

“这，这怎么行？”詹发权急了，“您给我那么多帮助，我关照一下晶星的生意还不是应该的！”

林光璧摆摆手：“别说什么应该不应该了，你付出了代价，这钱也是你应该拿的，这是命令，就不要讨论这事了，好不好？”

詹发权努努嘴，还想说什么，林光璧挥挥手：“去吧，去吧！”

俞晶星把他带到另一间包房。门一开，里面的乌烟瘴气立即扑面而来，七八个满脸横肉的男人在里面吆五喝六，每人手里还搂着一个女人，那种痞态令他作呕，若不是为了完成使命，他真想把这些人都抓起来，扇他们几耳光。他曾经是一个优秀的刑警，若不是为了仕途，为了不却老领导的面子，他真不愿意与这些人同流合污。

他大步走进包房，枪往桌上一放，厉声说：“无关的人都给我出去，有关的人都坐过来，要坐得规规矩矩。”

因为房间里烟雾太浓，他又穿着便装，乍一看还真认不出来，有几个街痞大大咧咧地说：“好大的口气，你以为……”后面的话还没说出来，詹发权早已一个箭步过去，左右开弓，两个漂亮的长拳，打倒两个。他们连忙求饶：“詹局饶命，詹局饶命。”

这两拳打出，詹发权心中的气消了些，戏谑道：“我以为你们真不认识我了！”

小姐们鱼贯退出，七个街痞规规矩矩地坐到桌前听他训话。他指着俞晶星说：“俞小姐要在这里开娱乐城，你们不许吃她的黑。”

有一个胆大的，姓陈名帆，外号“翻天”，性情暴戾，三句话不合就要与人动手，眼前面对的若不是公安局长，他有几分敬畏，恐

怕早就动手了。他似笑非笑地说:“詹局的人情我们当然要买,但这不能吃那不能吃,兄弟们吃什么呢?求詹局给我们指条活路。”其他几个都跟着附和。

“好呀!”詹发权收起枪,手掌搭着翻天的肩,口中说道,“我要你们金盆洗手,重新做人。”同时掌变钩,抓住那家伙的锁骨,一用力,翻天痛得直叫唤,脸都变白了,连连求饶。他这才松了手,对俞晶星说:“弟兄们肚子都饿了,上菜吧!”

俞晶星向门外一招手,十几个服务生端着菜鱼贯而入,一下子把张大餐桌铺满了。詹发权发话道:“这是俞小姐答谢你们的酒菜,你们放心吃,绝对没有蒙汗药,吃完了各干各的事,以后不许进这家门,听见没有?”

街痞们齐声应和:“听见了。”

……

佟大伟一直跟踪詹发权,一路跟踪到了怡红娱乐城,但是,他不能进去,怕被詹发权撞上,引起他的怀疑。他戴上墨镜,坐在车里看进出的人。好在这是他老婆新买的私车,牌照也是新上的,没人认识。詹发权开车离开时,从他的车旁经过也没有发现。

待他走后,佟大伟走了进去。一群涂脂抹粉的女人冲他搔首弄姿,他知道,到了这种地方,不逢场作戏是什么也侦查不到的,就随意点了一个女人,由她带路进了包房。

女人怕他跑了似的,一进包房就把吊带裙的肩带扒开,露出丰满白嫩的酥胸。佟大伟连忙摆手:“慢着慢着,本人这儿不大好。”他指指下身,“干不了,你只给我按摩按摩,说说话就行,钱我照付。”女人喜笑颜开,拉上肩带说:“你真是个好男人。”

佟大伟躺到床上,一边让女人按摩一边问:“你们这店是新开的吧!”

女人答:“是的,今天刚开业。”

“你们这个娱乐城规模挺大的,老板一定有后台,也挺有钱。”

“那还用说。老板承诺,公安绝对不会来查,让我们放心做。”女人让他侧个身。

“哦，这么厉害，恐怕是吹牛吧！前不久，离这儿不远的三十九度半不就被公安给封了，据说也挺有后台。”

“您还别说，我就是从那儿出来的，童老板确实挺有后台的，过去公安一有行动，就有人给我们通风报信，可不知咋的，这回就给封了。”

“看来你还是个老江湖。”佟大伟戏谑道。

女人脸上显出几分羞涩：“做这一行也有几年了。”

“你现在的老板叫什么？”佟大伟问道。

“俞晶星。”

“俞晶星？”他想起那个给詹发权打电话的女人也是叫这个名字。

女人点点头：“俞老板过去是开酒店的，赚了很多钱！”

经此提醒，佟大伟终于想起来了，星星大酒店的老板就叫俞晶星，有一年公安局的年饭就是在那儿吃的，他还与俞晶星合唱过一首歌哩，难道就是她？于是，他问：“是不是星星大酒店的俞晶星？”

女人摇摇头：“我不知道，只听人说她过去是开酒店的。”

佟大伟有些失望，估计从她身上再打听不到什么了，就坐起身，掏出三百元钱，把她打发走了。

女人很高兴，走到坐台处向姐妹们炫耀：“我今天真是开门红啊，碰到个好主，与我说说话，就给了我全套价三百元。”还把三张大钞向姐妹们亮了亮，羡慕得她们直赞叹。

俞晶星刚好从此经过，听到了她说的话。会有这种事？男人们来此都是花钱买乐子的，不把小姐折腾个半死才怪哩。她感到这事有点蹊跷，难道是公安局的暗探，抑或是媒体的记者。她决定把这事弄个究竟，就把这个小姐叫到一边，详细询问了事情的经过。

她让小姐带路，要亲自去会会这个人。推门一看，来人却不见了。她更加感到奇怪。大堂有电子监控，跑到监控室去查看人员进出情况，没有发现小姐说的那个人出去。她估计这个人还在娱乐城内，就吩咐小姐去找，同时要保安提高警惕，发现可疑的人立即向她汇报。

其实，佟大伟就躲在床底下。透过床幔，他看清了，此人正是

星星大酒店的俞晶星，看来那年的那顿年饭不是无缘无故安排在那儿的，而是她与詹发权有关系。詹发权今天要他扫黄时睁只眼闭只眼，绝不是空穴来风，而是为保护她张本。

明白了这一层，佟大伟反倒为难了。他就这样出去，俞晶星肯定会认出他，詹发权很快就会知道自己跟踪他，就目前所掌握的线索，又不可能扳倒他，反而会打草惊蛇，使自己在他手下不好干事，他得想办法脱身。

他从床底下钻出来，看了看窗台，发现沿窗台有一条墙檐，延伸到一条接地水管，墙檐下一两米处的外墙上又有一道墙檐，可以用来承脚。他明白了，这是娱乐城为了逃避突击检查，为嫖客们留的一条逃跑通道。他在心里不得不佩服俞晶星想得周到，不过，这条逃跑通道首先让他用了。

他翻过窗台，扶着上墙檐，踩着下墙檐，一步步挪到水管处，顺管滑下，就到了地面。地面上是一片竹林，大概是娱乐城的外围。

他心中一喜，正要松口气时，突然，一个人向他飞奔而来，他本能地向旁边一闪，那个人则顺着他的肩滑到地上，发出叫喊声："救命啊，强奸哪……"原来是一个赤身裸体的女人。

与此同时，设在竹林里的射灯亮起，把这片区域照得如同白昼。几个男人手持棍棒冲上来，不由分说就冲佟大伟打起来。佟大伟虽然是刑警出身，擒拿格斗十分了得，但是，对方的身手也不弱，双拳难敌四手，他头上很快就挨了一棒，血流满面，昏昏欲倒。

这时，俞晶星出现了，厉声说："怎么回事?"打手们这才住了手，指着佟大伟说："他强奸于娜，被我们发现了。"

俞晶星走上前，对面前这个血糊糊的人看了半天，突然说："这不是佟副局长吗，怎么会看上我们的一个服务员？你看，你看这事搞的……"

地上那个被称为于娜的女人不停地叫唤："俞总，他强奸我，你可得为我做主啊!"

佟大伟透过血眼，这才看清，这个女人就是刚才给他按摩过的那个。他心里恨得直痒痒，指着她颤声说："你，你胡说!"

俞晶星好人似的大吼一声："知道了，还不快把衣裳穿上，肯定是你勾引佟局长，才酿成这样的事。"

佟大伟还想申辩，但是头痛欲裂，血越流越多，已不容他多说话，但心里清楚，自己掉进了他们精心安排的陷阱，只有尽快脱身才行。他惨笑一声，勉强说道："是的，俞总，的确是她勾引我，才酿成这样的事，咱们后会有期。"说完，就要走。

"慢，哪能就这样让你走。"俞晶星挡住去路。

佟大伟心里一惊，俞晶星却拿出一块毛巾，笑吟吟地说："我给佟局长擦擦血，还请佟局长大人不记小人过，不要记恨我。"

她要帮他擦脸，他实在不想面对这样一个歹毒的女人，拼尽全力，抢过她手上的毛巾，一步一瘸地走了……

这一招是詹发权想出来的。她把自己的疑惑打电话告诉詹发权后，詹发权让她守好出口和逃跑通道，特别是逃跑通道，若对方是从逃跑通道出来的，说明此人肯定有问题，不管他是记者还是干警，都给他设置一个桃色陷阱，让他难脱干系。

到底是公安局长，料事如神。俞晶星在心里感叹着，挥挥手，让打手们作鸟兽散。

蓝红玉走后，胡子固搬回家，把圆圆也从父母那儿接了回来，每天按时接送她上学下学，从未有过地尽职尽责。他这些年忙于事业，对孩子疏于亲近，现在这个家要破碎了，孩子有可能成为最大的受害者，一想到这个问题，他心里就不由自主地悸痛，就愈发想做一个好父亲，给孩子多一些欢乐。

如今的孩子，从电视里看到不少东西，懂事得早，知道男女有别。过去，圆圆是不肯与爸爸睡一张床的，胡子固爱抚她一下，她都会惊慌鬼叫，惹得大人们笑话她人小鬼大，可是，现在，妈妈不在家，她只得依赖爸爸了。

晚上，父女俩躺在一张床上，胡子固问她："你为什么不人小鬼大了？"

她说："妈妈比你亲，妈妈在时我当然不能要你了，不然，妈妈

会吃醋的。”

“你，”胡子固哭笑不得，生气地说，“以后不许看电视了，都被电视教坏了，爸爸和妈妈一样亲。”

“妈妈亲。”她纠正道，“我是从妈妈肚子里生出来的，又不是从你肚子里生出来的，妈妈说我是她身上的肉。”

“是，是……”他的眼睛发起潮来。

刚结婚时，蓝红玉不想要孩子，要学西方国家那样做丁克夫妻。他也不想要小孩，两人一拍即合，不但要做丁克夫妻，还要做“丁狗”，就是把丁克发挥到极致，改养小孩为小狗，终生丁克。为此，胡子固还特意到宠物市场给她买回一条德国牧羊犬，两人把它当孩子一样养着。然而，结婚刚满一年，胡父胡母见他们还没有要孩子的迹象，就三天两头往他们家跑，来了就说一些阴阳怪气的话，还把他叫去谈心，最后，他经不住父母的老泪，率先变节了。他以为说服妻子会很困难，没想到不费吹灰之力，她也变节了。他不解地问：“你为什么会如此轻易变节呢？”她嗲声嗲气地说：“因为爱，爱你就不能让你为难。”他感动得热泪盈眶，至今想起来，都让人感动。

孩子是在他们生殖医学研究中心生的，考虑到顺产对孩子将来的发育有利，他建议顺产，她也就接受了。胎儿胎位不是很正，加之胎儿个头大，把她折腾得死去活来。同事让他进产房给妻子一些安慰，他握着她的手浑身颤抖，感觉比她还痛苦。

那一刻，他深深地感到一个女人做母亲的伟大，同时也暗下决心，一定要让她幸福，让她再也不经受痛苦。可如今，他让她幸福了吗？他在折磨着自己，也在折磨着对方……

他无奈地低下头，对圆圆说：“是的，妈妈比爸爸亲，你长大了一定要对妈妈好。”

“爸爸，你怎么流泪了？”圆圆看着他，伸出小手要为他拭泪。

他用手抹一下眼睛，把脸扭向别处说：“爸爸没流泪，爸爸没流泪。”

“爸爸是不是吃醋了，大人不应该生小孩的气，圆圆说错了，爸爸和妈妈一样亲。”圆圆一本正经地说。

小孩儿哪里知道父母的心事，不一会儿，她就发出了细微的鼾声。看着女儿甜美的睡相，他在想，如果爸爸妈妈离了婚，她还能睡得这样甜美吗？

……

就在这个父女俩相依为命的晚上，有一只黑手通过互联网悄然伸向了胡子固。

南山风景区沿运河横跨城区运宁区和郊区陈县，胡子固那晚步出山林的地方属陈县的旅游观光区。为了观光区的安宁，观光区派出所在这一带安装了一些电子眼，胡子固“嫖娼”的那片休闲屋更是派出所的重点监控对象。只是为了搞活地方经济，他们对卖淫嫖娼行为都是睁只眼闭只眼，只要不发生打架斗殴等恶性事件，一般都不出警干预。公安局内部对此也是心照不宣，但还是怕出问题，每次来检查工作都是重点查看这片区域的电子录像，以便掌握派出所处理工作的度。

今天白天，詹发权来检查工作时也不例外。他在电子平台上突然发现了一个熟悉的面孔——胡子固。他激动得简直要叫起来，这可真是得来全不费功夫啊！电子屏幕上显示得清清楚楚，胡子固什么时候进休闲屋，什么时候出休闲屋，出了屋后，还与小姐依依不舍，酸溜溜地念柳永的词。这段录像要是曝了光，简直可以让胡子固臭名远扬，作为他妻子的蓝红玉也会臭三分，甚至更臭，因为她是公众人物，她是领导干部，万众瞩目。很多领导干部的婚姻已经名存实亡，却还要极力维持，就是怕自己出臭名，同时也担心配偶出臭名。这两种臭名都会影响到自己的声誉，自己的仕途，而副市长蓝红玉的丈夫嫖娼，这是多么具有轰动性的新闻，两个人都会臭不可闻，臭名昭著……

他浮想联翩，连晚饭都不肯在陈县吃，就赶回了市局。运河市公安局已经做到了全市联网，在市局可以调阅下属各部门的电子监控。他进入陈县观光区的电子平台，把那段视频拷贝在一张光盘上，兴冲冲地去了口红那儿。

口红是学平面设计的，操作起网络抹黄真是一块好料，上次那些PS图片就是她通过电脑软件合成的。他甚至想在她这儿也建一个电子平台，让她来监控那些掌握自己命运的官员，只要抓住了他们的把柄，就不愁他们不被自己利用。

口红在焦急地等他。她其实等的是黑魔鬼。两人在电话里约定好了，这个事帮他做好了，他给她提供三十盒掺了冰毒的黑魔鬼，这可是一个月的足量啊。他此前只是给她欠量供应，说免费毒品很难搞到了，她已经被不时袭来的戒断状态折磨得憔悴不堪。有了这个足量，她就可以做一个月的活神仙了。

现在，她已经离不开毒品了。詹发权带她去公安局戒毒所戒过几次，别人的效果都很明显，可在她身上，效果就不明显了。她只能归结为自己意志不坚定，再不戒毒了，放任自己吸下去。她也越来越离不开他，不依靠他，她哪能吸得起毒呢？哪个男人又愿意与一个白粉妹谈恋爱呢？她有时黯然神伤，曾经光鲜靓丽的口红再也不复存在了。

詹发权一进门，她立即扑上去，在他身上乱摸。终于摸到了一个硬纸盒，她连忙掏出来，抽出一支，点上火，猛吸几口，然后慢慢吐出烟圈，口中喃喃地说："好舒服！"——她俨然成了一个鸦片鬼。

待她平静后，詹发权拿出光盘，放入电脑，指着视频说："快把这段视频挂在网上，尽可能地多挂一些网站。"

她坐在电脑前操作起来，不知她使用了什么软件，经她处理后，原本模糊的视频一下子变得清晰了，还做出了几个大特写，使胡子固更加在劫难逃。她扭头问取什么标题，詹发权早就想好了："就叫《快来看啦，副市长蓝红玉的老公嫖娼》。"

键盘一阵响，口红打上这几个字，点击上传，如上次一样，台湾某网站上就有了这段视频。此时正是上网的高峰期，视频立即就有人点击。不到一个小时，点击量就上升到了五千。他又让她向别的网站传帖，很快，副市长蓝红玉的老公嫖娼的丑闻在网络上全面开花。

看着不断攀升的点击量，詹发权心花怒放，拉过口红就要亲热。口红却推开他，冷冷地说："你这样做是不是太损了点？竞争不过人家就搞小动作，太不像个大男人了吧。"

他又去拉她："你懂什么，官场的职位是有限的，你不挤掉别人，就会被别人挤掉。你没看台湾的竞选，抹黄、抹黑、抹白、抹绿全都用上啦！来吧，犒劳犒劳我的大功臣。"

"你急什么，"口红还是推开他，把手一伸，"拿来！"

"什么？"

"烟啊！"她白他一眼，不满地说，"要我做事了，才肯给我足量，真不地道。"

"好好好！"他捏捏她的脸蛋，这才打开公文包，拿出三条烟来给她，每条十盒。

口红如获至宝，连忙把烟抱在怀里，喃喃地说："这可是一个月的口粮啊！"

"看你那小样，我以后尽量不让你断货就是了。"

她这才让他抱，让他在身上捣腾……

他们在捣腾，狐闹闹却急得在跳脚。她是个网虫，每天上网到深夜。口红把视频挂到网上不久，她就看到了。那个小姐她也认出来了，不就是与哥在星巴克吃哈根达斯的那个楼卉吗——楼卉这名字虽然她哥只说了一遍，但她也记住了，因为这关乎她嫂子的幸福。有了在星巴克亲眼所见的经历，她深信这段视频是真的。

"完了，完了，我哥我嫂完了。"看着不断攀升的点击量，她嘴里不停地念叨着，似乎只有这样才能减轻心里的焦虑。

这时，她的黄金蟒"非道"溜过来，她搂过黄金蟒，眼泪大滴大滴地落在它身上："非道，快告诉我，我该怎么办啊？"

非道无语，只是用头轻轻撞着她的肩，像给她做按摩似的。这是它的常见动作，每当看见主人忧伤时，它就用这种方式来减轻她的痛苦。可今晚的痛苦不同于以往，以往的痛苦是她抛了男朋友而心有不忍，没痛在心，而今晚是扎扎实实地痛在了心里，甚至可以

说是痛彻心肺。一边是她至亲的哥哥的幸福，一边是她最喜欢的嫂子蓝红玉的幸福，偏了哪一个都不行，她可真不愿意看见他们离婚啊！

她拍拍黄金蟒的头，要它离去，可是，它偏不离去，眼里似乎也有泪。哦，她想起来了，“非道”这个名字还是蓝红玉给它起的哩，它可能也预感到了什么，心有不忍。

她想起了那段往事。父母为了早抱孙子，撺掇哥哥逼嫂子把“丁狗”给卖了。蓝红玉不忍，就把牧羊犬带到她这儿来，让她养着。可她这里养着蟒蛇，两个家伙一见面就打起来，都咬得遍体鳞伤。蓝红玉只得把牧羊犬带走，送给别家。临走时，她摸着黄金蟒的头说：“你赶走了我的‘非道’，以后你就得叫‘非道’。”她不明白“非道”是什么意思。蓝红玉就告诉她，非道取自老子的名言“道可道，非常道”，他们把牧羊犬当孩子养，寓意它将来打破常规俗矩，过非同寻常的生活。

她取笑道：“对一个狗都讲哲学，你也太……”

“太什么？哲学无处不在，正像佛家说的，万物皆有生命，这生命能不能过好，就在于世界观开不开阔呢！”

想到此，狐闹闹心里踏实了一些。蓝红玉不是平常之人，她的世界观很博大，很开阔，她也许会原谅她哥的。而且，她哥出轨也是有原因的，是她被抹黄后真假难辨，出于义愤才出轨的。她这样想着，自我安慰着，知道自已该怎么办了——她首先要与蓝红玉沟通，当面沟通。

她立即打电话到票务公司，订了一张明早八时飞往北京的机票。现在是零时，离上飞机还有八个小时，总该做点什么吧！她突然想到一个问题，她哥会不会想不开？她哥是个书呆子，性格倔强，他虽然做出了对不起嫂子的事，但没想到会被人挂到网上，臭名远扬。不行，她还得去做她哥的思想工作。她下楼，开车去票务公司，拿了飞机票后，直驶她哥家。

此时，胡子固和圆圆睡得正香。一阵急促的敲门声把他惊醒，他开门一看，原来是他妹，没好气地说：“半夜三更的，你怎么疯到我这儿来了。”

“你还睡得着？天都要塌下来了，我是来救你的。”她气呼呼地说。

“塌什么天，我这不好好的吗，狐闹闹啊狐闹闹，你整天闹些什么名堂？”

“哥，真要塌天了。”她大喊一声，眼泪就不听使唤地流出来。

“好，好，别哭，坐下来慢慢说。”他把她按到沙发上。

真要说了，她反倒不安起来，起身给她哥倒杯水，又给自己倒杯水，然后坐下来说：“哥，我说了，你要有心理准备，不管是个多么坏的消息，你都得挺住，只当是被狗咬了一口。”

胡子固点点头。

“我问你，那个楼卉是不是个小姐？你与她是不是有过苟且之事？”狐闹闹看着他的脸，焦急地问道。

胡子固蒙了，这些事她怎么会知道？他迟疑片刻后说：“那又怎么样？她还与两个男人一起喝交杯酒哩，该有多少我不知道的淫乱事？”

他的回答在她意料之中，她反而不急了，慢慢地说：“哥，你承认了就好，嫂子那事是抹黄，我给你说过多少次了，今天就不再说了。你的事，要是被人挂到了网上，你害怕吗？”

“挂到网上?!你是从网上看到的？”他立即警觉起来。

狐闹闹点点头，哭着说：“哥，你别急，我想嫂子会原谅你的。”

他不答话，赶忙开电脑，上网，那风流的一幕立即弹出桌面，铺满了整个屏幕。他一揪头发，大叫一声：“唉……”急火攻心，整个人几乎要摔倒。

狐闹闹赶忙扶住他说：“哥，你是爱嫂子的，是不是？你是一时糊涂才做出这种事的，是不是？我已经订好了明早飞北京的机票，我去给你说清楚，她会原谅你的，你别急。”

胡子固这才缓过神来：“说什么？我没做……”

狐闹闹不解地望着他：“哥，做了就是做了，铁证如山，你就给嫂子好好认个错……”

“我没做！”他厉声打断她的话，又一连串地叹气，“唉，唉，

唉……”

狐闹闹诧异地看着他，生气地说：“你这个态度，叫我怎么去做嫂子的工作?”

人在着急的时候语言是很笨拙的，身为博士的胡子固也不例外，他简直不知道怎么给小妹解释。此时视频已播放到他给小姐吟诗，他指着画面说：“这是真的，但这能说明什么呢?”他挪动鼠标，把画面拖回到他进休闲屋的一幕，用鼠标点着说：“这是假的。”随即又感到自己说错了，改口说，“这也不是假的，我是进去了，但我没做那事。”他又是一连串的“唉唉唉”。

狐闹闹已经听出端倪：“哥，你别着急，慢慢说，你的意思是你进去只是休闲，没与小姐做那事，是不是?”

因为她的理解，胡子固的眼里盈满泪水，点点头说：“是的，是的。你想，那晚我们在南山分手，我向西爬去，爬了好半天才爬出山林，看见了这个休闲屋，就像看到救星一样，就想进去休息一会儿，哪还有精力做那事啊?”

“这么说，你也被人抹黄了?”狐闹闹敏锐地分析道。

胡子固几乎是哭出来：“是的，是的，肯定是的。”

“这下你应该理解嫂子了吧？你也尝到了被抹黄的滋味。”

他又是一连串地点头：“是的，是的，是的。”

“这就好办了，嫂子肯定会原谅你的。”她的闹劲又上来了，拍打着他的肩膀说，“别像个哈巴狗，不停地‘是的是的’。”

胡子固的心绪稍稍安稳一些，把那晚的经过详细地向她说了一遍，把在星巴克的偶遇也向她解释了一遍。狐闹闹已经心领神会，她看看时间，已经凌晨五时，她得动身去机场，就对胡子固说：“我去给你当说客，既然知道是有人给你抹黄，你就不要忧伤了，更不要做出什么令亲者痛仇者快的傻事了。我看这两天你也不用上班了，解释不清，就请两天假在家带圆圆吧，等我的消息。”

胡子固又是一连串的“是是是”。

第九章

狐闹闹下飞机后，找到蓝红玉的宿舍已是中午。她估计蓝红玉已经知道了，就没有打电话给她，怕她不肯见，就凭着此前在网上聊天时她告诉她的地址找了来。推门一看，蓝红玉还真在，眼睛哭得红红的，还有一个男人在一旁安慰她，见她来了，十分意外，愤愤地说："是你哥派你来做说客的吧?"

蓝红玉用这种口气与她说话还是第一次，她得采取措施把气氛变过来，就笑着说："狐闹闹什么时候听过我哥的派遣，我是来闹你的，怕你有外遇。"

蓝红玉瞥一眼那个男人，对她说："别贫嘴了，我都落魄到被你哥休了，你还来戏弄我。"

"没有的事，那是个误会。"狐闹闹急忙分辩。

"误会？误会都贴到网上了，铁证如山。"

"真的是误会，你当初不也是贴到网上了，铁证如山，可事实是什么——抹黄，我哥也是被人抹黄了。"

那个男人说："不可能，我派人分析过那段视频，是电子眼的原始摄制，只是在音响效果和清晰度方面进行了编辑，不是合成录像，

与红玉上次完全不一样，应该是真有其事。”

“你是谁啊?”狐闹闹这才感到，站在面前的这个男人不是一般的男人，也不是偶然碰到。

蓝红玉连忙说：“他是我的大学同学，霍达，豁然开朗网络公司的董事长。”

“哦，霍达，与‘豁达’这个词谐音，一听就让人记住。”她想幽默一下，化解刚才的唐突。突然，她觉得霍达这名字好熟，在哪儿听到过，想了一会儿，终于想起来了，是她哥结婚的前一天，她问他是怎样追上蓝红玉这样优秀的女人的，哥向她吹牛时提到过霍达，她当时还取笑过他呢，所以对这个人名印象深刻。于是，她面露讥笑地说：“如果我没猜错的话，你应该是我哥的手下败将，某市委书记的儿子。”

蓝红玉和霍达都一惊。蓝红玉说：“狐闹闹，不要瞎说，霍董是我的好朋友。”

“你当然希望他是你的好朋友，旧情复燃嘛，我哥被抹黄，你正求之不得呢，正好找借口离婚嘛。一口一个红玉，叫得多亲热呀!”她一向率性而为，嫉恶如仇。

“不要放肆，狐闹闹。”蓝红玉也生气了，“他是来安慰我的。”

“我哪放肆了，我。”狐闹闹哭起来，“你与我哥发生了矛盾，不思在家好好与他沟通，化解矛盾，却跑到北京来学习，来学习就学习吧，不思避嫌，却与旧情人混在一起，你做都做了，我还放肆。”

“我做什么了，难道我选择了你哥，就不能与旧情人见见面，叙叙旧。”

“能!”她高喊一声，“恐怕是因为人家有个做官的爹吧！蓝红玉，你变了，进入官场后就变得俗不可耐了，我看那些抹黄的传闻并非空穴来风，难怪我哥不肯原谅你。”

“你，你，”蓝红玉气得浑身发抖，指着她说，“你给我滚。”

“滚就滚，谁还稀罕你这儿!”狐闹闹大步走了出去。

房间里一下子安静下来。蓝红玉躺倒在沙发上，任泪水长流，对霍达说：“我与小姑的关系非常好，怎么会弄成这样，是我错了吗？”

霍达知道，这种时候，不能再责怪她了，就说：“你们都没有错，只怪我出现的时机不好，你把她的手机号告诉我，我去找她谈谈，保准能消除你们之间的误会。”

“你？”

霍达点点头：“相信我吧，对付小姑娘我有一套。看得出来，她是个直性子，哄一哄就好了，说不定这会儿她也后悔得要死哩！”

霍达说得没错，出了门狐闹闹就后悔得直抹眼泪：这是咋了，大老远的来，正事还没说呢，咋就吵起来了。——可能是因为她太爱她哥她嫂了，容不得她哥有一丝出轨，也容不得她嫂有一丝杂念。她想退回去，可面子上又过不去，就在宿舍楼下转悠，希望蓝红玉出来时能看见她。

霍达的电话就是在这时候打来的。他的声音像著名电视主持人朱军一样悦耳、动听，把原本讨厌他的狐闹闹一下子给镇住了，乖乖地听下去：“是狐闹闹吗？我是刚才被你菲薄过的霍达，你刚才夸我的名字好，我也觉得你的名字好，搜狐网上也有一个狐闹闹，就没有你闹得有味道。我为人豁达，不拘小节，就喜欢与你这种有个性的人交朋友，我们聊聊好吗？”

这样的男人，难怪蓝红玉旧情难忘，她心里这样想着，嘴里却没有郎当，俏皮地说：“拿什么让我相信你？”

“拿你嫂子的人格！”他不动声色地说。

“你还敢拿她的人格？”狐闹闹倍感意外。

“为什么不？蓝红玉是你信赖的人吧，我是她的好朋友，你信赖的人的好朋友为什么不能信赖。”

“算你狠，说地方吧。”她心里对这个男人不反感了。

在王府井大街的一家咖啡厅，狐闹闹如约前来。霍达已经为她要了杯南山咖啡，不加糖。她问他：“你怎么知道我喜欢这种苦苦的咖啡？”

“要讨女孩子欢心，当然要先了解她的喜好。”他定定地看着她说。

“哈，嫂子的旧情人讨好小姑，这有点儿说不过去吧！”

霍达微微一笑："我与蓝红玉的旧情八年前就结束了，我现在只不过是在尽地主之谊。我至少与二十个女孩儿恋爱过，如果一个个旧情复燃，我岂不是一个彻头彻尾的旧人哪！"

"很荣耀吗？只恋爱不结婚。"狐闹闹哂笑道。

"你不也这样，只允许你另类，就不允许我别具一格。"霍达不温不火。

交流可以产生愉快，要的就是那种机锋，狐闹闹感觉好久没有这么较量过了，端起咖啡说："与聪明人打交道就是痛快。"

霍达回敬道："彼此彼此。"

狐闹闹讲了她此次进京的目的，希望他能说服蓝红玉，相信她哥是被抹黄的。

"我一定帮忙，我相信胡子固是清白的，但也请你相信，我与蓝红玉之间也是清白的。我和她……"

狐闹闹连忙摆手制止，笑吟吟地说："你不用解释了，我知道你是什么人，一个总想当新人的人怎么可能去当旧人呢？"

"谢谢理解，谢谢理解！"霍达端起咖啡，顾盼生辉。

狐闹闹也端起咖啡，与他碰杯。两人相视一笑，眼里都含情脉脉，不约而同地说："我们是同类，哈哈哈……"

胡子固早上一起床，就按照狐闹闹的主意，向单位请了两天病假，把圆圆送到幼儿园后，就驱车去了楼卉家。他上次送她回来时来过她家。

楼卉还没起床，穿着睡衣来开门，见是他，倍感奇怪，懒洋洋地说："一大清早，你不去上班，跑到我这儿来干什么？"

胡子固也不搭话，虎着脸挤进门去。楼卉这才发现他神色不好，边穿衣裳边问："出什么事了？像要吃人的样子。"

胡子固连珠炮似的说："你要体验生活，你要写小说，可别把我当主人公啊，我有家庭，我有老婆，我有孩子，我的生活经不起折腾。"

"我，我，我没有。"楼卉急了，"你把话说清楚，到底怎么了？"

“你做的事你还不知道，我与你在休闲屋的视频，网上都传遍了。”

楼卉连忙打开电脑，网上果然有他俩的视频。她更急了：“这，这不是我干的，你是我最崇敬的男子汉，我干吗要害你呀！”

“不是你摄下这些东西，那还会有谁呢？我早就听人说婊子行里也用上了高科技，用摄像头摄下嫖客的丑态进行敲诈。你要敲诈我事先也打个招呼嘛！一万两万我咬咬牙给你。我还以为你是薛涛、苏小小哩，我真是瞎了眼。”

胡子固这最后一句话说得特别重，楼卉的眼泪夺眶而出，脸一下子像被水洗过一般。屋子里静得能听见彼此的心跳声。

“我也是有人格的，我是不是薛涛、苏小小，你日后自然知道，我再重申一遍，这事不是我干的。我很同情你，但我请你出去，再也不要到这儿来了，免得污了你的清白。”她沉默许久后这样说道。

胡子固反倒没了主张。昨晚发生这事后，他首先想到的就是楼卉，以为是楼卉陷害他，可面对她，从她的神情来看，又觉得不像。她虽然沦落风尘，但给人的感觉仍然是清纯的，可爱的。他讷讷地说：“我，我怀疑是你干的，要不是你干的，就算了。”

“一大清早，你就向我泼了盆脏水，能算了吗？——我的心在流血。”她抹一把泪，“我把你看成是知己，看成是正人君子，你却把我看成是龌龊小人……”

“事出有因，我也是急成这样的嘛！你也许还不知道，我老婆就是蓝红玉蓝市长，这事对我也许还不会产生很坏的影响，男人嘛，本来就有寻花问柳的毛病，可她是公众人物，本来就绯闻缠身，再加上这条绯闻，无异于从背后捅了她一刀……”他的声音越说越小，神情越来越沮丧。

“原来是这样？蓝市长是你老婆？”她简直有些不敢相信自己的耳朵。最近，蓝市长的绯闻是人们茶余饭后的谈资，她坐台时与姐妹们也谈论过。蓝红玉可谓这个城市市级干部中最出名的一个了，美誉和丑闻都是第一。

“我们这个家庭正在经历着前所未有的考验。”他怕她误解，也怕她小看了自己，补充道，“她是被人抹黄的。”

"抹黄!"她睁大眼睛看着他,"唉,现在官场上,哪个漂亮女人能保得住贞洁?"

"胡说!"胡子固怒不可遏,"蓝红玉就保得住,她绝不会搞性贿赂。那些图片都是电脑合成的,是污蔑!我与你什么事也没有,不也被人抹黄了。"

楼卉红着脸说:"你说得也有道理。那天休闲屋里只有我一个人,事先我也不认识你,没必要陷害你。你看,这段视频所录的画面都是屋外的情景,你在屋内的情景一个画面都没有,这说明不是在休闲屋内录的,那片街区是观光区派出所的电子监控区,会不会是装在大街上的电子眼摄下的?"

胡子固认为她分析得有道理,若有所思地说:"如此说来,这段视频是从派出所流到网上的,那么,会是谁想陷害我呢?"

"这事就交给我吧,我来帮你查。"楼卉仗义地说。

"你?"胡子固诧异地望着她。

楼卉点点头:"我怎么了,我也是当事人之一嘛!我也想知道是谁把我抹黄了。"

胡子固笑起来:"你本来就涉黄嘛!"

"胡说。"她气得柳眉倒竖,"谁都可以这样说我,就你不行。"

她生气的样子很可爱,胡子固紧绷的心情轻松多了,和颜悦色道:"好好好,我是怕你没有那个能量,派出所的那帮人可不好打交道。"

"你放心吧,派出所里也有败类,需要我们这些败类去制约,那个派出所有一个干警与我们一个小姐打得火热,我通过她肯定能搞清楚是谁在给我们抹黄。"

胡子固一下子激动起来,握着她的手说:"太好了,查这种事,通过组织形式不一定有结果。"

楼卉把他的手一甩,媚眼如丝地说:"别碰我,免得脏了你的手。"

胡子固傻笑着:"不怕,不怕。"

……

从楼卉家出来,已经日上三竿。这段时间,不断有人给他打手机，他都没接。他知道，那都是一些关心他的亲朋好友打来的，可他接了又能怎样呢，能解释得清吗？他的事与妻子的事还不一样，蓝红玉是政府官员，抹黄了党报党刊还有辟谣的义务，他只是一个事业单位的普通职员，若没有法院出示的正式公文，就是委屈死了新闻传媒也不敢为他辟谣。可一时半刻，他上哪儿去打这个无头官司呢？网络给人们的生活带来了前所未有的便捷，同时也带来了谎言和阴谋，他深感这种阴谋的可怕，同时也理解了妻子的委屈。他现在惟一的希望是蓝红玉能够不计前嫌，那么谣言就会止于智者，给他们的生活不会造成更大的伤害。

他把车开到湖滨大酒店，邬采宁正等着他。这也是他此刻惟一想见的人。

邬采宁昨天晚上到的运河市，还是住在他上次住过的房间。两人事先说好了今天上午见面的。他这次回国，是想在运河市成立一个精神医学研究所，用他的研究成果为家乡造福，蓝红玉是分管医疗卫生的副市长，所以他想让胡子固牵线搭桥，先吹吹枕头风。

两人一见面，邬采宁就亲昵地给他一拳，说："我是不是一颗灾星，每次来，都碰上你们夫妻闹矛盾。"

胡子固一怔："你怎么知道的？"

邬采宁还是热情不减："你的苦恼都写到脸上了，我当然知道。"他不想把话说得太明了。早上他到饭堂吃早餐时，听食客们议论这件事，他留了心，回房间后上网查了查，对他们夫妻的事有所了解了。

"哪里话，我们闹矛盾跟你有什么关系？"胡子固一副凄风苦雨的样子。

邬采宁把回国创办精神医学研究所的想法告诉了他，他想了想说："这本来是件好事，但你的精神疗法太玄乎了，国人恐怕难以接受，甚至会认为是骗人的巫术。我上次让你在蓝红玉身上做试验，不就没有结果吗？"

邬采宁急得直跺脚："亏你还是个博士，你怎么能不相信科学呢？上次的情况很特殊，是在对方不知情的情况下搞阴谋诡计，当

然难以见到预期的效果，而来找我治病的人，是会主动配合的，完全是两码事。我还告诉你，我的精神医学研究已经可以进入对方的潜意识，修补一些人的精神缺陷，你更加难以相信吧！”

胡子固见他急了，拍拍他的肩说：“我信，我信，睡我上铺的兄弟我怎么会不信呢，我是说普通国人难以相信，中国不同于美国，在美国，只要有点心理问题就会去看心理医生，如同看感冒一样普遍，而在中国，看心理医生是件讳莫如深的事，是会被人视为精神病的。你到国内来办研究所，无非两个目的：一是为了展示你的研究成果，为国人造福；二是为了赚钱，追求经济效益，我担心的是你的研究成果展示不了，经济效益不佳啊！”

邬采宁叹口气，显然认可了他的观点：“是啊，这就需要做好宣传工作，需要政府的支持，改变国人的巫术观，任重而道远啊！”

“你也别灰心，我会帮你推介的。你可以免费让一些人测试，把他们在‘梦幻一号’的作用下表现出的潜意识录下来，然后播放给他们看，让他们看到神奇的效果，这也算是一种广告形式吧！我就愿意成为你的试验品。”

“你？”邬采宁诧异地看着他，“你有什么心理问题？”

“不瞒你说，我对蓝红玉是被抹黄还是在这种官僚体制下确实行过性贿赂一直心存疑虑，我的整个心志都被这件事打乱了，事业、家庭都受到影响，我想知道我潜意识对这件事的看法，我是爱她还是不爱她。”胡子固也不想隐瞒什么，老老实实地说。

“不用施术我就知道，你的潜意识和表我意识是一样的混乱，一样的摇摆不定。其实，给你妻子抹黄的人中也包括你，而且你是最主要的抹黄者。”

胡子固摇摇头：“此话怎讲？”

“外人施给她的痛苦都是短暂的，有时甚至是可以忽略不计的，而来自于你的痛苦却是持久的。在妻子抹黄问题上，你是宁可信其有不可信其无的。你怕妻子给你戴绿帽子，你怕婚姻解体，你怕优秀的妻子离开你，你缺乏自信，于是，你就处处防备着，谨慎着，留心着，时间久了，就会形成一种心理疾病——癔症。老百姓常说的‘无官不贪’，就是一种全民癔症的表现，其实中国的官员大部分还是好的，只是少数官员搞坏了官场的形象。你现在也是这全民癔症中的一员，其一是认为官场是个大染缸，漂亮的妻子在里面难以独善其身；其二是认为官场性贿赂成风，妻子也有可能用身体换仕途。有了这个癔症前提，其实不等外界抹黄，你就在心里抹黄着妻子，是不是？我上次来，你让我测试蓝红玉的潜意识，就是证明。”

他停了停，喝口咖啡接着说：“外界的抹黄，只是把你心里的抹黄固化了，具体了，你像抓住了小偷一样地兴奋和痛苦；同时又疑惑，你不希望这是真的，可又不愿意相信这是假的。你在这种真与假之中做着二元选择，举棋不定，深深地伤害着自己，同时又伤害着蓝红玉，使她比你更痛苦，比你更受折磨。”

胡子固被他的话深深吸引，陷入了沉思。

“试想一下，你若对抹黄一笑置之，你会痛苦吗？蓝红玉会痛苦吗？佛说，魔由心生，其实黄也是由自己的内心产生的。你要对她信任起来，别再寻求什么证明了，那只抹黄黑手就会无所作为了。”

“你相信世上有爱情吗？”胡子固再开口时这样问道。

“没有！”邬采宁毫不犹豫地说，“如果你还在想这个问题，你与她的婚姻注定要失败。”

胡子固更加吃惊了。

“我只承认这世上有激情，所谓爱情，只是两个人合二而一的冲动，也就是性的冲动。我们把建立在这种冲动基础上的男女双方条件对等的交换误认为是爱情，其实是婚姻的悲剧。在经济发达的西方国家，已经很少有人提爱情这个词了。我们常常把门不当户不对的感情认为是爱情的典范，试想一下，男的无才，女的无貌，或者是男的无貌，女的无财，这种爱情能发生吗？所以，这种爱情典范也只是才、貌、财三者之间的错位交换，只不过是当事人看重的着眼点不同而已。一旦这个原来看重的着眼点不存在了，他们的爱情照样会烟消云散。”邬采宁口若悬河。

一直听着的胡子固接过话碴儿：“太功利了吧！”

“是的，很功利，我在研究精神医学时分析过这个问题，这也是

第一世界国家与第三世界国家的区别之一。发达国家的人们基本不把婚姻寄托在虚无飘渺的爱情之上，随性而为，及时行乐，甚至都发展到了合同制婚姻，三年五年，合则继续过，不合则各奔东西，绝不会像中国，离婚要把双方折腾得死去活来。他们在折腾什么，折腾爱情吗？NO，他们其实是在折腾财产的分割。第三世界国家的婚姻则普遍建立在爱情基础之上，印度的泰戈尔，中国的徐志摩，都是歌赞爱情的高手，可实际情况是怎样的呢？他俩的婚姻就不幸福，徐志摩的头上就戴着顶大大的绿帽子。这就如同穷人娶媳妇，没有钱财送彩礼，就说我虽然穷，但我很爱你，而一旦富了哩，很可能就不爱你了，三妻四妾，情人、二奶都有了，不让你这个糟糠之妻下堂就不错了。这就是爱情，中国的爱情，一个美妙的借口，一个骗人的幌子，一个吃人不吐骨头的怪兽。”

“你太偏激了吧！”胡子固不以为然。

“我知道你不会理解的，你是一个传统的中国知识分子，一下子让你接受这样前卫的理念，的确勉为其难。你就听我把观念完整地表达出来吧，我姑妄说之，你姑妄听之，但我想，日后肯定会对你有作用的。现代婚姻大致可分为三种类型：一是爱情式，二是技术式，三是媒妁式。爱情式也就是激情式，婚姻是建立在激情之上的；技术式就是彼此权衡的功利式，婚姻是建立在实实在在的物质基础之上的；媒妁式就是有中间人牵线搭桥的形式，是我们现代人最瞧不起的形式，可就稳定性而言，爱情式最差，技术式次之，媒妁式最稳定。这是因为激情是难以持久的，一旦激情冷却下来，婚姻就成了爱情的坟墓。媒妁之言虽然传统，让人瞧不起，但是红娘是从身边熟悉的男男女女中挑选对象，认为两人的性情、人品、家庭条件相当才牵线搭桥的，在婚配之前就为男女双方把了关，减少了认识过程中产生错觉的概率，一旦成婚，却很稳定。”

胡子固听得很认真，连连点头：“有道理，有道理，没想到你都快成婚姻专家了。”

邬采宁继续说：“就拿你俩来说，你认为你们之间是有爱情的吧，可现在又怎么样呢？还不是互相猜疑，互相怨恨，甚至要离婚。

那是因为你俩的激情已经过去了，你们现在所需要的是经营婚姻的技巧。很多人不懂这个技巧，婚姻就解体了，还以为是爱情没了。其实，爱情就从来没有过。以为那种激情能管一辈子是大错特错。”

“婚姻到底要怎样经营?”胡子固显得有些英雄气短。

“就一句话，改变看待对方的眼光。情人眼里出西施是一种错觉，你的妻子不是那么白，也不是那么黑，更不是那么黄，她在某些方面会表现得有点白，在某些时候又会表现得有点黑，更有一些时候会表现得有点黄。所以，你若想与她过日子，过好日子，就别再理想主义，别管她是白是黑还是黄，充分地享受两性的乐趣就是人生的真谛。”

胡子固一哂：“这话我可听不进去，难道你的老婆去行性贿赂你也会无动于衷?”

“是的，我会无动于衷。”他的回答又令胡子固大吃一惊，“据我所知，中国的法律是性贿赂不入罪的，她若要行性贿赂就肯定有她的道理，她的身体她做主，谁也干涉不着。上次给你说过，在瑞典、荷兰等欧洲国家，夫妻双方若没有除配偶以外的性伙伴是会让人瞧不起的。我和我妻子也是如此，我有我的性伙伴，她有她的性伙伴，我们之间并不因此发生矛盾，相反使我们更快乐，因为这使我们既享受到了夫妻的温情，又享受到了夫妻之外的性乐趣。在很多西方国家，有一种流行观念是——男女之间，并不能因为结成了配偶，就有权束缚对方处置身体的权利。只有非洲、亚洲等传统、落后的国家，才把配偶当做私有财产，把对方死死地捆绑在自己身上。”

“照你这么说，夫妻之间就不需要忠诚了?”胡子固予以反击。

“NO，据我所知，中国的新婚姻法规定，夫妻之间要互相忠诚，只是中国人都误解了忠诚的含义，互相忠诚并不表示夫妻双方就不能自由处置自己的身体，按照现代汉语的意思，忠诚应该是诚实守信。若你的妻子告诉你，她今天上了谁的床，这就是忠诚，可你能接受吗？所以，中国人不但误解了忠诚，而且还没有忠诚的土壤。因为我们的男权意识太强，愚昧的贞洁观念太重。在中国，婚姻不但是围城，简直就是牢笼，只有牢笼才能剥夺人的自由，中国的夫

妻等于是在坐牢!”

他掷地有声地说完，胡子固只有吹胡子瞪眼睛的份儿，过了半天才说：“难怪你娶了个瑞典老婆，敢情是有预谋啊！若是娶个中国老婆，早把你的舌头给割下来了。我佩服你的博学，可我真的接受不了，我的妻子只能白，不能黑，更不能黄。”

邬采宁端起咖啡，一饮而尽，叹口气说：“看来我的苦口婆心是说服不了你了!”

这杯咖啡，不仅苦了他的胃，还苦了他的心，他为老同学的传统守旧深深地担忧。

此刻，霍达与蓝红玉也在进行着观念的交锋。他送走狐闹闹后，就驱车去了蓝红玉的宿舍。她今天也请了假，待在宿舍里独自舔舐伤口。霍达进屋时，她正泪水涟涟。

“蓝市长，我觉得你不应该小女人状。”霍达笑吟吟地说，“在我的心目中，你应该是个不拘小节的大女人。”

“他这哪里是小节啊！他这简直是拿刀杀我啊!”她的脸像被水洗过一般。

“只允许你被人抹黄，就不允许他被人抹黄？你现在的心情就是当初胡子固的心情，你应该可以理解他了吧!”

“他那哪里是抹黄，是实实在在地涉黄。”

“狐闹闹就是来为他申冤的。”他把狐闹闹告诉他的情况向蓝红玉复述了一遍。

“上了妓女的床，却又坐怀而不乱，鬼信。”蓝红玉不屑地说。

“哎，话可不能这么说，世上的事无奇不有，你可不能否定一切，你是学哲学的，更应该讲辩证法。就拿我俩来说，我们是旧情人吧，我俩在一起吧，按常规逻辑我们就应该是旧情复燃吧，可实际情况是我们有旧情却没有复燃，这不就是一个特例吗？”

“你说得天花乱坠也没用，我主观上就是不愿相信。”她抹一把眼泪说，“我是被人抹黄，明眼人一看就知道，可他就是不相信，还憋着劲地与我闹，还上了小姐的床，不管做没做那事，我们的婚姻都已经变质了，我绝不原谅。”

“可，可我答应了狐闹闹让你原谅，你就给我一个面子吧！”义正辞严说不动，他只得要赖。

“你，你有什么权利替我答应。”她扭过脸，做出生气的样子。

“真不明白你们这些人是怎么了，本来可以一笑置之的事情却看得那么严重，不就是男女间的那点事嘛，是抹黄也好，是真黄也好，算得了什么呢？性如食物，想吃就吃，很正常，转变观念就……”

“够了，”蓝红玉打断他的话，“我是个政府官员，不是个商人，与你不一样，我不可能性放纵，也不允许自己的丈夫性放纵。”她的眼泪又奔涌而出，“我真的是清白的啊！”

谈话不欢而散。霍达把蓝红玉的想法转达给狐闹闹时，她蒙了。难道哥嫂就这样散了，她真不甘心啊！

晚上，她以给蓝红玉赔礼道歉的名义请她出来吃饭。在西单的一家餐厅，伴着萨克斯《回家》的旋律，两人对面而坐。狐闹闹今晚准备采取的策略是以情动人。她故作深沉地说：“这首曲子真好啊，一听到这个旋律，就想到家人。”

蓝红玉一哂：“你才出来多长时间，就想家人了？”

她也不害臊，抢白道：“想圆圆啊，我今早走的时候，她拉着我的手不放，要我带她来见妈妈。”

一提到女儿，蓝红玉冰冷的心里有了些热乎气，叹口气说：“我也想她啊！”

“只想她一个，不想我哥？”

蓝红玉瞪她一眼：“我们说好了的，今晚不许谈你哥，否则，我就不与你吃这顿饭了。”

狐闹闹胁肩谄笑：“好好好，不谈我哥，讲讲笑话总可以吧！”

“你啊，见了我总是没正经，”蓝红玉嗔怪道，“你若把我讲笑了，明天我就陪你游颐和园。”

狐闹闹与她举掌相击，眉飞色舞。她最会讲笑话了，上大学时，她曾是学生会的文娱委员，讲笑话时常常令听者绝倒，自己却面不改色心不跳。这正是讲笑话者所需要的定力，那种别人没笑，自己

却先笑倒了的人，是绝对讲不好笑话的。她绘声绘色地讲道：

一个美女和男友逛街，闺蜜打电话来问她："你男朋友贵姓啊？"

美女答曰："姓胡，狐狸精的'胡'。"

男友在一旁暴汗，反唇相讥："你妈还姓朱，猪八戒的'朱'呢。"

这是个真实的笑话，那个美女就是蓝红玉。她一直紧锁双眉，听了这个笑话后突然粲齿一笑，随即板起脸说："一定是你哥告诉你的，你又想说他了。"

"好好好，这次讲个与他不相干的。"她接着又讲了一个：

一个叫阿爽的人死了，出殡那天，家人都悲痛欲绝地叫道："爽啊！爽啊……"一路人感到奇怪，就问："你家里发生了什么事？"家人答道："爽啊！爽死了！"

这个故事真的与胡子固无关，蓝红玉开颜一笑，忧愁后的笑显得特别灿烂。怕她小瞧了自己，笑过之后，她还是板着脸说："笑是笑，就是低级趣味了点。"

"能让你开心是我最大的快乐，我就再给你讲一个高级趣味的吧！"她又讲了一个：

妻子问老公："老公，过生日了，你想要什么礼物？"

老公想了想说："我请你吃顿饭吧。"

妻子问："你过生日，为什么反请我吃饭？"

老公说："你能陪我吃饭，你能陪我一起生活，你就是我最好的礼物啊！"

这回，蓝红玉不笑了，也没有板起脸，她陷入了沉思。这也是个真实的笑话，胡子固今年过生日时就是这样说的。

那天晚上，他们一家三口在湖滨大酒店美美地吃了一顿，饭后还去阳光钱柜K了歌。她记得那晚他唱的全都是情歌。他本是个不爱唱歌的人，平时哼都不哼。她问他什么时候学会唱歌的，他说每天下班后，他都要一个人跑到阳光钱柜来偷偷K歌一小时，反正也没人听见，唱好唱坏不用害羞，所以就会了。她问他为什么要瞒着自己，他露出一口洁白的牙齿说——为了给你一个惊喜。

她确实很惊喜，她很喜欢唱歌，可摊上个一唱歌就跑调的丈夫，真是"欲取琵琶鸣，恨无知音赏"，为此，她没少讽刺他，可他就是我行我素，不学唱歌，现在突然变得像张学友一样富有才情，她怎么能不高兴呢？

他说："从这个生日开始，我要与你琴瑟合鸣。"她恨不能给他一个吻，可当着圆圆的面，他们不能表现得太亲热，她在他的手掌心上偷偷地挠了挠，挠得他热血沸腾，一连给她唱了十五首情歌。

他们还合唱了几首歌。她记忆最深刻的是《梁山伯与茱丽叶》，她喜欢这首歌的中西合璧。她的耳边响起这首歌的旋律：

……

我爱你你是我的茱丽叶

茱丽叶

我愿意变成你的梁山伯

幸福每一天

浪漫每一夜

……

我爱你你是我的罗密欧

罗密欧

我愿意变成你的祝英台

幸福每一天

浪漫每一夜

……

自那天后不久，蓝红玉就被提升为副市长，整个生活就全变了样，“I LOVE YOU”还在耳边回响，可两个人的心却隔山隔海了。

狐闹闹见她陷入了沉思，知道这则笑话打动了她，端起高脚杯说：“哥和圆圆天天盼着你回家，与他们一起吃饭！”

蓝红玉端起酒杯，一饮而尽，说：“算你狠，明天就陪你游颐和园吧！”

狐闹闹动情地说：“红玉姐，我不要你陪我游颐和园，你还是抽时间回去看看我哥吧，他正处于泥淖之中，需要你伸出援手拉他一把，共同面对。”

她迟疑片刻，然后说：“好吧，我抽空回去与他谈谈。不过，我明天还是要陪你出去玩玩，你大老远的来，我得尽尽地主之谊呀！”

“你不是地主，你的地在运河哩，还是算了吧！”狐闹闹俏皮地说。

蓝红玉感到奇怪：“你不是很好玩的吗？平时无事都要刮我三分，这回怎么不敲我的竹杠了？”

狐闹闹笑而不语。

蓝红玉更奇怪了：“你是不是有什么秘密瞒着我？”

狐闹闹只得老实说：“霍达要尽地主之谊，明天请我爬长城。嘿嘿……”

“霍达?!”她怀疑自己听错了。

狐闹闹点点头：“他把你们的过去都告诉了我，我知道我误会了你们，你们是有旧情而没有复燃，你放心，我不会告诉我哥的。”

“胡闹！”蓝红玉彻底失态了，厉声说，“你不能与他约会。”

“为什么呀？”狐闹闹眨着眼睛说。

“他是个泛爱情主义者，大众情人，你与他谈恋爱没有好结果。”

“可我也是个泛爱情主义者，大众情人，这有啥啊！”她眨了眨眼睛，“而且，我觉得京城的泛爱情主义者就是有水平，比运河市的那些男生可爱多了。”

“唉，怎么会这样呢？”蓝红玉急了，“他不会给你婚姻的承诺，你们是不会有结果的。”

“我们之间真的有代沟，红玉姐，”这次，轮到狐闹闹像哲人一样了，“还要什么婚姻的承诺，他要我嫁他我还不一定哩，我只要好玩，享受当下，你是学哲学的，总是放眼长远，而我们小女人，只要当下。”

“不要转换话题，”蓝红玉正色道，“你要不听我的，我可就告诉你哥了！”

狐闹闹嬉皮笑脸地说：“你不敢，我哥那种人，你又不是不知道，小肚鸡肠，见风就是雨，得知你和霍达在一起，还不翻了天。”

“翻了天就翻了天，那我也不能让你与他在一起。”蓝红玉急得满脸绯红，“你想想看，他与你哥是情敌，与我是旧情人，你要是再搀和进来，那我们以后怎么见面啊？”

狐闹闹也有些生气了，站起来说：“原来你想的净是你自己啊！他又不是你的私有财产，他想与我约会，干你们什么事？你还是把你们自己的事处理好吧！”

她抓起桌上的坤包，头也不回地走了。蓝红玉气得悲泪直流……

第十章

佟大伟的处理结果终于出来了：撤去刑侦局局长、公安局副局长的职务，降级为户政处处长。要不是米刚极力保他，他恐怕还要坐牢。

那天晚上，一离开怡红娱乐城，佟大伟就开车去了米刚住的山鹰宾馆。米刚见他浑身是血的样子，大吃一惊，不等他说话，就打120叫来了救护车，把他送进医院。

好在他的伤都不致命，医生给他包扎后，他靠在病床上一边打点滴一边向米刚汇报情况，把遭遇向他详细讲述了一遍，最后强调说：“怡红娱乐城涉黄涉毒是肯定的，詹发权很可能就是他们的保护伞。”

米刚沉吟片刻说：“有什么办法拔除这颗毒瘤吗？”

佟大伟摇摇头：“目前很难，詹发权很狡猾，我还没有掌握到他的犯罪证据，加之林市长对他很信任，估计您想把他挪挪位置都难。”

米刚叹口气：“是啊！明明知道他有问题，可就是奈何不了他，有些人以组织的名义，行着不讲原则的事，连我这个组长都没有办法啊……”米刚本想发发牢骚，但想到在下属面前发牢骚不是他一贯的做法，就把后面的话咽了回去。

佟大伟这么近距离与米刚交谈的次数并不多，他没有意识到这一点，接过话碴儿说：“林光璧在运河工作多年，几个常委都是他的老搭档，当然会看他的脸色行事了，您是外来干部，又快退休了，想干点事，难哪！”

米刚正色道：“别那么说，你不就是个正直的干部吗？听人说林光璧几次想拉拢你，你都不为所动。”他看他一眼，缓了缓口气说，“我们也不是单打独斗，任继捷就是个好市长，蓝红玉也是个好市长，在常委会上，他们就常常支持我。你继续盯着这件事，时机成熟我就会向一切鬼蜮伎俩开战，哪怕牺牲自己。在此，可以给你交个底，我这人没有退休观念，绝不会因为要到站了就明哲保身，该管的事我一定会管，并且要管到底。”

佟大伟被他的话刺激得热血沸腾，点着缠满绷带的头说：“我听您的，坚决与犯罪分子作斗争。”

但是，他做梦也没有想到，有人会在这件事上大做文章，竟然使米书记都无可奈何，只得就范。

第二天上午，河街派出所所长侯节就带着几个干警来到他的病房，冷笑着说：“佟副局长，怡红娱乐城告你强暴他们的工作人员，请你去我们派出所协助调查吧！”

佟大伟一惊：“侯所长，你没搞错吧，我是分管扫黄打非的副局长，我是去搞调查，被人诬告是很正常的事，你们怎么查起自家兄弟来了。”

侯节表现出一副公事公办的样子：“他们四处打电话投诉，影响极坏，局里让我们来查一查，你就不要为难弟兄们吧！”

“局里？局里谁要你们查的？”佟大伟厉声问道。

“局党委。局里刚刚开过党委会，决定把这件事查个水落石出，你若是清白的，就还你清白，你若是违法犯罪了，就对你绳之以法。”

佟大伟的肺简直要气炸了，大声吼道：“我是局党委成员，要查也轮不到你们下面的派出所，局监察室怎么不来查我？”

侯节还是那么一副无所谓的口气："那是因为詹局长想保你，借口怡红娱乐城在我们辖区内，就让我们来查，暗中嘱咐我大事化小，小事化了，若是让监察室来查，没问题也会把你的名声搞臭，你说是不是?"

"你们才会把我的名声搞臭哩!"他知道侯节是詹发权一手提拔起来的，一定会为詹发权马首是瞻，落到他手里，绝没有好结果，于是耍赖道，"我病了，去不了。"

侯节似笑非笑地说："我问过医生了，你受的只是皮外伤，可以去派出所，就别在这装孬了吧！你不希望兄弟们把你架出去吧!"

随他来的几个干警立即向他身边靠拢，他知道他们有詹发权撑腰，什么事都可以做得出，连忙摆摆手："罢了罢了，我跟你们去就是了。"

结果可想而知，他们设置好了陷阱，话语权掌握在俞晶星那边，佟大伟真是有口难辩，可又拿不出詹发权作奸犯科的证据，只得认栽。他被关在看守所里，全局上下都知道他是个强奸犯。一个人的名声，政治前途，可能就因为一次抹黄而被毁了!

米刚得知这事后，义愤填膺，他把詹发权找来，指着他的鼻子说："佟大伟出事后立即向我作了汇报，这件事不是这样的，他是被诬陷的，我要全面彻查这件事。"

詹发权连忙说："是是是，我立即安排监察室重查。"

不久，监察室查出的结果出来了，与派出所的完全一样。面对公安局呈报上来的材料，米刚犯难了，看来公安局内部已经被詹发权整得铁板一块了，在这种情况下，即使要纪委下去查案，恐怕也是这个结果，而且，这是刑事案件，让纪委介入也不合适。难道让自己的同志就这样流血又流泪，他不能坐视不管。那就只有采取"过杠"的办法了。

所谓过杠，就是两个人过独木桥，贴身而过。官场上用这个词来形容最迫不得已的交换，真是形象啊！米刚在官场摸爬滚打了三十年，与人过杠还是第一次。

他让秘书通知詹发权到他办公室来一趟，同时亲自打电话给林光璧，说他上次提请詹发权为市委常委的建议他可以考虑，让他们政府那边作一个报告上来。林光璧心花怒放，满口答应，与他寒暄中表现出从未有过的热情。

挂上电话，米刚的心沉到极点，甚至悲哀地想，自己官至市委书记，这个城市的一把手，却对自己的部下无可奈何，这是多大的耻辱啊！此生，这种耻辱决不能有第二次。

林光璧意识到这是一次权力过杠，他立即给詹发权打电话，让他接受米刚提出的任何要求。因为在常委中增加一个自己人的席位，比放过佟大伟不知要重要多少。在现有的八个常委中，有三个人是自己一手培养起来的，如果再增加了詹发权，自己人就占到了四个，连同自己，就是五个人了，在重大事情的民主抉择上，自己就有绝对的优胜权，这不等于是让他提前进入了市委书记的角色吗？所以，詹发权到达时已经心知肚明，也知道米刚将要与他说什么。

米刚也知道这一层，不想多说，见了面就直入主题："我让林市长作报告，争取推荐你为常委，你可得要好好地为党工作。"

尽管詹发权已心中有底，但还是很激动，过去通不过，就是卡在米刚这儿，现在他主动提出来，那还不是十拿九稳的事。他想表白一番，米刚却用手势制止住了，接着说："你们公安局送上来的材料我看了，我还是认为佟大伟的案子有差错，你看是不是在移交检察院之前重新侦查一次。"

詹发权站起来，响亮地回答一声"是"。

不久，两份材料在同一天送到米刚手上，一份是市政府推荐詹发权为市委常委的建议，一份是佟大伟的错案汇报。他在建议上的批示是"同意，提交常委会讨论"，在汇报上的批示是"按组织程序处理"。

佟大伟的错案汇报很长，详细汇报了前后两次侦查失误的原因，结论是怡红娱乐城小姐于娜说了假话，她与佟大伟是老相好，要佟大伟给她买房子，佟大伟不答应，她就以强奸的罪名诬陷他。案件性质是生活作风问题，交由组织处理。

米刚没有看那长长的错案分析，只翻到最后一页，瞅了一眼案

件性质，就写上了批示。他倒想看看，他们有多少鬼蜮伎俩要表演……

因为詹发权的常委最后能不能成，还是掌握在米刚手中，他们对佟大伟的处理不能太重，于是撤销了他刑侦局长和公安局副局长的职务，降级为户政处处长使用。因为户政处对他们来说是一个无关紧要的岗位。

也就在同一天，市委召开常委会，讨论詹发权为常委的问题。米刚率先发了言，他没有说詹发权的工作做得怎么样，只是说："全国大多数省会城市的公安局长都是市委常委，我们也不能落伍，就升任詹发权同志为常委吧！"

连市委书记都这么说，其他人还有什么可说的，结果以全票通过。

常务副市长任继捷本想说几句，他对詹发权进入常委是有想法的，倒不是詹发权不能进常委，而是因为目前的常委中民主气氛已经很不正常了，再加上一个以林光璧马首是瞻的詹发权，这个常委岂不成了以林光璧为首的常委了，哪里还有民主抉择可言。他想，米书记应该知道这其中的厉害，可他为什么要这样做呢？仔细分析米刚说的话，他感觉意味深长，提议詹发权为常委是为了不落伍，再看他说话的表情，显得极不情愿，似乎是被人绑在战车上不得不这样说，于是，他把到嘴边的话咽了回去。这个常委会上的当头炮第一次没有打响。

会后，他找到米书记，说："在常委会上，我本来准备开一炮的，但感觉你有苦衷，所以就没有开。"

米刚拍拍他的肩，沉痛地说："还是你了解我啊！要保护同志，我不得不这样做。"

常委会一结束，公安局纪委曾书记就代表局党委宣布了对佟大伟的处理决定，同时放他出看守所。他却不肯走，对曾书记说："这同样对我是莫须有的罪名，我不出去。"

曾书记与他私交不错，他让跟随来的人都出去，对他说："佟局长，你还是出去吧，我知道你是冤枉的。詹局长现在是市委常委了，你斗不过他的。”

“啊！”佟大伟大吃一惊，二话不说就往外跑。

出了看守所，他在街上拦了一辆的士，直奔市委。到了米刚办公室，秘书拦住了怒气冲冲的他，不让进，说米书记正在与林市长谈工作，等他们谈完了才能进。佟大伟不管不顾，把他往旁边一扒冲了进去。林光璧见他来头不对，准备走。佟大伟大喝一声：“不许走！”

林光璧知道他是刑警出身，有一身好功夫，激怒了他自己恐怕要吃亏，面子上也不好看，只得站住，笑道：“佟局长，你这是怎么了？”

佟大伟冷笑道：“我现在不是佟局长了，是佟处长。反正我牢也坐了，仕途也没了，不怕再被你们打一回，罚一回，今天当着你们书记、市长的面，我把话说清楚，詹发权涉嫌保护怡红娱乐城黄赌毒窝点，我是跟踪查案才中了他的圈套，你们不但不惩罚他，反而提升他为市委常委，这是何道理？”

“证据呢？”米刚冷冷地问。

佟大伟怔住了，这句话若出自林光璧之口他可以理解，没想到米书记也会这么问，他迟疑片刻后说：“我会查的。”

米刚看了林光璧一眼，说：“林市长，他是来找我的，你走吧！”

林光璧走后，米刚走到他身边，用力把他按到沙发上，缓缓地说：“请坐吧，佟处长。”

他感受到米书记心情的沉重，又站起来，泪流满面地说：“米书记，我不怕流血，我不怕抹黄，可我怕流泪啊！在这里，”他指指心，“您怎么能让詹发权那种人当上常委呢？您这不是妥协吗？不是对党的事业犯罪吗？”

米刚递给他一方纸巾，语重心长地说：“是的，我是在妥协，但妥协并不表示失败，更不是对党的事业犯罪，妥协恰恰是刚强的表现，是为了取得最终的胜利，像你这样横冲直撞，冒冒失失，恐怕腐败分子没倒下，你就先倒下了。”

佟大伟还是不服气：“但我不怕死，您就是牺牲了我，也不应该

让他当常委啊!”

米刚笑起来:“如果我的人一个个都牺牲了,我岂不成了光杆司令了,那更是对党的事业的犯罪。”他起身给佟大伟倒杯水,接着说,“你还是先保住这条小命吧,安心地去当户政处长。再说了,官降一级,被人注意的程度就小了很多,你正好有机会搞调查,谁规定了只有刑警才能查案?”

佟大伟点点头:“我在看守所里待了十多天,想了很多,我一个公安局的副局长都能被他们轻易逮捕起来,那普通老百姓就更不用说了,不把这些腐败分子铲除,我誓不罢休。”

米刚端起茶杯,笑道:“就冲你这个决心,我就以茶代酒,敬你吧!”

佟大伟端起茶杯,一饮而尽,然后掷地有声地说:“您就等着吧,我会开动脑筋查案的。”

胡子固戴着墨镜,像电影里的特务一样,左看看,右看看,发现没人跟踪后,才快速钻进一幢居民楼。他是来会楼卉的,他被抹黄抹怕了,怕又被人录像。

楼卉告诉他,她从观光区派出所干警那儿了解到,就在那段视频上网的当天,陈县县委书记鲁边防陪同市公安局局长詹发权来派出所检查工作,观看过那段视频。

“鲁边防?詹发权?他们抹黄我干什么?”胡子固自言自语,过了一会儿,恍然大悟似的说,“哦,估计与我老婆有关,他俩都参与过半年前的那次副市长选拔。”

楼卉随声附和:“对,因为他们落选了,怀恨在心,看见你与一个小姐在一起,恨屋及乌,所以就抹黄了你。”

“拜托,是‘爱屋及乌’,还是学中文的呢?”胡子固讥笑道。

“还博士呢!”楼卉哂笑道,“在语言学里,这叫‘飞白’手法,恨屋及乌,很形象。不过……”

“不过什么?”

“那个警察还说,全市公安系统的电子平台都是联网的,上一级的公安部门可以通过所在平台直接调阅基层站所的电子录像，如此说来，很多人都可以接触到这段视频，单单怀疑他们两个，好像不公平。”

“哎呀，你要急死我了。”胡子固急得抓耳挠腮，“你说了半天等于没说。”

“也不是没说，起码有一点是肯定的，就是这段视频是从公安局的电子平台上流出去的，作案人是可以接触到这个电子平台的人。”

“谁?”

楼卉神秘一笑：“鲁边防和全市警察!”

“唉，你这还不等于没说吗?”胡子固急得团团转。

这时，他的手机响了，一看来电显示，是蓝红玉的，他连忙做了个嘘的动作，按下接听键。手机里立即响起了蓝红玉优美的声音：“子固，狐闹闹都已经对我说了，我对你去那种地方有想法，但我还是相信你是清白的，我们一人被抹黄了一次，就算扯平了吧。只要我们互相信任，不管别人抹什么，都损害不了我们的夫妻感情，你说是不是?我后天学习结束，归来那天正好是我的生日，像你过生日一样，我也请你吃顿饭，咱们再次合唱《梁山伯与茱丽叶》……”

胡子固鼻子酸酸地，只会发出“嗯”、“嗯”的声音。

“蓝红玉太伟大啦!”收线后，他高兴得手舞足蹈。楼卉颔首不语。他接着喊道：“简直是明察秋毫!”

楼卉这才说：“吹吧！反正我可以解脱了。”

“是的，以后我们不再来往了，免得我像做贼似的。”他得意地说。

“随你便吧！不过我们的医患关系还存在吧?”她冷冷地说。

“那是那是，你明天就来看病吧!”他仍然喜笑颜开。

人逢喜事精神爽，在自己爽的时候，往往以为别人与自己一样的爽，哪知道对方的情绪已经发生了变化。楼卉看着他出门，整个人像失了魂一样。

……

第二天一早，楼卉如约前来，不过，有人比她来得更早，她排

在第二位。前面一位十分妩媚，特别是那口红，娇艳欲滴，如同刚落藤的草莓，人见人爱。她想，这样的一个尤物也给他检查，不知道那个“职业流氓”会不会动心，会不会趁机占便宜，心里不由得就泛起酸来……

胡子固开始坐诊，前面那颗“草莓”走了进去。因为这种诊断要露出阴私部位，助理孙薇在她身后立即把门关上。楼卉只能看到一扇绿油油的门。她心里不由得又是一阵难受。可是，没过多久，里面却传来争吵声，接着传来打斗声，再接着门“砰”的一声打开，那颗“草莓”衣衫不整地走出来，冲门外候诊的女人们大声说：“这个专家是个流氓，姐妹们不要上当啊！”

女人们纷纷议论起来。楼卉大声说：“她胡说，胡博士是好人。”“草莓”哂笑道：“是不是好人，你咋知道，他刚才在我身上又摸又看，还差点强奸了我……”

叫骂声引来了其他区域候诊的人，其中不乏男人，他们嘻嘻哈哈笑起来。楼卉意识到，这样争吵下去只会更坏了胡子固的名声，就撇下她，不管不顾地冲了进去。

诊室内，胡子固傻了一般坐在诊台前，脸上挂满血痕，显然是被那个女人抓的。孙薇手上拿着棉球，要给他洗污，被他用手势制止了。楼卉问他怎么会这样？他抹一下潮湿的眼睛说：“我也不知道，我就是用手给她触诊了一下，她就这样，又打又闹，估计是又想给我抹黄吧！”

“你与异性接触，不是有女助理在一旁吗？不怕！”楼卉安慰他。

“她不在。”胡子固嗫嚅道。

楼卉一怔：“她怎么会不在？”

“我发现宫腔镜的插杆消毒有问题，就让她拿到外间消毒去了。我真是跳进黄河也洗不清啊！”胡子固越说越伤心，几乎要落泪了。

楼卉也意识到这可能是又一起抹黄，正准备再说点什么时，门被“砰”的一声踢开，“草莓”领着几个男人冲进来，不由分说，就朝胡子固拳打脚踢。楼卉和孙薇大声呼救，也被打了几下。幸好保安及时赶到，把局面控制住了，才没有酿成更大的事故。

生殖医学研究中心也属于河街派出所管辖的地界，所长侯节闻警赶来，把他们全都带到了派出所。他仔细看了看楼卉，突然说：“哈哈，你不就是网上流传的那个与胡子固淫乱的小姐吗？你怎么也在这儿？”

“你胡说。”楼卉气得柳眉倒竖，“我是来看不孕症的。”

“小姐也来看不孕症，胡子固啊胡子固，你可真有魅力啊！”

胡子固冷冷地说：“请你尊重她的人格。”

“嘁，”侯节冷笑道：“小姐与我们，就是老鼠与猫的关系。”

“你就不怕我把这些话传到你们的主管领导那儿，别忘了，我老婆是副市长。”胡子固的倔劲上来了。

“你还好意思提你老婆，你简直是给她脸上抹黑，蓝市长有你这样的老公，对全市人民都是奇耻大辱。”

在里间录口供的“草莓”对他们的争吵听得一清二楚，她录完口供走过来，瞅着楼卉看了一会儿，大声说：“哎呀，她真是那个婊子，我和一个小姐在一起看病，这可怎么得了呀，会不会把性病传给我呀！”她又喊又叫，“你们警察可得主持公道呀，把这样的婊子要关起来呀，莫让她再害人了呀！”

楼卉呆了，胡子固也呆了。侯节看他们一眼，对“草莓”说：“没想到今天抓住了大流氓，还抓住了与他同流合污的小姐，你放心地走吧，我们会依法处治的。”

“草莓”带着那几个男人要走。胡子固连忙说：“你怎么能放他们走？他们把我打得鼻青脸肿……”

侯节厉声说：“那是因为你该打，你调戏妇女，耍流氓。”

“我没有。”胡子固也火了，大声吼道，“我那是工作需要。”

“你那是工作需要？谁能证明？工作允许你在女助理不在场的情况下，对女病人又看又摸吗？摸了下面还摸上面，看不孕症还需要摸上面吗？”

“那是因为她说她的乳腺也有问题，让我看看能不能正常哺乳。”

“我不听你狡辩，会有人来惩罚你的。”

“谁？我没有违法犯罪，你对我的传讯不能超过二十四小时。”

"你以为你现在还能出去。"侯节冷笑道,"我抓捕你的理由是嫖娼。"

"嫖娼?我在哪儿嫖娼?"

侯节指指楼卉:"人证物证都在,你还想抵赖?"他向里间大喊一声,"出来两个,把他们带下去,分别关押。"

按照新修改的《治安管理处罚条例》,嫖娼不但要罚款,还要通知单位和家属。蓝红玉正在上课,手机突然响了,她一看来电显示,竟然是侯节的。上次狐闹闹的黄金蟒扰民,她与他打过交道,知道是个不好惹的主,她赶忙低头接机。侯节不阴不阳地说:"蓝市长,你丈夫胡子固嫖娼,还利用工作之便要流氓,你快回来处理吧!我为你感到害臊啊……"

他还说了些什么,蓝红玉已经听不清了。她只感到有一个巨大的石头压在胸口,快让她窒息了。手机里侯节叫嚷着:"……蓝市长,你在听没有……"手机的声音虽然不大,但在相对安静的教室里,还是显得很扎眼的。教员停止讲课,怕讲课声影响了她接电话,学员们则纷纷侧目。这些学员们都是来自全国各地的政府官员,都有相当高的修养,都在心里嘀咕:这个人咋这样,上课时接电话,一点基本的修养都没有……

蓝红玉意识到这一点,赶忙掐断手机,站起来说:"对不起教员,我家里出了点事,我必须去处理,这堂课不能上了。"

教员通情达理:"蓝市长,你去吧!"

蓝红玉急忙走出教室,走进校园的树林里,找一个长凳坐下来,她要让自己过热的头脑冷静下来。然而,还没等她头脑冷静下来,手机又响了。她怕又是侯节,手机响了好半天都没接,直到铃声快熄灭时,她才猛然接听,没好气地说:"侯节,你还想羞辱我吗?"

手机里传出的声音却说:"蓝市长,我是陈东啊,市卫生局的陈东。"

蓝红玉一怔,这才说:"哦,陈局长啊,有什么事吗?我明天才能结束学习,工作上的事你就找常务副市长任继捷吧!"

陈东焦急地说："不是啊，蓝市长，是私事！"

陈东是市卫生局的局长，蓝红玉的手下，他对这个学者型副市长很敬佩，不管在什么场合，都为她唱赞歌。当然，这种敬佩中也含有下级对上级讨好的成分。此刻，这个电话就含有讨好的成分。刚才，他的老同学省卫生厅副厅长闵昭俊向他透露，生殖医学研究中心准备辞退胡子固。生殖医学研究中心是省卫生厅的直属单位，来自副厅长的消息应该没错。闵昭俊违反规定向他透露这个消息，也是希望他能以此消息讨好蓝红玉。果然，陈东向她讲完"私事"后，蓝红玉感动得涕泪横流，哽咽说："陈局长，感谢你在这个时候不落井下石，可是，这种事要我怎么办呢？向人说情都开不了口。"

"据我所知，省内的几家媒体都去采访这事了，河街派出所现在是门庭若市，我看胡博士被辞退这事暂时可以不用管，他是博士，在哪儿都可以找到工作，我市的医疗机构也可以返聘嘛！您现在的当务之急是要想办法控制媒体，这个丑闻要是上了报纸、广播、电视，对您仕途的影响可就无法估量啊！"

蓝红玉一边抹眼泪一边说"谢谢"，可眼泪越抹越多。她走到湖边去洗了一把脸。此时正是金秋十月，秋高气爽的天气，阳光落在湖水里，漾起一湖的细银，让人联想到实实在在的收获，可她呢？这半年来收获的尽是些鸡毛蒜皮。

她望着湖水发呆，自己该怎么办呢？胡子固的两个丑闻到底是抹黄还是真黄，目前还无法判断，但是，当务之急的确是要把媒体控制住，不能让他们乱说。如今的媒体，很多都成了逐臭之夫，听风就是雨，有一分就说成是十分，有一点黑就说成是黑黢黢，有一点黄就说成是黄澄澄，而且还不负什么责任，说他们报道的是客观真实，是随着事件的发展而报道，至于事件的本质真实如何，是否给报道对象造成很坏的影响他们则不管，了不得到最后再来一则揭幕消息，可是，谣言却已经出去了，是一个揭幕消息可以澄清的吗？大众传媒给人们带来大量消息的同时，也给人们带来了流言蜚语，有时甚至是可以置人于死地的谣言啊！

可想而知，现在做胡子固文章的媒体绝不只有运河市的媒体，

江东省的媒体也绝不会放过这个机会，市属媒体她可以让市委宣传部打个招呼，把新闻压下来，但省属媒体她一个副市长就搞不定了。想来想去，她觉得只有求助于米刚。米书记是省委常委，可以让省委宣传部通知各新闻单位压下这条新闻。

蓝红玉立即拨通米刚的电话。米刚还不知道这件事，连忙说："我知道该怎么做了，在这件事还没有彻底查清之前，江东省的所有媒体都不得传播，我立即给省委宣传部打电话，让他们通知各新闻单位把人招回来，同时命令河街派出所不得接受任何新闻单位的采访。"

蓝红玉哭着说："谢谢，谢谢……"

半个小时后，米刚给她打来电话，告诉她事情都已办妥，请她放心，并且语重心长地说："红玉啊，如今的社会风气很不正，人只要优秀就可能被抹黄抹白抹黑，我对胡子固了解不多，但你是一个优秀的人才，我想以你的眼光，绝不会找一个如此下作的男人做丈夫，我估计这又是一起抹黄，你的头脑可得放清醒，不要着了坏人的道啊！"

蓝红玉连连答应着，心里愧疚极了。此前一刻，生殖医学研究中心主任厚毓英给她打来电话，告诉了她事情的整个经过，胡子固确实违反规定，在女助理不在场的情况下，用手触摸过女病人的阴私部位，这种事，若病人不追究当然没事，若追究，就是大事情了。如此看来，胡子固难逃其咎，说是抹黄也就说不过去了。

快要挂电话时，蓝红玉突然鼓起勇气说："米书记，这件事有可能不是抹黄，让您错用了权力。"

对方迟疑片刻，然后说："这权力没有用错，就是胡子固真做了什么下作事，也不能到处传播，肆意渲染，这会影响到你的形象，懂吗？"

"我懂，谢谢您米书记……"蓝红玉说不下去了，哽咽起来。

刚才厚毓英没有明确说怎么处理他，但他说决不能姑息养奸，那意思已经很明确了，等待胡子固的将是辞退。当初他找到这份工作很不容易。胡子固的父母都是普通工人，无钱无势，在博士生也是遍地走的今天，仅仅依靠文凭想找到一份好工作确实不容易。与他一起竞争这个副处级研究员的博士生有五个人，惟独他的家庭背景最差。他找到当时的中心负责人卢主任，展示了自己的研究成果并诉说了自己对生殖医学的热爱，卢主任爱才，惟独录用了他。其他四个人目瞪口呆，说什么也没有想到他会被录用。工作之后，他没有辜负卢主任的厚爱，攻克了一个又一个生殖医学领域的难题，在国际学术刊物上发表了多篇论文，几年工夫就成为了江东省乃至全国有名的生殖医学领域的专家。她在心里反复念叨着：子固啊子固，你犯哪门子糊涂，一个整天与生殖医学打交道的人，女人的那点神秘对你来说还有诱惑吗？

埋怨归埋怨，说到底胡子固还是她丈夫，还是圆圆的爸爸，他们是一家人，她得把他从侯节手里捞出来。侯节拘留他的理由是嫖娼，对嫖娼的处理是教育和罚款。那么就得有人去交罚款。她去肯定不合适，再说现在她还在千里之外；胡父胡母去也不行，两位老人都有心血管方面的疾病，要是一激动再出个什么事，更加不好处理，那么只有找狐闹闹了。那天她们吵嘴后，狐闹闹再没与她联系过，霍达倒是与她联系过几次，约她喝茶，但都被她婉言谢绝了。她心中有气，你一个钻石王老五，与谁约会不行，怎么能打她小姑的主意呢？

“现在只能找她了。”她一边自言自语，一边拨狐闹闹的手机号，然而，提示音却告诉她——机主已关机。这可真是急死人了！

第十一章

此刻，狐闹闹正在北京飞往运河市的航班上，她的身边还依偎着一个男人，那人就是霍达。谁也没有料到，这两个泛爱情主义者竟然会碰出爱的火花。

狐闹闹在北京待了半个月。那天与霍达一起去爬了长城后，她对这个京城钻石王老五的印象越来越好，这倒并不是为了与蓝红玉赌气，而是真的越来越好了。这么着说吧，她觉得以前追求过她的那些男人，与霍达比较起来，那完全是篮球明星姚明与侏儒站在一起，高矮一目了然。霍达，多知、多金、多情，还要加上一个多英俊，可谓“四多男人”，她狐闹闹若是放过了这样的男人，那可真是有眼不识金镶玉。她甚至想，蓝红玉选择了她哥真是一个错误，她哥与霍达相对，也不是一个重量级的。

为了能与霍达多接触，她向她工作的会所请假，留在北京学跳肚皮舞，让霍达当观众，每天学了肚皮舞回来都要在他面前展示一番，请他“指点”。与霍达交往的女孩中不乏青春靓丽者，但是，像狐闹闹这样狐媚的他还是第一次碰到。男人找老婆，不就是找那个最令自己着迷的吗？他开始还能自持，慢慢地就全方位“指点”

了……

他决定，这一生就是她了；她也决定，这一生就是他了。狐闹闹这次带他回运河市，就是想向父母亮出底牌，免得他们再瞎张罗。

狐闹闹一下飞机就打开手机，手机提示音告诉她有短信了。她一看，全都是蓝红玉发来的，十几条，内容是：你哥被拘留了，见信后速与我联系。

她不敢怠慢，连忙拨通蓝红玉的手机。蓝红玉告诉了她事情的经过，让她拿五千元钱去派出所交罚款，把她哥先捞出来，其他的事等她明天回来再说。

霍达见她神色凝重，问她怎么了，她没头没脑地说："这又是抹黄，这又是抹黄，我一定要把这个抹黄黑手揪出来。"

狐闹闹随身携带的银行卡里还有八千元钱，她在机场的自动取款机上取了五千元，与霍达一起打的去了河街派出所。

河街派出所的所长侯节接待了他们。侯节与狐闹闹可谓是老相识了，被她劈过一腿，一直还记恨在心，见她来了，讥笑道："蓝衙姑，怎么净是你们家出事？"

她一听见"衙姑"这个称呼心中的火就突突直冒，但今天非同平常，蓝红玉刚才在电话里叮嘱过她，不管侯节说话多难听都要忍着，能把正事办成才是正理。她忍了忍说："我来交罚款的，请你侯所长高抬贵手把我哥放了吧！"

"蓝衙姑这么客气，我可有点受宠若惊啊！"侯节皮笑肉不笑地说。

霍达在一旁睥睨着他，心中早就不耐烦了。此前，他已经知道狐闹闹腿劈侯所长的故事，她当笑话讲给他听，他当时还觉得她有些过分，今日一见，觉得这个家伙确实该劈。他冷冷地问："蓝衙姑是什么意思？"

侯节颐指气使惯了，语带讥讽地说："蓝衙姑也不知道，就是蓝大官人的小姑啊！高俅的那个混账小子高衙内知道不……"

霍达拍拍狐闹闹的肩，嬉皮笑脸地说："你是蓝衙姑，那我可就是霍衙内了，我俩是绝配，哈哈哈……"

侯节也在“哈哈哈”。霍达突然停住笑声，奋力一拳，口中同时喊道：“吐血！”

霍达从九岁开始就练习散打，当了老板后也没中断过，经常到会馆去练习拳击，是出了名的快手、好手。这一拳正中胸膛，只听“哇”的一声，侯节果然吐出一口鲜血，指着他说：“你，你，你胆大包天。”

其他警察闻讯围过来，他毫无惧色，指着侯节说：“我今天就是要包了你，我还要你下岗。”警察们感觉他的来头不小，都不敢轻举妄动了。

他拿出手机，拨了一个号，对着手机说：“林叔叔，我是霍达，你们河街派出所的所长侯节欺负老百姓，我教训了他一顿，这样的人怎么能当所长，你看着办吧！”

对方连说几个“好”，让派出所的人接电话。霍达对他们说：“除了姓侯的，还有谁是负责的。”

一个姓方的副所长站出来说：“我。”

霍达把手机交给他。方所长接过电话，一听是林光璧的声音，连声说：“林市长，您请指示。”

林光璧要他们不要为难霍达，并要他们慎重对待这件事，把事情经过书面报告给他。他又要方所长把手机给霍达，对霍达说：“你难得回来一次，今晚我为你接风。”

霍达笑着说：“林市长，接风就算了吧，您只需把侯所长的事处理到位就行了。”他看一眼呆在一旁的侯节，“别再让他骑在人民头上作威作福了。”

“好好，但饭是一定要吃的，不然老爷子会怪罪我的，你看你什么时候有时间?”对方说话小心翼翼。

“林叔叔，您跟我还客气什么，要不我有时间再联系您吧……”两人客气地寒暄了一阵才收线。

从他俩的对话中，在场的人都听明白了，他与林市长的关系绝非一般。侯节知道斗不过，捂着胸脯灰溜溜地走了。狐闹闹觉得奇怪，她与他在一起待了十几天，从没听他说过与林市长熟悉。她不解地问："你认识林市长？"

他点点头："算是老朋友了吧！"转头对方所长说，"方所长，我们是来接胡子固的，你把罚款收了吧！"

方所长搓着手说："这，这罚款就算了吧！"他此刻正心花怒放。他在侯节手下做了三年的副所长，没少受气，现在看来侯节要倒大霉了，他有机会上了，他怎么会不讨这个贵人好呢？

他意味深长地说："我也不能搞特权，你还是收下吧，若胡子固这个案子搞错了，你再退给我们。"

方所长收了钱，带他们去监舍。胡子固正蹲在监舍里，眼神茫然地望着监舍的门。门突然打开，一缕强光射进来，灼痛了他的眼睛，他什么也看不清。狐闹闹冲上前去，喊一声"哥"，就哭起来。他揉着眼睛答应着："别哭，别哭，我这不好好的吗？"

他终于能看清了，大吃一惊："你怎么来了？"

霍达笑着说："我来看看老朋友啊！"

"你，"他简直怀疑自己听错了，"来看我？"

霍达点点头。

"为什么来看我，只怕是黄鼠狼给鸡拜年吧！"他立即警觉起来。在自己落难时，昔日的情敌来看望自己，总不是好事。

狐闹闹看出端倪，解释道："他现在是我男朋友，特来看望你的，刚才侯节又欺负我，还是他出手相救呢！"

方所长连忙帮腔："就是，就是，侯节仗势欺人，是霍先生出手教训了他。"

胡子固仰天大笑起来，笑过之后，冷冷地说："我一直怀疑蓝红玉为什么升得那样快，原来是有你霍大公子暗中帮忙啊！"

霍达分辩道："我没有，此前我根本就不知道她当上了副市长。"

"此前，哪个此前，是她当上副市长此前？还是我们这次闹离婚此前？看来这是个阴谋，你们早就在谋划，只是我被蒙在鼓里，一次次被抹黄。"他转向狐闹闹，厉声道，"你与谁处朋友哥都认可，但就是不能与他。"

"哥，"狐闹闹哭笑不得，"你是不是在这里关傻了。他与你是旧

情敌，他与嫂子是旧情人，这与他爱我有什么关系，你们凭什么剥夺他爱我的权利。”

霍达搭讪道：“我喜欢狐闹闹，我们一见如故，我是来拜望你和父母的，真的没有什么阴谋。”

胡子固叫嚣道：“你说什么我也不会相信，‘明修栈道，暗渡陈仓’的典故我还是懂的，我决不会让我的妹妹成为你们阴谋的牺牲品。”

霍达也火了，大声说：“胡子固，我告诉你，别以为是你当年战胜了我，其实是我主观上想要退出。我是个泛爱情主义者，我只想享受恋爱的过程而不想过早地与某个人捆绑在一起，我当年没有选择蓝红玉，如今更不会选择。”

他的话掷地有声，胡子固和狐闹闹都惊呆了。迟疑片刻，胡子固冷冷地说：“这么说来，我是拾你的破鞋了？要是有录音机就好了，让蓝红玉听听，看她作何感想？”

“用不着录音，我早就给她说过了。”霍达也冷冷地说。

胡子固突然大声说：“狐闹闹，你听见了吗？他是个泛爱情主义者，你跟着他有结果吗？”

霍达还是冷冷地说：“狐闹闹除外。”

“我凭什么相信你？我父母凭什么相信你？”胡子固又叫嚣起来。

“没必要让你们相信，”他转向狐闹闹，“有她相信我就行了。”

狐闹闹接过话碴儿：“哥，我们别在这儿吵了，这是派出所，传出去多不好啊！我们走吧！”

“有他来接我，我不走。”胡子固一屁股坐在监凳上，把头扭向一边。

狐闹闹也生气了，推一下霍达说：“他不走我们走，真是不识好人心。”

方所长点头哈腰地送他俩出去。到大门口时，霍达回头对他说：“你知道怎么赶他出去吧！”

“知道，知道，你们放心，你们头脚回家，他后脚赶到。”方所长谄媚道。

目送他们离开后，方所长回到监舍，板着面孔对胡子固说：“这里要关新犯人了，请出吧！”

“我不是犯人，我不出去，你们要还我清白，还有，楼卉关在哪里，你们想对她怎么样？”

方副所长冷笑着说：“那个小姐都已经交代了，你与她，深更半夜在那个休闲屋里，嗯，那个，我怎么还你清白？她马上要送到劳教所去劳教了，你还是快走吧，别在这儿给我惹事。”

“我不走，你们这是屈打成招，我跟她根本就没有那个事。”胡子固坐在监凳上，动也不动。

“谁屈打你了？”方所长阴阳怪气。

“打楼卉，你们不屈打，她拿什么交代，我与她根本就没有那个事。”他说得很真诚，很委屈。

方所长缓和了一下口气说：“这个案子是侯所长办的，你还是先出去吧，留得青山在，不愁没柴烧……”

他的话意味深长，可是，胡子固不买账，仍然倔头倔脑地说：“我不出去，不管是谁办的案，我现在就要你们给我平反。”

“咦，你还与我犟上了，你不走，我把你赶走。”他向外大喊一声：“小贺、小刘，开车把他扔到柳荫路上去。”

两个年轻干警冲进来，一左一右架着他就往警车上拖。他拼命挣扎，可他一个文弱书生，哪里是两个年轻警察的对手，生生地被拖上警车。车门一关，警笛拉响，警车风驰电掣，一会儿工夫就到了柳荫路。他的家就在这条路上。

车门打开，两个警察侍立左右。他刚才尝到过他们的厉害，只得乖乖下车，摇头叹息道：“你们可真是听话啊！”

一个年长一点的说：“胡博士，不是我们听话，我们也是没办法。你这个案子，还是让蓝市长找上级为你平反吧，方所长也是无能为力的。”

“蓝市长？哼！”他冷笑一声，头也不回地走了。

“草莓”录完口供就匆匆地回了家，她还急等着领赏呢？奖品就

是三十盒掺了冰毒的黑魔鬼，她又一个月的口粮。不用说，“草莓”就是口红。她的毒瘾越来越深，已经完全被詹发权控制，成了他手中的一支枪，屡战屡胜。

詹发权已经在家里等着她了。他拿出三条黑魔鬼，用手弹一弹说：“刚做好的，你这一个月不用闹饥荒了。”

口红接过来，不屑地说：“可下一个月就难保证了！”

“我会尽力的。”詹发权笑着走到她身边，摸摸她的脸蛋说，“你还得为我办一件事，把半兽人勾上床。”

口红嗔怪道：“你口口声声说爱我，却又要我去上别人的床，不知安的什么心？”

詹发权讪笑道：“我刚才得知，省委宣传部通知各媒体不得报道胡子固的事，你看，若不报道，这件事所产生的抹黄效果就会大打折扣。你就再为我冲锋陷阵一次吧，只要能搞掂半兽人，就不愁报道发不出去。”

“我能得到什么好处？”口红一边抽着烟一边说。

“再给你十盒黑魔鬼吧！”

“太少了，这可是要我献身啊！”口红吐着烟圈说。

詹发权连忙说：“不用献身，这次你只需把他勾引上床就行，我会即时冲进去要挟他的。”

“那也不行，至少要给我一个月的口粮！”

“你也太贪心了吧，弄这些毒品我可是冒着很大危险的。”詹发权不想多给她，怕她有了“粮食”就不给他干活了，讨价还价道，“就给你二十盒吧！”

“小气鬼，”口红白他一眼，“成交！”

半兽人是《华东快报》驻江东省的记者，半兽人是他的笔名。此人可谓是新闻界的牛人，写过很多有影响力的报道。特别是揭露性报道，经他曝光的政府官员，没有不倒霉的。据说副省长姜生予被“双规”，就是因为他的一个内参，引起了中纪委的注意，才开始彻查的。詹发权对他又敬又畏，早就想把他收入囊中，为己所用。可是，他自命清高，吃请不到，送礼不要，弄得詹发权很没脸子，后来打听到，此人有文人的通病——自命清高的同时又风流成性。詹发权于是派口红去勾引他，他果然经不住诱惑，与她上了床。今天，这张王牌终于可以派上用场了……

口红立即与半兽人联系，但是，半兽人已经记不起她了。她勾搭半兽人用的手法与对付詹发权一样，于是，她说："就是那个用嘴唇撞过你的女孩。"半兽人这才记起。

他今天也参与了胡子固丑闻的采访，本以为逮着了一条好新闻，可是，下午江东省委宣传部就来电话打招呼，要他们在案件没有明了之前不要炒作这件事。他们的媒体虽然在省外，江东省委宣传部管不着，但是，他们记者站却得与当地宣传部门搞好关系，否则，工作很难开展，所以，对于省委宣传部的招呼，他们一般还是要听的，除非是孤注一掷能够得到极大的好处。比如对姜生予的内参，省委宣传部肯定会不高兴，但是，他在事业上却可以获得极大的荣誉，那么，这种抗衡他认为就是值得的。胡子固的丑闻虽然会牵涉到一个副市长的荣誉，但毕竟不是直接曝光一个副市长的丑闻，所以他不准备抗衡，送江东省委宣传部一个面子。但是，对于一个职业新闻人来说，放弃这样一条好新闻心里还是很难受的。他正沮丧时，口红的电话打来了，约他去怡红娱乐城唱歌，他欣然同意了——他正需要一个人来帮他消解沮丧情绪呢？

詹发权开车送她去怡红娱乐城。临下车时，口红回头说："我真的不想与那个半兽人做那种事，你出现得一定要及时哟！"

詹发权在她耳鬓上吻一下，说："你放心吧，我这次不会让你失身的。"

然而，他还是让她失身了——不失身哪来的证据呢？

两人在包房里唱了几首歌，半兽人说："你的口红真好看，就像那鲜艳欲滴的草莓，能给我一颗尝尝吗？"她噘起嘴唇，做成草莓样，他迅速把自己的嘴凑上去，把"草莓"包在自己嘴里。他要进一步动作，口红却坚决地推开了他。

她不是一个用情专一的人，也不是不喜欢半兽人这种狂放的文人，可她就是不想再用身体去勾引男人了。自从被詹发权用毒品控

制后，她的爱情理念就在发生变化，她觉得自己就像一只到处乱飞的蛾子，日日更新爱情，必然有一天会碰到蜘蛛网上去。詹发权现在就是那张蜘蛛网，她不想被他控制，可又离不开他；离开了他上哪儿去找毒品，而且吸毒是要有强大的经济后盾的，她哪儿来那么多钱，所以她只能跟着他，成为他手中的一支枪。但是，她又不甘心，所以这段时间以来她对他没有好脸色，有时还故意不配合，使他的计划落空。他就用“断供”威胁她，逼她就范。上次勾引半兽人上床，就是被威逼的结果。他断了她两天的“粮食”，她实在受不了了，只得同意出马。她心里对半兽人还是钦佩的，若不是被詹发权控制，她甚至愿意与他发展一段恋情。可现在，她的身体相对于他来说是一剂毒药，所以她很苦恼，她不想害他。

然而，半兽人哪里理解这其中的深意，他被口红撩起的欲火已经烧得快不行了。他坚持要，坚持得口红心里都发颤了，最后只得妥协，由着他脱去衣裳，由着他在身上纵横驰骋……

这一切，詹发权通过电子监视器看得清清楚楚。他特意让俞晶星在他们约会的房间里安装了电子眼。亲眼看着与自己上床的女人又与别人上床，他心里还是有一瞬的难受，但是，没有办法，舍不得孩子套不住狼。眼见着半兽人进入亢奋状态，他才给守在房间外的侯节发短信——行动。

侯节带着两个干警冲进房间，半兽人临近高潮，被他们一吓，立即疲软，颤声说：“你们，你们进来干什么？”

侯节皮笑肉不笑地说：“接到举报，这里有人卖淫嫖娼，穿上衣裳，跟我们去派出所接受调查。”

“没有。”半兽人也是见过世面的，大声说，“我们是情人关系，请你们出去。”

侯节冷冷地说：“情人关系？那你说说她叫什么名字？”

半兽人把嘴张了张，又闭上了，他还真不知道她叫什么名字，他只知道她的外号叫口红。

侯节又问口红：“你知不知道他叫什么名字？你们是不是卖淫嫖娼？”

口红低声说："是的。"

"你……"半兽人气得吹胡子瞪眼睛，指着她说，"我们不是相好吗？我们怎么成了卖淫嫖娼哪？"

侯节不紧不慢地说："她外号叫口红，卖淫已经好几年了，是我们派出所的常客。她勾引男人的习惯是用嘴巴去撞男人的脸，在男人的脸上留下一个口红印，让男人觉得走了桃花运，乖乖地跟她就范。你的经历是不是这样？"

"是的。"半兽人点点头，又转向口红，咬牙切齿地说，"原来你是个卖淫女，侮辱了我一世英名。"

口红把头低得更下了，她感到从未有过的羞耻。

侯节怕她待在这儿露馅儿，让两个干警把她押了出去。房间里只剩下他和半兽人了，他冷冷地问："我知道你是著名记者半兽人，想不想看一看你刚才在小姐身上的英雄形象，这间包房里有电子眼，都录下了。"

半兽人不信，哼一声："别蒙我了。"

侯节用手指向一个角落，他上前察看，果然有一个电子眼，正在录像呢。他一把拽出电子眼，生气地说："你们到底想干什么？"

"想跟你合作。"侯节换上笑容，"只要你肯跟我合作，今天的事就当没有发生过。"

半兽人知道自己掉进了桃色陷阱，他反倒镇定下来，要看看这个陷阱有多深，于是换上惯常的坏笑说："那要看这个合作我的损失有多大了？"

"你没有损失，而且，口红这个小姐你以后可以随叫随到，我保证。"

他对口红确实有了好感，叹口气说："好吧，那你说说怎么个合作法。"

"你只需把今天在我们派出所采访的内容报道出来就行了，这对你来说还不是举手之劳？"

"你们省委宣传部不让发，你没接到通知吗？"半兽人感到这事有些蹊跷，他才不会轻易被人利用呢。

"接到了，但是，那是他们官官相护。你在现场采访也知道，事情已经很明朗了，就是胡子固情不可遏，利用工作之便调戏妇女，并且有嫖娼的前科，他们单位也决定辞退他了，还有什么案情需要明朗呢？你是记者，应该仗义执言，把真相报道给世人。"

半兽人笑道："你先回答我一个问题吧，你为什么对这个事如此潜心？"

侯节没想到他会这么问，一愣，随即胡诌道："我是个优秀的派出所所长，分局几次提副局长，我都是候选人，但就是提不上去，我一打听，原因是蓝红玉那个婊子向米刚吹了枕头风，说我工作粗暴。其实她这是公报私仇，就因为我曾经把她小姑抓起来，秉公执法，没有听她招呼……"

半兽人摆摆手，打断他的话说："据我所知，蓝红玉当副市长不到一年，你们之间发生的那个矛盾我也知道，也就是几个月前的事，她怎么就几次阻了你的仕途？你这不是欲加之罪何患无辞吗？"

"嘿嘿，"侯节讪笑道，"就是那个意思，总之，我对那个人很气愤，希望能借你的笔治一治她。"

"你的目的也就是抹黄，明抹的是胡子固，暗抹是蓝红玉，对不对，你们的这一双响炮可真厉害啊！"

侯节点点头："对对，就是要炸得他们粉身碎骨。"

这个房间里共有三个摄像头，半兽人拉拆了一个，还有两个，并不影响詹发权监控。见侯节如此不会说话，他急得恨不能冲出去，掴他几耳光。见此情景，在一旁陪着他的俞晶星把纤纤玉手压在他肩上，嗲声嗲气地说："詹局长，少安毋躁，相信侯所长能把事情搞掂。"

侯节本来是要住院的，霍达那一拳打在他的胸部，使他的肺受损，医生要他住院治疗。他向詹发权请假时，詹发权要他执行了这次任务后再住院，他还需要他在林光璧面前给自己说情，免予处罚，只得忍着疼痛来了。

这时，只听半兽人说："我看你是个实心人，不懂政治，你是在替别人办事，还是让你的幕后老板出来与我交谈吧！"

侯节一惊，支吾道：“没有啊，没有幕后老板，就是我想治一治蓝红玉。”

半兽人看看手表，笑着说：“现在是晚上八时了，我们报社的最后截稿时间是凌晨三时，我还要写稿、发稿，你不希望我错过截稿时间吧！”

侯节连忙说：“是，是，是。”

“那就让你的幕后老板快点出来吧。”半兽人轻蔑地说。

侯节在房间里仰头茫然四顾，他知道这个房间里还有摄像头，詹发权一定会在视频前盯着他们。果然，詹发权一拍桌子，说声“笨蛋”，就准备出去。俞晶星连忙拦住他说：“詹局，你过早现身不合适，还是让我去吧！”

詹发权看看她，有些不相信的样子：“你去？”

“是的，”她点点头，“对付男人，女人更合适。”

詹发权犹豫了一下，说：“好吧，你去！”

俞晶星拿出小镜子，补了补妆，然后袅袅婷婷地走了过去，狐媚地说：“哟，半记者，一定要见我啊！”

半兽人没想到幕后老板会是一个女人，不冷不热地说：“我不姓半，我叫半兽人，就是有人的善良，也有野兽的凶狠，你别蒙我了，你这么漂亮的女人，怎么会是幕后老板呢？”

俞晶星的睫毛涂了长长的睫毛膏，她忽闪着大大的眼睛说：“那你说说幕后老板该是个什么样子？难道幕后老板就一定是凶神恶煞似的，侯所长，你说呢？”

侯节阿谀道：“俞老板就是想整治整治蓝红玉，才让我出面的。”

俞晶星做出委屈状，流泪说：“本来米刚与我相好，简直把我当做心肝宝贝，可是，那个蓝红玉不知用了什么媚术，硬是把我的相好抢走了，我成了弃妇，你说，我能不报仇吗？”她抬起泪眼，直视着他，“半记者可一定要帮我啊！”

半兽人最怕女人在他面前哭了，他挥一挥手说：“好吧，我帮你，但我不姓半。”

俞晶星破涕为笑，展着媚眼说：“我就想叫你半记者。”

半兽人的风流本性又上来了，在这样风情万种的女人面前，他能不缴械投降吗？他笑着说："好吧，随你怎么叫！"

俞晶星笑得更好看了，"自古文人多风流，这个娱乐城是我所开，半记者以后常来，在我这个地方写文章，一定更有灵感。"她示意侯所长，"还不快去把口红放进来，半记者要红袖添香，文章才能写得漂亮。"

侯节出去了，一会儿就把口红带了进来。半兽人知道接下来他该干什么了，就说："好吧，红袖已到，我也该写稿了，明天你们就在报上读我的文章吧！"

侯节和俞晶星退出。半兽人还没尽兴哩，与口红又欢愉了一阵，才拿出手提电脑，开始在电脑上写稿。

……

詹发权一直在视频前看到半兽人写稿才下线。这边的事情刚刚搞掂，林光璧的电话就打来了，让他带侯节过去。詹发权会意，连忙和侯节一起驱车去听涛宾馆。

参加这个宴会的人很少，档次却很高，林光璧只带了市政府办公厅副主任黎佳。这个女人可谓是官场上的尤物，不但人长得漂亮，会说话，酒量也大得惊人，一般男人都喝不过她。她原来在市卫生局办公室当主任，有一次林光璧下去检查工作，在酒桌上发现了这个尤物，立即把她提升为市政府办公厅副主任，连升两级，在当时的运河官场轰动不小。据说现在林光璧与她的关系非同一般，不是重要人物，一般不会要她亲自出马陪酒的，可见他请的客人霍达在他心目中的分量。霍达这边只有狐闹闹。四个人一桌酒席，菜却铺满了整个桌子，而且都是惊人的贵。

詹发权到场，一看那桌上的菜，就知道今天不能造次了。桌上有一道"河鲜全套"，每一样的原料都取自运河，做工极其精致。比如"龙须酥"，就是用鲢鱼的须油炸后做须，鳜鱼去皮去刺后的精肉油煎后做酥，仅想想这个小点心的成本，就让人咋舌。再比如"姑苏十字架"这个小菜，姑与骨谐音，苏与酥谐音，就是把黄鳝去肉，只留下鱼骨，然后用油煎酥，黄鳝这种鱼骨，两边的硬鳍与躯干上的一根主刺正好成“十”字形，吃来别有风味，又让人想到“姑苏城外寒山寺”的意境，真应了“含英咀华”这个成语。其他小菜也个个特别，非平常河鲜可比。因此，一道河鲜全套的价钱就要三千多元，是运河市的招牌菜，其中又属听涛宾馆做得最好，若非权贵人物，谁会用这样的菜招待客人。

詹发权见他这样招待客人，只见过两次。前一次是国家某部委的一个老领导来运河市检查工作，林光璧要尽地主之谊，点过这道菜，结果老领导把他狠狠地批评了一顿，但他心里还是高兴的。果不其然，不久，他就由副市长提升为市长，连常务这一格都跳过了。霍达今天享此待遇，他到底是何来路呢？霍达打了他的人，他本想借此机会为部下说几句狠话，现在也不得不咽到肚子里了。

这个宴会霍达原本不肯来参加，他此次来运河市只是为了见见狐闹闹的父母，没想到碰上了胡子固的滥事，不得已才与林光璧联系。他知道与这些地方官联系上，就难以脱身了。他再三推辞，但是林光璧坚持要请，还打电话给蓝红玉，让蓝红玉说服他，他这才同意接受林光璧的宴请。

林光璧显然是在酒酣耳热之际打电话给詹发权的。当时的情形是这样的，霍达喝高了，说：“今天动手打了你们的干警，心里实在忐忑，请林市长多多包涵。”林光璧连忙说：“不不不，那个警察该打，我们接下来还要大力整治这些工作粗暴的警察，应该是你替我们多多包涵，在老爷子面前多替我们运河市说说好话，我现在就让公安局长来给你赔礼道歉。”霍达连说几个“不用不用”，但是，林光璧还是拿出了手机，命令詹发权和侯节火速赶来。

林光璧的头脑还很清楚，他喝的酒并不多，酒桌上有黎佳这个尤物陪酒，他就醉不了，对方却很难不醉。黎佳的狂轰滥炸早就使霍达和狐闹闹招架不住了。他这是想演一出双簧给霍达看。今天下午，詹发权找到他，说他要处理的侯节是他的得力干将，能否不处理。他当时没有给他明确答复，只是让他晚上听通知，现在让侯节来给霍达赔礼道歉，既给了霍达面子，又给了詹发权面子，还放了侯节一马，简直是一箭三雕的好棋……

他这样想着的时候他们就到了。他也不叫他们坐，只是冷冷地说："詹局长，你知道你的部下今天得罪什么人了？还不给霍董道歉?"

詹发权确实不知道霍达是什么人，但上司这样开口了，他哪敢多问，拉一下侯节说："霍董，实在抱歉，侯所长不知道是您，多有得罪，请您大人有大量，原谅他的过错。"

霍达没想到他会真的来这一手，指着林光璧醉醺醺地说："我又不是政府官员，你，你怎么能让一个公安局长向我道歉呢！快坐，快坐，喝酒，喝酒……"

林光璧看他们一眼，继续作威作福道："侯所长，以后你该认识霍董了吧！霍董对你们这么客气，你们就坐下吧！先罚酒三杯。"

两人坐下，服务生给他们斟酒。狐闹闹开始不自在了，这两个人与她可谓有过节儿，没想到今天会坐在一起喝酒。她起身去洗手间，给蓝红玉打电话，问她是不是该先行离开。蓝红玉却说："冤家宜解不宜结，你不要那样，要与他们喝在一起，一笑泯恩仇。"狐闹闹说那样很别扭，蓝红玉就说："你既然与霍达恋爱，这样的应酬以后少不了，就从这次开始算是热身吧!"她只得接受了她的建议。

蓝红玉虽然反对狐闹闹与霍达恋爱，但是，林光璧让她说服霍达时，她从林市长的电话中捕捉到一个信息，这是一次她与林市长、詹局长、侯所长重修关系的好机会。官场上讲究的是人缘，做官大半年了，她也不得不变得世故起来，所以，这个酒会她极力撺掇霍达参加。现在看来，霍达的桥梁作用已经起到了，一切都在她的意料之中。

狐闹闹重返酒桌时，他俩自罚的三杯酒都已经喝完，侯节主动端起酒杯说："胡小姐，我是个粗人，说话不中听，借这杯酒向你赔不是。"

有蓝红玉的那番话垫底，她大大方方地端起酒杯说："我们是梁山上的朋友，不打不相识，我住的区域在侯所长的管辖范围内，以后还请多关照。"

她说完主动与他碰杯，两人一饮而尽。黎佳虽然不知道他们之间到底有什么过节儿，但从言谈中感觉得出来，连忙起哄，把酒会推向高潮。

詹发权却始终保持着警惕，他觉得这个酒喝得不明不白。这排包间的领班是他的远房侄女陆悦，他曾经向她交代过，对于市级领导的酒宴，一定要多留心，上次偷偷拍下蓝红玉与姜生予、米刚同时喝交杯酒的就是她。他借口上洗手间，偷偷问陆悦："在我没来之前，林市长与那个男的说了些什么？"

陆悦说："也没说什么特别的，就是感觉两人特别熟，像久别重逢的老朋友，林市长像有很多话说不完似的。"

詹发权点点头，刚准备走时，陆悦又说："不过，有一点奇怪。"

"哪儿奇怪？"

"刚才我在洗手间听见那女的给什么人打电话，好像称对方为嫂子，说她想先走，不愿意与您和侯所长在一起喝酒，对方却劝她什么来着，对了，一笑泯恩仇，这词我记得很准，还说什么热身。"

詹发权点点头："我明白了，难怪一切都变了样，你继续替我监视，发现可疑情况就向我汇报。"

陆悦连连点头，她对詹发权把她安排到这个五星级宾馆来上班充满感激。

宴会结束后，林光璧让詹发权陪自己出去走走。听涛宾馆的旁边就是运河大桥，此刻已是深夜，桥上车辆很少，两人步行上桥，河风一吹，林光璧感觉精神特别爽，特别惬意。他做了一个与他的年龄极不相符的动作，张开双臂，大声说："我的新时代就要来临啦！"

詹发权还没见过老领导这样高兴过，笑问道："是什么事让您精神这么爽？"

林光璧寻一个桥墩坐下，说："这还得感谢侯节，要不是他激怒霍达，这小子就会悄悄地来悄悄地走了。你知道霍达的父亲是谁吗？"

詹发权摇摇头。

"他的父亲就是江东省以前的霍省长，现在是国家的一级大员

了。他在我省的江淮市当市委书记时，我做过他的秘书。后来，他让我作为交流干部交流到运河市来当公安局副局长，可谓是我一生中的贵人。他为人清正廉洁，从不接受我们这些老部下的吃请和送礼，调到北京去后，更是连门都不让我进。前几年，他来我市检查工作，我掏自己的钱请他吃了一顿河鲜全套，还挨了他一顿骂。可是，他回去后却向省委建议，提拔我为市长，原因是觉得我的工作做得不错，没给他老领导丢脸。他可真是我的幸运星啊！"他停下来，侧脸看一眼詹发权，接着说，"这事你好像知道，当时我还要你作了陪的。"

詹发权点点头："知道，今晚看到河鲜全套时，还想起过这件事呢，没想到那个老头就是霍达他爹。"

"什么老头，是老领导。"林光璧不满地说，"老领导家教甚严，他就霍达这么一个儿子，却从不让他打自己的旗号到下面去做生意，也不让他与地方官来往。我给老领导当秘书时，他还小，前年我到北京专程找过他，想通过他向老领导表达一下我的感激之情，可他净是给我打哈哈，连请他吃顿饭都不能。今天这顿饭，要不是蓝红玉说情，估计也搞不定。"

"蓝红玉说情？"詹发权虽然隐约知道一些内情，但他还是想把事情搞清楚。

林光璧说："是的，市计生委的梅晨这次也在中央党校学习，与蓝红玉住一块儿。她告诉我，霍达曾经追求过蓝红玉，这次在北京，她还参加过他们的同学聚会哩，所以，我就请蓝红玉出面，才促成今晚的宴请。"

"原来如此，"詹发权突然问，"霍达追求过蓝红玉，现在转头来追求她小姑，这，这不是乱套了吗？"

"管他乱不乱套，别打岔，我要与你商量大事。"

詹发权立即讪讪地，他今晚已经被他不满过两次了。

"如此看来，蓝红玉提升为副市长是有来头的，什么不拘一格使用人才，什么才华出众，全都是掩人耳目的，米老头啊米老头，你掩得可真好，连我都给骗过了。"

詹发权点点头："如果霍达与蓝红玉真是旧情人关系，这事就确有蹊跷，很有可能是老领导给米刚打过招呼，或者是霍达从中周旋过。"

"是的，确有这种可能，问题是老领导与米刚打招呼，为什么不给我打招呼呢？我应该算是他线上的人呀。这就传递出一个信息，我在上级领导的心目中还人微言轻，米刚到站后顺序接班有可能只是我的一厢情愿，省委有可能另有人选。"

詹发权按着他的思路想下去，说道："难道我们就这样拱手相让，束手就擒。"

"那也不是，这就是我约你出来商量的原因。我们看来要停止对蓝红玉的抹黄了，要与她搞好关系，通过她来接触霍达，从而影响老领导。只要老领导向省委提个建议，就像当初建议我当市长一样，顺序接班就会成为现实。"

詹发权附和道："看来您今天的吃请是有深意的，只要我们抓住了老领导这条北京线，就不怕他省委玩什么花招。"

林光璧看着远处的渔火，无限惆怅地说："那也不一定，今夜月明风清，可明早却是电闪雷鸣，官场的变数也如这天气一样啊，充满变数，抓住了北京线，也只是多了几分把握而已。"

詹发权也显得有几分惆怅，林光璧若不能当上市委书记，他的前途也难以乐观。想了想，他说："现在就停止对蓝红玉的抹黄吗？但这次对胡子固的丑闻曝光已成定局。"

"已成定局?!"林光璧一愣。

"是的，《华东快报》的最后截稿时间是凌晨三点，现在已经两点多了，恐怕来不及了。"

"快，快给我截住。"林光璧叫道，"如果明天曝了光，与霍达，与蓝红玉何谈修好关系。你怎么能瞒着我做这种事呢？"

"您，您原来不是说让我往大里抹嘛！"詹发权嗫嚅道。

林光璧挥挥手："现在情况变了，快快想办法截住。"

詹发权赶忙掏出手机，给口红打电话，问她稿件的情况。她此刻正与半兽人在河滩公园的恋爱角卿卿我我，没好气地说："稿件早

发了，你就等着看明天的头版头条吧！"

詹发权的头一下子大了，低声说："口红，你现在还与他在一起吧，我求求你了，你让他赶快把稿子撤下来，原因我以后告诉你。"

手机里传来她与半兽人的谈话声，只听半兽人说："不可能了，头条文章是社里经过层层审批定下来的，就是我想撤也撤不下来了，另外时间也不允许了，报纸是分版印刷的，头版早就下厂印刷了，规定三点钟截稿，只是对个别突发性事件预留的机动版而言的，你们不是千方百计要抹黄吗？为什么又不抹了？"

口红支吾道："我，我也说不清楚。"

这时候，詹发权也顾不得暴露身份了，对口红说："让半兽人接电话。"

真正的幕后主使终于露面了，半兽人留了个心眼，连忙掏出自己的手机，偷偷把手机的录音功能打开，然后才接过口红递给他的手机，吊儿郎当地说："喂，你是真正的幕后主使吧，报上名来。"

"我是公安局长詹发权，"此时的河滩很安静，手机里传出的声音很清晰，"你嫖娼的记录在我的电脑里，你不希望我把它交给你们领导吧，我现在要你把那篇报道撤下来。"

半兽人叫道："詹局，真的没有办法了。你知道新闻传媒的威力，你可以操纵我，但不能操纵整个报社，按照常规，还有一个小时报纸就要到零售摊主手上了，现在大部分版面都已印刷，若没有天大的理由，报社是绝不会撤稿重印的。我报覆盖华东六省一市，发行量达三百万份，重印的损失费将是百万计，报社是会追查的。这事若来个彻底曝光，你我都要完蛋。"

半兽人说得很诚恳，詹发权感觉他不像是在敷衍，就说："有没有别的办法可以补救？"

"有，"半兽人肯定地说，"但需要你们公安局做出牺牲，让侯所长承认办错了案，我再写一则新闻，还胡子固和蓝红玉以清白。"

"好，这事就这么办，你明天听我的消息。"詹发权迟疑了一会儿，这么说道。

他把通话的意思向林光璧述说了一遍。林光璧沉吟一会儿说：

“那就这样吧，打一下呵一下，也不失为一个办法，不然，无缘无故的，还没有契机与他们修好关系哩。明天招开一个记者招待会，热热闹闹地为蓝红玉平反……”

两人都哈哈大笑起来。

半兽人也在哈哈大笑。与口红分手后，他拿出手机检查录音效果，发觉还不错，詹发权所说的每一句话都清晰可闻。他对自己说：“你也有把柄落到我手上哪！”

第十二章

蓝红玉一下飞机，秘书葛玲和司机顾家平就迎了上来。她在北京学习期间没有带他们去。他们把车已经开到了候机坪，葛玲让她上车，她深吸一口气，笑着说："离开运河一个月了，你们就让我走走，呼吸呼吸家乡的新鲜空气吧！"葛玲看一眼顾家平，欲言又止，顾家平说："您坐在车上一样可以呼吸新鲜空气嘛，葛玲找了好多关系，我才能把车停到候机坪上来的。"

"哦！"蓝红玉感到有点古怪，"我又不是什么金枝玉叶，走出机场乘你们的车有什么关系，犯得着这样吗？你们是不是有事瞒着我？"

"没，没。"葛玲闪烁其词。

蓝红玉预感到他们有事瞒着自己，愈发要走出候机坪，就大步向机场出口走去，边走边想，会有什么大事瞒着我呢？胡子固已经保释出来了，省委宣传部向各新闻单位打了招呼……

没等她理出个头绪，答案很快就有了。她的脚一迈进机场出口处大厅，流动报贩的叫卖声就告诉了她。只听一个中年报贩叫道："快来看啊，快来看啊，流氓女市长蓝红玉的老公骚扰女病人，快来看啊……”他的身边围了很多买报的人，他手忙脚乱，口中还不忘念叨。

蓝红玉一阵晕眩，几乎要摔倒，在她身旁的葛玲早有准备，立马把她扶到休息凳上坐下。她指着那报贩对葛玲说：“去，去买份报纸来。”

葛玲一早就看过报道了，犹豫着说：“蓝市长，您还是回家再看吧，顾家平的车马上就要到了。”

蓝红玉竭尽全力，狠狠地说：“你到底去不去?”

这一声较大，立即引起了在场的人的侧目，报道中有她的资料图片，有人认出了她，惊叹道：“这不是蓝市长吗?”人们纷纷围过来，七嘴八舌地说：“蓝市长，你老公做出这种丑事，你有何感想? ”“你是不是要休了他? ”“你们会不会离婚? ”“他这是第一次吗?”……

急火攻心，蓝红玉几乎要晕过去，她向呆子一样坐在那儿一言不发，连死的心都有了，任他们发问。葛玲是个未婚姑娘，平日说话都细声细气的，哪见过这阵势，苍白无力地辩解道：“这都是谣言，你们不要相信。”但是，她的声音太小，也没人听，围上来看热闹的人越来越多，讥笑声、打探声、辱骂声汇合在一起，形成一股强大的气势，几乎要把她俩掀倒。葛玲哭起来，恳求他们说：“你们别这样，蓝市长是个好市长……”

顾家平把车停到出口大厅外的停车场上，等了好久不见她俩出来，就关了车门进了出口大厅，看见一群人围在一起，他情知不妙，赶忙往里挤，挤到近前，才隐隐约约听到葛玲的哭声。他更加奋力，终于挤到了蓝红玉身边。此时，蓝红玉已是泪流满面，脸像被水洗过一样，湿漉漉的、呆呆地、傻傻地，像个孤独无助的羔羊，任人宰割。

顾家平不由得义愤填膺，他一米八的大个头，当过兵，而且是特种兵，身手十分了得。一个男人一脸坏笑地问道：“蓝市长，你是不是上过姜生予这个大贪官的床，你是不是还……”他大概想问“你是不是还上过米刚的床”，顾家平抓住他的衣领怒吼道：“回去问

你妈!”然后奋力向后一推，他仰倒在人圈里，人圈迅速向后扩，蓝红玉的空间大了一些。顾家平气沉丹田，向人圈大声吼道：“还不快滚，老子要动手了。”

人圈并没有动，大家都是看热闹的心理，这么多人，谁怕你说狠话啊！顾家平见没有动静，他个头高，伸手就摘去了挤在前面几个人的帽子，奋力向后一扔，这下人圈才动起来，那些被摘的人要挤出去捡自己的帽子，后面的人怕被摘，只得后退，有些人作鸟兽散。顾家平趁机扶起蓝红玉，与葛玲一起把她架到自己车上去。

过了好久，蓝红玉才缓过劲来，拉着葛玲的手，对在前面开车的顾家平说：“谢谢你们，要不是你们，今天还真不知会发生什么事情。”

顾家平举起拳头说：“请领导放心，再有人欺负您，我这拳头砸扁他。”

这时，葛玲的手机响了，是林光璧的秘书杨春打来的，让他们接到蓝市长后，立即去市委。顾家平连忙掉转车头向市委开去。

市委小会议室正在召开常委扩大会，米刚大发雷霆。

他今天上午一到办公室，宣传部部长易水流就慌慌张张跑进来，拿着一份《华东快报》说：“这是咋回事啊？我昨天和省委宣传部的王处长给该报的驻站记者打过招呼了，可他们还是发出来了。”

米刚接过报纸一看，头立即痛起来，这让他的爱将蓝红玉以后怎么工作啊？《华东快报》虽不是本省的报纸，但在运河市的发行量数第一，比本地的《运河晚报》和《江东都市报》的发行量都大。新闻杀人的威力他与易部长心里都很清楚，这篇报道等于是扼杀了蓝红玉的政治前途，一个丈夫有如此丑闻的副市长，还有何威信可言，还怎么抛头露面干工作，米刚简直不敢往下想，于是就有了这个常委扩大会，他要尽量为蓝红玉挽回影响。

他在会上说：“这件事我一定要一查到底，看是谁不听市委的招呼，不管查到谁，决不姑息迁就。”

林光璧也显得义愤填膺，站起来说：“敢这样不听招呼，敢这样抹黄我们的蓝市长，简直是无法无天了，我们政府这边坚决配合市委查清此事的来龙去脉，还蓝市长一个清白。”

蓝红玉此时正在小会议室门口徘徊。她上楼时，恰巧碰到了市委秘书长，知道小会议室里正在专题研究她的问题，她感觉面子上过不去，正在犹豫是进去还是不进去时，听到了林市长的表白，她感动得热泪盈眶。这个平时对她总是心有芥蒂的市长此时态度如此鲜明，怎不令她感动呢？她鼓起勇气推开门，哽咽说：“谢谢林市长，谢谢米书记，谢谢同志们……”

林光璧显得也很激动，做了个邀请她入座的手势：“蓝市长请放心，组织上一定会为你主持公道，严惩幕后黑手。”詹发权如今是市委常委，也列席了会议，他面向詹发权，正色道，“市公安局要以此为契机，把前后两次抹黄蓝市长的幕后黑手揪出来，予以严厉打击。”

詹发权站起来说：“是，公安局已经开始查了，估计下午就会有结果。”

蓝红玉看着詹发权，心里也充满感激，她想，也许以前误解了詹局长，以后要与他搞好关系。

其他常委也纷纷发了言，总的意思只有一个，那就是这是一次无耻的抹黄，组织上会还蓝红玉一个清白，让她别往心里去，至于胡子固到底有没有嫖娼，有没有性骚扰，都避而不谈。

感动过后，蓝红玉的头脑渐渐冷静下来，觉得这会开得怪怪的。就像上次米刚提醒她一样，抹黄这种事，通过传媒辟谣，只会越辟越谣，现在米刚也犯了同样的错误，通过常委扩大会来纠正谣言，只怕是越想纠正越纠正不了。不说别人，就是这些入会者，口里说的和心里想的就不一样，你说是抹黄就是抹黄？而且涉黄的当事人并不是市委常委蓝红玉，而是她的丈夫胡子固，凭什么拿到常委会上来研究？根本不够格嘛！

米刚也意识到了这一层。当时看到报道，头脑发热，就立即给林光璧打了电话，提出开常委会为蓝红玉辟谣，林光璧很赞成，还建议把常委会开成扩大会，于是就开上了。现在想来，这简直是一个错误。轮到陈县县委书记鲁边防发言时，米刚站起来说：“这个会

不是研究重大民生问题，大概意思大家都知道了，就不一一发言了吧，现在蓝红玉回来了，我和林市长要与她谈工作，如果没有别的事情要说就散会吧。”

蓝红玉看他一眼，心里充满感激：这种会，开得越长越没有意思。

大家走出会议室，米刚和林光璧走在最后面，他低声对林光璧说：“开这个会是个错误，我当时头脑发热，你也不提醒提醒我。”

林光璧却打着哈哈说：“哪里啊，开这个会很好嘛，一下子就把谣言攻克了。”

米刚不便过多埋怨他，就说：“这种会以后我们不开了，你我私下里多为蓝红玉辟辟谣，她可是你政府那边的干部，你可得爱惜人才哟!”

林光璧语带双关：“我们都是您的部下，有您这个老班长爱惜人才不就行了。”

……

下午，詹发权果然拿出了侦查结果，他和林光璧一起来到米刚办公室，向米刚汇报道：“《华东快报》的一个记者不听招呼，强行发了这个报道，才造成这样的被动局面，他说他是按照派出所的侦查口径报道的，拒不接受批评，除非派出所承认办错了案，他才肯写更正报道。”他看看米刚的脸色接着说，“我与办案的河街派出所所长侯节商量了一下，又与女当事人见了面，对她晓之厉害，她同意更改办案口径，对胡子固到底是性骚扰还是出于工作采取模糊态度，只要派出所这边承担点责任，就可以责成那个记者写更正报道了。您看是不是让我们的派出所承担责任?”

这可是一块烫手的山芋，米刚说“同意”或者“不同意”都不好。他沉吟一会儿问：“你们对那女的是不是上了手段?”

詹发权连忙说：“没有，她见报道对蓝市长造成如此大的破坏，同意改口。”

“那你们公安局就看着办吧!”米刚又把这块烫手的山芋递给了他。

詹发权看一眼林光璧，希望他拿主意。林光璧知道该自己发言了，笑着说："这事我早有主意了，不管胡子固是性骚扰还是出于工作，都不能对我们蓝市长造成影响嘛，我知道该怎么办，我们来只是向您老班长知会一声。"

"好的，这事就说到此吧！"米刚知道他绝不是知会一声那么简单，而是要他作指示，承担责任，他不想就这个话题深入下去，但还是说，"只是不要造成新的丑闻。"

林光璧对蓝红玉的态度变了，詹发权也跟着变，他爽快地答道："明白。"

第二天的《华东快报》果然刊出了更正报道，同样以醒目的标题出现在头版头条。林光璧拿着报纸，对前来汇报的詹发权感叹道："你可让《华东快报》狠赚了一笔啊！正一写反一写都可以上头条，吸引读者的眼球。"詹发权听出这话里的幽默味道，两人都好笑起来。

无疑，这种事情，正一写反一写更加重了对当事人的抹黄。一时间，这件事情成了运河市最热门的话题，不管走到哪里，都能听到人们的议论。蓝红玉紧张得连门都不敢出。

一切都在按着林光璧和詹发权的预料发展。尽管心中十分沮丧，蓝红玉还是给林光璧和詹发权分别打了感谢电话，感谢他们在她落难时伸手相救，勇挑重担。他俩趁机抛出橄榄枝，表示以后要与她搞好关系，尽释前嫌。

霍达也礼节性地给林光璧打来了电话，感谢他没有落井下石，让他以后多关照蓝红玉。林光璧受宠若惊，要做东请他和蓝红玉聚一聚，被霍达谢绝了，他说："我现在与她小姑谈恋爱，若再与她聚会，恐怕会惹是非。"林光璧想想也是，就请他代向老爷子问好，他意味深长地说："我会的。"林光璧欣喜若狂，这正是他所需要的结果。

由于派出所的侦查口径有了变化，生殖医学研究中心对胡子固的处理也相应作了调整，由开除变成了留用察看，处罚的理由是违反了男医生不能单独给女病人检查隐私部位的规定，对单位的名声造成了损害。胡子固对此愤愤不平，一上班就跑到中心主任厚毓英

的办公室，指着他的鼻子说：“你又不是不知道我们工作的性质，我根本就没有对她性骚扰，你这样对我处理不公平。”

厚毓英讪笑道：“我们也是根据公安部门的口径来行事嘛，我又不能代替他们侦查，你让我有什么办法。你若想翻案，还是让蓝市长多找找公安部门吧！”

“什么我想翻案，我根本就无案可翻。你们作为组织，不为员工出头申冤，简直让我寒心啊！以后谁还敢全心全意为病人服务。”

厚毓英显然不想与他争吵下去，站起来拍拍他的肩说：“子固，你还年轻，吃一堑长一智嘛，以后不与女病人单独接触不就行了。”

面对这个和事佬，胡子固无可奈何，只得苦笑着回自己办公室。可他总感觉这事是个阴谋，哪儿不对劲。以往进诊室，接待第一个病人时，宫腔镜都可以拿起来直接使用，护士早就消好毒了，可这次为什么会没有消毒呢？以往用手指触诊病人不是没有过，老祖宗传下来的望闻问切早已深入民心，病人一般都能接受，医生看病嘛，有什么骚扰不骚扰的，有些病人还巴不得他看，看得越仔细心里越踏实，像这种情况，他还是第一次碰到。问助手孙薇，她含含糊糊，也说不出个所以然来。

难道这都是巧合？两巧合在一起，就不得不让人费思量。昨晚狐闹闹来看他时，他虽然对这个妹妹十分不满意，但还是把心中的疑虑告诉了她，她也觉得这事透着怪异。问题是他与这个女人素昧平生，她为什么要陷害自己呢？难道她是受人指使的，难道还有幕后黑手？兄妹俩想了一晚上，也没理出个头绪来。

他向单位请了假，来到河街派出所，把自己的疑惑向方所长作了汇报，想去问问那女的为什么要对他这么抹一下。方所长很配合，拿出案卷，把那个女人的姓名和地址写给了他。

他正准备开车前往时，狐闹闹打来电话，说霍达马上要回北京了，问他能不能来机场送送他，消除隔阂。胡子固嗫嚅道：“我们是那种关系，我怎么好送他，你就代我向他问好吧，表示我接受了他。”

昨天晚上，狐闹闹来与他沟通感情，告诉他父母都已经接受霍达了，希望他也能接受。他就这么一个妹妹，说实话，若不是霍达与蓝红玉有过一段感情瓜葛，他会求之不得哩。他很矛盾，反对的态度也就不像刚见面时那么坚决了。狐闹闹是多机灵的人，连忙开导，你是你，我是我，蓝红玉是蓝红玉，我们都有自己的人生，不能因为你们的人生与霍达有过交叉，就不许我与他有交叉……胡子固何尝不懂这个道理，但是，不管她怎么说，他都是理智上接受，感情上无法接受。

今天，胡子固说出可以接受他的话，比昨晚已是进了一大步，狐闹闹得寸进尺，还是想让他来送行，握手言欢。她迟疑片刻，问他在干什么，他说了他正准备做的事。狐闹闹惊呼道："万万不可，你知道人家是什么心思，若有人幕后指使她，她会告诉你吗？别又闹出一个非礼的丑闻来。"

胡子固想想也是，咕哝道："难道说就这样算了？"

"当然不是，你怎么不找我呢？"狐闹闹卖着关子说。

"找你，你能有什么办法？"

"你忘了，你小妹是优秀的'地下党'，又是个女的，不会非礼她，你把这事交给我，不出十天，我保证把这件事的来龙去脉摸个清清楚楚。"

胡子固突然意识到，她的确是个很合适的人选，拍拍自己的头说："我真是急糊涂了。"

"你的意思是同意噢，那你可得为我做一件事。"

"什么事？"

"你现在就到机场来，送霍达。"狐闹闹露出峥嵘。

"这可不行，这可不行，我说过，你可以与他好，但不能当着我的面。"胡子固急忙说。

"那你还想不想我帮你办事？"

"这个，这个……"胡子固犹豫起来。

"哥，你还犹豫什么，你迟早都是要与他面对的，我们准备闪婚呢，不出三个月，你就多出一个妹夫了。"

他知道，这两个人是说得出做得出的，他叹口气："好吧好吧，

算你狠，就这么交换。”

“耶……”狐闹闹高叫一声，“我们在机场贵宾室等你。”

……

回到运河市的当天，常务副市长任继捷就与蓝红玉办理了工作交接手续，可是，几天来，她一直进入不了工作状态，感到婚姻进入一个十字路口，是向左走还是向右走，她举棋不定。

如果不是性骚扰这一出，她原准备回来后就与胡子固和好的，可现在，性骚扰是真是假，谁也说不准。如果是真，那么，胡子固的人品就很成问题，她怎么能与这么一个人在一起过日子呢？胡子固得知是因为她的原因才使狐闹闹和霍达相识，他因此怀疑蓝红玉与霍达是不是旧情复燃，是不是有什么见不得人的事，他也不肯原谅她。两人就这么僵持着，谁也不理谁，真正进入了冷战状态。

蓝红玉回来的当天，胡子固就搬到父母那儿去住了，把房子让给了她与圆圆，作好了打持久战的准备。父母劝他回去，他说估计不可能了，他的那些事都是假的，子虚乌有的，而蓝红玉的那些事都是真的，看得见摸得着的。就拿眼前的这个霍达来说，就是真的，在这个非常时期，她怎么能去会旧情人呢？这显然是不正常的，说明蓝红玉心里已没有他。父母说不过他，只得由着他。

胡父胡母转而又去做蓝红玉的思想工作，她说的话与他说的话简直是一个模子里的翻版。她认为胡子固的那些事都是真的，看得见摸得着的，而她的那些事都是假的，子虚乌有的，就拿那个楼卉来说，现正在劳教，就是真的。胡父胡母哭笑不得，搂着圆圆说：“天要塌了哟！”圆圆不懂天塌了是什么意思，天真地问他们：“天好好的怎么会塌呢？”胡父胡母刚要解释，蓝红玉摆摆手说：“您们别吓唬孩子，这天哪能塌呢，我会好好照顾她的，比有他还要生活得好。”

胡父胡母没辙了，只得寄希望于狐闹闹，希望她能把他们再“闹”到一块儿。

胡子固赶到机场贵宾室，发现蓝红玉也在这儿，他扭头就走。狐闹闹连忙跑上前去，拉住他说：“哥，你总要与嫂子把一些事情说清楚嘛！趁现在我与霍达都在，做你们的见证人。”

“你简直是胡闹。”胡子固推开她，生气地说，“哥的事情哥自会处理，你只会越搀和越乱，我同意接受他，”他指着霍达，“已经是对你网开一面了，你就不要再给我添乱了。”

蓝红玉也是被他们骗来的，狐闹闹打电话让她来送霍达，为了避嫌，她本不想来，狐闹闹激将她说：“你不来才有嫌疑呢！人家帮了你那么大的忙，你不来送送，说得过去吗？”于是，她就来了，没想到竟是个阴谋。她抓起桌上的坤包就往外走，霍达上前想拉住她，刚伸出手，突然想到不妥，就回头对狐闹闹说：“你快拉住你嫂子呀！”

狐闹闹于是放了胡子固，赶忙去拉蓝红玉，霍达怕胡子固又要走，上前拉住他说：“子固，是我给你们造成了误会，你总得听我们解释一下嘛！”

“不听，”胡子固斩钉截铁地说，“就是没你那档子事，我也不会与这个绯闻女市长过日子了。”

蓝红玉本想强行离开，听他这么说，停下与狐闹闹的拉扯，反唇相讥：“我还不想与你这个流氓博士过日子哩，坏我名声。”

“你……”胡子固气得浑身发抖，“你才坏我名声呢。”

蓝红玉也不分辩，趁狐闹闹愣神之机，抽开手走了。

霍达也松开了手，对狐闹闹说：“看来我们是白费劲了。”

胡子固瞪他一眼，说：“你们就是白费劲了，我们的事，你再别搀和，你要与我妹妹谈恋爱，我无权反对，反对也无效，但请你们不要在我面前晃来晃去，让我眼不见心不烦，行吗？”

他扭头就走，走了几步又折回来，把一张字条塞给狐闹闹：“这是地址，你可不得食言噢。”

狐闹闹哭笑不得……

他气冲冲地离开机场，开车一路狂奔，开到河埠路才明白，他这是在漫无目的地瞎开。他要去哪儿呢，他很茫然。他请了一天的假，现在回单位肯定没必要，而且也不想看同事们的白眼；回家也

不合适，自己的家肯定是不能回，那里住着自己正恨着的人，父母家回去早了也难受，父母一见了他就唠叨，他这几天都是很晚才回去，回去后就关门睡觉，生怕他们唠叨；好朋友邬采宁那儿倒是可以去，可他这几天回美国采购创办精神研究所的仪器去了。突然想到楼卉，想到陷自己于不义的楼卉，他知道该去哪儿了。他驱车去市劳教所。

楼卉没想到他会来看她，一见面就怯怯地说："你，你怎么会来？"

"我怎么不会来，你让我戴上了嫖娼的帽子嘛！"胡子固愤愤地说。

楼卉低下头，难为情地说："对不起。"

"一句对不起就能解决问题吗？我们之间根本就没有，"他用两只手做了个交叉的手势，"你为什么要诬陷我呢？"

楼卉嘤嘤地哭着说："那个姓侯的说我是惯犯，如果不承认就定我两年劳教，承认就只定我半年劳教，我想，我就是承认了你最多也就是罚五千元钱，我若不承认，就要在劳教所多浪费一年半的青春，所以我就承认了。"哭诉至此，她仰起头来，看着他说："出去以后，我用十倍的钱来奉还给你，行不？"

胡子固相信她说的是真的，这是个陷阱，至少那姓侯的是设陷阱者之一。他递给她一片纸巾，叹口气说："算了吧，一切都无所谓了，我准备与蓝红玉离婚，背个嫖娼的恶名也无所谓了。"

楼卉一怔："有那么严重吗？"

胡子固点点头："她怀疑我嫖娼，我还怀疑她性贿赂哩，这日子没法过了，散吧，散了安心。"

楼卉揪着自己的头发说："我把你害成这样，我真该死。"

"别折磨自己了，半年时间一晃就到了，出去后好好做人吧！"

"嗯，我再也不作践自己了，好好做人。"抬起头时，她已是泪流满面。

送走霍达，狐闹闹拿着胡子固给的地址，无精打采地去查案。

她按着地址找到汇春花园3单元1204室，正准备敲门时，突然听到门里面有人说话，那声音似曾相识，只听那声音说道：“口红，这两条烟你收好，慢慢抽。”一个女人懒洋洋地说：“好吧，以后办案要你的手下轻一点，那天把我的胳膊都捏疼了。”

里面接着传来嬉闹声，只听那女人说：“别对我动手动脚的，给我出去。”

狐闹闹赶忙闪到一边。门开了，走出来的竟是侯所长。狐闹闹疑惑了，侯所长怎么会到这儿来？联想到之前发生的几件事，都与侯节有关，她想，我哥怀疑得没错，这事情不是偶然的，侯节很可能就是幕后黑手。

直到看着侯节的警车开出汇春花园，狐闹闹才再次闪到1204门旁，举起手来准备按门铃，指头都已搭上门铃了，只需稍稍用力，门铃就会响，但是，她还是放弃了。按开门后，除了看到那个叫口红的女人的脸，还能得到什么呢？反而会打草惊蛇。

她若无其事地下楼，回到自己车内，首先把这一发现告诉了她哥。胡子固听她说完后喃喃地说：“难怪恐吓楼卉的也是他。”他告诉了她看望楼卉的情况，两人在电话里分析，这个幕后黑手十有八九是侯节。

接着，她驱车去市政府。到了蓝红玉办公室，她把门关上，神秘地告诉蓝红玉自己的发现和她哥的分析，蓝红玉却不以为然：“也许他是上门去做那女人的思想工作，《华东快报》登出更正消息，是侯节承担了担子和做了许多工作才实现的。”

“哎……”狐闹闹急得只跺脚，“那是他们编的圈套，我哥，我哥那人，怎么可能做那种下作事呢？”

“人都是会变的，何况是男人，我们谁都不能给他作保证，还是让事实说话吧！”蓝红玉一本正经地说。

“你什么意思，男人会变，女人就不会变，我看首先变的是你，你都快变得让我认不出来了。”狐闹闹眼圈红了，急得要哭。

“好了，好了，我们都会变的，一成不变就不符合唯物辩证法了。今晚我请米书记、林市长、詹局长和侯节吃饭，感谢他们为我

挽回声誉担了担子，你来作陪吧，同时暗中观察侯节，看看他有没有可能是抹黄你哥的幕后黑手。”

“来就来。”狐闹闹倔头倔脑丢下一句话，走了。

晚上，听涛宾馆，蓝红玉用丰盛的晚宴来招待这几位功臣。狐闹闹果然来了，但还是显得有些倔头倔脑，不大自然。蓝红玉要她给大家敬酒，她只给米书记和林市长分别敬了酒，对于詹发权和侯节，她端起酒杯，板着脸说：“我们是梁山朋友，不打不相识，就不分彼此了吧，一起干。”这话虽然不中听，但如今她已是霍达的女朋友，早已山鸡变凤凰，詹发权和侯节都不敢造次，只得干笑两声把酒干了。

因为林光璧是第二次与狐闹闹在一起吃饭，两人显得很随便。为了拉近关系，林光璧回敬了她两次，第一次是礼尚往来，第二次是要她代霍达受罚。狐闹闹说：“为什么要罚我代他喝酒呢？”林光璧就说：“我给霍老当秘书时，霍达还不到十岁，整天跟在我屁股后面跑，找爸爸，是我看着他长大的，如今，他采了我们运河市最漂亮的一朵花，连招呼都不跟我打，你说我能不罚他酒吗？”其他人都跟着起哄，狐闹闹只得给他面子，代霍达受罚。

狐闹闹喝了酒后，面若桃花，更是好看。米刚原来还不知道他们的这层关系，也乘兴敬了她一杯，让她代问霍老好。一时间，她俨然成了霍家的媳妇，高高在上。蓝红玉心里不由得有了些醋意，她虽然对霍达没有那层意思，但看着另一个女人因为自己的旧情人而“夫贵妻荣”，尽管这女人是自己的小姑，她心里还是像翻倒了五味瓶。

詹发权和侯节也分别回敬了她一杯。侯节回敬她时，她端起酒杯，故意说道：“感谢你为我哥担了担子，我今天去汇春花园找人，与你擦身而过，怕认错人，没敢打招呼。”

侯节一怔，随即应付道：“哦，我今天去汇春花园找那女的了，就是诬蔑你哥的那个女的，我要她不要在外面瞎说，再瞎说就把她抓起来。”

蓝红玉心想，看来狐闹闹白天碰到的事情得到印证了，就举起酒杯说："感谢侯所长，我们三人一起喝了这杯吧！"

三人一饮而尽。

饭后，他们一起去唱歌，狐闹闹与侯节合唱了一首《暧昧》，唱完后，她悄悄对侯节说："你们办案是不是也这么暧昧？听说那个楼卉就是被你一吓唬……"

侯节挥挥手，打断她的话说："别提那个楼卉了，她是个惯犯，我们早就想送她去劳教了。"

狐闹闹冷笑一声。这时，她要与林光璧合唱的歌《秋蝉》到了，她连忙舍了他，与林光璧合唱起来：

……
听我把春水叫寒
看我把绿叶催黄
谁道秋下一心愁
烟波林野意幽幽
花落红花落红
红了枫红了枫
展翅任翔双羽雁
我这薄衣过得残冬
……

她是特意与林光璧合唱这首歌的，因为这首歌的意境凄婉，她总怀疑侯节是抹黄胡子固的幕后黑手，就想借歌抒怀。歌词唱完，趁着余音，她含泪说道："我哥我嫂现在就是这只秋蝉，希望你们能让他们过得残冬。"说完，她放下话筒，一头冲出KTV包房，留下他们面面相觑。

迟疑片刻，蓝红玉走出来，在花园里找到正在树下流泪的狐闹闹，拉她一下说："怎么搞的，今天是我请客，你不要败兴好不好，我与你哥的问题是个人感情问题，与他们有什么关系？不瞒你说，自从我当上副市长后，你哥就对我疑神疑鬼，我们的关系早就不和

谐了，就是没有这个抹黄，我们的婚姻也会出问题。”

“你真的就这么狠心，与我哥离婚?”狐闹闹哭着说。

“两人之间已没有了最基本的信任，这婚姻还有什么意义呢?”蓝红玉幽幽地说。

“如果这信任的基础是被人为捣毁的呢，你也不能原谅他?”

蓝红玉叹口气说：“至少目前还难以拿出这样的证据来嘛!”

“我一定会找到这样的证据的。”她拿出字条，递给蓝红玉，“你帮我把那个女人的资料查一查。”

蓝红玉接过字条，只见上面写着：汪雅若，汇春花园3单元1204室。狐闹闹补充道：“就查这个人的基本情况，你可以让公安局你信得过的人查，但一定不能让侯节和詹发权知道。”

蓝红玉想一想说：“那就让佟大伟帮你查吧!”

狐闹闹忽然来气了，大声说：“不是帮我查，是帮你自己查，难道关于你老公名誉的事你都不想搞清楚吗?”

蓝红玉只得赔小心道：“好好好，我说错了，是帮我查，行了吧！领导们还在上面，你再上去帮我陪一会儿吧!”

狐闹闹补了补妆，两人一起上去。米刚正在唱布巴雅尔的《天边》，高音拉不上去，正像黄牛啊姆妈一样难听，自己也唱得难受，狐闹闹拿起话筒就唱，她的音域很宽广，一下子就帮他把沙音掩饰过去，同时也化解了自己与他们再见面的尴尬。

第十三章

邬采宁从美国采购回来了。他要求创办精神医学研究所的申请市政府已经批准。蓝红玉一回到运河市，邬采宁就把申请直接送到了她的办公室，她认为这是件好事，对运河市有利，就把市卫生局的局长陈东叫来与他见了个面，事情就立即办妥了。他原以为这件事会很难办，起码不会在三五天之内解决，没想到蓝红玉办事如此果断，根本不需要胡子固吹什么枕头风就把事情给办妥了，因此对蓝红玉的印象特别好，更不希望他们两个好人离婚了。

他的精神医学研究所选址在柳荫路上，离湖滨大酒店不远。又是一个红霞满天的傍晚，胡子固步行去他的研究所。上次步行去见他时，是他回国探亲，他想请他用精神医学研究领域的新成果测试妻子对他的忠诚度，遭到他的极力反对，最后好不容易说服了他，蓝红玉却因饮酒过多而无法测试。那天经过这条路时，听见两个农民工“抬杠”，所抬的话题是无“独”不丈夫，引起了他长时间的思索。他认可这个命题，在这个世界上，的确是无“独”不丈夫，他就是缺少独立精神，所以现在家不成家，业不成业。他突然明白了该怎样“独”了。他掏出手机，给蓝红玉发去一条短信：无“独”

不丈夫新解——离婚。

很快，蓝红玉就给他回信：新解有效，后天有时间办手续。

他的眼泪突然簌簌直下，他怕路人看见，拐到一棵柳树下，把短信删除，但是，眼泪还是止不住地流，几乎要呜咽了。过了许久，他才擦干眼泪，继续前行。

邬采宁不但购回了建精神研究实验室的设备，还从美国带回了他的老婆和三个博士研究生，他们热火朝天地干着，眼看实验室就要建成了。邬采宁见他来了，把他一搂，到他所长办公室说："这么好的老婆你不要，小心我要了。"胡子固受不住他美国式的幽默，板着脸说："有什么好，你要就你要吧，反正你这假洋鬼子用情不专，多一个少一个无所谓。"

邬采宁急忙分辩道："谁说我用情不专，我的感情只属于我的瑞典老婆。"

这时，一个金发碧眼的女人推门进来，邬采宁介绍道："我妻子，安妮，上次对你提起过的。"

安妮友好地冲他一笑："Mr.胡?"

邬采宁点点头。安妮继续说道："我丈夫向我说了你的故事，爱一个人就要给她最大限度的自由，中国的爱情其实是牢笼，束缚人的牢笼，"她摆摆手，"不好，不好。抹黄，在我们国家，那简直是不可思议的事情。性是人类感情中最自然的表达，是人的本能，没有别的意思，我真不明白，中国人为什么把性看得那么讳莫如深。如果不看重它，就无所谓黄不黄了。中国有个成语叫作茧自缚，我看你现在就是。"

胡子固哭笑不得，这个真洋鬼子比假洋鬼子还难对付，还要前卫。他转移话题说："你的汉语说得不错，是跟你丈夫学的吧！你不就很中国式——嫁鸡随鸡，嫁狗随狗。"

"是不是嫁个瞎子还要牵着走?"安妮边笑边摆手，"不好，不好，嫁个瞎子我就独自走。我对中国的苦情故事很有看法，婚姻是要门当户对的，这种门当户对指的是人种，而不是中国式的财产、地位。中国人太不注重自己的感情，感情常常被感情以外的东西所左右，所以我不会嫁鸡嫁狗。”她亲热地偎一偎丈夫，“我只会嫁人，旗鼓相当的人。”

邬采宁笑道：“在有种族歧视的美国人眼里，我不就是鸡一样的人，你为什么还要嫁给我呢？”

“那是因为I LOVE YOU！”安妮给丈夫一个吻，“我们的实验室快安装好了，我建议对Mr.胡进行潜意识测试，看看他对自己的爱人，”她用了个很中国化的称谓，“——还爱不爱？”

“这个建议很好，让他明白自己到底还爱不爱蓝红玉。”他转向胡子固，“你说呢？”

胡子固诧异地说：“测试我，免了吧，免了吧，我没有精神病，我对我的潜意识很清楚，我就是想离婚，作为一个男人，常常戴绿帽子，我生不如死。”他不想把自己的潜意识暴露在好友面前，他怕自己的一些肮脏想法被他们窥视到。

“不一定，”安妮说，“在感情问题上，能说出口的十有八九不是潜意识，等潜意识觉醒了，又错过了那段感情，我先生的精神研究，就是把人的潜意识诱导出来，让人事先认清自我，减少遗憾。在美国，很多人在作出重大决策之前，都要来他的研究所测试潜意识，你还是试试吧！”她用好看的眼睛向上挑了挑，俏皮地说，“不收你的费。”

这后一句话把胡子固逗笑了。邬采宁再次邀请：“我们现在也是蓝市长的子民，我们要对蓝市长负责，你就试试吧，我们保证对你的秘密守口如瓶。”

“还蓝市长的子民？这可不是美国精神吧！”胡子固讥笑道，“她为你办了点事，你就对她这样感激，我为你这个美国博士汗颜。”

“NO，NO，NO，”安妮一连三个“NO”，“我们关心的是你，是想让你不留遗憾。蓝红玉这样的女人应该是很俏的哟！”她又说了句很中国式的话，“你休了她，恐怕就再没有机会了。”

胡子固把两手一摊，做了一个无可奈何的表情，说：“好吧，我就做你们的试验品。”

安妮扑上前，给他一个吻，连说：“OK，OK！”

在他们说话的这段时间，那三个美国博士已经把实验室的设备安装好了，安妮走过去调试设备。胡子固趁机问道："你老婆吻了我，你有何感想。"

邬采宁把手一摊："很好啊！这是她自然感情的流露，我无权干涉，也不作过多联想。"

胡子固附在他耳边进一步逼问道："假如她跟我睡觉呢?"

邬采宁耸耸肩："很好啊！只要她愿意，她快乐，我也可以与别的女人睡觉，当然，要加上括号，除蓝红玉以外的女人，因为你会吃醋的。"

两个人都笑起来。胡子固在他的胳膊上狠狠捏了一把，装出咬牙切齿的样子说："你在撒谎。"

安妮走过来，请胡子固上床。这个床当然是搞精神研究的床。实验室分成里外两间，用玻璃隔开，受术者在里间，施术者在外间，通过玻璃可以看清里间的情况。里间只有一张床，摆在偌大的空间里，显得空旷而寂寞。助手让胡子固在外间换上特制的纳米受试服，吃上一粒他们研制的"梦幻一号"，然后，指引胡子固进到里间。

尽管他也是搞医学研究的，但心里还是有些紧张。里面静得只能听到自己的呼吸声，光线若明若暗，看不到床架，床却可以自动升降。据邬采宁事先介绍，这种床是用磁铁制成，通过电磁感应来调节床的高度和改变受试人身体的磁性，达到进入梦幻的状态。他到床上躺下，床上上下下升降了几个回合，他就有了困意。他正在心里感叹精神医学的神奇时，床顶突然露出一个深邃的穹隆，里面黑咕隆咚的，看不清就里，他缓缓睁大眼睛极力想看清时，里面却亮起了一盏黄灯，看清了，里面什么也没有，过了一会儿，黄灯灭，亮起一盏绿灯，然后黄灯和绿灯轮换着明灭。他失望极了，疲劳极了，眼睛又缓缓地闭上，直到再也睁不开了。

安妮走进里间，点燃一支香，幽香缓缓弥漫整个空间。胡子固吸进这些香烟后，意识开始活跃，却又达不到苏醒的程度，混乱、无序，脑电波显示在电脑屏幕上是光标上下跳动。邬采宁等到上下跳动幅度达到正负5时，穿上白大褂，走了进去。助手及时按下视频键。

邬采宁问："你的爱情观是什么？"

胡子固思索一会儿，缓缓答道："爱情像一捧水，小心翼翼地捧在手心，它也会流失，握紧了会流得更快；爱情像一瓶水，总是想独自喝下，不愿与人分享，烦躁痛苦时又肆意浪费；爱情又像冬天淋浴，只想冲热水，不愿碰凉水；变质的爱情却像污水，留之无用，弃之可惜。"

通过扬声器，他的话在外间也听得清清楚楚，安妮和三个博士不由得感叹道：这个人不仅是个医学博士，还是个爱情专家。他们哪里知道，他老婆是个哲学硕士，这种爱情观念，他们早就研究透了。

邬采宁问："你怎么看待你的婚姻？"

胡子固答："爱的发生与生活质量有关，大部分婚姻都是契约式的，是以经济条件而不是以彼此间的性魅力为基础的，而我的婚姻，恰恰是以性魅力为基础的，我爱的是蓝红玉这个人。现在，她似乎不爱我了，所以我非常痛苦，我觉得我的婚姻糟糕透了。她若离开了我，我很有可能活不下去。"

邬采宁问："你既然如此爱她，为什么还要离婚？"

胡子固的眼睑上下翕动起来，邬采宁明白，这是因为这个问题太尖锐，使他心中波涛汹涌，若不及时处理，他很有可能从梦幻中醒来。他向窗外伸了两个指头，助手明白，是要加强梦幻感的意思，他连忙按下了操作仪上的加强键。胡子固身上的纳米服立即鼓胀起来，上面荧光闪闪，极具梦幻色彩。头顶的穹隆里还响起了悦耳的音乐，有小鸟的叽喳，有山林的松涛，让人听了心旷神怡，和谐愉悦。这是他们特制的催眠曲。胡子固的眼睑很快就不动了，又进入了沉沉的梦幻状态。

邬采宁又重复了一遍刚才的问题，胡子固缓缓答道："离婚痛苦，不离婚也痛苦。爱情是具有排他性的，我爱的又只是她这个人，不在意她的金钱、地位，所以排他性更强，经受不起一点点挑战，我要她绝对爱我，我也要绝对爱她。现在她做出背叛我的事情，我哪里还能容忍？"

邬采宁问："你怎么知道她做出了背叛你的事？"

胡子固答："那不都明摆着吗？苍蝇不叮无缝的蛋，一而再、再而三地事出有因，那就不是事出有因了，而是实有其事，抹黄只不过是一个借口而已。"

邬采宁问："你难道就没有做出对不起她的事？"

胡子固又显得有些激动了，他的手动了动，想要抬起手的样子，大声说："没有，绝对没有。我爱她，她不爱我了我也爱她，离了婚我也爱她，我绝不会再接受别的女人了。"

邬采宁不动声色地问："你的那些绯闻都是谣言吗？比如和那个妓女？"

"是的，都是谣言，都是别有用心者的抹黄，我与楼卉什么事也没有。说我调戏妇女，那更是无稽之谈，我是生殖医学专家，女人的那点神秘对我来说还有神秘感吗？"

邬采宁沉吟片刻问道："你的绯闻是抹黄，是谣言，为什么蓝红玉的绯闻就不是抹黄不是谣言呢？"

胡子固毫不犹豫地说："我接受不了，即使是谣言，是抹黄，我也接受不了。世上哪里真有绿帽子，男人感觉戴了绿帽子不就是一种心情吗？我现在就是那种心情，挥也挥不去，赶也赶不走。"

邬采宁叹口气说："看来你也是抹黄你妻子的人啊！"

胡子固沉吟道："也许是吧，我不肯原谅她，甚至认可那些谣言，在某种程度上的确是抹黄了我妻子，而且是最大最致命的抹黄，道理我懂，可我改变不了我的观念。也许只有离婚，才能让我们的爱永存，才能让她在我心目中保存一份美好，否则，我们之间只会互相伤害，最后由爱侣变成怨偶。"

邬采宁向窗外举了举手，助手明白，测试可以结束了。他按下结束键，穹隆自动关上，纳米服也恢复了原状。

半个小时后，胡子固悠悠醒来，睁开眼说："我睡着了吗？我好像没睡，可眼睛就是睁不开。"

邬采宁拍拍他的肩说："你应该相信我的精神医学的神奇了吧，去听听你的潜意识吧！"

胡子固听着听着，眼睛湿润了。邬采宁趁机说："你既然如此爱你的妻子，就不要离婚了吧，知错犯错可是最不可饶恕的错误哟！"

胡子固喃喃道："不知道她是什么想法？"

"这事就交给我吧，保证让你听到她的心声。"

胡子固点点头："好吧，如果她还爱我，我愿意摈弃前嫌，与她重新过日子。"

晚上，蓝红玉约狐闹闹在星巴克见面。她递给她一张字条，只见上面写着：汪雅若，二十六岁，大学文化程度，自由职业，家住本市汇春花园3单元1204室，父母早年离异，现都侨居国外，她性格古怪，喜欢养蛇，有扰民记录。

"养蛇?!"狐闹闹喜出望外，随即又疑惑起来，"我喜欢养蛇，她也喜欢养蛇，在我们这个城市，养恐怖宠物爬友可不多。"

蓝红玉吃一口哈根达斯，说："是佟大伟帮我调查了解得出的结论，他现在可是管户籍的，应该错不了。"

狐闹闹举起手中的哈根达斯，与她一碰，笑着说："我知道该怎么办了。"蓝红玉手中的哈根达斯差点被碰掉，夸张地尖叫道："你又要发疯啦！"狐闹闹点点头："我是要发疯了，只求你不要忙着与我哥离婚，等我把事情调查清楚了再行事，好吗?"

说到离婚的问题，蓝红玉就消沉了，沉吟许久才说道："好吧，只要你哥不逼我，我等你的答案！"

当晚，狐闹闹就去参加一个爬友聚会。所谓爬友，是恐怖宠物爱好者之间的戏称。饲养恐怖宠物这种西方的娱乐方式传到大陆来，只有少数年轻人敢尝试，他们显得很另类，很孤立，因此互称对方为爬友。爬友们经常在一起聚会，交流饲养经验和互换物种。狐闹闹的那条黄金蟒就是用一只巴西蜥蜴外加一万五千元钱换来的。她开始不敢养蛇，就养了些蜥蜴、蜘蛛、蝎子等不太恐怖的爬虫，养着养着，胆子就大起来，不满足于这种小恐怖了。恰在这时，一个爬友的大蟒蛇孵出一条小蟒蛇，她就用钱和蜥蜴利诱，才换得了这条小蟒蛇。如今，这条黄金蟒已经三岁了，取名"非道"，还传下了

一个后代，取名“可道”。养着，养着，她也慢慢成了资深爬友，什么恐怖宠物都不怕了，只是父母极力反对，现在只剩下“非道”和“可道”两条蟒蛇与她相依为命了。

今天是爬友三尖的生日，大家纷纷给他送礼物，有送红蜘蛛的，有送蝎子的，有送巴西龟的。狐闹闹送给他的是一枚蟒蛇蛋。他早就想要她的蟒蛇蛋了，她一直不肯给。有了这枚蟒蛇蛋，他就可以人工孵化出一条可爱的小黄金蟒。三尖激动不已，一边接蛋，一边在她脸上狠狠地啄一口，引得爬友们大声喝彩。狐闹闹笑着说：“这下我可送了双份礼物，我生日时，你也得送双份。”三尖说：“没问题，我送给你一只巴西龟，再加上我这个人。”大家又是一阵喝彩，一边喝啤酒，一边笑着闹着，气氛很融洽。

三尖是他的外号，他养了三类恐怖宠物，球蟒、蜥蜴和巴西龟，因为这三类宠物有一个共同的特点，就是头都是尖的，所以他就给自己取名三尖。爬友们几乎个个都有一个外号。三尖在这帮爬友中属资历最老的，若不是想向他打听汪雅若的情况，狐闹闹才不会送给他蟒蛇蛋呢。这是“非道”产的第二枚蛋，她认为这是它的儿孙，她怎么能把它的儿孙随便送人呢？

吃完饭后自由活动时，狐闹闹问三尖：“你认识的爬友中有没有一个叫汪雅若的？”

三尖说：“有啊！你打听她干什么？”

狐闹闹眼睛都亮了：“快告诉我，她是谁？外号叫什么？”

三尖低下头，沮丧地说：“在我生日这天你打听她干什么，真是扫兴。”

狐闹闹不明其意，娇嗔道：“她是个女的，你不是最喜欢女人吗，扫你什么兴？”

三尖嘟起嘴说：“你今天真扫我兴了，汪雅若以前是我女朋友，几个月前把我给甩了，我这心里还疼着呢？”

狐闹闹更加心花怒放，狐媚道：“哟，哟，哟，没看出你还挺痴情的呀，得了，别心疼了，我做你女朋友吧！”

“嘁，”三尖冷笑道，“谁不知道你找了个大款，过去都没机会，现在更没机会了。”

“谁说的。”狐闹闹叫道，“你不知道我经常换男朋友吗，下一个就换成是你。”

“别别别，”三尖连连摆手，“汪雅若就是你这种人，我可害怕了你们这种口红式的爱情。”

“什么？什么？口红式的爱情？”狐闹闹感到这个名词挺新鲜，连她这个前卫人士都还是第一次听说。

“汪雅若外号叫口红，运河市三大最资深爬友中的惟一女魔头，现在都不屑于我们这种爬友聚会了，你连这都不知道，真是孤陋寡闻。”三尖鄙夷地说。

“这与口红式爱情有什么关系？”

“口红式爱情是她老人家的一大发明，她说，”他站起来，学女人做出优美的手势慢吞吞地说，“——爱情就像唇边的口红，日日都要更新。”他瞅她一眼问道，“明白了吧，日日都要更新，更得我们男人的心都要蹦出来了，所以，我不敢做你的下一道口红，你还是找别人吧！”

狐闹闹“噗哧”一笑：“看来我与她还真是同类。”

“太同类了！”三尖感叹道，“简直是同志，志同道合的同志！”

“你能介绍我们认识认识吗？”

“不能，”他毫不犹豫地说，“你知道她现在的男朋友是谁吗？”

狐闹闹摇摇头。

三尖神秘地说：“说出来吓死你，她现在的男朋友是公安局长詹发权，他恐吓过我，我要是再敢纠缠她，他就打死我。”

“嘁，公安局长算什么东西，我嫂子还是市长哩！”她突然感觉哪儿不对劲，“公安局长？公安局长不是有家室的人吗？”

“是的，”三尖几乎要哭了，“他霸占了我的女朋友，还不让我们见面，他真是一个大流氓。”

“你不是说是她换掉你的吗？詹发权到底是她主动换上的还是被他逼迫的？”

“两者都是。”要不是今晚爬友们给他过生日，他真想哭。这可

是他的伤心事啊！

狐闹闹却越听越糊涂了，吧间里越来越喧闹，有的爬友在K歌，有的爬友在跳舞，她把三尖一拉说："我们再到外间去喝咖啡，你把这个事给我好好讲讲。"

三尖咕哝道："我怎么好把这些爬友丢下与你单独行动呢？"

狐闹闹用手指指那几个唱歌的和跳舞的说："你没看见他们都在谈恋爱，你在这儿当电灯泡，多不好。"

他觑眼一瞄，笑着说："嘿嘿嘿，还真是的。"

两人到外间咖啡厅，一人要了一杯南山咖啡喝起来。狐闹闹要他接着讲，他却坚持要她先告诉他打听口红的目的。狐闹闹肯定不能告诉他自己的真实目的，就撒谎说："看把你紧张的，没什么目的，就是听说她是我们爬友中的前辈，想认识认识她。"

三尖也不想把那些糗事告诉她，取笑道："这肯定不是真实目的，我不说口红是资深爬友，你还不知道呢！"

狐闹闹狡辩道："胡说，我怎么不知道，她家住汇春花园，今年二十六岁，父母早年离异，现都在国外……"她还要把自己知道的说下去，发现三尖的眼神不对劲，赶忙打住。

果然，三尖说："你还不认识她，怎么知道她这么多情况，你暗中调查她？这我就更不能说了。"

"你，"狐闹闹气急败坏，"我看你该叫四尖。"

"什么意思？"

"再加上一个尖嘴猴腮。"

三尖愕然。

……

接到狐闹闹的电话时，蓝红玉正在观看李丽珍的演出。

李丽珍走出思想困境后，今天是她第一次重返舞台演出，特意邀请她的救命恩人蓝市长前来观看。蓝红玉很高兴，不但自己前来观看，还邀请一直关心她的米书记也来观看。米书记要来，宣传部长就不得不来，宣传部长一来，报纸、广播、电视就不得不派记者前来，再加上陪同领导的秘书长、文化局长、歌舞团长，领导济济，占住优势位置，坐了一大排。记者们来回穿梭，镁光灯不停闪烁。一个普通的演出变得不普通了，变得有政治色彩了。蓝红玉又一次成了新闻人物，这是她始料未及的。她只是为自己挽救了一个年轻的生命而高兴，同时把这份高兴传递给同样关心李丽珍的米书记，没想到却闹出这么大动静来。至此，她才明白什么是领导威仪，暗暗告诫自己，以后行事一定要多想想可能的趋势，再不可犯这种错误了。

《运河晚报》的记者连标题都想好了，对她说："蓝市长，你看这样行不？主标题：蹦跶吧，燃烧的红地板；副标题：副市长蓝红玉挽救的青年演员复活啦！"

蓝红玉苦笑着说："你们最好是不报道。"

宣传部长易水流接过话碴儿："唉！怎么能不报道呢？这正是树立我们党员干部形象的好机会嘛！很符合'三个代表'嘛！胡总书记指出的'八荣八耻'中，就有你这种为人民服务的荣嘛……"

她无法忍受易水流一口一个"嘛"，正在寻思怎么摆脱他的思想攻势时，手机突然响了。这可真是她的救星啊！她赶忙掏出手机，做出要接听的样子，易水流这才闭了嘴。

这个电话就是狐闹闹打来的，她阴阳怪气地说："蓝市长，我有重大发现，你在哪里，快请我的客！"

蓝红玉说："我在陪领导看李丽珍的演出，出不来，你有什么发现，能不能先透露一点，让我高兴一下。"

"汪雅若竟然是詹发权的情人……"

蓝红玉一惊，生怕被旁人听见，连忙捂住手机，打断她的话："晚上见面谈吧。"说完，不由分说就挂了机，弄得一旁的易水流和那个记者面面相觑。

这时，演出开始了。李丽珍新排练的舞蹈《燃烧的红地板》原本排在第十二位，为了使这次演出显得与以往不同，节目组特意把她的节目调到了第一位。主持人饱含深情地说：……青年演员李丽珍因为感情问题曾经自杀，就在她生命垂危之时，我们的蓝市长毅然挽起胳膊，大剂量地给她输血，并且在百忙之中，一次次抽时间

到医院做她的思想工作，还在医院里陪护她整整两个晚上，直到她彻底打消自杀的念头。今天，她要跳一支舞，用火辣、劲爆的舞蹈表明她已走出阴霾，展露生机，用这支舞回报我们尊敬的蓝市长，回报所有关心过她的人。此刻，蓝市长也坐在台下，观看着这个曾经脆弱的生命，现在，我们有请蓝市长——"

蓝红玉被这饱含深情的话语感动了，她刚走到台上，李丽珍就从帷幕中奔出，与她深情相拥。她们的故事在运河市可谓妇孺皆知，观众与她们一样激动，都自发鼓起掌来。掌声潮水般响起，在官愤很严重的今天，一个政府官员能获得人们如此的掌声，真令人欣慰。

米刚更是激情澎湃，对宣传部长易水流说："我们党的干部要是都像蓝红玉这样，老百姓就不会有官愤了。"易水流连连点头："我们一定要好好宣传她的事迹。"

主持人走近蓝红玉，把话筒递给她说："蓝市长，你此刻的心情是怎样的?"

蓝红玉接过话筒，面向观众，热情洋溢地说："看到李丽珍又能站在舞台上，又能像鲜花一样地怒放，"她对着李丽珍做了一个手势，观众拊掌大笑，"我，我太感动了。我希望天下所有的女人，当然，还有天下所有的男人，都要热爱生命，都要让生命之火熊熊燃烧……"

主持人不知何时已退出，音乐响起，一群穿着红衣红裤，扎着红头巾的男性舞者鱼贯而入，把她们团团围住，灯光把舞台照得通红，真的像一块燃烧的红地板。蓝红玉正在错愕间，李丽珍拉起她的手，随着团团起舞的"火焰"蹦跶起来……

真是激奋人心啊！全场的观众都站了起来，再次报以热烈的掌声。

……

蓝红玉赶到狐闹闹住的青年运飞城时已是深夜，狐闹闹一见到她就说："你让我等得急死了，知道吗，詹发权包养情人，这可是天大的秘密啊!"

蓝红玉却说："你搞清楚没有，这种事情可不能随便瞎说，他在生活作风上口碑一直很好，你不会搞错吧?!”

“嘁!”狐闹闹不屑地说，“这些年被揪出来的贪官，案发前哪个口碑不好？装的!”

蓝红玉沉默了。是啊！很多贪官案发前清廉得像寇准，连身上的衣裳都是打补丁的，案发后却在家里搜出几百万、几千万，甚至上亿的赃款，真是滑天下之大稽。近年来还有一个新现象，贪和色成了一对孪生兄弟，十贪九色，很多男性贪官都是家外有家。按照共产党给他们的那点工资，能够养家糊口就不错了，哪里还能包养情妇？色促贪心，他们只有把手伸向了不该伸的地方。一旦案发，就成千古恨。如果汪雅若真的是詹发权的情妇，那么，他很有可能腐败掉了，汪雅若告胡子固性骚扰，很有可能是一个阴谋……

狐闹闹打断她的联想问道：“这下你可以原谅我哥了吧？这不明摆着是你这个城门失火，殃及我哥那条池鱼嘛！他是你们官场斗争的牺牲品。”

蓝红玉白她一眼：“什么城门、池鱼，乌七八糟的，我才是池鱼呢！你要想为你哥洗清冤案啊，就请继续调查吧!”

“你也认为我哥是冤枉呀，”狐闹闹听出弦外之音，上前抱着她说：“蓝市长，知道了，你就等我的好消息吧!”

话音还没落地，狐闹闹的手机就响了，她拿起一看，立即眉飞色舞：“真是要什么来什么。”她向蓝红玉做了个嘘的手势，接听电话。

这个电话是三尖打来的。狐闹闹气冲冲走后，他心中很不是滋味，想来想去决定还是把自己与口红、詹发权三人之间争风吃醋的故事告诉她，但要与她做个交换。他说：“我出卖那段隐私可以，但你要送我一条黄金蟒。”

狐闹闹尖叫起来：“你狮子大张口啊！那两条黄金蟒可是我的命根子。”

“不交换就算了。”三尖咕哝道，“我这个故事涉及到市级领导，我告诉你要冒很大风险呢!”

这两条黄金蟒“非道”和“可道”不知给她带来过多少欢乐，

她真舍不得啊，可不打听清楚汪雅若与詹发权的关系，她哥就难逃干系。她换了一副口气说：“三尖呀，那两条黄金蟒我真舍不得，要不换一种交易方式吧，我今晚不是说你该加一尖尖嘴猴腮吗，我弄个猴子送给你吧！”

“去你的，你还尖酸刻薄呢！想知道口红的事，就拿‘非道’来换。”

“哎呀，那更加不行，‘非道’是‘可道’的妈妈，与我生活的时间更长，更舍不得，要不这样，我就拿‘可道’与你交换吧，但你要把我今晚送你的蟒蛇蛋还给我，以便我再孵一条蟒。”

“不行，”三尖毫不犹豫地说，“我就是想给这条未出世的蟒找一个伴呢！”

“你，”狐闹闹气急败坏，“我看你该叫五尖，尖嘴猴腮再加上尖酸刻薄。”

“嘿嘿，小爷我本来就姓尖，随便你怎么说，反正是不见‘可道’我就不说话。”三尖耍起赖。

“那你就当哑巴去吧！”狐闹闹咬牙切齿，恨不得吃了他，却又把话题一转，“成交，现在你就滚到我这儿来，把故事原原本本告诉我，免得本小姐惦记着睡不着觉。”

三尖连忙说：“好说，好说。”

收了线后，她向蓝红玉嘀咕：“你可欠我一条黄金蟒，要不是为了你和我哥的孽缘呀，我才不会做这种交易。”

蓝红玉微微一笑：“上次‘非道’扰民，是我把你从号子里捞了出来，我们就算两清吧！”

“你，”狐闹闹戏谑道，“你真滑头。”

三尖很快就来了，讲了他让口红勾搭上詹发权就肯分手的故事。蓝红玉一直躲在里间偷听，她觉得这些小青年们谈恋爱真好笑，同时觉得这个故事的含金量并不高，并不能以此认定口红就是詹发权的情人，詹发权可以有很多种借口推脱，要想确认他们是情人关系，还必须有确切的证据。

狐闹闹显然也意识到了这一层，听完他的讲述后揶揄道：“我还以为是什么耸人听闻的故事，就这破玩意儿也想换走我的‘可道’，门都没有。詹发权完全可以推脱，说自己只是逢场作戏帮那姑娘分手，没有后文，你就凭这点事怀疑人家市领导包养情妇，太没根据了吧，简直是抹黄。”

“你，你，你，你胡说。”三尖急得跺脚，“我太了解口红了，她肯定会与他好上一段时间的，她给每道口红的时间至少是一个月，”说到此，他的情绪低落下来，“我就是一个月。”

“活该，我看给你一天都是多的。”狐闹闹对他打“可道”的主意心中还愤愤的。

“那好吧，你太无情了。”三尖讪讪地想走。

这时，狐闹闹的手机提示音显示来短信了，她拿起来一看，内容是：“不要放弃这条线。”是蓝红玉发来的，她怕她谈僵了。

狐闹闹抬头时换上笑脸，说：“你别走啊，不要‘可道’了？”

“你不想给嘛！”

“嘿嘿，不是不想给，是你这故事太破了，交易不成人情在，你还是拿去吧！”

“真的，耶！”三尖高兴得跳起来。

“不过，你还得帮我个忙，我对口红这个人太感兴趣了，我们太同志了，我想与她交个朋友，你找机会介绍我与她认识吧！”

三尖一把抱过“可道”，不假思索地说：“行，我尽快找机会安排。”

第十四章

蓝红玉一走进邬采宁的实验室，就被那肃穆、神秘的气氛吸引住了。来此做潜意识测试的人还挺多，实验室外坐了一大排，都想体验一下这种前沿科学，弄清楚自己内心深处想的是什么。蓝红玉是被他邀请来的，享有特权，所以一来就进了实验室。

邬采宁先让她看一段视频，画面是胡子固受术的情景，听了他在梦幻中说的话，蓝红玉眼睛湿润了，她没想到他是那么爱自己，离了婚还要让这种感情保持一辈子。邬采宁趁机让她也做个测试，她同意了——她也想弄清自己内心的真实想法。

与胡子固的受术过程一样，做完前期准备工作后，蓝红玉就躺到了床上。趁她意识清醒时，邬采宁还想叮嘱她几句，就走进里间说："你放心，整个受术的过程只有我们几个人知道，你若说了什么不宜示人的东西我们是会绝对为你保密的。"

蓝红玉嫣然一笑："你大胆施术吧，我想我不会说出什么见不得人的东西，心底无私天地宽嘛！"

"那就好，你这样的市长真令人钦佩。"

"别夸我了，胡子固还想休了我呢！"

话还没说完，床却开始升降了。邬采宁纳闷，是谁这样无礼，自己还在与人说话就开始施术，他向窗外一看，原来是他老婆在操作，助手向他挤眉弄眼。他明白了，安妮吃醋了。他只得走出来，心里感叹道：这女人，不管是中国的还是外国的，吃醋都是一样的。

安妮让位给助手，自己进去点香。出来时，邬采宁低声幽默道："没想到你也会吃醋。"

安妮抬起头，似笑非笑地说："她那么优秀，让人不吃醋也不行啊！"

邬采宁坏笑道："看来你过去不吃醋是没遇到对手。"

安妮捏他一把说："快去干活吧！"

邬采宁走进去，坐在床边。睡梦中的蓝红玉更加显得端庄秀丽，邬采宁简直看呆了。安妮在玻璃窗外看得真切，她恨不得冲进去与丈夫大吵一架。她不顾助手的阻挠，按下了操控平台上的升降键，床缓缓地上升起来。邬采宁这才止住心猿意马，待床恢复到原位后，问道："你的爱情观是什么？"

蓝红玉口齿清晰地答道："爱不过是人类的一种错觉而已，我们每个人在成长的过程中几乎都发生过这种错觉。它很奇妙，无论发生在什么样的人之间，都是一种不可多得的美好体验。"

邬采宁问："你怎样看待婚姻与爱情的关系？"

蓝红玉答："在古代，女人藏身深闺，不易得到，因此常常能激发出浪漫的爱情；在现代，女性不再是不可接近的了，无须有很长一段追求期，所以人们来不及爱上，就由一见钟情转而过起同居生活，乃至婚姻生活。"

"你认为你的婚姻中还需要爱情吗？"邬采宁问。

蓝红玉断然道："不需要。"

邬采宁一惊："为什么？"

"人到中年，如果还看不清爱情的本质，就会导致许多困局，引发许多丑闻，甚至酿成许多悲剧。爱情是排他的，自私的，它很少照亮生命，开拓心灵，使精神洋溢。胡子固对我的怀疑，对我的抹黄，就是不明白我们的爱情已经转变成了亲情，要从狭隘自私的爱

情中走出来，给亲人多一份友善，多一份包容。著名社会学家李银河说‘爱情是对婚姻不可救药的损害’，这话我信。”

邬采宁不得不在心里感叹，这个女人的确才思敏捷、智慧超群，她的观点不是一般凡品所能理解的。他接着问：“你还想与胡子固过日子吗?”

蓝红玉答：“想，只要他不再把我当成他的私有产品，不再抹黄我，不再为虎作伥，我就会与他好好过日子。”

“美国性学家福柯说，与陌生人性交是一种极限体验，彼此都只是一具供产生快感的肉体，不再被囚禁在自己的面目、自己的过去、自己的身份里，你怎么看待这个问题?”他想知道她更私密的内心世界，故意抛砖引玉。

蓝红玉答：“我赞赏这种极限体验。现代人的平均寿命比古人增加了几十岁，在这么漫长的岁月里，终生只爱一个人将显得不现实。白头偕老的婚姻当然可贵，但不断更换伴侣的现象也会越来越普遍。人类性的社会性调整也会不断改变固有的束缚，形成新的调整规则，未来的人们也许会选择这种极限体验而不选择终身不渝的爱情。”

“那么，你有过这种极限体验吗?”邬采宁乘胜追击。

蓝红玉的眼皮动了动，可能是因为问题太尖锐，她内心世界的冲突太大的缘故吧。邬采宁连忙向窗外做手势，要求加速催眠。受术床升降起来，几个回合后，蓝红玉又安详地躺在梦幻中了。

他重复了一遍这个问题，蓝红玉答道：“从没有过，我赞赏这种极限体验，但并不表示我会身体力行。我是个政府官员，不但要受中国传统的道德观的束缚，还要受党纪国法的约束，我虽然不赞成婚姻唯爱情至上，但我还是爱胡子固的，我不可能拿我的前途、我的家庭去做这种极限体验。目前，大多数中国人也都不能去做这种极限体验，在中国女性眼里，最可以忍的就是性，最无足轻重的也是性，不像西方女人那样，哪怕一次没有达到性高潮也会去看心理医生。在中国的现阶段，我们提倡婚姻建立在爱情基础上是必要的，尽管这种爱情是虚假的，是错觉，但它可以促进家庭的稳定，促进社会的安宁，促进生产力，中国是第三世界国家，思想的前卫性不能与西方国家相比。”

在梦幻中，她也许觉得自己此刻是在作论文答辩哩！她的宏论令吃了半天醋的安妮也感到折服，她走进来，加了一炷香，冲床上伸了伸大拇指。见此情景，邬采宁不由得心旷神怡，想必安妮不会搞秋后算账了。

“从爱与性的关系看，有人选择把爱与性连在一起，没有爱就没有性，有的人选择把爱与性分开，只要性，不要爱，你怎么看待这个问题？”他再次测试她对性的立场。

蓝红玉答：“爱情有排他性，爱情除了具有目空一切的激情之外，还有长相厮守的愿望，因此不能容忍不忠。可是，有一些夫妻，因为性生活不和谐或两地分居等，可能约定将爱与性分开，允许对方用其他方式解决性问题，但还保持爱情关系，关键是双方的知情和同意。其实，这只是一种苟活，爱情是人心的一种感觉，如果需要用道德来束缚，那还是爱情吗？我只会选择爱与性连在一起的性关系，没有爱就没有性。”

“你先前说婚姻中不需要爱情，现在又如此强调爱情，这是为何？”

“我所说的爱情其实也可以理解成亲情似的爱情，每对夫妻，在恋爱初期或多或少都经历过目空一切的激情，但人到中年，我们需要的是充满友善、包容的亲情似的爱情，而不是胡子固那种仍然目空一切狭隘自私的爱情。”

不用再问了，什么都明白了，蓝红玉像一个水晶球一样的透彻。他向窗外做了个结束的手势。

半个小时后，蓝红玉悠悠醒来。看了自己受术的视频，她大叫道：“我怎么会说出这种话来，太不可思议了。”

邬采宁慢条斯理道：“这就是自我意识与表我意识的区别，不测试你就不可能知道你还有这么前卫的理念。不过，在前卫人士眼里，你这也不过是平常意识而已，你的这些观点，中科院的李银河博士不就多次说过吗？我相信胡子固也会接受的。你们俩都还爱着对方，我看，你们就别再闹别扭了！”

蓝红玉点点头："只要他肯给我友善包容的爱，我就与他和好。"

安妮插话说："行，这事包在我们身上。"

邬采宁牵起夫人的手，亲吻一下说："知我者，夫人也！"大家都被他这个中西合璧的动作语言逗笑了。

佟大伟调到户政处后，一直暗中调查怡红娱乐城，但收获甚微。

怡红娱乐城涉黄、涉毒、涉赌是肯定的，可开业几个月来，不但公安局没去查过，就连地痞流氓也没有一个敢去吃黑的，他感到很奇怪，做这种黑生意，红黑两道都要通，否则，根本开不了张。如今，红道倒是容易被打通，有些官员经不起糖衣炮弹的攻击，或做了金钱的奴隶，或拜倒在石榴裙下，很容易就充当起了这种黑生意的保护伞；可黑道则不同，黑道就是靠吃黑来生存的，连这种黑都不吃，那他们是干什么吃的？除非是这个黑生意旁有一条大鳄鱼守护着，谁吃谁倒霉，才会出现这种情况。那么，这条大鳄鱼会是谁呢？他先怀疑是詹发权，但一直没找到证据，转而怀疑侯节。怀疑侯节是有道理的，他是派出所所长，这儿又是他的辖区，若他来充当俞晶星的保护伞，这一带的哪个痞子敢来吃黑。另外，自己被诬陷后，是他带人来整的自己的事，明显是对方做笼子，他却看不出来，硬是整成了冤案，要不是米书记援手，自己恐怕已成阶下囚了。可要调查侯节谈何容易，他在河街派出所当所长已有四年，手下人都被他调教得乖乖的，水泼不进，而且上面有詹发权罩着，詹发权又有林光璧罩着，根本动不了他。

这天，河街派出所的方副所长到户政处来汇报辖区内的流动人口登记情况，向他发起了牢骚："老领导，我与你的命运一样啊，刑警出身，却干不了刑警啊！整天走街串巷查流动人口。"

佟大伟当刑侦局长时，方副所长是他局里的队员，两人谈不上有多深厚的私交，但也算是老部下了，就开玩笑说："走街串巷就不是革命工作了？你少发点牢骚吧，小心被侯所长听到了，没你好果子吃。"

方副所长把脖子一拧，说："听到就听到了，我还想调走呢！"

佟大伟嗅出了味道，坐下来很知己地说："你当初不是他从刑警队要过去的吗？要不是他，说不定你现在还当不上副所长呢！他可是对你有知遇之恩哟！"

"嘁，"方副所长冷笑道，"知遇个屁。他是想把原来的副所长拱走，配个软柿子，见我性子软，才选中的我。我现在都成啥人了我。"

"怎么啦?"

"我的本行是搞刑侦，辖区内出了什么案子，按说我这个副所长该出马吧，可他偏不，只让我管户籍。马中民不是刑侦出身，可他偏让他管刑侦，哪是查什么案子啊，不出冤假错案才怪。我这好钢用不到好地方，整天查户籍，猴年马月才有出头的机会啊！"

佟大伟听出来了，他是在为自己没有得到重用而发牢骚，看来河街派出所也并非铁板一块啊！他决定从这儿打开缺口，故意说道："是啊，我这刑侦局长都倒了，你们这些兄弟还有不倒的，只有让人欺喽！"

方副所长怔了怔，说："是啊，连你佟局长都没前途了，何况我们。不过，佟局，我真为你感到冤哪！"他欲言又止。

佟大伟凑近他，低声说："方所长，我们也是老相识了，我的案子是你们所里办的，你可得帮帮老领导，我要平反昭雪啊！"

方副所长起身，关上门，回头对佟大伟说："老领导，不瞒您说，你的案子肯定是冤案，老领导是什么作风，我还不了解吗？关键是要抓住那个诬陷你的女的。"

"你这不是难为我吗？我现在管户籍，哪有权力抓人，再说，有侯节在那儿，我也抓不了她。"

"我有办法。"方副所长附在他耳边说，"只是老领导若官复原职，一定要帮弟兄一把，起码别再让我在侯节这兔崽子手下活受罪了。"

佟大伟连忙说："好说，好说，只要我有出头之日，一定帮兄弟你弄个所长当当，你快告诉我有什么方法吧！"

方副所长拿出登记表，指着怡红娱乐城一栏说："这个小婊子叫

于娜，家住江淮市泰塘区，这个娱乐城的小姐全都没有办暂住证，我让她们明天全都回老家开证明，办暂住证，后天再来查，俞晶星也答应了。江淮市的公安局长不是你老同学吗，你在这里不便抓她，在江淮市还不便抓她？后面的事就不用我教你了吧！”

佟大伟一听，立即喜上眉梢。江淮市是江东省的第二大城市，也是副省级，与运河市接壤。江淮市公安局长林嘉仪是他上警校时的上铺兄弟，让他把于娜扣下来审查，那还不是小事一桩。他连忙说：“是的，是的，我知道该怎么办了，谢谢你给我透露这个消息。”

方副所长走后，佟大伟连忙给林嘉仪去了电话，林嘉仪立即向泰塘区公安分局布置了任务。第二天中午，林嘉仪就给他打来电话，告诉他于娜落网了，请他去审。他欣喜若狂，连忙开车前往。

这事，江淮市公安局办得很隐秘，于娜一进办证大厅，就被干警带到了秘密审讯室。林嘉仪亲自审理，可是，审了半天，什么也没审出来。显然，于娜是个老江湖。佟大伟来后，她也只承认自己有过卖淫行为，不承认诬陷他。佟大伟气得鼻子都歪了，在老同学面前感觉很丢面子。

晚上，林嘉仪给他接风，佟大伟心事重重地说：“这个于娜不简单，到了公安局还敢如此有恃无恐，看来怡红娱乐城的背景不一般哪。”

林嘉仪点点头说：“我也看出来了，她是个做小姐的，结果说你强奸她，还不承认诬陷你，这，这逻辑上说不过去嘛，对于一个卖淫女，你用得着强奸吗？哈哈哈……”

“唉，”佟大伟叹口气说，“可我们有些领导就是相信，仅凭一个小姐的几句话，就把一个正处级副局长给拉下马，这种事只有在中国才会发生，说到底，中国的官僚机构还是人治。”

“老同学，你别发牢骚了，她现在落到我手上了，我会还你一个清白的，来，喝酒。”

因为于娜知道重要内情，怕她在家时间待长了有什么闪失，临走时，俞晶星交代，当天必须返回。江淮市离运河市不远，一天时间完全可以走个来回，可是，现在已经是晚上八时，她还没有回来，手机也打不通，打到她家里，家人说她根本就没回家，俞晶星的心不由得七上八下。

佟大伟和林嘉仪喝完酒已是深夜了，两人沿着淮河大道散步，清新的河风使他们都很惬意。林嘉仪说："你当年在警校可是个风流才子，我们的警花张珊珊到现在还念叨你，她要知道你强奸一个小姐，鼻子都会气歪的。"

佟大伟用肩膀撞撞他："你别瞎开玩笑了，哎，张珊珊现在还好吗?"

"怎么，旧情难忘啊！她很好，我们俩一起分配到江淮市来后，她一直做经济警，现在已经是经侦处长了。要不是她今晚有行动，我肯定会让她来陪你喝酒的。她老公现在也是局级干部了，明天我安排你们见个面吧!"

"还是不见的好啊，我现在可是个强奸犯。"佟大伟显得有几分落寞。

林嘉仪打他一拳："你还自讽了，谁不知道你是清白的，等我们把这个案子破了，说不定你官复原职都不止，还能当上局长呢!"

他们正有一搭没一搭说着的时候，佟大伟的手机响了，他一看来电显示，是他们公安局的号码，就接了。没想到电话会是詹发权打来的，他心里立即后悔起来。

詹发权说："我想今晚突击抽查流动人口的办证情况，你快回办公室配合行动吧!"

"哦，詹局，我现在在外地，一时半会儿赶不回，你看明晚行动行吗?"

"明晚?"詹发权的口气严厉起来，"你现在在哪里?"

"我现在在老家崇州，我父亲生病了，我回来看看老人家。"

"那好吧，代我向老人家问好。"

突击查流动人口的情况过去不是没有过，但事先都有安排，这又不是什么突发性案件，怎么会搞突然袭击呢？收了线后，佟大伟就意识到，这是詹发权在查岗。他立即对林嘉仪说："我们秘密拘留于娜的事可能暴露了，这对查案很不利啊。"

佟大伟猜得没错。俞晶星等到深夜还不见于娜回来，估计是出问题了，就给詹发权打了电话。他立即想到了佟大伟，想到了异地拘留审查，这也是他一直担心的事情。

佟大伟事件发生后，他反思颇多，虽说通过“过杠”当上了市委常委，但留下的漏洞却是致命的。首先，他不该向街痞亮牌，这种事，要侯节出面就可以了，杀鸡焉用牛刀，可自己头脑一发热，就冲锋陷阵了，给人落下把柄；其次，对于佟大伟的暗访，放他过去就是了，不该让俞晶星对他下狠手，官场上最忌讳的就是与人结怨，何况是与一个老刑警结怨，自己能有好果子吃吗？这种事，他就是暗访到什么也不过是罚点款。自己为俞晶星如此付出真是不值得；佟大伟万一侦破了此案，自己不但要丢官，还会成为阶下囚……

他不敢往下想了。他给佟大伟打电话时，开通了公安局内部的电话跟踪系统，跟踪结果显示，佟大伟在撒谎，他此刻根本就不在崇州，而是在邻市江淮，而于娜正是江淮人，很显然，于娜没能按时回来与他有关。

他把这个结果告诉了俞晶星，让她把黄赌毒全都禁了，作最坏的打算。俞晶星还有些不舍，分辩说：“詹局，你是局长，难道还镇不住他，娱乐城要是不搞黄赌毒，那就没钱赚了。”

詹发权心头的火正没地方发哩，他突然把帽子往桌上一甩说：“你就知道赚钱，赚赚赚，你就不怕赚得没命了。告诉你，立即收敛起来，我明晚就带人来查。”

俞晶星这才诺诺答应。

这一夜对于蓝红玉来说特别难眠，她没有想到，自己在爱情、婚姻和性问题上，观念是那样的开放和前卫，开放得连自己都不敢相信了。既然自己的潜意识对性有一个如此开明的看法，那么还有什么不能原谅胡子固的呢，何况他还深爱着自己，她决定原谅他，再次接纳他。

胡子固也是一夜无眠。给蓝红玉做完测试后，邬采宁就把他请到了自己的实验室，让他观看了蓝红玉受术的视频。发生了这么多说不清道不明的事情后，妻子还说爱他，还愿意与他过日子，他止不住想哭。

邬采宁递给他一方纸巾说："算了，别感动了，都老夫老妻了，还需要我去拉皮条吗？"胡子固被他逗笑了，抢过纸巾说："去你的，皮条客。"两人都开怀大笑。

按照此前的约定，他们今天白天应该是要去办理离婚手续的，但是，一整天蓝红玉都没与他联系，他也不主动提这件事，可怎样与她重修旧好又不失颜面哩，倒是一件颇费思量的事。

想了一夜也没想出个好招来，早上起来眼睛红红的，他在镜前一看，连连叹息："这可叫我怎么见人啊！"这个要见的人当然是蓝红玉了，只有恋爱时，他才有过这种焦虑，他此刻的心情就如同当年追她时一样，期待、惶惑，又有几分躁动。他一边往脸上抹丁家宜，一边自言自语："我这是咋了，不就是与她和好吗？犯得着紧张吗？都是孩子她爸了……"

尽管如此，他还是没敢掉以轻心，又照照镜子，发觉胡子长长了，他又洗去脸上刚涂上去的丁家宜，用剃须刀刮去胡子，然后再抹丁家宜，真是不厌其烦。

这时，他的手机响了，是蓝红玉发来的蓝牙彩信，他感到奇怪，她从未发过蓝牙彩信，曾经要她学，她说嫌麻烦。会是什么呢？他按下"OK"键，手机播放起《梁山伯与茱丽叶》的歌。这是蓝红玉想了一晚上的杰作，在性骚扰事件发生前的那个晚上，她曾与他约定回来后一起唱这首歌的，可第二天，第二天一切都改变了……

优美的旋律在房间里回荡：

……

为什么你还是不言不语

难道你不懂我的心

不管你用什么方式表明

我都会对你说我愿意

千言万语里

只有一句话就可以让我们相依相偎

……

他的眼睛湿润了，轻轻地哼唱着："千言万语里，只有一句话就可以让我们相依相偎。"

他知道是哪句话可以让他们相依相偎，他拿起手机，回复短信："无'独'不丈夫新解——我愿意变成你的梁山伯。"

不一会儿，他的手机就收到回复："胡博士，这是惟一的解吗？你可不要胡解！"

胡子固突然感觉特别幽默，粲齿一笑。胡母刚好进来，看见这一幕，板着脸说："儿子，你傻笑什么？"

他忍不住哈哈大笑起来，说："妈，不是傻笑，是开心一笑。"

"媳妇都被你弄跑了，还有什么开心事哟！"胡母仍然板着脸。

"您媳妇跑不了，就要回来啦，您说开心不开心？您就准备丰盛的晚餐吧，晚上我接她回来吃饭。"

"真的啊？！"胡母笑逐颜开，朝外屋喊道，"老头子，红玉要回来啦！"

……

傍晚，胡子固果然带着妻子和女儿回来吃饭了，得知消息的狐闹闹也赶来凑热闹。为了帮他们化解尴尬，她在饭桌上不停地讲笑话。她问胡子固："你知道现在有钱人怎么讲话？"胡子固笑道："我不是有钱人，不知道。"

她于是学有钱人讲道："区区一个亿，还用打电话来请示，浪费我的电话费；我在火星上刚买了一块地皮，你一会儿帮我看看；兄弟，我最近手头紧，不能借你那么多，一百万够不？"

胡母接过话碴儿："真是有钱烧的，一百万还够不？"

"妈，别听她瞎掰，她这是讲笑话。有钱人哪这样说话，真正的有钱人是很有涵养的，比如来过咱家的霍达，他就从不露富，也不暴露自己高干家庭的背景。"

话题于是扯到了霍达，扯到了狐闹闹的婚事。胡母问她："你们打算什么时候结婚啊?”

狐闹闹不满地说:“我又不住你们的房子,不用你们的钱,干吗老想把我嫁出去啊?”

胡母叹口气说:“你不嫁出去啊,我们老两口心难安。再说,人家那么好的条件,你不早点嫁了,恐怕夜长梦多哟!”

狐闹闹哭笑不得:“我的条件也不错啊!我哥是高知,我嫂子是高干,谁敢轻视我?”

蓝红玉在一旁抿嘴笑,狐闹闹夹起一块肥肉放到她碗里,说:“罚你吃块肥肉,都是你提起那个霍达,引得我妈逼我嫁人。”

一家人都笑起来,连圆圆都觉得好笑。蓝红玉故意感叹道:“单身并不难,难的是应付那些千方百计想让你结束单身的人哪!”她转眼看胡子固,口中却说道,“你还没嫁人,就恨嫁了,想当年,我是太轻易嫁给你哥了。”

“那不是咱魅力大嘛!”胡子固也幽默一回。

圆圆听不懂大人的这些话,她缠着狐闹闹说:“小姑,你再讲一个好笑的吧!你刚才讲的一点都不好笑。”

狐闹闹摸摸她的小脑袋,说:“好吧,小姑给你讲个好笑的,你听好了。”她于是讲道:

有一个人到饭店吃饭,狼吞虎咽,一看就知道是饿坏了。吃完后,他边喝茶边和服务员聊天,把服务员逗得直喊肚子疼。

忽然,他问服务员:“你家是农村的吧,你见过惊牛没有?”服务员说:“惊牛咋没见过呢,就是撒腿跑呗!”

他又问:“你见过惊人没有?”

服务员说:“没见过。”

他站起就跑,边跑边说:“惊人就像我这样!”

服务员在后面笑得直不起腰,等他跑得消失在人流中,才回过味来,惊呼道:“啊,真惊人啊!他还没结账呢!”

狐闹闹讲得有板有眼，大家都笑得前仰后合。圆圆笑过后还要缠着她玩惊人。胡父、胡母就哄她，吃完饭后玩。

饭后，他们带着圆圆真的去玩"惊人"了，家里只留下胡子固和蓝红玉。两人刚刚和好，还显得有些生分。蓝红玉拉他一把说："我们也来玩惊人吧！"

胡子固茫然："怎么玩？你也要跑了？"

蓝红玉"噗哧"一笑："我跑哪儿去啊，这辈子还能跑得出你的手掌心。"

她说着一头扑到他怀里，扒开他的衬衣，一口咬下去。胡子固猝不及防，大喊一声："疼！"

蓝红玉"咯咯咯"笑起来，松了口，说："这下你知道什么叫惊人了吧？"

胡子固摸着胸脯上的一排牙齿印，憨笑着说："知道了，我也让你知道什么叫惊人？"说完，抱起她就往自己房里冲。蓝红玉在他怀里娇笑着："这可真惊人，你这么鲁莽啊！"

胡子固喘着粗气说："不鲁莽，你感受不到久别重逢的快乐……"

圆圆一行"惊人"回来，他们"惊人"还没结束。圆圆要去敲门，被狐闹闹叫住了。她感叹说："真是床头吵架床尾和啊，不管有文化没文化，有地位没地位，都一样的俗啊！"

胡母听见了，又数落道："你啊，就缺少这个俗劲，以后可怎么办哟！"

狐闹闹恨恨道："又来了，又来了，我明天把我嫁了行吗？我嫁到北京，十年都不回来看你们。"

胡父、胡母都笑起来。

临走时，胡母主动留下圆圆，夫妻俩明其意，羞涩地点点头，回家去又过起他们的伪二人生活……

不出所料，江淮市公安局的麻烦接踵而至。运河市刑侦局的牛队长一大清早就带着两个队员来到江淮市公安局办公室，要求协助抓捕于娜，说她涉嫌一宗谋杀案。佟大伟早料到会有这一出，让林嘉仪事先给办公室主任打了招呼，办公室主任心中有数，佯称要请示局长，把他们安排到招待所住下来，就躲着不见了。

牛队长一行等到中午还不见他来答复，就吵着要见局长。对于娜的审讯还没有根本性的突破，追兵却已经到了，佟大伟和林嘉仪这回是真的有些急了。急中生智，佟大伟突然有了个主意，对林嘉仪耳语一番，林嘉仪听后喜笑颜开，打电话通知办公室主任：“你就带牛队长到我办公室来谈谈吧！”

双方见面后，寒暄一阵，言归正传。牛队长说：“我们通过手机GPS侦查到于娜潜回了老家，就在她失踪的头天晚上，嫖宿过她的台商李大勇在寓所里被害，失窃了大量现金，我们怀疑于娜见财起心而杀人；台商联合会意见很大，说我们运河市的治安状况不好，要撤资，已经告到市委、市政府了，林市长要求我们尽快破案；我负责这个案子，心中急啊，请林局长无论如何行个方便，尽快帮我们抓到于娜这个小婊子。”

林嘉仪故意说：“哎，牛队长，抓人嘛这事好说，我立马就安排人去办，只是于娜还只是个嫌疑人，并没有确定她就是罪犯，是不是？你可不能骂人家是小婊子噢。”

“是是是，林局长批评得对。”

牛队长哪里知道，他们的谈话林嘉仪都录了音，佟大伟的妙计就是要借牛队长的“牛口”攻心，逼于娜就范。

送走牛队长一行，林嘉仪直奔秘密审讯室，把录音带交给佟大伟。佟大伟和颜悦色对于娜说：“小于，我知道你是穷人家的孩子，当小姐也是被逼无奈，除了受人所迫诬陷我之外，也没干什么坏事，可你知道为虎作伥的下场吗？那些人现在诬你是杀人犯，要置你于死地，因为死人是开不了口的，我现在是在保护你，你听听这份录音就明白了。”

他把录音带放进录音机，牛队长的声音很快就传了出来。于娜显然很震惊，俞晶星对她讲过，公安局有的是她的人，如果被抓，一定不要供出她来，她会想办法救她的，可现在，她还没供出俞晶星，她在公安局的人就要对她下毒手了。她哭着说：“冤枉啊，我怎

么会杀人呢？我走的时候，李大勇就死了，是李丽去陪的他，俞老板知道的，这是诬陷啊！”

“你也知道是诬陷？你再不把这些坏人供出来，恐怕死了还不知道是怎么死的。我们现在是在挽救你，保护你，明白吗？”林嘉仪说。

“真的吗？我说了，你们不弄死我？”

“唉，”佟大伟急道，“我们与他们不是一路人。”

她迟疑片刻说：“俞老板说她在公安局有很多人，你们斗不过她的，还是算了吧！”

林嘉仪道：“你还犹豫什么，人家都要你死了，你信不信，我把你交给他们，保证判你死刑，搞不好还会来个杀人灭口。”

“你们还是让我想想吧！”

“没时间想了，”林嘉仪威胁道，“你再不说，就把你交出去。”

局面又僵持起来。墙上的挂钟嘀嗒嘀嗒地响着，佟大伟来回转圈，十分焦急。詹发权要他参加今晚的流动人口大检查，再过一个小时，最多再过一个小时，他就得打道回府了，可她始终不肯说出实情，他能不急吗？

于娜内心也在进行着激烈的斗争，过了许久，她才说：“好，我说。佟局长，我知道你是好人，只要你们不把我交出去，我什么都说。”

佟大伟点点头：“我会尽全力保护你的。”

于娜泪流满面，失声道：“我诬陷了你，你还对我这么好，我再不说，还是人吗？那个事是俞晶星俞老板安排的，她让我脱光了衣裳扑向你，然后说你强奸我。我本来不肯干，她就威胁我说弄我去坐牢，她公安局有的是朋友。这时，果然进来一个公安，凶巴巴地说：‘要你干你就干，啰唆个屁。’我只得按他们的话去做。后来我才知道，这个公安是河街派出所的侯所长，他的能量真大，把你这个副局长都能拉下马来，为此，他们高兴了好一阵呢！”

“我那天看见公安局的詹局长也去了怡红娱乐城，他去干什么了？”佟大伟问。

“我没看见他干什么，他一来就上了六楼，六楼是个很特别的楼层，很神秘，一般的客人都不接待，不过那天却接待了几个痞子，还是我一个个领上去的呢，他可能是去会见那几个痞子了吧！”

“你认识那几个痞子吗？”

“只认识其中一个，外号叫翻天，我原来在三十九度半做时，他吃过我的白食。”

佟大伟想了一会儿问道：“詹局长参与了对我的诬陷吗？”

“不知道，我想没有，你来的时候他已经走了，接着俞晶星意识到你是来暗访的，就开始设局。这时只有侯所长在此，你挨打时，我还看见他从三楼的窗户伸头出来看过热闹哩。”

“一个派出所所长，能有那么大能量吗？”林嘉仪提出自己的疑问。

“是啊，我也一直怀疑。”佟大伟叹口气说，“不过，有于娜这番话，给我平反是没有问题了。”

“那也是，先让你官复原职后再调查也不迟。”林嘉仪捶他一拳说，“到时可别又一阔脸就变。”

佟大伟一边取录音带一边说：“哎哎哎，我什么时候一阔脸就变了？哪次你去省城没招待你？净看我的笑话。”

两人轻松地打着嘴巴官司，于娜也笑起来，自嘲地说：“都是我害了佟局。”

佟大伟摆摆手说：“你也别那么说，你也是被逼的，我能理解。你现在还得配合我做一件事，随我一起回运河市，把你刚才说的话当着市纪委书记和市政法委书记的面再说一遍，我的问题就可以解决了。我的问题解决了，你的问题也就解决了，你知道我过去是管刑侦的吧，我会让人还你清白的。”

于娜半信半疑地说：“那，那我有危险吗？”

林嘉仪不满地说：“你跟着刑侦局的局长还有什么危险？”

“好吧，那我就跟你走。”

已经是下午三时了，他们还都空着肚子，林嘉仪要请他们到酒店去吃了饭再走，佟大伟说：“算了，时间不早了，我还得赶回去，

你就让人给我们送几份盒饭来吧!”

林嘉仪连忙安排办公室主任去办，不一会儿，盒饭就送到了。他们就在秘密审讯室里，像犯人一样狼吞虎咽起来。于娜戏谑道：“原以为公安局的人一定吃得很好，哪知道吃的是猪狗食啊!”

“少耍贫嘴，”佟大伟佯装生气，“吃完饭还要赶路呢，你以为是你们小姐啊，吃香喝辣，花天酒地。”于娜不敢再说话了。

吃过饭后，佟大伟就带着她开车往回赶，两个老同学依依惜别。但林嘉仪做梦也没有想到，他们踏上的竟然是死亡之途。

江淮市与运河市接壤处有一段山道，事故多发，佟大伟减慢了车速，小心地开着。拐弯处，一个大卡车突然迎面开来，而且速度极快，他大叫一声“不好”，猛打方向盘，然而，大卡车还是直直地向他们碾来……

第十五章

佟大伟的死讯传来时，蓝红玉与胡子固正在做一个性游戏。

俗话说小别胜新婚，他们之间闹了这一出之后，感觉就像谈恋爱，夫妻生活充满激情，闹离婚的事反而成了他们之间谑而不虐的笑料。她常说："你真狠啊，竟然要抛弃我们母女。"他则说："你也狠啊，竟然要抛下我们父女。"反正圆圆不再家，也不怕被她听见，斗嘴玩呗！这不，今天晚上，两人吃完饭就又黏在了一起。蓝红玉说："我们做个游戏吧！"

胡子固已经猴急猴跳了，咕哝说："还做什么游戏啊，我都等不及了。"

蓝红玉狐媚一笑："你啊，在这方面要向邬采宁学习，人家虽然是假洋鬼子，但就是比咱玩得有情趣。"

"啊！"胡子固大吃一惊，"这种高度隐秘的事他也告诉你。"

蓝红玉知道他误会了，揪他一把说："你想到哪儿去了，是安妮告诉我的，我们成了好朋友，没事就在网上聊天。"

胡子固这才松了口气，随即又紧张起来："我可是传统的中国人，你可别拿西方的性游戏来对付我，我可受不了。"

"放心吧!"蓝红玉嗲声嗲气道,"这个游戏很文明,叫真心话大冒险,很适合你们这种书呆子,安妮和邬采宁经常玩哩,是她教我的,我们试试吧!"

"好吧,那就试试。"

"我问你真心话还是大冒险,真心话呢,就是要说实话,不说实话就会烂嘴巴。"她在他嘴上摸一下,表示亲昵,"大冒险呢,就是我叫你做什么你就做什么,不过你放心,我不会要你做变态的事的。"

"好吧,开演。"胡子固也来了兴趣。卧室里气氛融融的,从未有过的融洽。

蓝红玉问:"真心话还是大冒险?"

胡子固答:"真心话。"

蓝红玉诡谲一笑:"我问啦!"胡子固点点头,"你喜不喜欢你的伴侣用嘴?"

"喜欢!"胡子固毫不犹豫地说。

"现在轮到你了。"蓝红玉抛一个媚眼。

"真心话还是大冒险?"

"大冒险!"

胡子固递给她一个饮料瓶:"你就用瓶子做个示范吧!"

蓝红玉接过瓶子,把瓶口塞进嘴里,做起了那种动作。胡子固看得乐不可支,春情澎湃,这种游戏的确可以助性。

过了一会儿,蓝红玉停下来说:"该我了吧。真心话还是大冒险?"

"真心话。"

"你与我分别了那么多天,还想与我离婚,难道是我的性魅力不够吗?"蓝红玉不动声色地问。

"不是,是有人捣鬼嘛,我天天都想呢!"胡子固连忙分辩。

"真的吗?那你还等什么?"蓝红玉巧笑嫣然。

胡子固愣了一会儿,立即扑上去,把她压在身下,心花怒放地说:"我让你坏,我让你坏……"

正当他们交替上升时,蓝红玉的手机响了,她一边配合着胡子固的动作，一边去摸床头柜上的手机。一看来电显示，竟然是米刚打来的，她不敢怠慢，连忙让胡子固停下动作，按下了接听键。

米刚沉痛地说：“红玉，告诉你一个不幸的消息，佟大伟牺牲了。”

“啊！”蓝红玉触电一般，连忙问，“怎么牺牲的？昨晚我们还通过话哩！”

……

噩耗传来，林嘉仪立即赶往事故现场，然而，现场已经恢复通车，佟大伟和于娜的遗体也被运河市公安局运走了，地上只有一摊血。他揪着自己的头发痛哭流涕：“他临走时，连顿饱饭都没吃上啊！”

此地虽是两市的交接处，但归运河市管辖，车祸也由运河市交警大队来处理。也就是说，佟大伟的车一出江淮，就出事了，就像有人在此守株待兔一样，联想到牛队长今天来要人，他怀疑这是个阴谋，车祸是假，杀人灭口才是真。

他对随行的办公室主任说：“你向运河市交警大队打听一下，看看他们是如何处理这事的。”

半个小时后，办公室主任来向他汇报：据办案交警说，肇事车主已经找到，但不是肇事者，他把卡车停在路边的小店吃饭，卡车突然被人启动了，他出来撵，卡车开得飞快，撞上了迎面而来的警车，肇事者跳车逃进山林。据交警分析，佟大伟开的是警车，很有可能是偷车贼误认为是来堵截他的警察，慌乱之中撞上了警车……

“多好的幌子啊！前有堵截，后有追兵，偷车贼慌不择路，肇事逃逸，杀人灭口办成车祸，而且还抓不到凶手，”林嘉仪越说越气愤，朝天吼道，“这事没这么简单，佟大伟的血不能白流。”

他的眼泪禁不住又流出来。过了好一会儿，他突然想起什么似的问：“现场没有发现什么可疑之物吗，比如一盒录音带。”

“没有，我还特意向办案交警问起过这事，说佟大伟在江淮审讯过于娜，随身带有一盒录音带，他说没有发现。”办公室主任赔着小心说。

林嘉仪气急而笑：“他们杀人灭口的事都能做得出来，何况是瞒

下一盒录音带，我真是太天真了。”

……

蓝红玉赶到殡仪馆时，米刚一行也刚刚到。他们一起去停尸房，工作人员从抽屉似的冷冻格子间里抽出佟大伟的遗体，蓝红玉当即就哭了。这个一直关心她、爱护她的老同志被撞得面目全非，手却握得紧紧的，像是要与什么人拼命的样子。米刚想把他的手掰开，可掰了几次，还是蜷曲成拳。他不由得老泪纵横，哽咽说：“老伙计，我一定会为你报仇的……”他问陪同前来的詹发权：“案子办得怎么样了?”

詹发权小心翼翼地说：“那片山林很大，肇事者逃进了山里，还没有抓着，我已经派出特警支队搜山。那个卡车司机也已拘留起来了，他是个个体运输户，车也是他的，要是不能定性为刑事案件，要是抓不到肇事者，就由他来赔偿损失。”

米刚厉声道：“哪来那么多‘要是’？怎么会不是刑事案件？怎么会抓不到肇事者？如果连这个案子都破不了，我看你也不要当这个警察头子了。”他喘口气，接着说，“江淮市公安局的林局长给我打来电话，说佟大伟到他那儿审讯过于娜，身上还带着一盒审讯录音，录音带找着了吗?”

詹发权低声道：“没有!”

“还真他妈出鬼了，车祸把录音带也撞跑了。”米刚看他一眼，接着说，“你们就沿着这条线索给我好好地追查录音带的下落。另外，林局长说，于娜交代，她对佟局长的诬陷是河街派出所的所长侯节和怡红娱乐城的老板俞晶星指使她干的，这两个人是不是可以逮起来查一查？你们就是掘地三尺也要给我找出凶手来，不要把杀人灭口办成了交通肇事!”他的最后这句话掷地有声。

大家都沉默着。过了许久，林光璧才说：“詹局长，佟大伟的死我心里也很难受，但你还是要依法办案，尽快查清事情真相，给大家一个交代，不要受我们情绪的影响。”

他这句话等于是变相批评米刚，而且还让米刚不能有脾气。是嘛，是要依法办案嘛，市委书记也好，市长也好，都不能主观臆断嘛！米刚只得说："林市长说得对，你们要依法办案，在依法的前提下尽快破案，我和林市长都会盯着这个案子的。"

他这话也耐人寻味，意思是说，我虽然不能影响你办案，但我可以监督你办案，你得老老实实地给我办案。詹发权何尝不明白这其中的道理，连声说"是"。

他们又在一起商量了一会儿善后工作，就分头走了。在车上，米刚给蓝红玉发去短信，让她到听涛宾馆等自己。林光璧给詹发权也发去短信，让他到晶星大酒店来商量事情。

蓝红玉知道米书记心情不好，可能要借酒浇愁，到了听涛宾馆后，就要了一间包房，点了几样小菜，等着他的到来。

迎接她的领班恰巧是陆悦，她一边带她去莲花厅，一边问："蓝市长，这么晚了您还没吃饭？"因是熟人，她随口答道："哪里，我早吃过了，公安局的佟局长被人害死了，米书记心中很难受，我陪他借酒浇愁。"

"哦，佟局长死啦！"陆悦显然很吃惊。她认识佟局长，那是个很随和的人。有一次，公安局在这儿请客，有一个省厅当官的拉着她的手胡说八道，佟局长恰好看见，对那当官的说："这是我侄女，你要是看上了，就把她介绍给你，不过，你好像有老婆了吧！"那当官的立马不纠缠了。她心中一直对佟局长充满感激，哽咽说："怎么死的？"

蓝红玉诧异道："你怎么哭了？你也认识佟局长？"

"他是个好人啊！"陆悦把佟大伟机智替她解围的故事讲了一遍，但她没有说自己是詹发权的侄女。詹发权告诫过她，不要对任何人说起他们的关系，特别是当官的，他安排她在这里当领班，就是为了收集领导们酒后失德，酒后失言的材料，为他所用。他还对她允诺，等她在此干满了三年，就招她进公安局，当警察，她当然不会放弃这大好的前程，尽管很想说真话，但还是有所保留。

"是啊！他是个好人。"蓝红玉被她的故事弄得又是一阵唏嘘感叹。

这时，米刚来了，身后还跟着一个男人，向蓝红玉介绍说："这

是江淮市公安局的林局长，我对詹发权说的那些情况，都是他告诉我的。”

蓝红玉点点头，向他询问起佟大伟的情况。他迟疑着，不肯讲。米刚一回头，见陆悦磨磨蹭蹭在倒茶，他明白了，林嘉仪是怕隔墙有耳，就对她说：“你先出去吧，我们有需要时再叫你。”蓝红玉连忙说：“噢，没事，佟局长曾经救过她，她心里正难受着呢！”但是，陆悦“嗯”一声，还是出去了。

林嘉仪这才讲起佟大伟在江淮的情况，他怀疑运河市公安局高层有问题。他分析道：“我们这边秘密拘留了于娜，那边就以杀人嫌疑犯的借口找我们要人，这若不是公安局内部高层有问题，谁能办得到。佟大伟很有可能是触及到或者将要触及到某个高层人物的犯罪证据而被杀人灭口。”

米刚点点头：“我也怀疑公安局内部有问题，有大问题，仅凭一个派出所所长，是干不了这么多大事情的。”

蓝红玉思索道：“您怀疑詹发权？”

“佟大伟被诬陷的事，若没有他的授意，谁敢把暗访办成强奸？”米刚气愤地说，“不光是詹发权，我看这个市公安局已经烂掉了一大块，腐败了一大片。一个正直的公安局副局长都能被诬陷，更何况别人，他们的能量大得很。”

“是的，”林嘉仪插话道，“如今，公安部门的风气也很不正，很多人都是看领导脸色办事，哪还论什么依法办案，把乌纱帽看得高于一切，我深知其中的厉害。詹发权若想整佟大伟，就是他不明说，小鬼们也会帮着把事办了，邀功请赏。”

“是啊，公安掌握在这种人手里，很危险啊！”米刚感叹道，“这次重庆打黑事件暴露出来的问题就充分证明，公安部门腐败了，整个社会就都乱套了。执法犯法，最可怕啊！”

“有这么个情况，不知该不该说？”一直倾听着的蓝红玉说道。

“咳，有什么不能说的，林局长是来帮我们破案的！”

蓝红玉看一眼米刚：“那我就说了。我的小姑，就是被侯节称为‘衙姑’的那个狐闹闹，她最近了解到，詹发权有一个情人，外号叫

‘口红’，是与一个‘爬友’争风吃醋抢去的，是这个‘爬友’亲口告诉狐闹闹的，但是否属实，目前还无法确认。另外，佟局长昨晚给我打电话，说他逮着了一条大鱼，也许我被抹黄的案子也能顺带破了，我问他逮着了谁，他不肯说，只说到时候我自然就会知道。难道他指的这条大鱼就是詹发权？詹发权嗅到了什么而杀人灭口？”

林嘉仪说：“这个情况很重要，给我们提供了一个侦破方向，可以顺着口红这条线摸索下去，若能确定口红是詹发权包养的情人，那么詹发权在经济上十有八九不干净，色促贪心，凭我们那俩工资，养家糊口都难，哪能包养情人？”他笑了笑，接着说，“很有可能是佟大伟发现了这条线索，詹发权怕事情暴露，所以要杀人灭口，若能查出他的经济问题，佟大伟遇害的案子也就好查了。”

“我明天就派审计局的人去公安局查账。”米刚道。

“但是，不能打草惊蛇！”林嘉仪提醒道。

“明白，我会找一个很恰当的理由。如果詹发权腐败掉了，那么运河市公安局也就指望不上了，为了不打草惊蛇，你看能不能借用你们江淮市公安局的力量来暗中侦查此案，我会向省厅的宗局长说明此事，这比省厅来人查案更出其不意。”

林嘉仪点点头：“可以，即使您不说，我也会这么做的，我不能让我的老同学就这样不明不白地死去。”

蓝红玉见话已经谈得差不多了，就说：“我点了几样小菜，不知道林局长会来，我们一起喝几盅吧！”

米刚点点头。蓝红玉去开门。陆悦就站在门口，慌忙说：“蓝市长，您看是不是上菜？”

蓝红玉用狐疑的眼光看着她：“你一直都站在这儿？”

陆悦支吾道：“是的，为客人服务是我的职责。”

“好吧，上菜。”

陆悦拍拍手，站在走道上正在聊天的几个服务员立即站直身子，端着菜鱼贯而入，迅速把菜端上了餐桌。

蓝红玉关上门，给林嘉仪边斟酒边说：“还是林局长警惕性高，刚才那姑娘就在门口偷听我们说话。”

"她可能是好奇吧，你不是说佟大伟救过她吗？"米刚说。

林嘉仪端起酒杯说："我们的对手很不一般，我们得处处小心才行。"

他们在举杯的同时，詹发权、林光璧和俞晶星也在举杯，庆贺他们窃听到了对方的谈话。林光璧意味深长地说："詹局，知己知彼，百战不殆，这下就看你的了，你若打赢了这一仗，我升你的官，当市长。"

俞晶星凑趣儿道："他当市长，你当什么？"

"林市长就当更大的官，这你还不明白。"詹发权阿谀道。

"干！"

"干！"三人的心情都好得不得了，酒杯碰得砰砰直响。

林嘉仪说得没错，他们的对手的确不一般。詹发权早对米刚做好防范，他给陆悦配备了做特工的全副武装，并教会她使用。此刻，詹发权就是利用他给她的窃听器在偷听他们说话——陆悦趁进包房给他们倒茶之机，把无线窃听器偷偷粘在茶几后方的墙壁上，他们三人的谈话，詹发权通过无线耳机听得清清楚楚。尽管这样做陆悦心里很惭愧，但想到帮了詹发权，自己就有可能当上警察，她还是这样昧着良心做了。

"我们下一步该怎么办？"俞晶星问。

林光璧看一眼詹发权，意味深长地说："你是公安局长，更懂得侦破，你说怎么办就怎么办吧！"

詹发权知道他的意图，有些话是要借他的口说出来的，就清了清嗓子说："那我就说说不成熟的意见，还请林市长把关，只是要损害到俞小姐的利益。"

"我的利益？"俞晶星叫起来，"你不会要我关门吧！"

詹发权点点头，一脸严肃地说："正是要你关门。"

"为什么？"俞晶星指着他对林光璧说，"你看，他要我关门，那我要你保护个屁。"

林光璧不动声色："听他说。"

“留得青山在，不愁没柴烧，现在是特殊时期，只能丢车保帅。你赶快逃到国外去，等这事消停了再回来，我想也不过一年半载，到时候，你想开什么店就开什么店。”詹发权沉吟片刻，这样说。

“你有没有搞错？他们要沿着口红这条线来查你，怎么逃的是我？我看要逃的是你才对！”俞晶星不满地看林光璧一眼，接着叫道，“口红是谁?”

詹发权笑道：“你别管她是谁，她与本案无关，就让他们去查吧！在这里我也要向林市长交个底，我在经济上是清白的，我不爱钱，也不好色，他们沿着这条线查我，保准还能把我查成个清官呢!”

林光璧点点头：“这我知道，你接着说，把你的思路全都说出来，晶星，你也别再打岔了。”

詹发权受到鼓舞，继续说：“他们虽然没有说要来查怡红娱乐城，但这是不言而喻的事情，林嘉仪当过多年的公安局长，他能不知道？说不定现在就有人在怡红娱乐城暗访呢。米老头请另一个城市里的公安局来查我们的案子，这一招可真损啊！要是省厅的警探，还可以打个招呼，江淮市的警察，谁认识?”

俞晶星不吱声了，她也知道其中的凶险了。詹发权接着说：“所以，怡红娱乐城必须尽快关门，老板必须外逃。这样一来，林嘉仪再有能耐，也无可奈何。他毕竟不能明目张胆地在我的地盘上查案，对外的定案口径毕竟要以我们的为主，我们的口径是俞晶星因为诬陷佟大伟而畏罪潜逃。注意，是诬陷，不是杀人。诬陷是一般的刑事犯罪，逃了就逃了，不会发通缉令，更不会发国际通缉令，你在国外逍遥一两年回来，屁事没有。米刚这边，他想怎么给佟大伟平反就怎么平，我们都由着他。给死人戴高帽子——没用。”

“侯节怎么办?”俞晶星的脑瓜转开了。

“侯节你就不用担心了。于娜和佟大伟都已死，死无对证，你又逃了，承担起了这个事件的全部罪名，他可以抵赖、狡辩，了不得受一个处分，应该可以有惊无险地渡过这一难关。”

一直听着的林光璧终于发话了：“我看这个计谋可行，大事化

小，小事化了，让那个林局长无案可查。”

俞晶星却不这样认为，阴阳怪气地说：“我可以逃，可那个杀手怎么办?”

“这你就更不用操心了，我自有办法。倒是有一件事情一直让我烦心，就是怡红娱乐城开业时，你让我去给那些街痞打招呼，我当时头脑发热，就直接会见了他们，这是一个重大失误，我怕林嘉仪查到他们，把我供出来。你先到国外，不要有什么怨言，说不定哪天我也得逃，来投奔你。”詹发权说完，神情落寞。

林光璧想了一会儿，说：“这有什么难的，你是公安局长，权力掌握在你的手上，你要他生就生，你要他死就死，只是不要有妇人之仁就行了。”

“你的意思是?”他做了个杀的手势望着他。

林光璧眼都不抬地说：“你自己意会去吧!”

詹发权点点头，转向俞晶星说：“那天受你邀请的街痞到底是哪几个，你能给我一个名单吗?”

“可以，我电脑里有记录，我现在就去打印给你。”她说完出去了。

詹发权挪了挪位置，与林光璧坐得更近，低声说：“刚才俞晶星在这儿，我只说了第一步棋，还有第二步棋，我认为要继续给蓝红玉和米刚抹黄，而且要下狠手抹，只有让他们下台了，我们才能真正解除隐患。”

林光璧皮笑肉不笑地说：“现在想不给他们抹黄都不行哪，你看着办吧，只是事情要办得隐秘，别再留下什么把柄。蓝红玉身后有霍达，他要打什么招呼，我不好应对。过几天我就要去见他父亲，这小子对我上次的关照还挺满意，答应下个星期安排我与霍老见面。我在上面活动活动，你在下面再给我烧把火，我们上下夹击，争取把米老头给端了。时间拖得越长，觊觎市委书记这个位子的人就越多，我真怕夜长梦多啊!”

“明白，我一定为您烧好这把火，把我们在运河市的阻力都烧掉。”

林嘉仪派出的刑侦小分队一无所获。

得知佟大伟遇害的那天晚上，林嘉仪就把他们派了出去，年轻刑警陈方和钱琛在怡红娱乐城潜伏，装成寻欢作乐的嫖客收集证据，老刑警董今则去暗访翻天其人。因为于娜交代过，怡红娱乐城开业那天，身为公安局长的詹发权在此会见过翻天等街痞，他认为这不是一个偶然现象，其中可能包含着某种秘密。

然而，这两路人马都扑了个空。俞晶星听从詹发权的安排，头天晚上就把小姐们全都转移了，赌场也关了，毒品也不供应了，整个娱乐城干净得不得了，别说是犯罪，就连违法的证据也找不到。对于翻天等七个街痞，詹发权则用了一计，一夜之间把他们全都骗到了南山观光区的大山里，老刑警董今尽管侦查技术十分了得，可连个人影都没看到。

林嘉仪综合他们汇报的消息指示道：盯紧俞晶星，别让她也跑了。

他把这些情况告诉米刚，请他督促詹发权尽快逮捕俞晶星和侯节，然而，他们还是迟了一步。俞晶星在林光璧同意她逃到国外去的那天晚上就连夜逃到了北京，第二天就用事先预备好的护照飞到了美国的曼哈顿，这两天在怡红娱乐城露面的，是她的妹妹俞晶莹。俞晶莹与她长得很相像，加之按她的装束刻意打扮，骗过了对俞晶星并不熟悉的陈方和钱琛的眼睛。

米刚再次催促公安局抓人时，詹发权倒挺爽快，二话没说就让刑侦局的牛队长去办这件事。不用说，抓来的是俞晶莹，她很爽快地告诉警方，她姐姐早就去国外了，她只是替她掌管……

詹发权来汇报时，米刚气得把茶杯都摔了，大骂詹发权办事不力。詹发权则赔着小心说："开始以为证据不足，哪知道她会畏罪潜逃？"米刚不客气地说："你不知道的事还多着呢！"

直到林光璧来，他的气还没消。他是来开常委会的。

佟大伟的追悼会定在三天后举行。在市委常委会上，米刚板着脸毫不客气地说："怡红娱乐城老板俞晶星畏罪潜逃，根据江淮市公安局林嘉仪局长的反映，佟大伟强奸于娜后又改成骚扰于娜的案子

纯属诬陷，是抹黄，请市公安局党组撤销对佟大伟同志的处分，给活着的人以安慰。”

詹发权连忙站起来说：“我们党组也是这么想的，正准备向市委递交申请哩！我想，不光是要撤销对他的处分，还应该在报上澄清对他抹黄的事实，让他走得安安心心。”他面向宣传部长，“易部长，你说呢?”

“好的，我派记者报道这件事，广播、电视、报纸全都报道，让全市人民都知道佟大伟是个好局长，人民的好警察。”易水流表了态。

林光璧也显得很激动，提高声音说：“现在除了因证据不足，不能把案子定性为谋杀，不能称佟大伟为英雄外，一切可以给活人以安慰、给家属以帮助的措施，我们都可以用上。民政部门的抚恤金就从优吧，据说他女儿想当警察，我看也可以考虑。”

他的话立即获得了一片掌声，连米刚都鼓掌了。当初为了保住佟大伟，他可是与林光璧过过杠的，没想到他现在会这样开明，在会前，他还担心他不同意呢。他想，可能是自己以小人之心度君子之腹了吧！

开完会，米刚心情好多了，就对林光璧说：“现在已到午饭时间，你就在我们市委招待所吃顿便饭吧。”

林光璧颇感意外，风趣地说：“米书记，这种待遇好像很久没有过了噢?”

米刚说：“少给我耍贫嘴，就冲你今天说的那几句话，我请你吃顿饭还不应该。”他看他一眼，转而沉吟道：“在佟大伟的事情上，我过去对你可能有些误会。”

林光璧不笑了，严肃地说：“我对佟大伟同志也有误会啊，我这心里，难受。”他把脸扭向一边，做出难受状，过了一会儿才接着说，“现在做的一切都只能是亡羊补牢，做给活人看，有什么用，这么好的局长，我过去就没发现，我这市长当的，真是惭愧!”

米刚拍拍他的肩说：“好了，别再做自我批评了，就让佟大伟的血，使我们警醒吧!”

吃饭时，林光璧趁机说：“老班长，开完追悼会后我要到北京去一趟，请几天假。”

“哦，去干什么？私事还是公事？”米刚边吃边说。

“既是私事，也是公事。”

“哪有这样的事？你可别假公济私噢！”米刚幽默地说。

“哪里，是霍老要我去。您也知道，我过去给霍老当过秘书，前不久，他儿子来运河市，我们吃了一顿饭，他回去后对老爷子说我在运河市干得不错，老爷子这就要我过去汇报汇报。您说，这是不是既是私事又是公事？”

米刚一怔，随即笑道：“这怎么能算是私事呢？大大的公事嘛。我准你的假，你要好好地向霍老汇报，把这几年运河市所取得的成绩完完整整地告诉他，让老首长也高兴高兴。”

林光璧点点头：“我一定。运河市这几年经济快速增长，离不开您老班长的正确指引，我也会替您美言几句的。”

“替我美言就算了吧！”米刚拍拍他的肩，“我是要到站的人哪，以后的工作要靠你们来做。”说完，他端起酒杯，自顾自地喝了一口，明显地有心事。

这正是林光璧所需要的效果。他作为政府的一把手，上趟北京根本就用不着向米刚请假，他是故意这么说的，目的是想让他知道，自己作为未来的市委书记接班人，是有后台的，而且是强有力的后台，让他识时务，不要有外心。

这道理米刚何尝不知道，饭后一回到办公室，他就给蓝红玉打电话，气愤地说：“什么私事公事，就是要告诉我他与霍老有私，我看这是白日做梦，霍老从来都是大公无私的。”

蓝红玉安慰他：“您别这么想，人家当过霍老的秘书，去看看老领导也在情理之中。”

米刚叹口气：“唉，我也只能这样想喽！”

第十六章

三尖终于帮狐闹闹约到了口红。口红也喜欢吃哈根达斯，他们约定在星巴克见面。

口红姗姗来迟，三尖和狐闹闹正在闲扯，她来了也没发现。口红上前，拍拍三尖的脑袋说："哟，又交桃花运了，当初与我分手，还闹着要死要活的，这不，找到一个比我更漂亮的。"

三尖连忙说："别得了便宜还卖乖，让你傍上了一个市委常委、公安局长还在这儿说风凉话，我哪走桃花运哪，我昨天还参加光棍节了呢，"他转向狐闹闹，"你说是不是？"

狐闹闹说："是，我们正在谈昨晚光棍节上的趣事。你应该是口红前辈吧？"

"嘁，还前辈呢！也就比你早玩几天爬虫罢了！昨天都已经是11月11日了？"口红笑道。

"是的，昨天是光棍节，我们都参加了，很多老光棍还念叨你呢，说你怎么没来参加。"她把手一招，一个服务生走过来，她给口红也要了一份哈根达斯。

很快，哈根达斯就上来了，三人各握着一支，像碰杯一样碰一下，算是表示友好了。三尖说："你呀，光棍节都不参加了，难道你还真爱上那个老家伙不成？往年的光棍节，哪一次你不是主角，缺了你呀，还真不热闹，让我们这些男光棍缺少念想嘛！"

口红一哂："三尖啊，难怪你没有女人缘，与我相好时我没少教过你吧，在此女人面前别说彼女人好，你就不怕狐闹闹生气。"

"不会，"三尖大大咧咧地说，"她早已是名花有主了，参加光棍派对，是给兄弟们闹眼子，给兄弟们一个安慰，我没戏，我还是想念你。"

口红嫣然一笑。这话她爱听，自从被詹发权霸占后，她就没有听到过这样的话了，于是很体已地说："我也是，虽然你已从我的唇边抹去了，但每一个做过我口红的人，我都会怀念。"

狐闹闹戏谑道："你们别搞得像开追悼会似的，你想念我，我怀念你的，想爱就爱，从头再来，有什么不可以的，我就从来都像类人猿一样地爱，不受任何文化的约束。大家称我是美女蛇、狐狸精，反正不是人，我觉得没什么不好。"

他俩都笑起来。三尖故意问："我还有机会吗？"

口红笑道："没有。"

"为什么，难道詹发权这道老口红还没被你抹去呀？"三尖好奇地问。

"早抹了。"口红笑道，"我是谁啊，我怎么可能让一道又老又丑的口红长期占住我的嘴巴。"

"哦，詹局长，他也做过你的口红？"狐闹闹故意问。

"没有。"口红漫不经心地说，"是咱一厢情愿。三尖赖着不肯与我分手，还激将我，如果我能把詹发权作为他的代替者才肯退出，我只得想办法勾引他了。三尖，你上当了，他其实不是我的口红，只是扮演了一回口红，吓唬吓唬你，哪知道你那么不经吓，立刻就做了缩头乌龟，为这事，我心里还难受过一阵子哩。你口口声声说爱我，爱得可以为我抛头颅洒热血，一到关键时候就啥也不是了，你们这些男人，真没劲！"

三尖取笑道："别逗我了口红，我还不知道你，就是为你抛头颅

洒热血，你也不会把我这道口红留到现在。”

三人都笑起来。吃完哈根达斯，口红邀请他们来家里看爬虫，狐闹闹欢呼雀跃，欣然前往。

口红的住房很宽敞，专门辟出一大间房来养爬虫，命名为“爬虫谷”，有蟒蛇、蜥蜴、蝎子、巴西龟，十几个品种，目前运河市爬友们养的主要品种她这儿几乎都有了，简直是个爬虫乐园。狐闹闹参观后，抱拳道：“你真不愧是我们爬友的前辈啊，以后还请多赐教。”

口红亲热地抱着她的肩说：“什么前辈不前辈的，把我都叫老了，我感觉与你这小妹妹挺投缘的，以后就常在一起交流吧。”

三尖打趣道：“那还用说，你们两个完全是一对孪生姐妹，既漂亮又古怪，令我们男人爱不是恨不是。”

口红走到他身边，媚笑道：“我们俩要是让你左怀右抱，那你就不恨了，是不是？”

“是！”他怕挨打，连忙蹿出“爬虫谷”。

口红告诉她，自己这房子是在美国做生意的父亲出钱买的，她由爷爷、奶奶抚养大，爷爷、奶奶去世后，她就一个人过了。有一次去美国看望父亲，见很多美国人家里都养有恐怖宠物，虽然令人害怕，可怕过之后感觉挺有趣的，比那些猫啊狗啊有趣得多，回国后就在家里学着养起来。她指着一条球蟒说：“别看它是冷血动物，可比人还有情谊哩，在你忧伤的时候，它会摇头摆尾逗你开心，在你欢乐的时候，它会缠着你扭来扭去，与你一起跳肚皮舞。”她又指着一只蜥蜴说：“别看它模样丑，在你忧伤的时候，它就跳上蹿下扮小丑，在你高兴的时候，它就爬到你的掌上，任你把玩、抚摸……”

“你太孤独了。”狐闹闹接过话碴儿，“你为什么不好好恋一次爱，找一个真心爱你疼你的男人呢？”

“我，”口红用手指着自己说，“我还有人爱吗？”

狐闹闹笑道：“怎么会没人爱，我们都美得像花朵一样，还愁没人爱？”

口红苦笑道：“这辈子恐怕是做梦哪！”

狐闹闹见火候已到，连忙问："你是不是有难言的苦衷，说出来，也许我能帮你。"

口红打了个哈欠说："我有什么苦衷，就是对爱情太失望，不敢奢求了。"

狐闹闹故意把话题往她要求证的答案上引，感叹道："是啊！爱情的确是个稀罕物，总是处在时差当中，不是你早就是我晚，当发现了某一个人是自己的另一半时，可那个人已经是别人的另一半了。我最近也很苦恼，我爱上了一个有妇之夫，当'小三'痛苦，不当'小三'也痛苦。"

口红又打了个哈欠，说："痛苦个啥啊，反正先前爱的是亲生的，后爱的是领养的，就这么过呗。"

"你也有过这种经历啊?!"狐闹闹继续下套。

口红却不上当，睁开惺忪的眼睛说："没有，我不与已婚男人恋爱。"

"詹发权呢?"狐闹闹在她胳肢窝上搔一下，巧笑道，"你不是让他当过你的口红?"

"那是哄三尖玩的，"她又打了个哈欠，"我哪能看得上他啊!"

狐闹闹还不罢休，正寻思再怎么套她话时，她却下了逐客令："我昨晚没有睡好，我们改天再聊吧!"她只得叫上三尖，离开。

房门一关上，口红就迫不及待地掏出黑魔鬼，点上火，大吸一口，吐着烟圈说："好舒服啊!"

她已经完全被毒品控制住了，她觉得，如果没有詹发权给她提供的毒品，她简直会活不下去。她今天对狐闹闹所说的话，很多都是詹发权授意的，为此，她又讨价还价获得了一条黑魔鬼。

她看着空中的烟圈自言自语："他可真是一个黑魔鬼!"

佟大伟的追悼会如期举行。由于在开追悼会前，林光璧和詹发权做了大量工作，主动给佟大伟平了反，并按英烈计算抚恤金，还安排他女儿进了公安局，他妻子就没有在追悼会上吵闹。整个追悼会开得波澜不惊，除了米刚在悼词中给了他极高的评价，与平常人

的追悼会没什么两样。

会后，林光璧就去了北京，詹发权则开始着手“烧火”。他采取的是围魏救赵法，他与林光璧是赵国，米刚和蓝红玉是魏国，那么由谁去围攻呢，这个最合适的人选当然是米刚的老婆。只要激怒了米刚的老婆，就不愁整治不了蓝红玉和米刚。

米刚的老婆符樱是北京长海集团的中方总经理，这是一家跨国公司，有自己的网站，詹发权派口红早已收集到这家公司的网址和符樱的电子邮箱。上次抹黄蓝红玉和米刚时并没有激起他老婆的反响，他们分析，原因可能是两方面的：一是他们伉俪情深，轻易不会被流言蜚语所撼动；二是抹黄的影响主要在运河市，在江东省，远在北京的符樱感受不明显。他们要吸取上次的教训，这次要把符樱绑上战车，成为他们手中的投枪和匕首。

口红把制作好的抹黄图片和文字发到符樱的电子邮箱，同时在长海集团网上发帖子，把那些不堪入目的图片和文字贴上去。虽然贴出的时间不长，很快就被管理员发现删除了，但是，集团的很多员工还是看见了，并且很快传播开来，一时间，集团上下谈论的都是总经理的老公利用职权索取性贿赂的话题。外方董事长也给她打来电话，让她处理好家庭关系，不要因为个人的事情而影响了公司的形象。符樱蒙了，这是哪跟哪啊！她在员工心目中的形象一向是女强人，这次也软弱了，一连几天都不敢去公司上班。

他们夫妻结婚三十年，米刚性子好，能容人，几乎没与她红过脸。她从商，他从政。从商有钱，从政有权，惟一的儿子在美国读博士，不管从哪个角度来说，都是一个完美的家庭，令人羡慕的家庭。米刚从政几十年，从不贪图钱财，这与她这个贤内助有很大关系。她年薪百万，使这个家庭早已步入中产阶层，钱对他们来说只是一个数字上的意义，所以米刚根本用不着贪。她还常常劝诫他当官要为民做主，不要因贪图小利而自毁前程。

可是，她能使他经受住金钱的考验，她能使他经受住美女的考验吗？进入更年期后，这个问题就一直困扰着她，特别是他从北京调到运河市当一把手之后，夫妻两地分居，这种担心就更甚了。上次网上出现他与蓝红玉的绯闻，她不是没有反应，而是出于对丈夫的尊敬，她没有闹，但还是与丈夫进行了一次长谈。

那天是个周末，米刚照例从运河市飞回北京。符樱亲自下厨，做了几样小菜，还让保姆提前下了班，家里只有他们夫妻俩。符樱开了一瓶XO，情意绵绵地给丈夫斟酒。他们工作都很忙，米刚每半个月回来“探亲”一次，她也没能好好陪他，夫妻生活像吃快餐似的。对于她今晚的表现，米刚颇感意外，取笑道：“哪来的闲情逸致，像小夫妻似的。”

符樱叹口气说：“这女人啊，还是做小女人的好，一大一老就有危险了，不但做不成老夫妻，恐怕连小夫妻也做不成了。”

米刚听出她话中有话，嘿嘿干笑两声说：“你是不是看到网上对我抹黄的东西了，你这个大女人也信这?”

“理智告诉我不要相信，咱家米刚是什么人啊，这么多年来什么时候迷恋过女色，可感情上还是相信。这女人，一过五十岁就真成豆腐渣了，可人家，还是豆腐乳，嫩着哩，哪个男人会不动心，特别是你们这种够得着的男人。”

米刚喝一口酒，黑着脸说：“什么够得着够不着，按你这么说，当领导的都成淫棍了，因为他们对很多女人都够得着。符总经理，我感觉这种话不应该出自你之口，别说我现在六十岁了，就是退回去十年，我也不会向下属索取性贿赂，这一点，你还不了解我吗?”

符樱勉强挤出点笑容，小饮一口酒说：“十年前我相信你不会，那时我还是徐娘半老，风韵犹存，我自信，可现在不同了，我老了，又不在你身边，我这心里啊，总是七上八下。”她不禁潸然泪下，“近年来官场上出现了一个‘五十九现象’，很多老干部为人民勤勉一生，最后却晚节不保，不是贪钱，就是贪色，究其原因，就是因为没有人生追求了，要退了，再不贪再不占就没有机会了。我真担心你也会这样啊!”

“唉!”米刚叹口气，“我这家里不早就是万贯家财了，人这一生，吃不过一碗羹，睡不过一张床，我要那么多钱干什么，你把心一百二十个放回肚里，你老公绝不会贪财。”

“可贪色呢？你就不会在退休前海底捞——贪色。”

米刚凑近老妻，在她耳边笑道：“会，我要抓住青春的尾巴，好好地贪你的色。”

符樱把头一摆：“去去去，老没正经。”米刚哈哈大笑起来，把一场严肃的谈话变为夫妻间的嬉戏。

“你可以扮演小女人，就不许我扮演小老公？”他接着把话题一转，“说真的，即使你不提这事，我也会主动向你汇报的。蓝红玉是个好同志，但如今的官场，优秀就会被人抹黄、抹黑，不，不仅仅是官场，各行各业，都有这种现象。前些年，你风头正健的时候，是不是也被绯闻缠身？这是一种不正常的社会风气造成的，是人性的弱点，作为明白人，你就不应该相信这种谣言。现在，运河官场的情况很复杂，有一股歪风邪气正在那里兴风作浪，可能还会有更多的抹黄动作，你一定要把耳根子放硬，让谣言止于智者。作为老夫，我今天给你一个承诺：‘五十九现象’在我身上绝不会出现，我既不会贪财，更不会贪色，我只想与你慢慢变老。”

符樱感动了，端起酒杯说：“以后要喝交杯酒就在家里喝。”

米刚也真做得出来，端起酒杯，真的与她交杯。符樱兴奋极了，脸上爬满红霞，这是他们结婚几十年来，第一次像小孩过家家一样玩这种成人游戏……

想起这段往事，符樱烦躁的心稍稍得到些许安慰。她在房间里踱来踱去，一会儿对自己说，我的丈夫绝不会是那种无耻之徒；一会儿又对自己说，人是会变的，甜言蜜语掩盖的总是肮脏与龌龊。最后，她决定搞一个突然袭击，像所有俗女人一样去查丈夫的岗。她让秘书给她买了飞往运河市的机票。

她到达运河市时已是晚上九时，她看了看表，认为这个时间正合适，就拦了一辆的士，径直去了米刚住的山鹰宾馆。

此时，蓝红玉正在米刚房间里与他商量反抹黄的对策。

米刚一般是不与下属在宿舍里谈事情的，可最近侦查不顺，对手似乎有千里眼、顺风耳，他们所要侦查的对象总是提前消失了，加之米刚的裸睡图片是在办公室截取的，林嘉仪怀疑他办公室被人安装了监视器，可查又查不到，就建议他以后不要在办公室谈案子了，改在宿舍，宿舍人员进出少，便于控制。米刚这才把谈案子的地点改在宿舍。

同来的还有林嘉仪。他事先派人对整个房间进行了检查，并派陈方和钱琛两个年轻警察二十四小时监视这个房间，防止有人安装窃听器，保证万无一失。

林嘉仪说："他们敢再次抹黄米书记和蓝市长，真是胆大包天，我已经派网警二十四小时在网上监视，同时与省厅的网警也取得了联系，只要对方再在网上露头，一定会被我们抓住。"

蓝红玉说："狐闹闹与那个抹黄胡子固的女孩取得了联系，她说她不是詹发权的情人，但据狐闹闹观察，她好像是个白粉妹，有吸毒的状况。"

"吸毒？"米刚问。

"是的。"蓝红玉点点头，"狐闹闹与她待在一起的几个小时，她哈欠连天，最后等不及把他们赶走了。我检查过戒毒所的工作，知道吸毒者在毒瘾发作时都有这种状态。"

林嘉仪思索一会儿，说："看来这个口红要加强监视，不能仅听她一面之词，就否定她与詹发权的关系。我看可以从查毒品来源入手，你让狐闹闹多与她接触，自然就会发现毒品的来源。如果他与詹发权真的是情人关系，估计她的毒品会由詹发权提供，因为他身为公安局长，搞到毒品很容易。我也会派警察暗中监视，保护她。"

蓝红玉笑道："我这小姑是个跆拳道高手，河街派出所的所长侯节都不是她的对手，她应该能完成这个任务，我让她继续与口红交往。"

"那就好，但也要小心，我们的对手非同寻常，我们每个人都有生命危险，佟大伟就是活生生的例子。"林嘉仪强调。

说到佟大伟，大家的心里又都不好受了。正在沉默时，林嘉仪的手机响了。他一看是董今打来的，连忙接听。米刚和蓝红玉望着他，不知发生了什么事情。

挂机后，他一脸兴奋地说：“案子可能会有重大转机，我得走了，回来后再向你们汇报。”

他带走陈方，对钱琛交代几句，就急匆匆地走了。他刚走不久，符樱就来了。她径直向米刚的房间走去，监守在外的钱琛连忙上前，挡住她的去路说：“你不能进去。”

钱琛穿着便衣，她没看出他是警察，很诧异：“这是我丈夫的房间，我为什么不能进去？”

钱琛上下打量她：“米书记的夫人在北京，怎么会在这里，我进去请示一下，你等着。”

符樱更气愤了：“哪有老婆看望老公还要请示的，他又不是个皇帝。”说着就要往里闯，她怀疑里面有情况，捉奸要捉双，“咚咚咚”地直敲门。

米刚不知道发生了什么，他住在这里四年了，还没有人敢这样无礼，一边开门一边说：“谁呀，门敲坏了。”

门外的人也不客气：“是我，快开门。”

门开了，符樱向里瞍了一眼，酸溜溜地说：“难怪有人站岗放哨，原来是里面有个女人啊，还挺俊。”

“你怎么来了？”米刚颇感意外，同时介绍道，“这是我们的蓝市长。”

“哟，蓝市长啊，久仰大名，今天在我老公的卧室里见到了你，真是幸会幸会，看来网上的那些图片和文字还不是抹黄。”符樱不无讥讽地说。

蓝红玉不知所措。更糟糕的是，她与米刚都穿着单衣，棉衣都脱在了另一张床上。此时虽是隆冬季节，但室内开着暖气，温暖如春，她和林嘉仪一进门就把厚厚的棉衣脱了，当时有林嘉仪在，还不觉得什么，现在，面对他老婆，感觉像做了见不得人的事似的，那脱下的棉衣就是罪证。她拿起衣裳，边穿边说：“嫂子，您别误会，我是来与米书记谈工作的，刚才还有一个公安局长在哩。”

“谈工作？谈工作谈到睡觉的地方来了。公安局长呢？在哪里？”

“他刚走，室外的那个人也是公安局的，不信你去问他。”米刚耐着性子解释。

“那就太巧了，我恰好来，他恰好走，我不来，他也不走，室外那个人，谁知道是什么人？保不准是给你们站岗放哨的。”

米刚终于耐不住了，厉声吼道：“别放肆！”

“我咋放肆了我，你做都做了还说我放肆。”符樱呜呜地哭起来。

“我做啥了，我什么也没做，那都是你主观臆断的，你为什么就不把人往好处想？”

符樱抬起泪眼：“是我不往好处想吗，是有人找上门来了，抹黄都抹到我单位上了，我在单位都没法上班了，呜呜呜……”

米刚叹口气，走过去拍拍她的肩说：“你也知道这是抹黄，你就别再跟着抹了。我们今晚讨论的就是怎么反抹黄，把那个幕后黑手揪出来，这不，你就来了。我们是三十年的老夫妻，你应该相信我，我不是贪色之人。”

符樱不哭了，正视着他：“你是不贪色，难保别人不送上门；你们孤男寡女，深更半夜这么薄衣单衫相对，能不出问题吗？能不让人联想吗？我看这抹黄也不是空穴来风，要么是真有其事，要么是你们给了别人以错觉。”

“好好好，就算我们给了别人以错觉，你别闹了，你别抹了，行吗？你若闹下去，我可真是跳进黄河也洗不清了。”他向蓝红玉使眼色，意思是让她先走。

蓝红玉会其意，站起来说：“嫂子，你们聊，我先走了。”

“不许走！”符樱一个箭步跨到门边，挡住她的去路说，“事情没说清楚就想溜，没那么容易。”

蓝红玉何曾有过这种尴尬，她看看米刚，又看看符樱，央求道：“嫂子，你真的误会我们了，我可以对天起誓，我与米书记没做过任何见不得人的事，从来没有。”

符樱不为所动，围着她转一圈，然后冷冷地说：“难怪我老公要提拔你，不畏艰险，排除万难，像你这样的知性美女，他当然在劫难逃，可你别忘了，他身后还有一个母老虎。”

米刚深重地叹息一声：“符樱，你太让我失望了，你怎么能这样

想我呢？我们还是几十年的夫妻吗？”

符樱用手指着他：“捍卫自己的家庭，捍卫自己的丈夫，任何女人都会这样想的，她只是利用你向上爬，你还执迷不悟。”

米刚哭笑不得：“符樱，你都让我不认识你了。”

“你不认识我的地方还多着呢，要不然，我也不会做到总经理的位置。我要你们，从此以后不能有工作以外的来往，我要你们给我承诺。”

蓝红玉的眼泪顺着脸颊流下来，这已经不是尴尬了，而是羞辱。她记起邬采宁说过的一句话，夫妻间的抹黄是最伤人的抹黄，最致命的抹黄，她此刻信了。她抹一把眼泪，对符樱说：“米夫人，我向你承诺，我明天就辞职，行了吧！”说完，扒开她，开门，含泪而逃……

走廊里传来她高跟鞋笃笃的跫音，两人都傻了眼。

林嘉仪离开山鹰宾馆后，开车直奔南山观光区。董今在电话中告诉他，运河市公安局特警队今晚有行动，目标是打击南山观光区的一帮持枪匪徒，他追踪的目标翻天也在其中，怕被打死。林嘉仪让他见机行事，他马上赶来接应。

董今是在无意之中发现翻天的行踪的。因为一直没有发现翻天的行踪，今天上午，林嘉仪把他狠狠批了一顿，他心中十分烦乱，就漫无目的地在大街上溜达。突然，一条巷子里冲出来一个虎头虎脑的小伙子，一头撞在他身上，身后有几个手持砍刀的歹徒追来。眼看小伙子就要遭殃了，董今立马把他往身后一藏，对他说：“别怕，我来帮你对付。”

歹徒见来了个打抱不平的，立即把他们围住，包围圈越缩越小，小伙子吓得都尿裤子了，打着哭腔说：“你到底行不行啊？不行可别害我啊！”他挨了林嘉仪的训，心中正憋着气呢，就说：“你放一百二十个心，我不把他们打得屁滚尿流我不姓董。”

他快速脱下夹克衫，在手中一绞，就成了一条软鞭，向靠他最近的一个歹徒的刀绞去，舞动几下，歹徒的刀就脱手了。他上前奋起一脚，只听“咔嚓”一声，歹徒倒在地上惨叫着，只有上半截身子能够搐动了，原来他的腰椎已被踢断，下半身已瘫痪。其他歹徒再不敢向他靠拢了。他又舞起夹克，绞下几把砍刀，踢倒几个歹徒，地下的几堆“人肉”立即哭爹叫娘，剩下两个立即作鸟兽散。

小伙子这时却充起大来，对地上扭动着的“人肉”说：“这是我们的新老大，别以为我们的翻天哥不在了，我们就好欺负。”

董今一怔，他不是正在找翻天吗，却先找着了他的喽啰，他连忙邀请他去喝酒。小伙子受宠若惊，连忙跟他进了酒店，竹筒倒豆子似的把他所知道的都告诉给了董今。原来，翻天和其他几个街痞都到南山打劫去了。董今连忙跟踪到南山，却发现运河市特警队今晚有行动，他怕翻天被打死，所以向林嘉仪请示。

不用说，这是詹发权的绝作。在如何消灭翻天等七个街痞的问题上，他颇动了一番脑筋。

他先准备一个一个地杀死，但连杀七个人，不管是他还是侯节，都很难不露出破绽，甚至会搭上性命，他否定了这种笨做法。正在犯难时，陈县县委书记鲁边防打来电话，说南山观光区聚集了一批歹人，经常打劫观光旅游的客人，要他多派些警力。他想，那就在那儿消灭他们吧！他让侯节分别给这七个人打电话，说到南山里面去做一桩大生意，并且有未开苞的小姐伺候。这些街痞一天到晚痞的不就是钱和女人吗，二话不说就要去。于是，侯节连夜把他们送进山，住在一幢山中别墅里。这就是董今虽然及时介入，但他们还是失踪了的原因。

别墅里确实有未开苞的姑娘，是俞晶星当初从人贩子手上买下来准备“培养”成小姐的，全都被他们强奸了。

侯节要他们做的生意就是打劫游客，并且发给他们每人一把从黑市上搞来的手枪，拍着胸脯说：“这儿的派出所所长是我的把兄弟，有什么事他会帮你们担着的，只是，有财大家发，你们抢来的东西要分我一份。”

这些人本来就胆大妄为，何况还有一个派出所所长罩着，连忙说：“我们绝对忘不了你，不但要分你一份钱财，还要把最漂亮的姑

娘留给你。”

侯节说：“漂亮的姑娘就算了，我不好色，我要钱，我们当警察的不弄几个外水，要穷死。”

这些人说干就干，不几天时间，就打劫了几批游客。他们凭借山林，神出鬼没，加之其他歹徒的打劫，仅凭观光区派出所的几个警察，根本就奈何他们不得。一时间，游客们都不敢来南山旅游观光了，社会反响极大，鲁边防几次打电话要詹发权派特警队前来围剿，他总是嘴里答应着，却不行动。他要等这七个街痞恶贯满盈后一举歼灭。

机会终于来了，这机会还是米刚给的。米刚要他拘留侯节，那么侯节派出所所长的工作就要交出去。对于侯节的拘留，正如他所预料的，只是有惊无险。俞晶星已逃，于娜已死，死无对证，仅凭林嘉仪的几句话，怎么能定他的罪呢？虽然是由公安局的纪检委曾书记亲自审这个案子，但侯节全都不承认，曾书记把他关押了一个星期，最后只得以证据不足把他放了。对此，米刚也无可奈何，他要为佟大伟报仇，但也不能随便诬陷一个人。重获自由的侯节那可就不可一世了，几次找到米刚办公室，要讨个说法，米刚只得指示詹发权做好安抚工作。如何做他的安抚工作，那就是升他的职了。詹发权就拿着鸡毛当令箭，在党组会上提出升任他为特警支队的支队长，获得通过，原支队长接任佟大伟的户籍处处长的职务。侯节对此感激不尽，向他表决心，誓死要跟着他干。

詹发权见条件成熟，这才下达了围剿命令。不用说，带队的就是侯节。

林嘉仪赶到时，借着夜色，看见别墅周围的树上、石头后都藏着荷枪实弹的特警队干警，那些街痞等于是被包围了，战斗一触即发，随时都会要了翻天等人的命。直觉告诉他，这是一个阴谋，借特警队的手杀人灭口。

他向一个干警亮出警官证，对他说要与带队的谈一谈。这个干警把他带到侯节身边，向他介绍说：“这是我们的侯支队长，这次行动由他指挥。”

侯节正背对着他在指挥一名炮手校正榴弹炮的射程，看来他们要置对方于死地无疑。林嘉仪走上前，对侯节说："侯支队长，我是江淮市公安局局长林嘉仪，我受省厅委托，调查佟大伟的案子，现在你们围攻的这帮匪徒中有我要找的重要线人，请你们暂时不要进攻，等我们的人把线人抓获了再进攻。"

侯节上下打量他一下，皮笑肉不笑地说："我们没接到省厅的通知，不知道你在调查，再说，佟大伟的事不是已经结案了吗，要你一个外地的局长来调查什么。我们现在箭在弦上，不得不发。你请回吧！"

林嘉仪急道："我让宗厅长给你打电话，可以吧?!"

侯节睥睨道："我哪知道给我打电话的是不是宗厅长，我一个小小的队长，够不着这么大的官，我只听令詹局长的。"

"好好，我让詹局长给你下命令。"他边说边掏手机，给米刚打电话。

侯节却不等他把电话打完，就掏出手枪，向别墅开了一枪，喊道："屋里的都听好了，你们被包围了，快快出来投降吧！"

七个街痞根本就无所谓，反而对侯节的虚张声势感到好笑，因为侯节事先给他们打过电话，说他只是佯攻，会给他们留条生路，要他们不要投降。

翻天在二楼的阳台上向外看，一手拿枪，一手还抱着个女人。突然，一颗子弹射来，女人胸部中弹，要不是他怀里抱着这个女人，这颗子弹就要打中他的心脏了。他扔下女人，匍匐在阳台上向里面狂喊："兄弟们，他们是来真的。"

街痞们慌了手脚，纷纷向外射击。林嘉仪见情形不妙，收起手机冲到特警们面前，大声说："同志们，我是省厅派来查佟大伟案子的林局长，你们不能开枪，等一等，让我去劝他们投降。"

侯节歪着脑袋说："我们只知道詹局长，哪来什么林局长、树局长，给我开火。"临行前詹发权向他交代过，一定要把这七个街痞全部消灭，一个活口也不能留。他担心时间拖长了，林嘉仪搬出米刚或者别的什么人来不让开火，那就糟了，所以他急不可耐地要开枪。

密集的子弹向别墅射去，别墅里传出惊叫声，可能是有人中弹了。街痞们开始全面反击，他们的枪法还挺准，侯节这边担任主射击的几个干警纷纷倒地。林嘉仪急得直跺脚，口中嚷道：“完了，全完了。”

侯节见火候已到，对身边的炮手说：“准备射击。”

林嘉仪连忙蹿上前，挡住炮管说：“不能射，这一射，里面的人都得死，你负得起这个责吗?”

侯节把他往旁边一扒，厉声说：“你摆正自己的位置，这是运河市，我用不着向你林局长负责。”

林嘉仪急红了眼，掏出手枪，抵着侯节的脑门说：“你再敢胡下命令，我就毙了你，你信不信?”

侯节毫无惧色，口中念道：“发射。”

榴弹炮准确无误地向别墅射去，随着几声轰响，别墅塌了，腾起漫天烟尘，枪声也停了。

正在这时，一发子弹向侯节射来，正中他的头颅，左脑进，右脑出。侯节一句话都没说出来，就倒在了地上。

周围的干警全都惊呆了，立即把林嘉仪围住，愤怒地质问：“你凭什么杀他?”

林嘉仪正诧异呢，这枪不是他开的，他大声疾呼：“我没有开枪，这枪不是我开的!”但是，没有人相信他，有几个与他站得近的立即上前，缴了他的枪，并给他戴上手铐。

这一切都发生在一瞬间，与他一起来的陈方连忙给钱琛打电话，让他快告诉米书记。

干警分成两拨，一拨打扫战场，一拨押送林嘉仪下山，回警局。林嘉仪边走边对陈方说：“小陈，快给宗厅长打电话，告诉他这里发生的一切，为我申请弹道检查，我没有开枪。”

陈方答应着，连忙与省厅联系。

……

侯节恐怕连做梦也没想到，打死他的这一枪竟然是他为之卖命的詹发权开的。特警队出发后，詹发权也出发了，就潜伏在这周围。

他要借侯节之手消灭那七个街痞，同时又要借这次行动消灭侯节。佟大伟遇害，就是他派侯节干的。他怕林嘉仪查到侯节，早就有了除掉他之心。

他从另一条小路下山，开车直奔市局，他要赶在林嘉仪押解回来之前到家。一路上，他都在想，是栽赃林嘉仪还是放了他，最后，他还是决定放了他。理由有三：一、栽赃不一定能成功；二、侯节、街痞都已死，佟大伟的案子无从查起，不宜再节外生枝；三、林嘉仪手下能人很多，不宜与之结仇。

詹发权刚下车，办公室主任就上前对他说："詹局，米书记在会议室等着您，脾气很大，您可得小心点。"

詹发权点点头，快步上楼。米刚脾气的确很大，大老远就听见他在会议室里大喊大叫。他一进会议室，发现几个副局长都到了。米刚看着他说："你干什么去了？手机为什么打不通？"

詹发权愣了一下，说："我在办公室值班到很晚，回去的时候，在大街上碰见几个歹徒行凶，我与他们打斗时，手机被打坏了。"他从荷包里掏出被打坏的手机，"我还没来得及修哩，我怕局里有事，就又赶了回来。"

米刚只得不再纠缠这个问题了，让他入座。手机是他自己弄坏的，他早有准备。

米刚说："这么晚了还把你们召集起来开会，是有紧急情况要通报。特警支队支队长侯节在执行任务中以身殉职，怀疑打黑枪的人是江淮市公安局局长林嘉仪，我认为这不可能。在此，我给大家通报一个情况，林嘉仪同志是受省厅指派暗中侦查佟大伟一案的，佟大伟的案子名义上是了结了，实际上没有，省厅怀疑他是被谋杀的，为了保密起见，省厅只传达到我这一级。林嘉仪同志马上就要押解回来，你们该怎么调查就怎么调查，但不要冤枉好人，再出现一次佟大伟事件。另外，特警队这么大的行动，你们事先为什么不向我汇报，你们眼里还有组织有纪律吗？"

詹发权接过话碴儿说："米书记，这一点我要解释一下。陈县县委书记鲁边防几次要求我们派特警队去剿灭危害南山的匪徒，我认

为这是公安局的分内之事，就没有向您和市委汇报，只向林市长请示过，他同意我们的这次行动，但是，没想到侯节会把动静搞得这么大，连榴弹炮都用上了，他现在人也死了，再说什么也没有用了。我们一定吸取这次的经验教训，以后在重大行动之前向您和市委请示。”

“好啦，”米刚挥挥手，“这也不是开你的批斗会，我也不是要你事事向我请示……”

这时，楼下传来喧闹声，估计是押解林嘉仪的车到了，他向外看了看，转换话题：“侯节挨黑枪的事一定要查，不能让一个支队长就这样白白死了，在座的都是老公安了，你们就把眼睛放亮一点吧，给市委一个满意的答案。散会。”

大家都下楼去，米刚冷眼打量着詹发权，看他怎么处置林嘉仪。

林嘉仪戴着手铐被两个警察押解下车，一个领队模样的警察走到詹发权面前，给他敬个礼，然后向他汇报了案情发生的过程。

詹发权沉吟片刻，问道：“他当时用枪顶着侯队长的脑门子？”

领队答：“是的，在场很多干警都看见了。”

“侯节枪伤的部位在哪里？”

“在头上。”

林嘉仪冷冷地说：“左脑进右脑出，我用枪点着的是他的脑门子——前额，如果是我开枪，应该是前脑进后脑出，你们这些猪脑子，连这都不明白，还把我给抓起来。”

詹发权不理他，继续问：“他作案的工具在哪里？”

另一个警察上前，递上收缴的手枪：“就是这把枪。”

詹发权卸下弹夹一看，哈哈笑道：“你们真是些猪脑袋，还不快把林局长给放了，他的弹夹是满的，怎么可能是他打的黑枪呢？”

在场的三个警察面面相觑，极不情愿地给林嘉仪开了手铐，嘴里还嘀咕着：“我们亲眼看见的嘛！”

詹发权不满道：“你们亲眼看见他开枪了？你们只是看见他用枪点着你们的侯队长。办案子，一就是一，二就是二，不能主观臆断，以前我给你们讲过多少次了，这样办案子是要害死人的。”

林嘉仪一直冷眼打量他们，他觉得这事很怪，也不能全怪他们，就说："算了吧，詹局，当时情况紧急，怀疑我打黑枪也情有可原。"说完，转身走了。

押解他回来的几个警察异口同声地说："詹局，您可得为侯队长报仇啊！"

詹发权正色道："凶手一定要查，但也不能诬赖人。南山里的持枪匪徒并不只这一帮，会不会是别的匪徒开的枪？会不会是这帮匪徒中的漏网之鱼开的枪？你们回去再好好查查，一有情况就向我汇报。"

米刚没想到他会这样处理，他原以为詹发权会借此事件栽赃，把林嘉仪往死里整，没想到他会放了他，而且破案的依据让人无可辩驳。联想到白天审计局的汇报，他疑惑他们对詹发权的怀疑是不是弄错了？

今天上午，审计局的方局长向他汇报，对公安局的账务进行了全方位的审计，没有发现公安局高层有贪污和挪用公款等违法犯罪行为，连小金库都没有，比哪个部门都廉洁……

他的思维紊乱起来，分不清是非了，见林嘉仪已走，他坐上自己的车，也走了。

第十七章

这一晚，在运河市的官场上，注定是一个不平凡的夜晚——运河市的四大花旦之一，美女官员文化局长蓝潇湘被“双规”了。原因是涉嫌姜生予一案。

尽管坊间流传得十分厉害，但中国的法律规定性贿赂不入罪，纪检监察部门查贪官主要是查经济问题，一般不涉及个人私生活，所以，一段时间以来，坊间流传也只是止于坊间流传；可是，现在，蓝潇湘突然被抓，大家的注意力又都集中到姜生予这个案子上，各种舆论沉渣泛起，说什么的都有。蓝红玉和蓝潇湘同是运河官场的美女官员，人们戏称她们为“二蓝”，普通老百姓分不清是哪“二蓝”，蓝红玉出镜率高一些，加之此前绯闻满天飞，自然就想到她，以为她被抓了，替蓝潇湘担了恶名。米刚感觉形势不妙，立马安排蓝红玉频频上电视，什么副市长蓝红玉检查计划生育工作、副市长蓝红玉“三下乡”唱歌田间地头、副市长蓝红玉书市“发飙”等等，这样才使传闻有所消解。

这出戏不是詹发权安排的，但他又一次看到了民众抹黄的力量，他在办公室自言自语：“要是能把米刚和蓝红玉抹死就好了，他们不死，我就活得不自在。”

这时，牛队长敲门进来，递上南山剿匪的汇报材料。侯节死后，牛队长被提升为特警支队支队长，接替侯节的工作。牛队长名叫牛中根，是他多年培养起来的又一个心腹。

詹发权看了一会儿汇报材料，发现死亡名单上只有六个街痞的名字，他大吃一惊，问道：“不是有七个街痞吗，怎么只有六个？”

牛中根说：“报告局长，还有一个外号叫翻天，我们正在追捕。”

他额头上立即渗出细密的汗珠。他有印象，翻天就是他动过手的那个，是这帮街痞中的领军人物，这可怎么得了。牛中根递给他一片纸巾，问道：“詹局，你怎么了？”

“没怎么。”詹发权这才知道自己失态了，命令道：“这个人作恶多端，流窜到社会很可怕，你们要全力搜捕，活要见人，死要见尸。”

牛中根响亮地回答一声“是”，劲鼓鼓地走了。他一直嫉妒侯节在詹发权面前得宠，没想到侯节这个支队长的位置还没坐热就让给了他，他满心满眼地高兴，浑身上下都是劲。

詹发权的心情完全被这份死亡名单破坏了，接下来是给侯节等五位剿匪烈士主持追悼会，他一边念悼词，一边在心里说：侯节啊侯节，你可真是办事不力，死有余辜啊！

杀死自己的人为自己主持追悼会，还怪自己办事不力，这可真是天大的笑话。侯节若地下有知，不知会作何感想……

开完追悼会，他有了个主意，立即召开党组会。在会上，他说：“七个街痞死了六个，还有一个不知所踪，向侯节开黑枪的人很可能就是他，而且他手上有枪，对社会的危害不可估量，我建议向上级申请，发全国通缉令和进行网上追捕，同意的请举手。”

党组成员全都举了手。一张追捕翻天的大网很快在全国展开。

第二天，林光璧从北京回来。詹发权连忙把翻天漏网的消息告诉他。他敲着桌子说：“真是祸不单行，这么点事你都办不好。我在北京活动的情况也不理想，霍老头根本就不给我面子，还把我批了一顿，看来只能靠自己了。”

詹发权点点头，问道：“那我们下一步该怎么行动？”

“抹黄，使劲抹，往死里抹，不把他们整下台，我就一点希望也没有。”林光璧恶狠狠地说。

“明白。我也是这样想的，不把他们抹下台，我们就要下台，甚至还会成为阶下囚！”詹发权迟疑片刻接着说，“我看单纯的抹黄也不能把他们怎么样，中国的法律是性贿赂不入罪，只能算是生活作风问题，如果他们自己无所谓，我们也奈何他们不得。蓝潇湘这次被抓，据我了解，也是因为经济问题，她与姜生予乱搞男女关系的事省纪委根本就不过问。您看是不是还要加上抹黑?”

“抹黑?”林光璧凑近他，低声问道，“怎么抹?”

“这您就不用担心了，我早就准备好了，只等您一声令下。”

詹发权有不想把底兜给他的意思，林光璧一听就明白，奸笑着说：“你怕我说你诡计多端，没事，说出来听听，说不定我还能帮你查漏补缺哩。”

詹发权干笑两声，说道：“好吧！自打俞晶星开这个娱乐城起，我就担心出事，让她做了一个手脚，当时怕您说我们一个市长一个局长，还保护不了一个娱乐城，就没让她告诉您。我们用蓝红玉母亲的身份证开了一个账户，给账户上打了五十万元钱，原想有事时就把这笔赃款抛出来牵制蓝红玉，达到要挟米刚的目的，没想到应到了现在，娱乐城不用保护了，却可以栽赃蓝红玉，打掉米刚的这条得力臂膊，然后再狠狠地抹黄，臭气熏也要把米刚熏死。”

林光璧越听越兴奋，拍着他的肩膀说：“很好，很好，这着棋当时若告诉了我，说不定我真不让她这样走，现在却可以起到妙用了。先把蓝红玉搞到牢里去，然后屎盆子、尿盆子齐往她头上扣，什么恶心就往她身上抹什么，不愁她不臭，不愁米刚不倒。哈哈哈……”他得意忘形地大笑起来。

詹发权也跟着笑起来……

符樱目睹了蓝潇湘被抓的全过程，她更加为丈夫担心。

那晚，蓝红玉负气离开后，符樱和米刚又吵了起来，直到陈方打电话来，报告林嘉仪被抓，他们才终结。米刚从公安局回来后，发现符樱不在房间里。问留守在那的钱琛，他说符樱赌气走了，他拦也拦不住。米刚更加生气，懒得去找，懒得给她打电话，上床就睡。

其实，符樱并没有走远，她就住在听涛宾馆。她希望丈夫发现她不在房里后，满世界地找她，一遍一遍地打电话求她，可是，她等了一晚上，也没有等到丈夫的一个电话，反而目睹了蓝潇湘被抓的全过程，使她生气的同时又增加了几分紧张。

当时，她感到肚子饿，就到听涛宾馆的餐饮部去吃夜宵，蓝潇湘恰巧在这儿陪客人吃饭，显然，她是酒桌上的交际花，谈笑风生、左右逢源，觥筹交错间尽显女人本色，酒桌上的几个男人都为之倾倒。符樱所坐的大堂与她的包房正好相对，他们的谈笑符樱听得清清楚楚，心中正在感叹运河官场难怪会有性丑闻时，省纪委常务副书记龙威就带着三个纪委干部赶到了，对她说："蓝潇湘，你被'双规'了，请跟我们走吧！"

符樱在门外听得真切，连忙引颈向里看，只见蓝潇湘脸刷地白了，哭着说："我不去，我不去。"龙威对身旁的两个女干部说："搀起她。"其他人见形势严峻，赶忙都下了桌，两个女干部上前，一左一右搀起她的胳膊要挟她走，她却拉住桌子，就是不肯离开，还撒泼说："龙威，你是个什么东西，几次打我的主意我都没让你得手，你吃醋了，借查姜省长的案子来整治我，你公报私仇，我要揭露你的丑恶嘴脸，到了省纪委，我第一个要交代的就是你。"

她刚才的优雅、妩媚、玲珑全都没有了，取而代之的是泼妇形象、无赖形象、可怜形象，符樱不禁对她产生起怜悯之情。

龙威也不争辩，强硬地说："好吧，那你就到省纪委去说吧！"

两个女干部同时用力，几乎把她从椅子上提起来，但她的手还是死死地抓住桌子的两个角，像螃蟹的两个大钳子一样，紧紧地钳住桌子，眼里露出绝望。她知道，她的两个后台姜生予和鲁峥都倒了，她进了纪委就再难出来了。然而，螃蟹再厉害也还是会被人所缚。一个男性干部上前，把她的两只手生生地从桌子上剥离，手都剥出了血。她的脚又开始用力，紧紧地夹住椅子，最后，还是龙威

上前，拉住椅子，最后，四个人同时用力，才像捉螃蟹一样地把她捉上了纪委的车。

龙威上车时，她仍然不老实，一“钳子”夹住了龙威的耳朵，差点没把他的耳朵拧掉。龙威一发怒，厉声道：“给她戴上脚镣手铐。”随车一个穿检察官制服的人连忙从车里拿出银铛直响的脚镣、手铐，真的把她铐上了。她只能在车座上挣扎，呜呜地哭……

哭声甚悲，在这个五星级大酒店，在这个纸醉金迷的地方，显得很不和谐。

符樱全程跟踪，看了个真切。龙威的车绝尘而去了很久，她还怔怔地站在街边，耳边回荡着蓝潇湘的哭声。她倒不是为蓝潇湘担心，而是为米刚担心，她怕他也腐败了，被那些别有用心的女人腐蚀了。她得采取措施，阻止这种腐蚀。

回到宾馆，她上网浏览了关于米刚和蓝红玉的全部帖子，她也看出了有几张图片是人为做出来的PS图片，但有几张却是真的，比如米刚、蓝红玉、姜生予三人一起喝交杯酒的图片，场景真实，应该不是伪造的，还有米刚与蓝红玉在办公室里单独相处时，虽然没有赤裸相对，但那眼神，顾盼流眄，男的含笑，女的含情，应该不是假的。苍蝇不叮无缝的蛋，她认为他们之间还是有些什么，才被人家大做文章，同时也可以看出，他在官场上有敌人，而且是劲敌，要不然，人家怎么会这样糟践他。她的危机感越来越强，蓝潇湘像抓螃蟹一样被带走的情形在她脑海中一遍遍回放。

等到凌晨三时，米刚还没有给她打手机，她想，也许他此刻与蓝红玉在一起呢，我这厢还在为他如此操心，傻不傻呀？她也赌气上床睡了。

早晨，一阵手机铃声把她吵醒，她一看来电显示，是米刚的，本想不接，可心中又不忍，就接了。米刚在那端笑吟吟地说：“怎么样，不想再与我吵架了吧！今天天气不错，我陪你在运河市逛逛。”她没好气地答道：“你能丢得开工作吗？”

“能，这世上什么为大，夫人为大。天大的事我也要放下来陪你。”米刚油腔滑调。

“那好吧，我在听涛宾馆，你来接我，亲自开车。”

“慢着，慢着，我一大清早给你打电话，就是要告诉你，不要再生我的气了，我是爱你的，你现在肯定是个熊猫眼，没睡好，你就再睡一会儿吧，我会来接你的，免得运河人民看到了，说我米刚的老婆是个丑八怪。”

“去你的，”符樱不由得开颜一笑，苦恼也去了大半，命令道，“九点钟来接我，还要给我带来运河豆粉包，我最爱吃的那种。”

夫妻之间，有时争的就是一个主动，符樱感觉自己胜利了，抱住一个枕头，想着这就是米刚，美美地睡去了。

……

然而，到了九点钟，来叫门的却是米刚的秘书程桐。他手里拿着豆粉包解释说：“这是米书记给您买的包子，他正要出门时蓝市长来了，要谈非常重要的事情，脱不了身，就让我先来了，您看是到南山观光区还是到河滩公园，我陪您转转。”

符樱一听说他与蓝红玉在一起，心里就烦了，准备接包子的手缩回来，对他说：“程秘书，我不要你陪，你去对米刚说，是我重要还是蓝市长重要？如果是蓝市长重要，我可以给她让位。”

“这个，”程桐尴尬地扶一扶眼镜，“符大姐，实不相瞒，蓝市长是来递交辞呈的，米书记才不得不留下来与她谈心，在他的心目中，肯定是您重要。您消消气，先把包子吃了，说不定米书记就过来了。”

符樱也是当领导的人，知道不能因家事为难下属，就说：“好吧，你把包子留下，你和司机回去，让他一有时间就过来，我在这儿等着他。”

见她一副不容商量的口吻，程桐只得带着司机回到办公室。米刚还关着门与蓝红玉在谈心，他在门外等了一会儿，不敢贸然进去，就给米刚发了个短信，告诉他符樱要他亲自去。他收看了短信后，口里咕哝一句“真不懂事”，就毫不犹豫地把短信给删除了。

蓝红玉心里明白，一定是符樱在找他的碴儿，就说：“米书记，您真的不用再劝我了。您的知遇之恩我终生难报，可我真的不适合当这个副市长，您看，我当副市长后发生了多少事，我家里的，您

家里的，社会上的，关于我的绯闻，都快把我缠得透不过气来了，您还是让我到大学里去当个老师吧，与世无争，这些绯闻保证就自动消失了，嫂子也不会为难您了。”

米刚板起脸说：“难道我们共产党人还怕家属闹事，你还真以为我是个‘气管严’，没那回事，你不用理她。佟大伟为了查你被抹黄的案子，连性命都搭上了，林嘉仪本来是邻市的公安局长，可为了帮我们查清案子，大义凛然，昨晚还被我们的人戴上了手铐，你想想他们，你能在这个时候辞职吗？你放心，我会管好我太太的，绝不会让她成为抹黄你的帮凶，你也多做做胡子固的工作，不要再做亲者痛仇者快的事情了。我们再挺挺，发生在运河市的这些怪事很快就会有个了结的。”

蓝红玉还能说什么呢？她收起辞呈说：“好吧，我再考虑考虑，您快去安抚嫂子吧！”

正要动身时，他突然收到林嘉仪的短信，要他速回宿舍，有重要事情相商。他连忙叫住已走下楼的蓝红玉，让他跟自己一起走。

钱琛一直穿着便装看守米刚的宿舍。他开的房间与米刚的房间正好相对。林嘉仪先到了，躺在钱琛的房间里休息。他昨晚一夜没睡，双眼布满血丝，显得十分疲惫，一躺到床上，就呼噜连天，走廊上都听得见。

米刚回来了，钱琛要去叫他，米刚摆摆手，心疼地说：“让他睡会儿吧！他太辛苦了。”

两边的房门都打开着，里面的情形可以互相看见。林嘉仪翻个身，被子掉在了地上。蓝红玉看见了，走过去，拾起被子，盖在他身上。他却醒了，睁着血红的眼睛说：“你们来多久了，怎么不叫醒我？”

钱琛解释说：“米书记不让叫，想让您多睡一会儿。”

林嘉仪板着脸说：“你呀，真要急死我了，十万火急的事情，能让我睡觉吗？”

蓝红玉不忍他多批评钱琛，指一指米刚的房间，两人就过来了。一关上门，林嘉仪就说：“有好消息，也有坏消息。好消息是翻天落在我们手里了，坏消息是他现在昏迷不醒，必须尽快送离运河市救治。”

米刚和蓝红玉面面相觑，昨晚的那场激战他们都已经知道了，异口同声地说：“是怎么落到我们手里的？”

林嘉仪叹口气说：“是董今同志冒着生命危险救出的。我与侯节争吵时，他就在别墅的另一边，听得清清楚楚，见我阻止不了他们，他就溜进别墅，把脚已经受伤的翻天背在背上往外跑，但是，刚离开别墅，榴弹炮就到了，他们还是中了榴弹炮的弹片，翻天中得多些，现在处于昏迷状态，若能得到良好的救治，有可能醒来。现在他们待在南山的一个山洞里，必须尽快把他们转移到江淮市去，在我的地界上受保护，运河是不能再待了，运河警方正在四处搜捕翻天，要是落到他们手里，翻天肯定没命了。”

米刚问：“我亲自派人把守还不行吗？”

“不行，”林嘉仪毫不留情地说，“这是个重要证人，幕后黑手肯定会想方设法干掉他的。如果我猜得没错的话，侯节也是他干掉的，佟大伟也是他干掉的，他必须干掉这些知情人才能脱身。”

米刚叹口气说：“是啊，我在这个城市虽然是一把手，但实际上却是个聋子、瞎子，是个摆设，想保护一个证人都做不到，真是惭愧啊！”

林嘉仪连忙说：“米书记，这也不能怪您，只是我们的对手太狡猾了，太强大了，能呼风唤雨，这哪能算您的错呢。据我所知，您当书记这四年，运河市的经济是上了一个又一个台阶。”

米刚摆摆手说：“你别给我脸上贴金了，我们还是来讨论如何把翻天运出去吧！让省厅的同志来办行不行？”

“不行，翻天还活着的消息要高度保密，目前只能我们几个人知道，对手能量如此之大，在省厅不会没有耳目，保不准这个人就是省厅的人呢。我担心他得知翻天落在我们手里后，会狗急跳墙，对你们不利。”他已经得知詹发权在经济上是清白的，昨天又主动为他申冤，他现在也质疑自己对詹发权的怀疑是不是搞错了，公安部门的中高层干部若想做这种事，很多人都可以做到。

蓝红玉插嘴道："把翻天装扮成孕妇，利用胡子固生殖医学研究中心的救护车把他送出去，你看行不行？警察一般是不会仔细检查正在临盆的孕妇的。"

林嘉仪思索一会儿说："好是好，但是我怀疑生殖医学研究中心有他们的耳目，对胡子固的抹黄就是证明，上下配合得天衣无缝，让你想反驳都没门。"

"不怕，开护救车的是我们的一个远房亲戚，我们会嘱咐他保密的，再说，即使他们后来发现了，我们也已经把人送走了。"

米刚说："我认为这个方法可以试一试，只是胡子固会配合吗？"

蓝红玉羞涩一笑："我们已经和好了，他应该会的。"

"那就试一试吧！"林嘉仪同意了。

林嘉仪一走，蓝红玉就对米刚说："米书记，我想好了，我不辞职了，江淮市公安局的同志都为我们的案子浴血奋战，我怎么能退缩呢，我和您战斗到底。"

米刚欣慰地说："这才是我心目中的蓝红玉。你快去说服胡子固吧，好好配合林嘉仪，把坏人揪出来，我们的工作就好做了，人民的生命财产才能得到保障。"

蓝红玉点点头，动情地说："您也要关注自己的生活，快去安慰嫂子吧，只有后方稳定了，日子才能过得舒心。"

米刚笑着说："谢谢提醒。"

然而，米刚给妻子打手机时，符樱的手机却已关机了。

此时已到正午，符樱是故意关机的。久等他不来，符樱非常生气，比昨晚还生气，她就一个人到河滩公园去散心，同时关上了手机，对自己说：你不来，我还不伺候呢！

米刚只得让司机开车去听涛宾馆，上楼时边走边想：都老夫老妻了，还玩这种把戏，符樱啊符樱，你真是越老越装嫩。然而，房间里没人，他只得沮丧地下楼，又觉得就这样走了不太好，就又返回来，写一个字条交给楼层服务员，让她交给符樱。字条上写的是一则幽默：

吃可以大家一起吃。

玩可以大家一起玩。

睡就各睡各的吧!

老夫：米刚

他认为家庭矛盾难分是非，对妻子能逗就逗，他想借这则幽默告诉符樱，他没有上错床，同时也想告诉妻子，他来过了，有字为凭，给她以安慰。

符樱在河滩公园转了一会儿，越转心中的怨气越多，最后想到去找一个人，心情也许会好一些。这个人能向她透露情况，能被她骂，还能与她同病相怜，那就是胡子固。她昨晚在网上查看米刚与蓝红玉的绯闻时，已得知蓝红玉的老公名叫胡子固，在江东省生殖医学研究中心工作，她要去会会他。

她到达时，胡子固刚刚接诊完上午的最后一个病人，正背对着她洗手。她敲敲门问："请问胡子固专家在吗?"

他转过身说："我就是，已经下班了，下午再来吧!"

"我不是来看病的，我就是来找你的。"符樱不客气地走进来。

"我们认识吗?"胡子固感到很奇怪。

符樱摇摇头："不认识，但有一个人你肯定认识——米刚，我是米刚的老婆。"

"哦，您是米夫人。"胡子固换上热情的笑容，"您找我有什么事?"

"当然有事了，难道你不知道?"

胡子固憨憨一笑："您是说网上的那些烂事吧，那都是些无稽之谈，是一些无聊的人抹黄他们，我劝您也不要相信，我过去相信过，差点把好端端的家给毁了!"

符樱轻蔑一笑："真的?"

胡子固真诚地点点头："真的。爱她就要相信她。"

"我说你是个榆木脑袋，她说什么你就信什么，我就不信!"她

来是想得到慰藉的，哪知他是这么个态度，她觉得这世上只有她一个人是痛苦的，别人都是快乐的，她就更加痛苦，哭着说，“我老公原来非常爱我，可自从提拔了蓝红玉这个狐狸精后，他就变了，连我来了都不理不睬，你说他们能没问题吗？我昨晚就把他们堵在了房间里，他们连衣裳都脱了。”

胡子固怔了怔，但还是说：“蓝红玉昨晚回来给我说过这事，他们是在一起研究工作，你可能误会了。”

“我误会？你难道就一点都不吃醋？”符樱抹一把眼泪说，“你到底还是不是个男人？是男人就与蓝红玉闹，管好她，别让她给自己戴绿帽子。漂亮女人当官，哪有不被男人吃豆腐的？说不定还是主动送上门。”

这时，有人过来，伸着脖子向里看。胡子固走过去，关上门，低声对她说：“米夫人，听说您是当总经理的，而且是跨国公司，你说这话，不等于是说自己也是那样过来的。”

符樱一愣，随即说道：“我是个特例。我来找你不是来找羞辱的，我希望你能管好蓝红玉，不要再让她与我老公拉拉扯扯了，我虽是个总经理，但为了捍卫家庭，我也会不顾一切的，你们好自为之吧。”

她说完就去开门，为了制造怵目惊心的效果，她把门死命一摔，“哐”的一声巨响，惊得胡子固打了个寒噤。

冬天的夜来得早，南山的夜就比城里来得更早了。刚过六点，山里就黑黢黢的伸手不见五指了。蓝红玉趁着夜色，带着女人的衣裳和一个假发套猫进了一片密林，董今和翻天就躲藏在密林后的一个山洞里。翻天已经奄奄一息，董今腿也被榴弹炸伤，一走一瘸。

蓝红玉帮翻天换上女人衣裳，又拿出自己的化妆品，给他脸上涂些脂粉，再戴上假发套，啊，还真像个女人。再把他换下来的衣裳一绾，往他腹部一塞，一个要临盆的孕妇就活灵活现了。

林嘉仪派出两个警察，化装成护工来抬担架。为了慎重起见，他特意调来了特警队，全都穿着便装在这一带活动，迫不得已时，他抢也要把翻天抢到江淮市去。

救护车沿盘山公路而上，停在离小木屋最近的地方。胡子固坐在车内，心里紧张急了，感觉就像在干特工一样，可他又不是一个训练有素的特工，随时都会露馅儿。化装成护士的女警察陈菲就安慰他不要紧张。

与警方作对，对他来说还是第一次。中午，蓝红玉找到他时，他心中正有一肚子气，符樱的话还是刺激了他，但是，他与蓝红玉这几天正如胶似漆，不便发作，只得生闷气。蓝红玉却把他拉到酒店去吃饭，说要与他玩“真心话大冒险”。他以为她想与他做那事，就答应了，哪知道她是要他冒险叫出救护车来护送这个十恶不赦的歹徒。他本不想干，劝她也不要与公安作对。蓝红玉却说，这个人对我们很重要，佟大伟就是查到他时遇害的，一定要帮林局长保住这个证人的命，破了佟大伟的案子，她被抹黄的案子也就真相大白了。他事先已经答应大冒险，不便食言，只得同意。

担架终于抬上了车。一涉及到医生的工作，他就镇静多了，忙对翻天进行简单的救治，并打上吊针。蓝红玉握一下他的手，对他说：“遇见盘查的，一定要镇定，我喜欢有冒险精神的男人。”他点点头，感觉心里又踏实了一些。

救护车启动，其他人分乘几辆车围绕在救护车周围护送。司机卢师傅拉响救护笛，一路上风驰电掣，没有受到任何阻挡。胡子固正在暗自庆幸时，车被拦下了。原来车已到了出城的东大门，出了东大门，就是江淮市的地界了，运河市公安局在这里设了卡。

卢师傅停下车说：“里面救的是一个高危产妇，要赶快送到上海的大医院去抢救。”

一个老警察说：“产妇也要检查，现在全国都在抓捕翻天呢！”

胡子固的心提到了嗓子眼，陈菲向他摆摆手，示意他别紧张。她打开后车门，对警察说：“你们检查吧，但病人生命垂危，希望能快一点。”

一个年轻警察走过来看了一眼，见真的是个女人躺在那儿，脸白得像张纸，没多看，随便问了句：“哪个单位的？”

陈菲答："江东生殖医学研究中心的。"

他挥了挥手，算是放行。卢师傅又拉响救护笛，疾驰而去。

他们的车队没走出五分钟，牛中根带着巡逻队就来到了这个盘查点，问在此设岗的三个警察："有什么新情况没有?"

他们都答没有。过了一会儿，那个老警察说："不过有一点可疑，江东生殖医学研究中心的救护车刚过去，他们护送一个孕妇去上海生产，江东生殖医学研究中心是我省生孩子的权威医院，有什么难产是他们搞不定的，还要送到上海去?"

牛中根肯定地说："你怀疑得对，我打电话到研究中心问问。"

他连忙拿出手机，给研究中心主任厚毓英打电话。厚毓英说查一查，就挂了机。过了一会儿，他的手机响了，却是詹发权打来的电话，命令道："快去追赶那辆救护车，翻天很有可能就在车上。"

警笛鸣叫起来，警灯闪闪起来，他们开着警车急速追赶，终于追上了救护车。牛中根跳下车来，对卢师傅厉声道："停车。"

卢师傅无所谓地说："干什么啊，人命关天，你们不是查过了吗?"

"刚才没查仔细，还要再查，快开门。"

卢师傅慢吞吞地下车，极不情愿地把后门打开。陈菲在车内吼道："女人生孩子，你们看什么啊!"

车内确实有一个孕妇正在生孩子，痛得满头大汗。胡子固用手托着她的臀部，口中说着："吸气，吸气。"

牛中根斜着眼看了一会儿，问道："你是胡子固。"

胡子固抬起满头大汗的脸，不屑地说："是的，没什么事就快放行吧，我们还要赶到上海呢，晚了这个产妇就没救了。"

牛中根拿眼睛又在车厢里转了一圈，确定里面确实没有翻天后，才转身挥挥手："走吧。"

卢师傅又开上车走了，不过，这次不是风驰电掣，而是慢悠悠的，不多久，车厢里就传出"哇"的一声啼哭，一个男婴呱呱坠地了。他们都欢呼起来。原来，救护车出东大门后，林嘉仪派来接应的车队立马把翻天换了下来，换上了一个真要生孩子的女警察。他们的移花接木完成得真漂亮。

车停下来，胡子固擦一把头上的汗，对随后赶来的蓝红玉说：“我可是又经历了一次考验啊!”

蓝红玉欣慰地看着他，悄声说：“考验合格!”

米刚也赶上来，握着胡子固的手说：“你不但搞科研是一把好手，还可以搞特工嘛!”

胡子固以笑作答。他对米刚还是心有芥蒂的。

蓝红玉是坐在米刚的车里跟来的，他们做梦也没有想到，还有一个人在全程跟踪他们，那就是符樱。

符樱在胡子固那儿受了气，心中更加烦闷，就到租赁公司去租了一辆宝马轿车，同时向董事长请了十五天的长假。她要跟踪丈夫，把丈夫的底细摸清楚。

符樱停下车，向他们走去。夜很黑，他们没有发现她。她走到跟前，冷冷地说：“鬼鬼祟祟的，搞什么鬼名堂?”

米刚大吃一惊：“你怎么来了?”

“你们孤男寡女在一起兜风，我为什么不能来?”她像吃了火药一样，愤怒地说。

米刚赶忙把她拉到一边，低声说：“我们在搞一个很秘密的事情，你就别给我添乱子了，回家后再向你解释吧!”

“添乱?”符樱仍然气呼呼地说，“你把我扔在那儿不理不睬，却跟别的女人在车里有说有笑，我还添乱，是不是她比我年轻啊?”

米刚捂住她的嘴说：“你别瞎说了，她男人在这儿。”

她掰开米刚的手：“她男人在这儿怕什么，我就要说。”她的声音更大了。

米刚又捂住她的嘴说：“我现在就陪你去兜风好不好，我求你别闹了。”

他的声音瓮声瓮气发着颤，符樱听了，揪心地疼。她含泪点点头，米刚这才放开她的嘴。再开口时，她的口气缓和多了：“两个车，怎么兜风?”

这时，救护车已开走。米刚说：“你上我的车，你的车给蓝红玉他们，今天大捷，我们都开车兜风去。”

符樱走到胡子固身边，把车钥匙给他，但还是没忘了挖苦一句："胡子固啊胡子固，你可真吃得住啊?!"

胡子固不答话，看着她的背影直摇头。蓝红玉走到他身边，幽幽地说："又让你受委屈了。"胡子固晃一晃手中的车钥匙说："走，宝马，我还没开过这么高档的车呢，兜风去。"

胡子固坐在了驾驶席，蓝红玉坐在了副驾驶席。胡子固一踩油门，车像离弦的箭一样飙了出去。他大叫着："哦嚯，宝马就是与众不同。"

蓝红玉感受得到，他这是故意用欢笑来缓解自己内心的窘迫，她不想让他带着情绪开车，就说："我白天答应过你，事成之后，一定要好好犒劳你，现在你漂亮地完成了任务，该是我犒劳你的时候了。"她的意思是与他在车里做爱。

他应该明白她的意思，却故意说："怎么犒劳?"

她娇嗔道："你真坏。"

"还是让我来出个主意吧!"他边开车边说，"你让我玩了一次大冒险，我也要让你玩一次大冒险，就算是对我的犒劳吧!"

"怎么冒险?"她红着脸说，"不要太变态哟!"

"当然不会，我要你陪着我到山里去，南山的山。"

"你想在野外啊!"

胡子固笑而不答。

蓝红玉还他一个温柔的笑，表示接受。

胡子固把车直开到南山观光区的胭脂路，然后把车停下。准备上山。胭脂路在古代就是一条繁华的街道，以出售胭脂而闻名，现在不用出售胭脂了，但街上到处是涂着胭脂口红的女人和来此寻欢作乐的男人，相当于是个红灯区。胡子固与楼卉的"奇遇"就是在这条街的尽头，靠山的第一家。

蓝红玉感觉这儿似曾相识，当走到山边，看到那家休闲屋有娇艳的女人向胡子固招手，她突然想起来了，这不就是传闻中丈夫嫖娼的地方吗？她快走几步，走到胡子固身边说："你带我来这儿干什么?"

胡子固诡谲一笑："你到了就知道了。"他向那个休闲屋看了几眼，然后牵着妻子的手，钻进了黑咕隆咚的山林。

越往里走，山林越显得神秘莫测，蓝红玉有些害怕了，拉着他的手说："我们回去吧，这山里好可怕。"

胡子固却笑吟吟地说："你不是喜欢有冒险精神的男人吗？我现在胆量变大了，你却害怕了。"

蓝红玉娇嗔道："但你不能带着我一起冒险啊，你还是别撑了吧，你有多大个胆，我还不清楚！"她见前面有一个地方，比其他地方的黑色显得淡一些，估计是块石头，她摸过去，果然是块石头，就对胡子固说："你不是想在野外做吗，我看这儿就好。"

胡子固摸过去，坐在石头上喘着粗气说："嗯，这儿不错。"他从随身背的挎包里拿出一个塑料垫，铺在石头上。两人偎依在一起。

静下来后，蓝红玉才发现这山里并不静，此起彼伏地传来女人的呻吟声和男人的喘息声。原来，有些男人带着妓女到野外寻欢。她感觉上当了，掐一下胡子固说："你怎么也不上进了，和那些坏男人为伍。"

他本来对在山里做爱心有余悸，这一掐反而掐起了他的欲望。他一边解她的衣裳，一边笑嘻嘻地说："我嫖我老婆，无关上进。你不就喜欢探索新的性爱之道吗，这就是一次美好的尝试。"

蓝红玉很忌讳"嫖"字，由嫖就想到"娼"，由娼就想到自己，传闻自己对多个领导行性贿赂，不就是娼吗？看来，他带自己来这儿是别有用心的……

他让她背过面去，蹲在石头上，他要玩"策马奔腾式"。她心里尽管别扭，但还是顺从了。谁要自己有那么多绯闻呢？谁做了自己的丈夫心中都会难受的，何况米刚的妻子刚才还刺激过他，他能不上心吗？

胡子固进入她身体，口中还念着："我嫖我妻子，我嫖我妻子……"

蓝红玉的眼睛湿润了，她倍感屈辱，但还是忍着，轻轻地呻吟，轻轻地呻吟……

其实，在他心里，嫖的并不是他妻子，而是楼卉。嫖客们带妓

女到山里做爱是楼卉讲她的经历时告诉他的。他今晚心情非常郁闷，符樱对他的刺激迫使他急需要一个排泄愤懑的窗口，这个窗口就是嫖娼，把妻子当做楼卉嫖娼……

他知道蓝红玉流泪了，完事后，他吻着她的泪眼说："对不起，我相信你与任何一个领导都是清白的，但听了符樱的话，我心里还是抑制不住地难受，你给我点时间，我会自愈的，一定会……"

蓝红玉喃喃道："我相信你，我不介意，如果换了是我，我也会难受的。"

心中的结解开了，走出山林的路上，两人手拉着手，边走边唱《梁山伯与茱丽叶》这首歌。他们早就约定要唱这首歌的，可没想到会是在"嫖娼"之后唱：

胡子固：我的心唱首歌给你听
歌词是如此的甜蜜
可是我害羞我没有勇气
对你说一句我爱你
蓝红玉：为什么你还是不言不语
难道是你不懂我的心
不管你用什么方式表明
我会对你说我愿意

第十八章

詹发权一接到厚毓英的电话，心里就烦躁不堪。如果说翻天逃跑了，还有被抓到的可能，还有被打死的可能，可他要是落在了米刚和林嘉仪的手中，那么自己就要大难临头了。尽管牛中根打电话来说胡子固救护的真是一个孕妇，但他还是预感到翻天已经落网了，只是自己的这个傻部下缺少火眼金睛。他恨林光璧，恨俞晶星，自己当时就觉得与这些街痞见面不合适，可是他们硬逼着自己向他们亮牌，要威风；他也恨自己，若不是官迷心窍，就不会与蓝红玉作对，就不会这么倚重林光璧，就不会对他的话言听计从。现在坏主意都是林光璧出的，坏事却都是他做的，要完蛋，首先就是自己完蛋……

手机铃声打断了他的恨天恨地。是陆悦的电话，她小心翼翼地问："詹叔叔，你那边说话方便吗?"

"方便，你说吧!"

"不知道这算不算个情报。"陆悦说，"米刚的老婆来了，就住在我们宾馆，两人好像闹矛盾了。米刚给她留了个字条，我觉得挺有意思，念给您听听。"她轻轻念了起来。

米刚的字纸本来是放在楼层服务员那儿，陆悦与这个楼层服务员关系很好，工余时间常来串门，晚上来恰好看见了，就把字条上的内容记了下来，向詹发权告密。

詹发权等她念完，说道：“这个情报很重要，你继续盯着他们。”

这对他来说是个好消息，他就怕米刚的老婆没行动呢！米夫人来了，对他来说，就多了一把对付米刚的投枪和匕首。他现在要两把匕首同时插向米刚的心脏，以自保。另一把匕首当然是蓝红玉。

他立即给林光璧打电话，把自己的计划告诉他。林光璧说：“可以，尽快把蓝红玉变成一把刺向米刚的匕首。我在省里活动的情况也很乐观，省里已经有几位领导同意由我来接替米刚的市委书记一职了，在马上就要召开的党代会上任命，消息很快就会传到市里来，他没戏了，这也可以算是刺向米刚的一把匕首吧！”

詹发权激动不已：“也就是说，三个月后，您就是一把手了！”

“可以这么说吧，你好好干。市长这个职位我会想方设法帮你弄到手的。还有，市政法委书记于忠焕涉嫌姜生予一案，省纪委昨天给我们打了招呼，要我们把他换下来，我准备在下个星期一的常委会上推举你来接替他。这样有利于你来整蓝红玉的案子。”林光璧娓娓道来，如同在谈家常。

“谢谢，谢谢，我一定好好干，为您效犬马之劳。”林光璧的话就像热度很高的光波照进了他的心里，一瞬间就把他所有的沮丧、阴霾照得烟消云散，他已经不仅仅是激动了，而是感激涕零。挂上电话许久，他还喃喃地说：“跟着他干真不错。”

口红给他发来短信，说她快断炊了，让他快送粮食去。他脱掉警服，穿上便装，夹起一条黑魔鬼就去了小区的地下停车场。

在地下停车场，有他三台车。一台是公安局配给他的警车，一台是他老婆陆春枝的私家车，还有一台豪华奥迪，连陆春枝都不知道，是生殖医学研究中心主任厚毓英前不久送给他的。厚毓英的弟弟杀了人，被牛中根抓住，厚毓英为了救弟弟的命，送给他这辆价值三十多万元的豪华车，还帮他抹黄胡子固……

想到胡子固，他觉得这个交易值得。他晚上出门一般都是开老婆的私家车，今天精神爽，他想，好精神也要好车相配才行，今晚就开这辆新车出去吧，一定要与口红玩个痛快，宣泄他的快乐。

他把车开到运河公园的“性爱长廊”，口红已经在第八个藤蔓道等着他，他们早就约好在这里见面的。一钻进车里，她就娇嗔道：“怎么来得这么晚，快把我冻死了。”

“你没开车来？”詹发权问。

“你不是说怕有人跟踪吗，我打的来的，路上换乘了三辆的士。”口红边说边解扣子，“来吧，我知道你又想要了。”

詹发权把烟递给她说：“小乖猫，你可真懂我的心啊！”

他放下坐椅，两人交替上升时。突然，一个人影在窗前一晃，詹发权连忙警觉起来，停下动作说：“那个狐闹闹现在还缠不缠着你？”

口红点点头：“她经常来找我聊天、换爬虫，我知道她醉翁之意不在酒，与她保持着距离呢。”

“那就好。”他又动作起来，可总是心神不宁，感觉有一双眼睛在窥视他。最后，他只得说：“我今天有点累，力不从心，改天再与你好好做吧！我这段时间没精力管你，你没在外面偷腥吧！”

口红点上一支烟，吐口烟圈说：“怎么会呢？你抹黄别人，是不是抹出职业病了？”

詹发权摸摸她的脸，笑道：“我这不怕你有闪失嘛！现在是特殊时期，你一定不要与任何人交朋友，这段时间接近你的人，十有八九都是有目的的。告诉你一个好消息，我马上要当市长了，正市长，这个城市的总二把手，政府部门的一把手，以后，你想要什么就会有什么。跟着我好好干，我绝不会亏待你的。”

口红却说：“别的我也不想，只要你不断我的炊就行。”

詹发权把她搂在怀中：“不会的，到时我让你到公安局去当个缉毒大队长，你想要什么毒品就有什么毒品，行了吧？”

口红喷他一口烟圈，说：“吹牛，我这号人还能当缉毒大队长，你别杀了我就行。”

“怎么会呢，我疼你还来不及。”他又有了感觉，趁她不注意奋

力进入她的身体。

“哎哟！”她叫唤一声，娇嗔道，“你怎么不打声招呼？”

她这声叫唤不是装的，詹发权一下子到了高潮。他叹口气说：“真正的高潮是如此享受，难怪那么多贪官为了女人送了命。”

口红说：“我可没要你送命，我也没要你贪过，是你牢牢地把我拽在手心不放哟！”

“知道，知道。”他对她的小小龃龉不满起来，又想到她的安全问题，说道，“你不能再住在汇春花园了，你这种女人，他们要是对你上点手段，你只怕立马就会把我出卖了。”

“那你准备把我弄到哪里去？我帮你做了那么多坏事，我也担心他们来抓我。”

“离开运河，到上海去。”

“去那么远的地方啊，我的那些爬虫怎么办？”

“弄死，全都弄死。”詹发权不耐烦地说。

“我知道你就这德行，满足了你就不再把我当人。”口红噘起了嘴。

又有人影在车前晃，詹发权立即戴上墨镜，猛地拉开窗帘，他看见的是一个女人的背影。口红也看见了，惊呼道：“狐闹闹！她跟踪我?!”

詹发权点点头：“你看见了吧，你已经被人跟踪了，你现在一回去，恐怕就会被他们的人逮起来，严刑逼供。你不想落到他们手里吧？”口红点点头，“那就跟我走，我还有事要你办呢。”

“那好吧！”口红迟疑了一会儿说，“但你一定不能断我的炊，我可是一天都离不了黑魔鬼啊！”

“放心，只要你按照我的话去做，我保证不让你断档。”

他把车开出藤蔓道，徐徐地向出口处开去，不一会儿，就有一辆红色跑车开出了藤蔓道，缓缓地跟在后面。詹发权从后视镜里看得清清楚楚，庆幸今晚开的是一辆崭新的车，也不怕她记车牌号查访，要是开陆春枝的私家车，那可就糟了。因为这个车牌号是侯节用老家农村一个亲戚的身份证代他办的，而这个亲戚根本就不知道他的身份证被人冒用了。

甩掉这种业余侦探对他来说还不是轻而易举的事，车到大街上，他几个弯拐，就把那辆红色跑车给甩掉了。

开红色跑车的的确是狐闹闹。她第一次与口红接触，就感到她与正常女孩儿不同，很有可能吸毒。她一个女孩儿，又没有固定工作，仅靠那点自由职业的收入不可能承担得起吸毒的费用，她的父亲虽然在国外做生意，但赚的钱也不可能供她吸毒啊，那么她背后一定有一个人在供养她。这个人会是谁呢？尽管她矢口否认与詹发权有关系，但她还是认为这个人就是詹发权。为了印证自己的猜测，她这段时间经常借交流养爬虫经验之名，请她泡吧、喝酒，但口红对她总是不冷不热，没从她口中得到任何有价值的信息。她就采取守株待兔的办法，在汇春小区门外租了间房，每天留意她的进出情况，今晚发现她鬼鬼祟祟地出门，她就开车跟踪而来，刚刚发现猎物，还没看清猎物是谁，却让他跑了，只记下了车牌号码。

她沮丧极了，拍打着方向盘自言自语："我真没用！"

星期一早上，蓝红玉一到办公室，詹发权就带着经侦处处长杨桃香进来了，似乎一直在外候着她。蓝红玉很诧异，笑对詹发权说："詹局长找我，肯定没好事。"詹发权笑一笑说："蓝市长，这一次可不是我找你，是我们的女处长杨桃香找你，她一个人不好意思来，特让我作陪。"

蓝红玉一愣："杨处长找我，有什么事吗？"

詹发权看看杨桃香："还是你自己说吧！"

杨桃香咳一声，说："是这么回事，蓝市长，我们查封怡红娱乐城时，从俞晶星的办公室里搜查到一个秘密账本，上面标明她曾经送给你五十万元人民币，我们想向您核实一下。"

蓝红玉听得心惊肉跳，嘴巴几乎张成了"O"形，过了好半天，她才回过神来，气愤地说："这是栽赃，这是陷害，我根本就不认识这个女人，怎么可能收她的钱呢。我是分管文教卫的，与她开的黄赌毒娱乐城根本就不搭边，她送钱给我干什么？要贿赂也是贿赂你

们公安局啊!”

杨桃香不为所动，冷冷地说：“恐怕还是搭边的，娱乐城要得到你们文化部门的许可证才能开办吧？要受你们文化稽查的监督吧?”

“你什么意思？你怀疑我受贿？怀疑我是她的保护伞?”蓝红玉站起来，义愤填膺。

“蓝市长，你不要那么激动嘛，我只是想请你到我们公安局去了解一些情况，希望你能配合我们经侦处的工作。”杨桃香不紧不慢地说。

“如果我不去呢？我是市委常委，人大代表，要逮捕我，还轮不到你们!”

詹发权一直看着她俩争执没有发言，这时，他接过话碴儿道：“蓝市长，我向林市长请示过，他认为仅凭一个账单说明不了什么问题，俞晶星在逃，查无对证，确实有可能是栽赃陷害，要我们不要把动静搞得太大。经侦处只是例行公事，想请你到公安局去和相关人员对质，你没有受贿，自然就没事，如果按照组织程序上报到市纪委、省纪委、市人大、省人大，这一圈走下来，动静就太大了，没事也变成有事了，你说是不是?”

这话说得有道理，无懈可击，蓝红玉将信将疑，就说：“好吧，谢谢你们的好意，我就跟你们走一趟。不过，詹局，你知道的，上午十时就要召开常委会，等我把常委会开完了再去你们公安局行不行?”

“这个……”詹发权做出为难状。

杨桃香说：“蓝市长，你也是知道组织原则的人，我们现在向你表明了要核查的方向，你若不及时跟我们走，反显得我们给你通风报信，以后有什么事就说不清楚了。现在才刚刚八时，公安局离这儿不远，我们争取九时半结束对你的核查，不影响你回来参加常委会，你看行不?”

蓝红玉见她说得恳切，不想为难她，就说：“好吧，就按你的意思办。”

可是，一走出办公大楼，她就后悔了。詹发权和杨桃香都穿着警服，一左一右，她走在中间，下楼时她还没什么感觉，可一到楼外，她就立即感觉到了异样。此时正是机关上班的高峰期，进大楼的人们连忙停住脚步，让开道路，人为地形成一道人墙甬道，甬道的尽头则是十几辆闪着警灯的警车，虽然没有拉警笛，那场面也够让人惊心动魄的，她则像个罪犯，被两个警察押解着走向警车。她想说几句，可在这种环境下，能说什么呢，不是你同意跟他们走的吗？她只得不说，冲她认识的干部们打招呼。

大楼离大门约两百米，很快就走到了。她一上警车，警笛就拉响了，十几辆车的警笛，一下子把人们的目光全都吸引过去，然后，警车呼啸而去。

“蓝市长被抓了。”整个市政府一下子炸开了锅，到处都是交头接耳议论的人。

林光璧也不辟谣，他要的就是这种效果，要的就是在常委会召开之前“抓人”，给米刚重重一击。今天要召开的常委会是专题研究新的政法委书记人选，如果他所料不错的话，米刚的人选应该是蓝红玉，可他怎么能让蓝红玉占据这么重要的位置呢？

很快，消息就传到了米刚那儿。米刚大吃一惊，连忙给林光璧打电话，问是怎么回事。林光璧打着哈哈说：“公安局怎么敢抓一个市委常委、省人大代表哩，这事詹发权给我汇报过，他们只是想向她核实一些情况。我让他们不要把动静搞大了，就没有向您老班长、纪委、人大反映，估计过一会儿她就会回来的，不会误了开常委会。”

蓝红玉在开常委会之前确实来到了会议室，但是，走不走这一趟，意义却是大不一样。常委们都用异样的眼光看着她，傻子都知道，被警察抓走不是好事，何况这年头，当官的被抓是经常的事，每天都有的事，就像抓小偷一样频繁。

米刚心里只叫苦，他确实想在这次常委会上把蓝红玉推举为政法委书记，没想到会在这个时候，有人会对她下套，让她到公安局去走了一遭，最大的嫌疑人当然是詹发权，最大的受益人也将是他，很多城市都是政法委书记兼任公安局长，林光璧不会不为他争取。

果不其然，在推举人选时，林光璧推举了詹发权，他的理由很

充分，公安局长担任政法委书记在全国的大中城市是一个普遍现象，有利于开展工作，是依法治国、依法执政的需要。米刚还是硬着头皮推举了蓝红玉，但理由显得很不充分，什么女同志当政法委书记，有利于柔性执法，什么女同志当政法委书记，在全国恐怕也是个开先例的创举等等，说了一大堆，反显得他与蓝红玉有私。连一向认为他大公无私的宣传部长易水流都认为他在这个时候推举蓝红玉有问题。

最后决定以无记名投票表决。九个常委中，两个候选人退出，就只剩下七个人投票了，这七个人是市委书记米刚、市长林光璧、常务副市长任继捷、市委副书记祖宁、市纪委书记严冬青、组织部长仇世铭、宣传部长易水流。米刚虽然提名的理由不充分，但还是有赌一赌的胜算的。任继捷是一向站在他书记这一边的，组织部长和宣传部长一般也会站在他这一边，副书记祖宁和纪委书记严冬青两人摇摆不定，只要仇世铭和易水流支持他，蓝红玉就胜出了。然而，投票的结果令他大跌眼镜，詹发权五票，蓝红玉两票。也就是说，只有他和任继捷投了蓝红玉的票，其他人全都投了詹发权的票。

组织部长念完票后，望着米刚，等着他宣布结果。他站起来，推了推眼镜，大声说："蓝红玉同志在常委会前被抓到公安局，损毁了她的名誉，使她落选，我怀疑这是个阴谋，等把这件事调查清楚后再重新选举吧，今天的选举作废。"

他说完夹起公文包就要走，林光璧叫住他说："米书记，你怎么能够不顾组织原则呢？这是常委们的民意表决，不能你说作废就作废了吧！我们当领导的也要尊重民意、民权嘛！"

米刚在官场上一向以好性子著称，他今天决定打破这个好性子形象，与这些不负责任的常委们吵一架。他扭转身，面对他们说："你们不要用异样的眼光看待我，我与蓝红玉没有私，我只是要选举一个对人民负责任的政法委书记，以免像于忠焕那样又腐败掉了。此前对我与蓝红玉的抹黄，今天在开常委会前对蓝红玉的抓捕，这显然都是别有用心的表现，我现在不能说出到底是谁在别有用心，但是，我作为一把手，否决这种不正常的选举结果，这也是组织赋予我的权力。你们若还有什么意见，可以向省委反映，可以去告我。”

等他说完，林光璧提醒道：“米书记，是带走，不是抓捕。”

米刚盯着他，正色道：“十几辆警车，拉着警笛，闪着警灯，在大街上呼啸，生怕全市人民不知道——蓝红玉被抓捕啦！这还是带走吗？这还是不要搞出动静吗？我真不知道，谁给了公安局这么大胆，我们的公安局到底还是不是在共产党的领导之下。对一个市委常委、省人大代表都能这样想抓就抓，想抹黄就抹黄，对于普通老百姓，不更是可以草菅人命！难怪我市的治安工作搞不好，积案、冤案成堆，原来是我们的吏治没搞好。在这里，我要说一句，只要我还在位一天，我就要对公检法司四家单位严加整顿一天，绝不会像过去那样，考虑到自己是要退休的人了，做老好人，不得罪人。从现在开始，该得罪的人我一定会毫不留情地得罪。”

他的话说完，大家面面相觑。宣传部长易水流首先打破沉默：“我赞成米书记的提议，等还蓝市长清白后再重新选举，今天这样仓促上阵，的确难以选出合适的政法委书记。”

组织部长也表示赞同，其他人只得跟着附和，只有林光璧保留意见。最后少数服从多数，这次选举不算数，择日重新选举。

米刚意料之中的两票为什么没有获得呢？原来，昨天下午，省委组织部给仇世铭打电话，准备派工作组来考察林光璧，现在离党代会换届选举只有三个月，傻子都知道，这个时候来考察意味着什么，他不想得罪即将上任的新任市委书记，所以投了詹发权的赞成票。宣传部长易水流是个书生型的人，因为写得一手好文章，自命清高，常常以主观好恶行事，缺乏政治斗争经验，他认为米刚提议蓝红玉的理由不充分，蓝红玉一直绯闻缠身，现在还有受贿的嫌疑，这种人怎么能选哩，所以也投了詹发权的赞成票。

副书记祖宁和纪委书记严冬青投詹发权的票，则是詹发权做工作的结果，他昨晚分别给他俩打电话，不说要他们投自己的票，而是暗示他们林光璧要接任市委书记，米刚马上没戏了。他们与组织部长的心理过程一样，不想得罪即将上任的权贵人物，所以都投了

詹发权的票。米刚站出来坚持自己的观点后，他们又摇摆到米刚这一边。因为官场上的规则是穷将莫斗，米刚若真发起威来，他们谁也挡不住。

林光璧和詹发权的阴谋虽然没有得逞，但是，米刚的心情还是坏透了。晚上，在和林嘉仪与蓝红玉的碰头会上，他忧心忡忡地说："我还只有三个月就要下了，我真担心运河市的形势啊！林光璧接任市委书记，我心中一点底都没有。对这个人，我一直都看不透！"

蓝红玉也沉默了，她对这个人也看不透，说不上好，也说不上坏，搞经济工作有能力，可作为一个好干部，共产党所要求的那种干部，又差了一大截。过了许久，她才说："您能不能向省委建议一下，我认为任继捷接任市委书记一职比较合适。"

米刚苦笑一声说："在我心目中，接替我职务的最佳人选是你，可在这种时候，谁听我的呢？他们把我与你绑在一起抹黄，看来不仅仅是赶我下台，还让我张不了嘴，不让我推选你做接班人。"

"省委是什么态度？"林嘉仪问。

"不知道林光璧哪来那么大能量，我从国家发改委调来当市委书记时，省委还有很多不同的声音，可这一次，按顺序接班似乎已成为省委的共同声音了。"米刚沙着嗓子说，眉头拧成了一个疙瘩。

林嘉仪沉吟不语。再开口时，他说："狐闹闹让我查她跟踪的那辆车的车牌号，我已经让车管所的同志查了，登记这个车牌号的身份证是一个农村妇女的，应该是被人冒用了，对手简直不放过任何一个细节。"

"要不，把那个口红抓起来？"蓝红玉说。

林嘉仪苦笑道："对手已经对我们有所防备，陈方在汇春花园卧底，发现她自那晚出走后，一直没有回来，她房间里的恐怖爬虫都快饿死了，说不定她已被那个神秘男人杀人灭口了。翻天至今还没苏醒，医生说醒过来的可能性不到百分之十。条条线索都中断了。我还是第一次碰到这么狡猾的对手。"

米刚说："再狡猾的狐狸也会露出尾巴的，在我卸任之前，我们一定要把这个案子了结，给佟大伟等死去的同志一个交代。"

……

胡子固在家中来回踱着步，显得很焦急，他已经给蓝红玉发了几次短信，她都回信说有事不能回。一听到钥匙插入锁孔的声音，他连忙打开门，急冲冲地说："可把你盼回来了，公安局没对你动粗吧？"

"他敢，我是市委常委。"她解释道，"可能是詹发权想与我争政法委书记这个位子，要了点手腕，借请我去核实案子的名义，给我泼点污水，让他趁机上位。事情已经过去了，没什么，你不必担心。"

胡子固叠着双手诺诺地说："过去了就好，过去了就好。我想也是挡了谁的路，我说你现在官也够大了，就别与人争了。三十多岁做到正厅级，放眼全国能有几人，我只想与你过平安的日子。"

蓝红玉放下坤包，对他说："米书记马上要下了，等他下台后，我就辞职，到时候，你这个医学博士、著名专家可不许嫌弃我哟！"

胡子固的脸上立马露出笑容："怎么可能呢？你不当官，我还求之不得，现在离换届不到九十天，我说要辞职就现在辞，免得有人把你当眼中钉、肉中刺，搞不好又惹一身臊；回家当专职太太，我养着你。"

"真的？"蓝红玉娇笑道。绷了一天的脸，直到此刻才得以开颜，她感到家里好温暖。

"当然是真的，我是博士嘛，连老婆、孩子都养不活，那我还博什么？"

她坐到沙发上，拉着胡子固的手真诚地说："现在我还不能辞，佟大伟是为查我被抹黄的事送命的，我得等这个案子真相大白后才能辞职。到时，我一心一意给你做家庭'煮'妇，同时写几本哲学著作，绝不会赖着你吃白食的。"

"那将是多么美好的生活啊，不用勾心斗角，不用担心明枪暗箭。"胡子固摸着她的秀发，喃喃自语。

蓝红玉仰起头，孩子似的说："我饿了，给我准备了什么好吃的？"

"今夜月色很好，我准备了些吃的在车上，我们到南山去吃吧，边吃边赏月。"

“现在？到南山？”蓝红玉很惊讶。

胡子固点点头：“我会给你惊喜的。”

“太晚了吧！”蓝红玉不大想去。

“走吧，我想嘛！”

他向她挤挤眼，她以为他又想在山里野合了，不答应不好，就说：“好吧，看在你将来养我的份上，就答应你吧！”

胡子固在她额头上吻一下，说：“这才像我老婆。”

两人开车前往。胡子固确实在车里准备了很多好吃的零食，蓝红玉边走边吃，车还没到南山，她就已经吃饱了。她撒娇地把脏手在他的衣服上蹭两下说：“怎么感觉像度蜜月，你到底搞什么鬼？”

他似笑非笑地说：“你说是就是吧！只要你感觉幸福，我就幸福。”

“哈，胡子固也会甜言蜜语哪，看来我得刮目相看了。”

两人一路打情骂俏，不知不觉就到了南山。胡子固把车上她没吃完的零食全都装进一个大挎包，背上山。走到一株合欢树下，他停下说：“你知道这是什么地方？”

蓝红玉左右看看，惊叫道：“啊，到了我们的单身冢，这棵合欢树还是我当年亲手种下的呢！”

胡子固笑而不语，从挎包里掏出一个纸盒子，递给她说：“你看看，这是什么？”

蓝红玉狐疑地接过盒子，打开一看，原来是他的公仔——那次执意要挖走的公仔。她明白他要做什么了，泪水不禁夺眶而出，哽咽说：“你为什么要对我这么好，那么多不堪入目的图片，那么多撕肝裂肺的谣言，你还能包容我？！”

胡子固握着她的手说：“别哭了，傻老婆，过去是我不对，我这厢有礼了，今晚，我要与你再次举行埋葬单身仪式，不管以后将如何，我们都要共担寒潮、风雷、霹雳，共享雾霭、流岚、虹霓，好吗？”

蓝红玉抹一把眼泪，哽咽道：“你都快成诗人了，我能不感动吗？”

胡子固从挎包里又掏出一把铲子，在她面前晃一晃说：“感动了就干活吧！”

他蹲下身准备开挖，蓝红玉连忙放下盒子，阻止道：“别，别，既然是仪式，就要虔诚，让我用手刨吧！”

她蹲下身，真的用手刨起来。胡子固急忙握住她的手说：“那怎么行，你的手白白嫩嫩的，刨坏了会让人笑话的，要刨也由我来刨。”

月亮印在她的眸子里，她闪着泪光说：“那更不行，你的手是拿手术刀的，刨坏了怎么给病人做手术，还是我来吧，以此表示我对你的爱。”

胡子固只得放开她的手，不争了，眼里满是泪水，他也感动了。

久旱无雨的山地很结实，蓝红玉的指头都刨出了血，但她还是坚持着，不让他用铲子。经过半个小时的刨啊刨，终于刨开了单身冢，看到了土里她孤零零的公仔。

胡子固蹲下身，把自己的公仔与冢里的公仔摆在一起，然后小心翼翼地抔上土。

土堆起来后，两人再像当年一年，互相跪拜。仪式举行得极虔诚。山无语，树不言，只有月亮在脉脉地看着他们。

为了纪念这样一个特别的夜晚，他们在合欢树下偎依到天明……

第十九章

蓝红玉一到办公室，与昨天一样，詹发权和杨桃香就进来了。她意识到来者不善，但嘴上还是玩笑道："你俩怎么像幽灵一样，看见你们我就害怕哟！"

詹发权板着面孔说："我们的确是幽灵，专缠有问题的人。蓝红玉，我们今天不是来请你去公安局，而是来抓你去公安局。你涉嫌受贿被逮捕啦！"

有昨天的"演习"，蓝红玉心中并不惊慌。昨晚与胡子固在南山举行埋葬单身仪式时，她就预感到还会有更大的事情发生，但没想到会来得这么快。她不紧不慢地说："你忘了，我昨天告诉过你，我是市委常委、省人大代表，要抓捕我先要履行一套程序，你们把程序履行了再来吧！"

杨桃香从公文包里拿出一纸公文，向她桌上一拍，说："程序我们已经履行过了，你涉嫌受贿，赃款存在你妈的户头上，已被我们查获，案情明了，省纪委和市纪委不再干预，直接移交司法程序。由于此案要与俞晶星一案并案侦查，所以暂由我们经侦处羁押，等俞晶星一案有了重大进展后再移交检察院。"接着，她不无鄙夷地说，“尊敬的蓝市长，运河官场‘四大花旦’之首，花魁娘子，你还有什么不明白的吗？”

像是被人狠狠抽了一嘴巴似的，蓝红玉感到一阵晕眩，她扶着桌子，稳了稳心神，缓缓地说：“米书记知道吗？”

詹发权说：“林市长正在向米书记汇报这件事情，但你不要抱任何侥幸心理，即使米书记干预，我们也会依法办案的，任何人都没有凌驾于法律之上的特权，何况你们是那种关系，他的话更加没有公信力。”

蓝红玉终于爆发了，拿起桌上的茶杯，奋力往地上一摔，眼泪同时迸溅出来：“我们是什么关系？詹发权，你给我说清楚！”

詹发权扭过头去，冷冰冰地说：“你现在是我的犯人，我没有必要给你说清楚，带走。”

门外两个警察冲进来，要给她戴手铐，她奋力挣扎，但哪里是两个男性警察的对手，很快双手就被铐了起来。杨桃香一挥手，厉声说：“带下去。”

蓝红玉边走边喊：“我是被栽赃的，我是被陷害的，詹发权，我知道你为什么要对我这样，因为我挡了你的路……”她几乎是被两个警察拖着下去的，急火攻心，嗓子很快就喊沙了，到楼下时，说话都有些困难了。

同样是上班的高峰期，同样是人墙甬道，机关干部同样是诧异地看着她。她的泪水模糊了眼睛，她喊不出来了，嗓子感觉像被火在烧，快把她整个人烧没了。

高大魁梧的任继捷走进政府大院，站在人墙甬道的出口处，像一堵墙一样堵在那儿。躁动的人墙安静了，他问：“詹局，到政府大楼来抓人，这是怎么了？我还以为是又闹文化大革命哪！”

詹发权走上前，笑着说：“任市长，案子特殊，我们怕蓝红玉转移赃款，所以就来了个突然袭击。我给林市长打过招呼，不信，你可以问他。”

那堵墙说话了，冷冷地说：“我哪敢问他啊，我也担心你把我抓走呀！现在要依法治国，你是执法者，我们市长也好，书记也好，都

不能干涉你办案，但是如果执法者借执法之名犯法，我们该怎么办?”

詹发权态度也硬起来：“那当然要处理执法者，你可以让检察院来监督我嘛!”

他说完，直接向人墙走去。人墙慑于他的淫威，立即破开一个缺口，接着形成一条新的甬道，任继捷反而被人墙淹没了，成了人墙中的一分子。——他们押着蓝红玉，大摇大摆地走了。

在呼啸的警车上，蓝红玉的手机响了。杨桃香从她手里夺过手机，点开一看，是一条短信，内容是：

重庆打黑说明：

不查，都是孔繁森；一查，都是王宝森。

不查，全都是天灾；一查，全都是人祸。

不查，处处鲜花；一查，原来都是豆腐渣。

……

“什么乱七八糟的东西，难怪你要出问题。”杨桃香气得柳眉倒竖，咕哝一句，迅速移动指头，在屏幕上打出两个字“放屁”，回复过去。

这条短信是狐闹闹发的，重庆打黑正如火如荼，全国人民几乎都在谈论重庆市公安局以副局长文强为首的一大批执法者充当黑社会保护伞的问题，这样的短信满天飞，一个同学发给她后，她立即转发给了蓝红玉。在她心目中，蓝红玉是个好官，为人正直、责任心强、不庸俗、不油滑，所以她才敢把这种讽刺政府官员的短信发给她，幽她一默。

收到回复，她点开一看，原以为蓝红玉会回她同样幽默的话，哪知道是这两个字。她好生奇怪，她嫂子一向以淑女形象自居，自打认识她起，就没听她说过粗话，怎么会对她暴粗口呢？难道她不相信。于是，她再给她手机发短信：“你不信吗？重庆打黑暴露出非常严重的问题，黑社会的保护伞主要来自公安局，来自执法机关，重庆市公安局腐败透顶，从上到下、从大到小全都腐烂掉了，这些人，都应该杀掉，杀杀杀……”

听到手机铃声，杨桃香再次拿起手机，看一眼后，毫不犹豫删除了。蓝红玉看着她操作，也不言语，最后还是忍不住问了一句：“你总应该告诉我一声到底是什么内容吧？”

杨桃香正愁气没地方出哩，恼怒地说：“你的同伙，我马上就去抓她。”

蓝红玉往椅背上靠一靠，说：“我没有同伙，我一向行得正，坐得端。”

杨桃香哼一声，阴阳怪气地说：“难怪南山的妓女最近都标榜自己是处女，原来是有你这个女市长做榜样啊！不知道在多少个领导床上挺过尸，也好意思说自己行得正坐得端。”

蓝红玉被她的冷嘲热讽彻底激怒了，她抬起被手铐锁住的双手，指着她嘶吼道：“你……”

她要扑向她，两个警察同时按住她的肩膀用力，把她压在座位上动弹不得，她只有用口叫嚷：“你胡说八道，我从不行性贿赂，你这个傻警察、昏警察，不会抓贪官，却会冤枉好人……”

淑女形象害了她，此刻，她想说句粗口都不能……

林光璧和市纪委书记严冬青在向米刚汇报情况。林光璧一进门就说：“米书记，有个事情我不得不向您汇报了，公安局经侦处此刻正在抓捕蓝红玉。”

米刚一惊：“怎么会这样，发生什么事了？”

“案情是这样的，公安局经侦处在查处俞晶星的案子时，发现俞晶星曾经给蓝红玉行过贿，昨天请她去核实，她当然不承认哪。但是，怡红娱乐城的代经理俞晶星的妹妹俞晶莹一口咬定说姐姐给她行过贿，钱还是由她存在一个存折上交给蓝红玉的，怡红娱乐城的会计也说有这个事。经侦处只得继续调查，没想到还真查出点问题来，在蓝红玉母亲家，竟然找到了那张存折，钱是存在蓝母名下的，她们竟然连存折都没换，上面还留有俞晶莹当时补妆留下的粉红色指纹印。蓝母也说不出这笔钱的合法来源，经侦处只得逐级上报，

上报到我和严书记这儿时，我们合计了一下，因为蓝红玉是您一手提拔起来的，再加上你们有那么多说不清道不明的绯闻，我们怕您感情用事，就没有向您汇报，直接向省纪委作了汇报。省纪委书记王言指示，此案案情明了，又是由经侦处查出的，纪委就不介入了，直接交由司法机关处理，考虑到俞晶星一案还在进一步追查之中，就并案处理，由经侦处继续侦查，等案子有了阶段性进展后再移交检察院。”

米刚已经知道是怎么回事，在听他讲述的过程中，他的头脑逐渐冷静下来，他不相信蓝红玉会受贿，可怎样反驳林光璧呢？他把希望寄托在严冬青身上，希望他能发表点不同意见，就对严冬青说：“严书记，你认为这样处理合适吗？”

严冬青是被林光璧拉过来当陪衬的，本不想发表意见，见一把手问到自己，只得说：“省纪委已经这样安排了，我看也只能这样。”

“你就没有你自己的想法，你是纪委书记，蓝红玉又是我们市里的干部，你就拱手相让，什么事都不管？”米刚冷冷地说。

严冬青看一眼林光璧。他可真是左也难右也难啊！谁不知道在任用蓝红玉问题上这两个人有分歧，过去，米刚是大权在握的一把手，大家当然都偏着他，可现在，他还有三个月就要下了，林光璧就要成为一把手，他们这些官员还得在他手下干，谁敢不按他的意思办事呢？他支吾了半天，最后说：“还是你们两位领导定吧，我具体办事。”

米刚明白了，这也是一个软骨头，把自己的个人利益看得高于一切，指望他去查蓝红玉的案子，保准查出个冤案来，可不指望他又能指望谁呢？他现在占着纪委书记的位子，让蓝红玉“双规”总比刑事羁押好。他瞪他一眼，厌恶地说：“好了，好了，我直接给王言说。”

他拿起桌上的电话，当着他俩的面拨通了省委常委、省纪委书记王言的电话，接电话的恰好是王言。米刚也是省委常委，两人经常在一起开会，但他今天不想寒暄了，直截了当地说：“王纪委，你恐怕要纪律到我头上来了喔！”

王言打着哈哈说："哪里话，谁不知道你米书记是有名的清官，家里有个年薪百万的老婆，根本就用不着贪嘛，我查谁也不会查到你头上哟。"

"怎么查不到我头上，你现在不就防着我了嘛！"米刚不想再与任何人客气了，"蓝红玉是我一手提拔起来的干部，我敢用党性、人格担保，她绝不会贪污受贿，可你对我招呼都不打，就听信我的两个部下的谄言，乱发指示，连'双规'都免了，就把一个市委常委、副市长给逮捕了，你眼里还有没有我这个省委常委、中共运河市委书记？你眼里还有没有组织原则？"

王言随他连珠炮似的发了一通后，语重心长地说："米书记，米常委，你不要发急嘛！听我解释，林市长和严书记找到我，说案情已经很明了，考虑到蓝红玉是你的爱将，你们之间又有那么多的谣传，怕把你扯进去，所以我才下令直接移交司法机关，我也是一片好心嘛！"

他说得也不是没有道理，他们私交还不错。米刚迟疑片刻说："老伙计，你的好意我领了，在此，我向您纪委书记交个底，蓝红玉是我的爱将不错，但我们之间绝没有权色交易，只有同志间的交往，我顶着很大的压力给你打这个电话，就是秉承了'举不避亲，罚不避仇'的大无畏精神，希望你不要理解成我是要袒护她。凭我对蓝红玉的了解，蓝红玉受贿五十万十有八九是栽赃，假如以后查明是栽赃，而我们现在把她弄成了阶下囚，让她以后怎么开展工作？这污点何时能洗得清？所以，我希望你大领导能收回成命，先对她进行'双规'，最好是由你们省纪委来'双规'。"

电话那端沉吟片刻，再开口时这样说道："你的建议我接受，但我们省纪委抽不出人手来查这个案子，姜生予的案子已经够让我们焦头烂额了，还是由你们市纪委来执行'双规'吧！我们省纪委进行监督。我马上就给严冬青打电话。"

他今天就是要逼宫，连忙说："不用了，严冬青就在我办公室，你来给他说吧！"

他把话筒交给严冬青，王言对他交代几句就挂机了。

这个结果是林光璧所不愿看到的，他处心积虑让蓝红玉落到詹发权手里，就是希望能把这事整成个冤案，现在由纪委插一手，未来的结果就很难说了。

米刚再次面对他们时，显出了一把手的派头："你们都听见了吧，王纪委的意思已经很明确，由市纪委'双规'，省纪委监督，我也会紧盯这个案子的。在此我还要强调一点，不管我在这个位子还能干多久，但我现在还是中共运河市委书记，这个城市里的一把手，该向我汇报的事情，再不要越过我，除非是省委明确批示要我回避，请你们都摆正自己的位置。林市长有事就先走吧，严书记留下来与我商量'双规'的事情。"

林光璧碰了一鼻子的灰，连招呼都没打就走了。林光璧一走，严冬青立即向米刚示好："米书记，这，这都是林市长的安排，我，我其实很被动。"

"好了，好了，严书记，墙上芦苇，风吹两边倒，辜负了你的个好名字啊，严冬青，你应该像冬青一样耐寒才对。"

严冬青连连称是。

不能由省纪委"双规"，这个结果也不错，凭他对严冬青的了解，他还不算是个坏人，只是喜欢看领导的脸色行事，对他多敲打敲打，他也许就能秉公办事。他缓和一下口气说："如果我没记错，你在升任纪委书记之前是在市检察院做检察长吧，曾经被评为全国十佳检察长，前任市委书记就是见你能够秉公执法，才升任你为纪委书记，你怎么官越当越大，胆量反而越来越小呢？今天这事，明明是没有按程序办事嘛！我把蓝红玉争取到你们纪委来'双规'，不是要你袒护她，而是要你把事情查个水落石出，一定要依法办事，有没有信心？"

严冬青听得热泪盈眶，挺一挺胸膛说，"有，我一定像当年做检察长时一样铁面无私，不辜负您老书记。"

米刚深情地握一下他的手："好，你去办事，我相信你会给党和人民一个满意的答案。"

林光璧一回到办公室，就给詹发权打电话，发牢骚。詹发权连忙关上门，压低声音对他说："林市长，这是好事呀！"

林光璧一怔："此话怎讲？"

詹发权说："这叫动辄得咎，老百姓最恨的是贪官，公安局抓了个贪官，他米大书记竟然把已经移交司法机关的贪官变回'双规'，老百姓会怎么想，唾沫星子都可以淹死他们，我们再点一把火，扇点儿风，不愁米刚不倒。这回，米刚可真是感情用事哪！"

是的，米刚的确是感情用事了，林嘉仪得知这一情况后，也这样分析，打电话给米刚，问他当时怎么不考虑后果。米刚叹口气说："我就是不忍心看见好人流血又流泪啊，是感情用事也好，是理智也好，我只凭良心办事，大不了我这市委书记不干了。"

果不其然，得知消息的一大群记者赶到市委，要采访米刚和严冬青，宣传部长易水流亲自上阵，解释这是省纪委的安排，目前不能报道，江东省和运河市的媒体立即与省委和市委保持一致，不再赶这个热闹。然而，江东省以外的媒体则不理这个茬儿，不屈不挠地要求采访。他们在市委打不开缺口，就采访市政府，采访公安局，明的不让采，就采取外围采访法，像剥笋子一样地向中心剥去，还是把整个事件了解了一个大概。在这批记者中，当然也包括半兽人，而且，他得到的资料最详实。

第二天，全国有十几家报纸都用整版的篇幅报道了这件事，半兽人所在的《华东快报》更是拿出两个整版来报道，经侦处长杨桃香给蓝红玉打开手铐和蓝红玉面带微笑走出看守所的画面赫然在目。《华东快报》在运河市的发行量本来就数第一，加上有这样的特大新闻，一时间洛阳纸贵，《华东快报》很快就在运河市卖断了档，聪明的报贩就把那两个版正反复印在一张纸上，卖十元钱一份，大街小巷随处可见这样的复印纸，可见这条新闻的传播之广，传播力之大。

半兽人虽然是客观报道这件事发生的过程，但字里行间隐含的倾向性则是米刚包庇贪官蓝红玉，只差明说米刚为捞情妇赴汤蹈火。林光璧则成了反腐倡廉、不畏权贵的英雄。

一时间，全市人民都在谈论蓝红玉，说什么的都有，比哪一次抹黄都要厉害。胡父胡母都不敢出门了，有人还向他家窗户上扔臭皮蛋。一些不明真相的群众还自发到市委门前静坐，要求严惩贪官，扫除色官，还运河人民一片青天，好像他们的天已经是黄天蔽日了。

市委和市政府只隔着一条街，站在市长办公室里，可以看见市委的大门和门前的广场。林光璧站在窗前，看着前面广场上越集越多的人群，嘴角不经意地露出一丝狞笑。

此刻，米刚却不在办公室里，他正在去陈县的路上。经过一夜的思考，他觉得必须把詹发权调离公安局长岗位才行，尽管到目前为止，还没有抓住詹发权的犯罪证据，但一系列事件显示，他都有重大作案嫌疑，他搬不动林光璧，但换一个公安局长他还是能做到的。那么，由谁来接替公安局长一职呢？他想到了陈县县委书记鲁边防。在他欣赏的干部中，鲁边防可以排第三位，第一位是蓝红玉，第二位是任继捷，现在是要把这第三位派上大用场了。鲁边防在部队当过团长，转业到地方也工作了十几年，工作经验丰富，为人正派，敢于坚持原则，是做公安局长最合适不过的人选。

鲁边防在自己家里等着米刚，选择在家里谈话是米刚的主意，他认为办公室谈话不保密。两人见面后，米刚说明来意，鲁边防不无忧虑地说："我听从米书记的调遣，这没有问题，但是，公安局长这么重要的位置，林光璧会让詹发权让出来吗？"

米刚说："我可以再次与他们过杠，你从县委书记变动为公安局长是平级调动，詹发权从局长变动为政法委书记，是提升，他们也许会答应，只是委屈了你，当了四年书记，到头来却是个平级调动。"

鲁边防豪迈地说："这不是问题，职务不论高低，只要对人民有利，我就可以做。蓝市长为此身陷囹圄，我这点委屈算得了什么。"

临别，米刚握着他的手，无限凄凉地说："我就要卸任了，给不了你什么，希望你能凭着一个共产党人的良心去办事。"鲁边防感动得热泪盈眶。

……

在回来的路上，米刚接到符樱的电话，问他在哪里，他说在回城的路上。符樱连忙说，你不要回来，我马上开车赶来，你就在南山的柳庙等我，我有话说。米刚知道她要说什么，现在舆论又把他与蓝红玉紧紧地捆绑在一起了，她没有反应才怪呢！

这段时间，他们经常吵架，以至于吵得她都不肯与他住在一起了，也不肯回京，米刚只得由着她。他不想与她在宾馆里吵，让别人听见了笑话，到这荒郊野外来吵也好，就说，好吧，我等你。

柳庙是民间纪念陶渊明而建的庙，因为陶渊明喜欢柳，又名五柳先生。所谓柳庙，也就是几间草庐，所不同的是，庐外遍植柳。现在虽是隆冬季节，但柳丝轻扬，使这衰草连天的景象也显得有几分生机。

他把车开到柳庙旁，下车向庙侧一块巨大的石碑走去。前不久，他带符樱来此参观过，虽是个民间小庙，但因为沾染了陶渊明的文气，他对此情有独钟，每年都要来几次，觉得做官要有陶渊明的气节才行，不能为“五斗米折腰向乡里小儿”。

石碑上刻的是陶渊明的著名诗篇《归去来兮辞》，他靠在石碑上等她来。他想，她选择在这儿见面，不就是想借这篇辞赋来说服自己吗？

果不其然，见面后，符樱说：“你看看你靠的地方，问你田园荒芜胡不归呢？”

米刚笑一笑：“我们今天就别吵架了，在这块石碑前，我们好好谈谈心，好吗？”

符樱点点头。她一直住在听涛宾馆，深居简出。她和米刚这几天也吵累了，不想吵了，说来说去也就是那么回事，她说他有，他说没有。这种隐私问题，捉奸要捉双，她又没捉着，怎么扯得清；但今天情况不一样了，危及到丈夫的安全，她不能急，不能躁，要与老公好好地谈，争取渡过难关。

她来之前开车围着市委门前的广场转了一圈，那儿大约聚集了一千多人静坐示威。她从蓝红玉被抓那一刻起，就关注这件事了，形势的演变令她越来越害怕。她昨晚上了一夜的网，网民的过激言

论使她心惊肉跳。还有一个神秘人物不断给她的电子邮箱发邮件汇报情况，所站立场是为她好，要她劝米刚尽快辞职，离开运河，否则，米刚和蓝红玉一样，也会有牢狱之灾。

念及此，她说道："还有三个月你就要下了，有个好心人，也可能是你的同僚，要我劝你提前离职，别挡了别人的道，否则……"她没有说出否则的内容，"现在运河的情况这么复杂，幕后黑手是谁你们都还没搞清楚，你卸任的时间迫在眉睫，估计也搞不清楚了，还不如提前下了算了，过安稳日子。你与蓝红玉的那些滥事，我也不计较了。"

米刚本想说"否则什么，难道我还怕坐牢"，但话到嘴边，还是换了个说法。他看见符樱脸上挂满泪水，几十年的老夫妻，她的一言一行他都清楚，说到底，她是为他好，还有仅仅三个月，能把幕后黑手揪出来吗？他若从市委书记岗位上退下来，谁还会听他的，就是现在还没退，也没有几个人真正听他的了。官场中人，太会见风使舵了。她对抹黄耿耿于怀，其实并不完全是吃蓝红玉的醋，而是担心他接受性贿赂，晚节不保，甚至坐牢，使他们的晚年幸福不保……

他沉吟道："你说的话不是没有道理，可我不到任期就辞职，这抹黄的黑锅我不就背定了，佟大伟的死、蓝红玉的难不都永无申冤之日了。"

符樱笑一笑："你是真黄也好，你是抹黄也好，其实这并不重要，只要我能看得开，什么事也没有。法律也不管性贿赂，你就是让中国所有的媒体都说你与蓝红玉没那回事，保准老百姓还是认为你有那回事，这就是中国的国情，宁可信其有不可信其无，所以那些虚名就不要在意了。佟大伟的死，善后工作做得还不错，你就是给他申了冤，又能怎样？他能活过来吗？蓝红玉目前所受的难，很难说她一定是清白的，人心隔肚皮，她受没受贿你怎么知道？贪官在案发前都像清官，重庆打黑刚刚逮起来的原公安局副局长文强，案发前还是个大英雄呢，所以要用辩证的眼光看待问题，我与你夫妻几十年，我也不敢保证你在外有没有偷情哩。"

米刚本不想发脾气，可他实在忍不住了，厉声说："你胡说些什么，你怎么可以拿蓝红玉与文强相提并论？这完全是两码事。如果什么都无所谓，什么都不用管，什么都搞模糊主义，那还要我这个市委书记干什么？组织上把我派到这里来，就是让我断是非、明美丑，造朗朗乾坤的，我怎么能够为了个人安危，就不管别人的死活。你的这种辩证哲学，我永远也无法接受。"

"够了，"符樱尖叫道，"你的这种高调不必向我唱，你去奋斗啊，你去牺牲啊，可这种牺牲有谁买账？有谁要？你知道此刻你市委门前的广场上是什么情况吗？"

米刚说："知道，不就是一些不明真相的群众静坐示威吗？我已经要他们在处理。"

"那你知道他们喊的是什么口号吗？我用手机录下了一段视频，你自己看吧！"她把手机递给他。

他接过一看，眼睛立即湿润了。广场上有人打着条幅，条幅上的字迹清晰可见——让米刚滚下台；有人站在升旗台上，领喊："惩治贪官，赶走色官，还运河人民一片青天。"其他人则跟着喊，其势气壮山河……

符樱趁机说："明白了吧，你的牺牲运河人民不买账！我们家却离不开你，我在乎你，你就听我一次，提前卸任吧！谁爱上谁上，咱也不挡别人的道了，省委给你安排个顾问什么的，咱也不干了，咱家不缺你那点工资，你这一生的政治抱负也基本实现了，咱们就安享晚年吧！"

"让我考虑考虑吧！"米刚沮丧极了。

蓝红玉被"双规"的地点定在听涛宾馆二十一楼东北角的2119房间，是米刚和严冬青商量后亲自选定的。与平常住宾馆没有太大区别，怕她寂寞，米刚让严冬青不要撤走房间里的电脑，使她可以上网娱乐，还提供报纸给她阅读，只是不能打电话。房间里的电话封锁了，手机也被严冬青收走了，纪委的人在门口把守，不让她随意走动。

住进来后，严冬青与她谈了两次话，要她交代问题，但都没有结果，她拒不承认有贪污受贿情节。严冬青也就不再问了，等米刚的下一步指示。

听涛宾馆和市委、市政府分属在相邻的三条街道上，但都属于这三条街上的标志性建筑，彼此相望。与林光璧所在位置一样，蓝红玉也可以看见市委门前的示威人群。她的心在滴血。

更让她滴血的是网上那些“莫须有”的抹黄文章。她昨晚也上了一夜的网，把抹黄她的文章几乎看了个遍，过去因为工作忙，无暇关注这些东西，也因为心里紧张，不敢过于关注这些东西。现在不同了，身陷囹圄，有时间了，也没有那么多顾忌，她就来研究这些帖子。仔细看了才知道，这些文字大多出自专业写作人士之手，文从字顺，条理清晰，绘声绘色，有观点有故事，叫人不相信也不行。对她的抹黄是立体的，全方位的，从上到下的，她开始边看边哭，眼泪哭干了，就转为冷笑，脸上笑得发疼了，她就不哭也不笑了，面无表情，仿佛是在阅读抹黄别人的艳情文章。

大脑和电脑一样，点开的网页太多，就会转不开，甚至会死机。她一夜之间阅读了上千个网页，大脑也变得迟钝，转不开了。但有两个帖子，点击量特别大，转帖率特别高，她怎么也忘不了。

一个帖子这样写道：

……

为了满足姜生予、米刚等大员的淫欲，她想方设法改变自己的淫态。有一天，她对着镜子欣赏自己的翘臀时，突然感觉翘臀不够饱满，她羞死了，决定去整形，而国内的整形医院她都看不上，她想，要整就到韩国去整。她把自己的想法向姜生予一说，姜生予二话不说，就给她填了张五十万元的现金支票，她又把想法向米刚一说，米刚也给她填了张五十万元的支票，还给她批了三个月的假，名义上是派她到中央党校青干班学习，实际上是让她到韩国去整形（为了证明所言不虚，此处贴着一张北京飞往韩国首尔的机票)。

蓝红玉到韩国找最好的整形师整屁股，耗资八十万，耗时一个半月，终于整出绝世好翘臀。回国后，按官职高低，首先是让姜生予欣赏和把玩，其次是米刚，再然后是省里和市里其他重要岗位的官员，前后欣赏和把玩过她的绝世好翘臀的不下二十个官员。

……

帖子后面灌水的人成千上万，有的说“天啊，多想摸一摸这个绝世好翘臀啊”，有的说“士为知己者死，女为悦己者屁”，有的说“还是当官好，升官就有美屁股”。五花八门，句句都不怀好意。

有一个网友，大概是个老先生，话说得特别老到，句句都扎人的心。他这样写道：这个只要屁股不要脸的女贪官，我一直疑惑她升官为什么像坐直升机，原来是一路睡下去，睡出通天之路。那些把玩过她大屁股的官员，你们是多么幸运啊！能够玩上八十万元打造的金屁股。只是，我担心这个金屁股是不是能够经得起那么多官员的亲、咬、拍、打、抽十八般武艺的敲打？放出的屁是不是臭的？八十万元要纳税人用多少鸡屁股、猪屁股、羊屁股才能换来啊！呜呼，天下奇闻。

蓝红玉勉强看完，眼前突然一黑，晕了过去……

窗外下着雪，这是运河市入冬以来的第一场雪，雪花虽然落到地上就融化了，但彻骨的寒意还是使这个拥有六百万人口的大都市提前入睡了。但是，此刻，胡家还是灯火通明，胡父、胡母和狐闹闹都守着胡子固和圆圆，生怕他们父女俩再有什么意外。

自从得知蓝红玉被抓起来后，胡子固就不吃不喝也不想说话，找到公安局，找到纪委，他们都不让他见蓝红玉，最后找到米刚，米刚倒是安慰了他一番，要他回去等消息。在冥冥之中，他似乎预料到会有这么一天，他昨晚带她去重新埋葬单身，就是怕这一天迅猛到来，他没有机会向她表决心。但这一天还是来了，而且来得如

此迅猛，刚刚表完决心就来了。真是怕鬼有鬼！

圆圆恰好与他相反，不停地哭闹，要妈妈。她是在跳拉丁舞的时候得知妈妈被抓的。教练问她："你妈妈是不是被抓了？"圆圆在上幼儿园大班，知道"被抓"不是好话，就说："我妈妈昨天被抓了一会儿后又被放出来了。"教练就说："今天又被抓了，你家里是不是有很多钱啊？"圆圆连忙跑到陪同前来的胡母身边，哭着说："奶奶，妈妈是不是又被抓了？"胡母流着泪说："不要听别人瞎说，安心跳舞！"但她还是从奶奶不自然的表情中猜到了什么，不肯跳舞，也不肯上幼儿园了，只是哭着要妈妈。她几次趁大人不注意跑到大街上去找，要不是胡父及时发现，他们此刻恐怕还得在风雪中找孩子呢。

胡父、胡母都是一辈子没经过大事的人，家里出了这么大的事，早已是六神无主，这个家里只有狐闹闹还能主事。她给霍达打电话，告诉他家里发生的事情，希望他能把蓝红玉救出来。可是，霍达晚上打电话来说，林光璧上次来在老爷子那碰了一鼻子灰，不愿意帮忙。狐闹闹烦了，气冲冲地说："你们家老爷子那么大的官，在省里随便找个人说说话都可以把事情办了，你是不愿意帮忙还是咋的？"

霍达被噎得说不出话来，好半天才说："老爷子为官一生，十分谨慎，在事情没有明朗之前，他是绝对不会给下面打招呼的，我再想别的办法吧！"

不知过了多久，蓝红玉苏醒过来，到卫生间去洗一把脸，接着看，她对自己说：我要看看这网上到底有多少猫儿腻，有多少肮脏的东西。

另一个给她十分刺激的帖子是这样的：

……

蓝红玉这个淫妇不但经常性贿赂她的各级上司，还向她的下属索取性贿赂。她丈夫对此十分不满，两人经常吵架，以至分居，夫妻关系名存实亡。丈夫的性需求得不到满足，就去找妓女，或者利用做生殖医学的职务之便调戏前来求诊的妇女，多次被公安机关处罚；她则向下属索取性贿赂，而且男女兼收。她的司机和女秘书可谓一对金童玉女，两人实际上又是她的一对性奴，三人经常在轿车里淫乱。有一次，他们把车开到荒郊野外淫乱，被一个老农看见了。农村人认为撞见这种事情是晦气，老农奋起一锄，把车窗玻璃给砸破了（司机顾家平和秘书葛玲的照片贴在一起，看上去真像一对金童玉女）。

蓝红玉的欲望简直就像是武则天，有那么多男人还满足不了她，竟然还要开“鸭子店”，怡红娱乐城里的那些“鸭子”实际上都是她的御用男人。俞晶星为了使自己的娱乐城不受到文化稽查，不但给蓝红玉送钱，还给她送小白脸，每有新货色，首先要送给她尝鲜。以至这些“鸭子”们私下里经常交流与蓝市长的“阻击战”，严重败坏党和政府的形象。

……

有一个无聊的男人灌水说：“上天，可怜可怜我吧！我多想当蓝市长的鸭子啊！我多想与蓝市长有一次艳遇啊！蓝市长，你在引领着性革命，你把西方的前卫生活带到了中国，我向你致敬！”

呜呼，这些无中生有、黑白颠倒的故事，蓝红玉哭都没有眼泪了。她在这段留言下灌水：“你们用脚趾头想一想都会知道，这可能吗？我们的党有那么多纪律约束官员，中国五千年的文化对女人有那么多思想禁锢，中国可能出现这样的女官员吗？为什么别人说什么，你们就信什么呢？……”

她写着写着，干涩的眼睛里又流出了泪水。

林嘉仪一夜未眠。他预感到蓝红玉被“双规”后，那个幕后黑手绝不会就此罢休，一定会对她大肆抹黄，置之死地而后快。从蓝红玉被抓那一刻起，他就盯在网上了，并且要江淮市公安局所有的

网警二十四小时盯在网上，打开所有的捕捉器捕捉信息。然而，他还是失算了。他原以为网上抹黄者会在运河市或者省内的周边城市，于是派出了四百多名警力，分布到这些城市，一旦发现目标就去捉拿，没想到首帖的发出地却是在上海。上海离运河市千里之遥，他就是派专机去也来不及了，只得求助于上海警方，一层层传达任务耽搁了时间，等上海警方按照目标显示的IP地址赶去时，目标已经消失。好在那儿是一家网吧，网吧里有监视器，警方把监控录像下载，传给江淮市公安局。

他正在看这些监控录像时，狐闹闹来了。她经过一夜的思考，觉得只有协助林嘉仪捉拿到幕后黑手，才能真正解救出蓝红玉，所以天一亮就驱车去了江淮市。

林嘉仪见她来了，睁着布满血丝的眼睛说："你来得正好，你来看看，这录像中有没有你认识的人。"

狐闹闹看了一会儿说："有。"指着一个女人说，"她就是口红，她虽然戴着墨镜，围了围巾，但我还是认得出来。她这是在哪儿，我到处找她呢！"

"这么说来，昨晚抹黄蓝红玉的是她？"林嘉仪自言自语。

"林局长，你到底在说什么啊？我怎么越听越糊涂。"

林嘉仪就把自己昨晚的行动向她讲述了一遍，告诉她，蓝红玉在这边被抓，她就在那边抹黄，这两件事可能是一件事的两个阶段，目的是要搞倒蓝红玉和米刚。她很可能是受某一个人或某一个利益团体操纵，她现在在上海，只要抓住她，就可以拽出那个幕后人了。

狐闹闹说："让我去吧，只要能救出蓝红玉，让我干什么都行！"

"你？"林嘉仪看看她，摇摇头说，"很危险的。"

狐闹闹诡谲一笑："我不怕。你大概还不知道我的厉害吧，你们三个警察都不一定是我的对手。"

"哟！"办公室的几个网警都盯着她，像看稀奇一样。

狐闹闹说："你们不服气？不服气我们可以比画比画。"

林嘉仪也想看看她是不是真有功夫，就说："好吧，我让他们三个陪你试试身手。"他用手指指小张、小刘、小李，"你们三个出去吧！”

他们来到操场上，林嘉仪做裁判。他先让个头大的小刘与她单打，但是，没走到三个回合，就被她一腿劈在地上。他又让瘦高个小张去帮小刘，结果也被打倒在地。他一狠心，让小李也上，真的是三对一，你劈我一腿，我递你一拳，打了十几个回合，也难分胜负。

林嘉仪怕伤着她，连忙拍手叫停，对狐闹闹说：“看来我小瞧你了，你还真是个巾帼英雄，我们进屋说。”

他把那个网吧的地址抄给狐闹闹，并且派一直驻守在汇春花园的陈方也去上海，与她协同作战。

黎明时分，一夜又气又急的蓝红玉扑在电脑桌上睡着了，直到窗外鼎沸的人声把她吵醒。她到窗前一看，吓了一大跳，上千人到市委门前示威，这种事，在运河市还是少见的。她想掏手机给米刚报信，可是，一摸裤子口袋，才想起手机已被严冬青收走，她现在是一个正在“双规”的副市长，连普通人都不如。

她黯然神伤了一会儿，还想继续看那些网页，心里突然烦躁起来，奋力把液晶屏一推，液晶屏撞在墙上，差点撞破了。“砰”的声响引起了守卫在门口的纪委干部的注意，他们连忙冲进来，问怎么了。蓝红玉板着脸说：“没怎么，你们出去吧！”一个女干部见她脸色很难看，走上前说：“蓝市长，你是不是哪儿不舒服？”蓝红玉苦笑一下，用手指着窗外的市委广场说：“那么多人，挤在市委广场干什么？你们还不通知米书记，把人群疏散！”

女干部支吾说：“这个，这个。”

另一个接上话说：“市委会有人通知的，蓝市长要是没什么事，就好好休息一下吧！”她手上正拿着一摞报纸，放在茶几上接着说，“你没事时可以看看报纸，你的眼睛上网都上红了。”

蓝红玉点点头，她们知趣地离开。

蓝红玉哪里睡得着，她上床躺了一会儿，可脑海里总是出现市委门前群情激愤的场面。她不明白会有什么事情让市民这样冲动，

就披衣起来，走到窗边侧耳聆听。慢慢地，从那嘈杂的市声中还真听出点名堂。有人喊：“火烧荡妇蓝红玉，火烧淫棍米刚，还运河人民一片青天。”有人喊：“严惩贪官蓝红玉，揪出保护伞米刚。”还有一个小合唱队，模仿革命歌曲《解放区的天》的曲调唱上了：“运河的天是黄色的天，运河的人民好反感啊，哎嘿唷……”歌声此起彼伏，场面热闹非凡，使不明真相的人越集越多。

蓝红玉从未有过地震惊，自言自语：“事情都闹到这一步了。”

她拿起茶几上的报纸，想让自己通过看新闻来转换思绪，哪知道拿起来的第一份报纸就是《华东快报》，头版头条通栏标题是：“美女副市长蓝红玉逮捕改‘双规’，权耶？法耶？”她快速浏览了这篇报道，同时又找其他报纸的报道，但没有。那个纪委干部共给她三份报纸，分别是《华东快报》、《江东都市报》和《运河晚报》，另两家报纸分别隶属于江东省委宣传部和运河市委宣传部管辖，都听招呼没有报道。她又奔向电脑，快速上网，发现很多省外媒体都刊发了这条新闻，很多网站也都转载了这条新闻。她是在黎明时分睡过去的，那时网站还没来得及转载这条消息，现在又引起新一轮的口水战。

她明白了，什么都明白了，老百姓是受了这条消息的蛊惑，才到市委门前集会示威的。这事情越闹越大了，不但把自己给毁了，把米书记也给毁了。对手是多么狡猾啊，一箭双雕、一刀杀俩，让自己再也没有翻身之机……

她狂想下去，最后，思路突然打住，好像有一个人对她说：“你为什么不采取措施阻止这个恶果的发生呢？”

她像疯了一样抬起头问天：“怎样采取措施？”

那个人似乎又在她耳边说：“用死来证明自己的清白，保住了米书记，就保住了你的未来，保住了平反昭雪的希望。”

她低下头，眼泪像断线的珠子往下落，滴滴答答地落在《华东快报》上，把“权耶？法耶”四个字濡湿了，模糊了。她喃喃自语：“是的，只有自己死才能阻止抹黄的继续发生，只有自己死才能让抹黄烟消云散，只有自己死才能让抹黄者的良心受到谴责……”

她走到桌边，拿起纪委给她写交代材料的笔和纸，写道："子固，我来生再做你的妻子；圆圆，我来生再做你的妈妈；米书记，我是清白的，请为我平反昭雪。我去了……"

写完，蓝红玉打开窗户，从容地爬上窗台，远眺一眼这个美丽的城市，然后纵身跳了下去。

楼下"砰"的一声响，脑浆四溅，鲜血满地。从二十一楼摔下，她的头颅摔破了，全身的骨骼也都摔断了，但眼睛还是完好的，大大地睁着，似乎要看到无限的未来……

第二十章

噩耗传来时，米刚还在柳庙，他对符樱哭喊道："你别说了，蓝红玉自杀了，收起你的抹黄吧，收起你的庸俗哲学吧！红玉，你被人生生地抹死了，你真傻啊，你真傻！"他扔下符樱，开着自己的车向城区风驰电掣。

詹发权一接到报案就赶往林光璧办公室，他没想到蓝红玉会做出如此惨烈之事。林光璧显然也得知消息了，两人心情都很沉重。蓝红玉的死对他们来说无疑是个沉重的打击，他们的很多计划都将被打乱。抹黄若不死人，则只是一个街谈巷议的话题，茶余饭后的谈资，可死了人，性质就不一样了，而且死的是一个副市长，上级一定会对此事严加追查，他们往后的行动，稍有疏漏，就会被人抓住把柄。林光璧沉吟许久，望着广场方向对詹发权说："你以后要步步小心，我们可不能功亏一篑啊！"

"我明白，我要去现场处理后事了。"詹发权说完退了出去。

米刚估计这次集会示威是有人策划组织的，否则不可能一下子聚集这么多人，他一手开车一手给武警支队打电话，让他们调集两百名武警到市委广场维持秩序，严格审查集会人员。他豁出去了，一定要把这个幕后黑手揪出来。

然而，组织者们从得知蓝红玉跳楼自杀那一刻起，就撤出了广场，广场上剩下的都是一些受蛊惑的市民。米刚赶到时，广场上大约还有九百人。他不顾任继捷的劝阻，毅然走到升旗台上，用扩音喇叭对大家说："同志们，你们痛恨贪官的心情我可以理解，但是，我要告诉你们，蓝红玉同志既不是贪官，也不是色官，更没有以色谋权，她是一个好官，一个一心为民，有开拓精神，符合现代社会需要的知识型官员。可在半个小时前，你们抹死了她，生生地抹死了她。"他用手指着下面的人群，"你们都是刽子手，都是帮凶，有意的也好，无意的也好，她的死你们人人有份。"喧闹的人群沉默了，他接着说，"就因为她美丽，就因为她像天使一样具有亲和力，你们就听信谣言，胡乱猜测，在人际间瞎传播，在网上瞎发帖子，你们还是一个有知识有文化的市民吗？你们和文盲，和山野村夫有什么区别？"他停了停，继而深沉地说，"抹黄是人的一种劣根性，我们每个人几乎都有过抹黄别人的经历，也被别人抹黄着，轻则说某某某偷人养汉，重则捕风捉影，众口铄金，直至害人害己。我们一定要与这种劣根性作斗争，做一个文明人，做一个高尚的人。蓝红玉的例子今天就血淋淋地摆在大家面前，你们一定要记取啊！"

人群自动散去，一个个都垂头丧气，像做错了事似的……

胡子固和米刚几乎是同时赶到殡仪馆的。市政府办公厅副主任黎佳打电话告诉胡子固噩耗时，他晕了过去，好在狐闹闹还没去上海，对他一番急救后，他才勉强能来看蓝红玉。

米刚上前，帮狐闹闹搀扶他走进停尸房。蓝红玉的遗体孤零零地摆在停尸房的一个台子上，四周都是一排排的冷冻匣。上面结着厚厚的冰，向外冒冷气。想着几个小时前她还是一个大活人，一个大美女，一个知性美女官员，可几个小时后，她却已经在这个四面冒着冷气的地方孤零零地躺着，永远地去了，再过几个小时，还要装到那个冷冻匣里……胡子固不能往下想了，一阵眩晕，他的身体又要往下滑——他已经这样晕过好几次。

米刚连忙抱紧他说："子固，你坚强些，你坚强些。"

胡子固微微睁开眼，像抓住救命稻草似的，死死抓住他的手，用沙哑的声音说：“米书记，您一定要为她申冤啊！”

米刚泪流满面：“我一定，我一定……”

……

葬礼在三天后举行。经省委研究决定，对外报道的口径是意外坠楼身亡，由家人自行安葬。

尽管不是由组织上举行葬礼，但是，政府官员还是来了一大半，很多人面对她的遗像，都感到惭愧。他们在有意无意间都抹黄过蓝红玉啊！林光璧和詹发权也来了，他们现在的策略是不要与米刚为敌，平稳过渡到米刚卸任，那就是成功。

蓝红玉生前救助过的李丽珍来到她的遗体前，痛哭流涕，抚着她的遗体说：“真是好人蒙冤啊！你怎么那么傻啊，你要我不要被流言蜚语所伤，你怎么自己却被无聊的抹黄伤了……”她是做演员的，嗓音特别好，哭声格外凄切，闻者无不动容。

胡子固已经哭不出来了，他的泪已经流干了。圆圆的嗓子也已经哭哑了，父女俩坐在蓝红玉身边，想在火化前最后陪伴她一会儿。蓝红玉的爸爸和妈妈都没有来，他们都有心脏病，得知宝贝女儿的噩耗后，他们都病倒了，正在医院救治。胡父胡母在接待亲友，他们早已哭得死去活来，为失去那么好的儿媳妇而忧伤。

霍达特意从北京飞来参加了葬礼。蓝红玉火化后，胡子固把她安葬在南山他们的单身冢旁。霍达和狐闹闹陪着他，一直到天黑才返城。

蓝红玉的死对霍达的触动很大。他深深地明白，若贪官不除，正直的官员就难有立足之地。他怀疑林光璧就是个贪官，甚至怀疑蓝红玉的死与他有关。上次，他引见林光璧拜望老爷子时，林光璧竟然要送给老爷子一尊金佛，纯金的，价值不下一百万，想要老爷子向江东省委打招呼，让他顺序接班，被老爷子痛骂一顿，轰了出去。老爷子当时还要给江东省委打电话，举报林光璧，被他拦下来了。他觉得林光璧对他还不错，得饶人处且饶人，对狐闹闹都没讲起过这事，可现在，他觉得所有的贪官都是他的敌人，都是谋杀蓝红玉的元凶，他要与他们作斗争。他给老爷子打电话，恳请老爷子督促江东省委严查林光璧。

老爷子很高兴，夸奖他终于有了正义感，还告诫他，要与一切不正之风作斗争，只有政治清明了，国家才有前途，做官和经商才有希望，否则，不但做正直人难，连做普通人也难。

第二天，他和狐闹闹飞抵上海。他们发誓要把口红捉到，为蓝红玉申冤。

林光璧早上一进办公室，王言就带着省纪委的几个干部跟了进来。一看到他们，林光璧心里就发虚，纪委的干部来找自己，绝没有好事。果不其然，王言对他说："林市长，组织部刚刚对你考察过吧，我也听到一些省委常委们的议论，准备推举你为下一届的市委书记，不过，我们接到霍老的电话，说你有一尊价值百万的金佛，想送给他买官，但他没要，让我们追查你这尊金佛的来历。按你的收入，应该是买不起一尊金佛的，请你把资金的来源详细地告诉我们。"

林光璧愣然了，过了半晌才说："霍老肯定是搞错了，我不是想买官，他老婆喜欢收藏，我就想送给她做个念想，感谢老领导当年对我的栽培。那金佛是我家祖传的，与我的收入没有关系，不信，你们可以去问我老婆。"

王言说："你说吧，你现在说什么我就信什么，事后我们会调查的。提拔一个市委书记，一定得慎重，我们要对党负责，你所说的每一句话，也要对你自己负责。那尊金佛现在在哪儿？我们要拿去检验检验。"

林光璧毕竟是见过大世面的人，经过短暂的惊慌之后，他镇定下来，开玩笑说："金佛可不能轻易示人，我怕你拿去给我调包了。"

王言笑一笑："有这么几个纪委干部在此作见证，我有贼心也没贼胆啊，你还是拿出来吧！"

林光璧停止笑，一本正经地说："王书记，说真的我现在还拿不

出来，我家兄弟三人，我数老三，这祖传宝贝说什么也传不到我手上。今年春节回老家，我看见老娘在给金佛上香，想起霍老的夫人有收藏的爱好，就说服老娘、大哥和二哥，让我把金佛送给霍老夫人，哪知道霍老不要，也不许老夫人要，我就又把金佛送回老家。你们若真想看，我现在就打电话，让我大哥从山西送来。”

王言冷冷地说：“原来如此。按照纪委的规定，你现在不能与外界联系，你写一封家书，我派一个同志到你老家去取，验证你说的话。”

林光璧怫然作色：“我这就‘双规’了？”

王言说：“没有，我们是例行调查，如果有‘双规’的必要，会告诉你的。”

“好吧，好吧，我写，我写。”他拿起笔和纸，简单地写了一个字条，交给王言。

为了吸取“双规”蓝红玉的教训，王言安排他住在一幢只有两层楼的别墅，切断他与外界的一切联系。

但是，三天后，省纪委就对他解除了人身限制。省纪委从他家取来的金佛经过检验，发现那不是纯金的金佛，只是一个镏金的假金佛，民国时的产品，市场价顶多值一千元，所以王言只得把他给放了。

原来，他早就防着了这一手。他太了解霍老了，霍老不收他的金佛，就有可能坏事。他从霍老家出来就直奔北京琉璃厂古玩市场，花八百元买了一尊假金佛，送回老家，让他妈摆在家里，以备不时之需，没想到还真让他用上了。

解除限制后，他一到办公室，就打电话要詹发权来他办公室，告诉他，一定要把可能发生的事情做在前面，否则，就有可能惹来大祸。他问詹发权还留下什么隐患没有，詹发权很干脆地说没有。他想了想，问道：“你那里不是有一个神秘人物，一直暗中帮你抹黄，你怎么处理她？”

“口红啊？我早就把她转移到上海了。”

“上海？”林光璧冷笑道，“上海，林嘉仪就不会查？她若落网了，我们恐怕亡羊补牢都来不及了，这个时候，你可不能有妇人之仁啊！”

詹发权沉吟片刻，说：“好，我知道该怎么做。”

林光璧站起来，一脸严肃地说：“你去吧，我希望听到你的好消息。”

詹发权却不走，像有话要说的样子。林光璧说你想说什么就说吧。他犹豫了一会儿，还是说了。原来，在林光璧接受审查的这几天，米刚找他谈心，说想提升他为专职的政法委书记，他想询问林光璧，能不能接受这个红绣球。

林光璧毫不犹豫地说：“不能，这是个陷阱。当初我为你争取政法委书记，是想让你在这个位子上进一步打击蓝红玉，现在蓝红玉已死，这步棋已经没有意义。你就在公安局长的岗位上好好地干一两年吧，哪儿也别去，谁接手你这个岗位，都对我们有威胁。在我们看来是把事情办干净了，但谁知道是不是真没有纰漏呢？”

詹发权知道他会这么说的，所以才犹犹豫豫。可是，当这些话真的从他口里说出来时，他心里还是本能地有几分气愤。自己为他鞍前马后忙碌了一场，结果还要在公安局长的岗位上待一两年，为他继续当仆人；他这次被省纪委调查，谁知道下次还会发生什么，万一他当不上市委书记呢，自己不是失去了一次大好的升迁机会？他这样想着，不说话了。林光璧看出他有情绪，安慰他说：“再过几个月，等我当了一把手，封你个政法委书记兼公安局长，有什么不好，何必犯急躁病呢？”

詹发权只得说：“好吧……”

然而，这事不是由他们能决定的。詹发权走后不久，米刚的电话就打来了，说想重新召开常委会，专题研究詹发权当政法委书记的事。林光璧说：“米书记，你上次否决了我的提议，我事后分析你的意见，觉得你说的话有道理，詹发权这个人毛病还是挺多的，我看就重新确定候选人吧！”

米刚笑着说：“我的看法恰恰与你相反，我认真分析了你的提议，我觉得你提得对。我这次也准备提詹发权的名，你怎么能改变

主意呢？其他常委们会怎么想？詹发权会怎么想？你还是要立场坚定啊！”

“好吧，我再考虑考虑。”林光璧极不情愿地说。

林光璧被省纪委审查的事早已在运河市委、市政府传开，虽然没查出什么，但对他的声望还是一个不小的打击。官场上流行捕风捉影，见风就是雨，关于他贪污受贿的各种版本流传开来，原来看好他的几个市委常委都不得不重新审视自己的政治投资了。米刚则恰好相反，蓝红玉以死证清白后，他的声望反而提高了，再也没有人敢拿他与蓝红玉说事了。

第二天，在常委会上，米刚旗帜鲜明地提出，詹发权提升为专职政法委书记，鲁边防调任公安局局长。林光璧尽管不愿意詹发权离开公安局长的岗位，但是，大势所趋，也只能打落门牙往肚里吞，但是，他还是在无记名投票时，做了点手脚，投的是弃权票。然而，米刚的提议还是以高票通过。

会后，林光璧又把詹发权叫到办公室，问他公安局内部还有没有没办干净的事情，詹发权很肯定地说没有，侯节已死，公安局内再没有知情者了。林光璧说：“那个经侦处长叫杨什么香的，还有那个接任侯节的牛中根，你能保证他们不说出点什么？”

詹发权诡谲一笑：“这您就放心吧，杨桃香是个标准的好警察，与我们不是一路人，只是她的工作热情被我利用了；牛中根也不用担心，他是我一手提拔起来的，对我感恩戴德，另外，他也不知道内情，对我们做的事参与不深，就是鲁边防想从他那儿了解什么也了解不到。”

“好，那就好，只是，我总感觉哪儿有漏洞。”林光璧在房间里踱着步，边走边说，“哦，对了，俞晶星的妹妹俞晶莹怎么处理的，她可是知道一些事的。”

詹发权笑一笑，说：“老领导，您太过敏了，我办事您还不放心。她现在在北京，几天前我就把她无罪释放了，为她办好了去美国的护照，如果不出意外，她明天就可以飞到曼哈顿，与她姐姐见面了。”

“好，那就好。”被隔离审查了几天，林光壁一下子失去了往日的锐气。

下午，詹发权与鲁边防做了工作交接，晚上就一个人开车偷偷摸摸去了上海，他还有一件重要的事情要完成。

霍达和狐闹闹在上海那家网吧守株待兔好几天，都没有看到口红的影子。霍达在上海还有公务，就让狐闹闹一个人守在那儿，自己则去见朋友，开展业务。

晚上，他与几个朋友在达令酒吧喝酒到深夜，出门时，突然发现一个人从车里出来，很像詹发权。他在运河时与詹发权吃过一顿饭，所以认得詹发权，狐闹闹曾经告诉过他，詹发权的嫌疑很大。运河距上海一千多公里，他深更半夜跑到这儿来干什么？他来不及多想，连忙竖起呢绒大衣宽大的衣领，戴上墨镜，跟着他上了酒吧旁边的一幢居民楼，发现他进了六楼的602房间，为他开门的是一个漂亮女人。

他溜到门边，竖起耳朵想听听他们说些什么，但是，什么也听不见，可能是在里屋说话。他连忙给狐闹闹打电话，让她赶到达令酒吧来。

可是，没等狐闹闹赶到，那个像詹发权一样的男人就已经从602房出来走了。他不敢贸然上前，只有在黑暗中注视着那间房，等待狐闹闹的到来。

狐闹闹来后，听了他的解说，也顾不得室内是不是口红，上前就敲门。然而，敲了很久，室内也无人应答，狐闹闹意识到可能又是一起杀人灭口，连忙与陈方联系，陈方又与当地警方联系。

大约过了半小时，警方赶到，破门而入，然而，投入他们眼帘的是口红已经倒地身亡，但胸前却怀抱着一个硬皮本，估计是在临死前拿到手上的。陈方认为她是想向警方报告什么情况，上前想去取硬皮本，可她的手拽得紧紧的，他只得用另一只手去抬她的胳膊，突然，一条小蛇从她的胸前溜出来，快速向他的手指咬去。狐闹闹一直盯着尸体发呆，发现有东西溜出来，她看一眼就知道，是乳香

蛇，剧毒，大喊一声："蛇！"飞起一脚向蛇踢去。

然而，还是迟了，蛇的速度比人快得多，乳香蛇已经咬到了陈方的手指。他感到一阵钻心的疼痛，慢慢地就感到意识模糊。狐闹闹扶着他向其他人大声喊："快，快送他去医院。"

两个警察背起他就往楼下跑，乳香蛇还要咬人，狐闹闹大叫，"击毙它！击毙它！"另一个警察掏出枪，连开两枪，才把它击毙。

狐闹闹扑在霍达怀里，泪流满面地说："陈方没救了，陈方没救了，又牺牲了一个好人。这是乳香蛇，产于非洲，有剧毒，被它咬伤活不到十分钟。"

果不其然，那两个送陈方去医院的警察不久打来电话，说他不治身亡，要他们处理现场时加倍小心。

狐闹闹自称是爬友，经过警方同意，她可以参与破案。她戴上手套，小心翼翼地从口红胸口取走那个硬皮本。

她仔细端详那条死了的毒蛇，感觉似曾相识，可能就是口红自己饲养把玩的那条乳香蛇。她自己就是个"老毒物"，怎么会被毒物所伤呢？她很疑惑。

乳香蛇体型小，只有泥鳅那么大小，但攻击性很强，有剧毒，人被它咬后活不到十分钟，但它有一个特点，就是不咬孵化它的人。非洲的女人们常常把这种蛇卵放在自己的两乳间孵化，故名乳香蛇。它在孵化过程中记住了孵化它的女人体香，以后就能闻香辨人，所以，乳香蛇又是女人的保护神，她们常把它带在身边，作为防身的武器。

狐闹闹小心解开口红的乳罩，发现乳罩上有股气味，拿到鼻翼旁嗅了嗅，感觉像蜂蜜的气味，她明白了，问题就出在这上面，这个乳罩很有可能是被蜂蜜泡过的。乳香蛇若遇到蜂蜜、松香等物，就会打乱闻香辨人的功能，凶手可能就是利用了乳香蛇的这一弱点，给她调换了乳罩，用她自己养的蛇来咬死了她。

狐闹闹把自己的推断告诉他们，他们无不感叹：真是杀人不见血啊！

狐闹闹拿起硬皮本阅读，原来硬皮本里记录的是詹发权如何逼迫她抹黄蓝红玉和胡子固的事，其中还记录了半兽人如何帮她写抹黄文章的事。

“看来她早就预料到詹发权会对她下毒手，”狐闹闹扑在霍达怀中哭着说，“可她为什么那么傻，不早点站出来举报他，还和我捉迷藏这么久。”

霍达意识到这个硬皮本的重要性，对在场的上海警方说：“陈方现已牺牲，我们受林嘉仪局长的委托协助他来调查这个案子，我们一定要亲手把这个本子交给林嘉仪局长。”上海警方一个带队的同意了。

第二天，霍达和狐闹闹在上海警方的保护下，飞抵运河市，同时，一张抓捕詹发权的大网在全市展开，但警察全都是从江淮市派过来的，怕走漏风声。

这一天的阳光格外好，是冬天里少见的好天气，詹发权一路走马观花，直到中午车才进运河市的东大门。早已守候在这里的江淮警方要他停车，他感到不妙，打开车门夺路而逃。然而，他这些年花天酒地，早已把身体掏空了，哪里还跑得动，不一会儿，就被几个精干的警察逮住。他还想抵赖，大声说：“我是运河市政法委书记，你们抓我干什么？”

一个警察把一张逮捕令向他面前一展，嘲笑道：“詹局长，不，詹书记，你的戏该收场了！”

……

詹发权的被捕，对胡家人来说，是不幸中的万幸。胡子固和狐闹闹还专门到蓝红玉坟前，告慰她的在天之灵，然而，不出两天，他们就高兴不起来了。米刚告诉胡子固和狐闹闹：“詹发权什么都不承认，说他根本就不认识口红，日记全是臆想的，是诬蔑，那个半兽人也不承认抹黄，口红已死，死无对证，看来想定他们的罪还很难！必须找到更有力的证据。”

“难道他谋杀口红还不足以定罪吗？”狐闹闹问。

米刚苦笑道：“他做过多年的刑警，反侦查能力很强，现场没有留下任何他作案的证据，虽然霍达亲眼看见他进了那个房间，但当

时是深夜，黑灯瞎火的，霍达又喝了酒，詹发权不承认，法院怕他看得不真切，会以疑罪从无判决的。”

狐闹闹傻眼了：“难道没有别的办法了？”

米刚想了一会儿，说：“除非半兽人指认詹发权，他参与得很深，应该有把柄落在他手上。”

狐闹闹说：“我有办法。”

她的办法是色诱半兽人，然后收拾他。兄妹俩边走边商量，胡子固说：“你一个人去我不放心，我介绍一个人与你一起去，她也许能帮得上你的忙。”

“谁？”

“楼卉，她已经从劳教所出来了，她也要找这帮陷害她的人算账。”

“好，她正好做诱饵。”

半兽人已经从运河市调回报社工作。两人连夜飞抵上海，在半兽人工作的华东快报社周围住下来，一连跟踪了他两个晚上，基本摸清了他夜生活的规律。

第三个晚上，她俩早早来到葡国城堡喝酒，据说这是个一夜情酒店，来这里的人多半是为了“钓人”。半兽人来后，坐在他常坐的位置上，与她们坐的台子正好相邻。楼卉脱去貂皮大氅，露出里面的露背装，狐闹闹故意惊叹道：“哇噻，你好性感。”

冬日的女人都把自己包得严严实实的，此时穿露背装，即使是个丑女，也会显得妩媚动人，何况楼卉还是个大美女，更加显得娇艳撩人。男人们的眼光都向她这边看来，她却不管不顾地与狐闹闹聊天：“这叫多一物多一心，少一物少一念，少穿衣裳少花钱。”

狐闹闹取笑道：“你干脆不穿衣裳算了，赤条条来，赤条条去，更不花钱。”

“这你就不懂了，你知道清朝诗人李密庵的《半字歌》吗？”她卖弄起自己的中文专业。

“不知道，念来听听。”

“看破浮生过半，半之受用无边。”她真的念起来，“半中岁月尽悠闲，半里乾坤宽展。半郭半乡村舍，半山半水田园。半耕半读半经廛，半士半民姻眷。半雅半粗器具，半华半实庭轩。衾裳半素半轻鲜，肴馔半丰半俭。”念到此，她打住，一边拿眼睥睨半兽人，一边笑道，“衾裳半素半轻鲜，就是指我这样，赤条条就没意思了。”

半兽人一进来就注意到了邻座上的这个“美人背”，他是来找一夜情的，但要找有品位的女人，以为她只是个俗女人，没往心里去。但是，听她念起《半字歌》，他就不敢小视她了。

他端起酒杯，走到她俩桌前说：“小姐，我叫半兽人，是《华东快报》的记者，知道《半字歌》的人真不多，看来你很有学问。”他举一举手上的酒杯，邀请楼卉干杯。

狐闹闹故作惊讶状说：“哦，半记者，久仰大名，请坐请坐。”

半兽人正求之不得呢，连忙坐下。楼卉干了杯，媚笑道：“半记者的半字是不是出自《半字歌》？”

半兽人如遇知音一般，连连称是。他暗下决心，一定要把这个女人哄上床。“上人头马。”他大气地向服务员招呼一声。

他们喝酒，说笑，不知不觉就显得情意绵绵。半兽人提出到他家里去喝茶醒酒，她们也答应了。

他一个人住一套房子。一到他家，狐闹闹就原形毕露，飞起一脚，顶着他的喉咙，把他顶到墙边，恶狠狠地说：“我们是来找你算账的，我是蓝红玉的小姑，她是被你抹黄过的楼卉。”

半兽人的喉咙被压，呼吸困难，喘着粗气说：“我不过是一介书生，有话好好说。”

狐闹闹厉声道：“我不想好好说，当你抹黄蓝红玉的时候，当你抹黄胡子固的时候，你想过他们的痛苦没有？你妄为记者，你辜负了记者的神圣职责。”

她的脚越来越用力，半兽人的脸越来越发绀。楼卉连忙拉住她说：“狐闹闹，你别这样，你再用力就会掐死他了。”

“我就要掐死他，我要为我嫂子报仇。”她疯了似的说，“公安局不敢打你，怕你们曝光，可我敢，我是代表家属复仇，明天《华东快报》的头条新闻是著名记者半兽人肆意抹黄被死者家属仇杀。哈哈哈……”

楼卉抱着她抬起的那只腿，一边用力向后拉她，一边哭着说："狐闹闹，我们是来逼供的，不是来杀人的，你可不要意气用事啊！他死了，谁来指认詹发权？"

提到詹发权，狐闹闹冷静下来，减轻了脚下的压力，对他说："你要拿出证据证明詹发权抹黄，我就放了你。"

半兽人知道今天遇见了劲敌，点点头同意了。狐闹闹这才收了脚，放开他。

他坐下来，咳了两声，缓缓地交代起来。楼卉怕他到了公安局又变卦，连忙从坤包里拿出掌中宝，对着他录像。他说："蓝红玉的死，我心中也很难过，但我怕坐牢，所以不敢承认。我是受詹发权威胁才这么做的。他们利用口红来勾引我，然后录上像，制成光碟，我若不按他们的意思去办，他们就要毁了我。我们单位领导为了扩大报纸的发行量，多赚钱，对于那些抹黄报道核查不严，这就让我钻了空子。网上后期的那些抹黄文章也是我写的，我写后就交给口红，由她到网吧里去发帖子。这几年，新闻界给名人、给贪官抹黄是个普遍现象，名人绯闻十有八九都是假的，我以为写几篇抹黄文章没啥，我姑妄说之，读者姑妄听之，哪知道蓝红玉的娱乐精神那么差，竟然会自杀。"

狐闹闹掴他一耳光，恶狠狠地说："你把人抹死了，还怪人家娱乐精神不强，我说你妈偷人养汉算不算娱乐，她会怎么想？"

半兽人的嘴角渗出血，惨笑一声说："我最近对这事也有所反省，抹黄文章为什么会产生那么大的抹黄效力，主要是迎合了老百姓对官员的绯闻'宁可信其有，不可信其无'的社会心理。这些年抓获的贪官，大多都有以权谋色和以色谋权的丑闻，造成了很坏的社会影响，所以对于官员的抹黄，就很容易取信于人。另外，从古至今，中国社会都缺乏权利保护的观念，一个人犯了错，或者成为阶下囚，其他人就会认为应该对他无情揭露、深入批判、严厉打击，至于他的合法权利是否受到侵害，就显得不重要了，在这种心理机制下，很容易形成一呼百应的抹黄局面。这是社会的弱点，人性的弱点，全民抹黄，太可怕了。"

他这番话说得很深刻，也很真诚，引起了狐闹闹的思考。楼卉递上一杯水，说："你能反省，我很高兴，你再想想，看看詹发权有没有什么把柄落在你手里。"

半兽人拿出手机，点开一段录音说："有，你们听听就明白了。"

这就是那次詹发权逼他撤稿的录音，他一直保存着。詹发权的声音清晰可辨，她俩听后，心里的一块石头落地了。有了这份录音，詹发权再也别想抵赖了。

第二天一早，半兽人随她俩飞抵运河市，告发詹发权，同时承认自己的罪责。

在强大的证据面前，詹发权不得不承认自己是抹黄的幕后主使，但对别的罪行一概不承认。他知道，抹黄只是轻微的刑事犯罪，最多判三年，有林光璧从中周旋，说不定还能判个缓刑，根本就不会坐牢……

詹发权去上海的那天晚上，新上任的公安局长鲁边防也搞了一次行动，他向林嘉仪借调了几个人，把詹发权放走的怡红娱乐城的副总经理、会计、出纳等几个人秘密拘留起来，惟独俞晶莹不知去向。曾经帮着俞晶莹诬陷过蓝红玉的会计见大势已去，只求自保，在鲁边防一再强调坦白从宽的攻势下，终于透露了实情，告知了俞晶莹的去向。

鲁边防连夜向米刚和林嘉仪汇报了这一情况。他们分析，俞晶莹很有可能是去投奔她姐姐了，若能使俞晶星落网，案情就会真相大白。他们决定暂不逮捕俞晶莹，并派出三个英语说得好的便衣警察跟踪她。

第二天下午，他们在北京机场果然发现了俞晶莹，一路尾随她到了曼哈顿，在当地警方的协助下，终于抓获了她和俞晶星，并且引渡回国。

俞晶星的落网，对林光璧来说，无异于灭顶之灾。他连忙找到王言，交待自己的问题，争取宽大处理。但是，他们三人在俞晶星逃亡之前就定好了攻守同盟，只交待俞晶星是他的情妇，别的事一

概不承认。

俞晶星的交待与他俩的交待都十分吻合，三人虽然关在不同的地方，但配合得都很默契。难道佟大伟真是死于意外车祸？难道侯节真是被街痞所杀？口红真的是玩蛇意外？侦破又一次陷入僵局。

转机出现在两个星期后，昏迷了四十多天的翻天终于苏醒了。他交待，詹发权是俞晶星黄、赌、毒的保护伞，侯节是詹发权枪杀的。当时，董今背着他突围，在弹片飞来的瞬间，借着火光，他看见詹发权躲在一棵树后，向侯节开了枪。

“侯节是你的心腹，你为什么要杀死他？”林嘉仪追问詹发权。

他感到大势已去，只得交待自己的罪行，承认自己派侯节谋杀佟大伟又杀人灭口的经过，也交代了口红是自己所杀。他悔恨交加地说：“其实，我落到今天这一步，很大程度上都是林光璧害的，如果不是他让我充当俞晶星的保护伞，我就不会一次次地杀人灭口，不会一而再、再而三地抹黄蓝红玉和米刚……”

詹发权的交代迫使俞晶星和林光璧也开了口。原来，他利用情妇给他赚钱，然后用这些钱来买官，买更大的官再赚更多的钱。像这样的情妇他在运河市有三个，分别在赚着不同行业的钱。他则像皇帝一样，不但接受着她们的进贡，还占有她们的身体。他才是一个彻头彻尾的“黄色”人物。

由他的案子，又带出省委常委、常务副省长的受贿，他那价值百万的小金佛就是送给了他。

随着案犯的一个个落网，胡子固对蓝红玉的思念越来越深，连班也不上了，不是对着她的遗像发呆，就是到单身冢旁，对着她的坟茔痛哭。

冬天悄悄地过去了，春天又悄悄地来了。小鸟衔来草籽，春风催生出嫩芽。有一天，他发现她的坟茔上长出了小草，虽然还只是星星点点，但那生机，令他感动，令他兴奋。他想，那一定是蓝红玉对他的暗示，要他不要再悲伤，不要再把自己的生机蒙蔽，要他“死者长已矣，他人亦已歌”。他不再哭了，决定收起眼泪，带着圆圆，好好地过日子。

他踩着早春的阳光去找邬采宁，希望他的精神医学能有什么方法改变他的记忆，他希望能够抹去自己伤害蓝红玉的记忆，使他们夫妻生活的记忆全都是美好的。

邬采宁一直担心他会得抑郁症，见他像换了一个人，很为他高兴，由衷地说：“这可真是蓝红玉在天有灵啊，让你又有了生活的勇气。”

两个老同学喝酒到天黑。邬采宁告诉他，有一种方法可以改变他的记忆，那就是在以后的生活中克服人性的弱点，因为不愉快的记忆都是由这些弱点组成的。比如，你怀疑蓝红玉搞性贿赂，就是抹黄的人性弱点，你只有在以后的生活中对抹黄你或者抹黄他人的事不在意、不参与、不人云亦云，你过去抹黄妻子的那些记忆就不会再溜到你的脑海中来，相当于是抹去了、屏蔽了那些不愉快的记忆。不过，人类的劣根性是很顽固的，要想彻底消除这种记忆，很难。

“鲁迅先生说过一段话，我记忆深刻。”邬采宁喝一口酒，缓缓念道，“中国之君子，叹人心之不古，憎匪人之逆伦，而惟恐人间没有逆伦之故事，偏要用笔墨铺张扬厉起来，以耸动低级趣味者的眼目。”

“是啊，这就是抹黄的根源，有人爱抹，有人爱听，逆伦的故事能够满足人的窥阴癖，我就是学问做到了博士，也难以避免这种流俗啊！看来我想遗忘对蓝红玉犯的错是办不到了。”胡子固沉默许久后，这样感叹道。

新一届的党代会在春三月召开，运河官场就要重新洗牌了。在米刚的推举下，任继捷当上了新一届的市委书记，林嘉仪破案有功，被省委破格任命为运河市的代市长。

运河市四大花旦去了两个，还有两个在这次人事调整中都进了一步，市计生委主任梅晨如愿当上了副市长，接替蓝红玉生前的那摊子工作，市政府办公厅副主任黎佳升任为市政府秘书长兼办公厅主任。抹黄还会不会继续发生，谁也说不准。

米刚如期卸任，在返回北京的前一天，他约胡子固一同去给蓝红玉扫墓。在她的墓碑前，米刚抚今追昔，泪流满面，对胡子固说：“也许是我害了你们夫妻，如果不是我破格提升她，也许她现在还活得好好的。”

“老书记，您可不能这样想，扼杀她的是我们的劣根性。在这一点上，我算是想明白了，木秀于林风必摧之，人类社会也一样。抹黄就是那种来无影去无踪的风，人只要有一点点出众，有一点点优秀，就有可能被抹黄。这种劣根性不除，抹黄还会继续。”

胡子固像个智者一样缓缓地说着。三月的江东正是草长莺飞时节，春风吹在他脸上，温润温润的，就像蓝红玉温柔的抚摸，遍地的野花像蓝红玉明眸善睐的眼睛，走到哪里，她就温情地注视到哪里……

图书在版编目（CIP）数据

抹黄/砚清著. －北京:作家出版社, 2010. 4
ISBN 978－7－5063－5295－6

Ⅰ.①抹… Ⅱ.①砚… Ⅲ.①长篇小说－中国－当代
Ⅳ.①I247.5

中国版本图书馆 CIP 数据核字（2010）第 048077 号

抹　黄

作　　者：砚　清
责任编辑：李明宇
装帧设计：棱角视觉
出版发行：作家出版社
社　　址：北京农展馆南里 10 号　　邮码：100125
电话传真：86－10－65930756（出版发行部）
　　　　　86－10－65004079（总编室）
　　　　　86－10－65015116（邮购部）
E－mail：zuojia@zuojia.net.cn
http://www.zuojia.net.cn
印刷：北京谊兴印刷有限公司
成品尺寸：152×230
字数：285 千
印张：19.5
印数：001－12000
版次：2010 年 4 月第 1 版
印次：2010 年 4 月第 1 次印刷
ISBN　978－7－5063－5295－6
定价：25.00 元